T0357891

# Muerte en Cornualles

# DANIEL
# Silva

# Muerte en Cornualles

Traducción de Victoria Horrillo Ledesma

**HarperCollins** *Español*

MUERTE EN CORNUALLES. Copyright © 2024 de Daniel Silva. Todos los derechos reservados. Impreso en los Estados Unidos de América. Ninguna sección de este libro podrá ser utilizada ni reproducida bajo ningún concepto sin autorización previa y por escrito, salvo citas breves para artículos y reseñas en revistas. Para más información, póngase en contacto con HarperCollins Publishers, 195 Broadway, New York, NY 10007.

Los libros de HarperCollins Español pueden ser adquiridos con fines educativos, empresariales o promocionales. Para más información, envíe un correo electrónico a SPsales@harpercollins.com.

Título original: *A Death in Cornwall*

Publicado en inglés por Harper en Estados Unidos en 2024

Publicado en castellano por HarperCollins Ibérica en 2024

PRIMERA EDICIÓN DE HARPERCOLLINS ESPAÑOL, 2025

Traducción: Victoria Horrillo Ledesma

Este libro ha sido debidamente catalogado en la Biblioteca del Congreso de los Estados Unidos.

ISBN 978-0-06-344282-5

25 26 27 28 29 HDC 10 9 8 7 6 5 4 3 2 1

*Como siempre, para mi esposa, Jamie,*
*y mis hijos, Lily y Nicholas*

*Deja que te hable de los muy ricos. No son como tú y yo.*
F. Scott Fitzgerald

# Prefacio

Esta es la quinta novela de la serie de Gabriel Allon ambientada en parte en el condado inglés de Cornualles. Gabriel se refugió en el pueblecito de Port Navas, a orillas del río Helford, tras el atentado que acabó con su primera familia en Viena. En ese época estableció amistad con un niño de once años llamado Timothy Peel. Gabriel regresó a Cornualles años después con su segunda esposa, Chiara, y se instaló en una casita de campo en lo alto de un acantilado, en la parroquia de Gunwalloe. El joven Timothy Peel, que entonces contaba poco más de veinte años, los visitaba con frecuencia.

Preface

PRIMERA PARTE

# EL PICASSO

# 1

# Península de Lizard

El primer indicio de que ocurría algo malo fue la luz encendida en la ventana de la cocina de Wexford Cottage. Vera Hobbs, propietaria de la pastelería Cornish de Gunwalloe, la vio a las cinco y veinticinco de la madrugada del tercer martes de enero. El día de la semana era digno de mención, pues la dueña de la casa, la profesora Charlotte Blake, dividía su tiempo entre Cornualles y Oxford. Normalmente llegaba a Gunwalloe el jueves por la noche y se marchaba el lunes por la tarde: las semanas de tres días laborables eran una de las muchas ventajas de la vida académica. La ausencia de su Vauxhall azul oscuro sugería que se había ido a su hora habitual. La luz encendida, en cambio, era una anomalía, dado que la profesora Blake era una ecologista convencida de que antes se pondría ante un tren en marcha que malgastar un solo vatio de electricidad.

Había comprado Wexford Cottage con los beneficios obtenidos de un exitoso libro acerca de la vida y la obra de Picasso en tiempos de la guerra, en Francia. Su avasalladora revisión de la vida y la obra de Paul Gauguin, publicada tres años más tarde, se vendió aún mejor. Vera había intentado organizar una presentación del libro en el Lamb and Flag, pero la profesora Blake, al enterarse del proyecto, dejó muy claro que no le interesaban tales agasajos.

—Si de verdad existe el infierno —alegó—, sus moradores habrán sido condenados a pasar toda la eternidad celebrando la publicación del último desperdicio de papel de otro individuo.

Hizo el comentario en su perfecto inglés de la BBC, con el acento irónico propio de las personas de cuna privilegiada. No pertenecía, sin embargo, a la clase alta, como descubrió Vera una tarde al indagar sobre la profesora Blake en Internet. Su padre era un agitador sindicalista de Yorkshire que había liderado la amarga huelga de los mineros del carbón en los años ochenta. Ella, alumna brillante, fue admitida en Oxford, donde estudió Historia del Arte. Tras una breve estancia en la Tate Modern de Londres y otra aún más breve en Christie's, regresó a Oxford para dedicarse a la docencia. Según su biografía oficial, se la consideraba una de las principales expertas mundiales en algo llamado APR, o sea, en la investigación de la procedencia de obras pictóricas.

—Madre mía, ¿y eso qué será? —preguntó Dottie Cox, la dueña del «súper de la esquina» de Gunwalloe.

—Evidentemente, tiene algo que ver con aclarar la historia de la propiedad y la exhibición de un cuadro.

—¿Y eso es importante?

—A ver, Dottie, cariño, ¿por qué iba a ser alguien experto en una cosa si esa cosa no fuera importante?

Curiosamente, la profesora Blake no era la primera figura del mundo del arte que recalaba en Gunwalloe, aunque, a diferencia de su predecesor —el arisco restaurador que había vivido un tiempo en la casita de la cala—, ella era indefectiblemente educada. No es que fuera muy habladora, ojo, pero siempre saludaba con amabilidad y una sonrisa encantadora. La población masculina de Gunwalloe estaba de acuerdo en que la fotografía que aparecía en los libros de la profesora no le hacía justicia. Tenía el pelo casi negro, largo hasta los hombros, con un solo y provocativo mechón canoso. Sus ojos eran de un llamativo tono de azul cobalto, y las ojeras oscuras que tenían debajo solo contribuían a realzar su atractivo.

—Despampanante —declaró Duncan Reynolds, supervisor jubilado de Great Western Railway—. Me recuerda a una de esas mujeres misteriosas que se ven en los cafés de París.

Aunque, que se supiera, lo más cerca que había estado el viejo Duncan de la capital de Francia era la estación de Paddington.

Había habido en tiempos un señor Blake, pintor de poca monta, pero se divorciaron cuando ella aún estaba en la Tate. Ahora, a los cincuenta y dos años y en la flor de su vida profesional, Charlotte Blake seguía soltera y sin visos de mantener ninguna relación sentimental. Nunca tenía invitados ni recibía visitas. De hecho, Dottie Cox era la única habitante de Gunwalloe que la había visto acompañada de otra persona. Fue en noviembre anterior, en Lizard Point. La profesora y ese caballero amigo suyo estaban acurrucados en la terraza del café Polpeor, azotada por el viento.

—Y era bien guapo, además. Un verdadero galán. Tenía pinta de ser de los que traen problemas.

Aquella mañana de enero, sin embargo, mientras llovía a cántaros y soplaba un viento frío por el lado de Mount's Bay, a Vera Hobbs le importaba más bien poco la vida amorosa de la profesora Charlotte Blake. Porque el Leñador aún andaba suelto. Hacía casi quince días que había actuado por última vez: una mujer de veintisiete años, vecina de Holywell, en la costa norte de Cornualles. La había matado con un hacha de mano, la misma arma que había empleado para asesinar a otras tres mujeres. A Vera la tranquilizaba hasta cierto punto el hecho de que ninguno de los asesinatos se hubiera producido mientras llovía. El Leñador, al parecer, era un desalmado que solo actuaba con buen tiempo.

Aun así, Vera Hobbs miró varias veces hacia atrás, inquieta, mientras caminaba a toda prisa por la única carretera de Gunwalloe, una carretera que no tenía ni nombre ni denominación numérica. La pastelería Cornish estaba encajonada entre el Lamb and Flag y el «súper de la esquina» de Dottie Cox (que no hacía esquina). El club de golf Mullion se hallaba a un kilómetro y medio carretera abajo, junto a la antigua iglesia parroquial. A excepción de un incidente en la casa del restaurador unos años atrás, en Gunwalloe nunca ocurría gran cosa, lo cual les parecía ideal a las doscientas almas que habitaban allí.

A las siete de la mañana, Vera ya había terminado de cocer la primera hornada de bocadillos de salchicha y hogazas de pan de pueblo. Respiró aliviada cuando Jenny Gibbons y Molly Reece, sus dos empleadas, entraron apresuradamente por la puerta unos minutos antes de las ocho. Jenny se apostó detrás del mostrador mientras Molly ayudaba a Vera con las empanadas de carne, un alimento básico de la dieta cornuallesa. De fondo sonaba suavemente un informativo de Radio Cornualles. No había habido ningún asesinato durante la noche, ni tampoco ninguna detención. Un motociclista de veinticuatro años había resultado herido de gravedad en un accidente cerca de Morrisons, en Long Rock. Según la previsión meteorológica, las condiciones de viento y humedad persistirían durante todo el día, y hasta primera hora de la tarde escamparía al fin.

—Justo a tiempo para que el Leñador se cobre su próxima víctima —comentó Molly mientras rellenaba con carne y verduras un redondel de masa quebrada. Era una belleza de ojos oscuros, de ascendencia galesa, con mucho carácter—. Ya le toca, ¿sabes? Nunca ha pasado más de diez días sin clavar su hacha en el cráneo de alguna pobre chica.

—A lo mejor ya se ha cansado.

—¿Que a lo mejor se le ha pasado el ansia? ¿Esa es tu teoría, Vera Hobbs?

—¿Y cuál es la tuya?

—Yo creo que acaba de empezar.

—Ahora resulta que eres una experta, ¿no?

—Veo todas las series de detectives. —Molly dobló la masa sobre el relleno y rizó los bordes. Sabía darle un toque encantador—. Puede que pare un tiempo, pero al final volverá a atacar. Así son esos asesinos en serie. No pueden contenerse.

Vera metió la primera bandeja de empanadas en el horno, extendió la siguiente lámina de masa quebrada y la cortó en círculos del tamaño de un plato. Todos los días lo mismo desde hacía cuarenta y dos años, pensó. Extender la masa con el rodillo, cortarla, rellenarla, doblarla y adornarla. Menos los domingos, claro. En su presunto día de descanso, preparaba una comida como Dios manda mientras Reggie se emborrachaba con cerveza negra y veía el fútbol en la tele.

Sacó de la nevera un bol con relleno de pollo.

—¿Te has fijado por casualidad en que había luz en la ventana de la casa de la profesora Blake?

—¿Cuándo?

—Pues, chica, Molly, esta mañana.

—No me he fijado.

—¿Cuándo fue la última vez que la viste?

—¿A quién?

Vera suspiró. Molly tenía buenas manos, pero era una simplona.

—A la profesora Blake, cariño mío. ¿Cuándo fue la última vez que la viste?

—No me acuerdo.

—Inténtalo.

—Puede que ayer.

—Por la tarde, ¿verdad?

—Puede ser.

—¿Dónde estaba?

—En su coche.

—¿Hacia dónde iba?

Molly señaló con la cabeza hacia el norte.

—Para arriba.

Dado que la península de Lizard era el punto más meridional de las islas británicas, cualquier otro lugar del Reino Unido se hallaba «para arriba», pero ello sugería que la profesora Blake había puesto rumbo a Oxford. Aun así, Vera pensó que no había nada de malo en echar un vistazo por la ventana de Wexford Cottage, cosa que hizo a las tres y media, aprovechando que dejó de llover un rato. Una hora más tarde, informó a Dottie Cox de sus hallazgos en el Lamb and Flag. Se habían sentado en su rincón de siempre, cerca de la ventana, con sendas copas de *sauvignon blanc* neozelandés. Por fin se habían disipado las nubes y el sol había iniciado su descenso hacia el borde de Mount's Bay. En algún lugar bajo las aguas negras había una ciudad perdida llamada Lyonesse. Al menos eso contaba la leyenda.

—¿Y estás segura de que había platos en el fregadero? —preguntó Dottie.

—Y también en la encimera.

—¿Sucios?

Vera asintió, muy seria.

—Llamaste al timbre, ¿verdad?

—Dos veces.

—¿Y el pestillo?

—Estaba echado.

A Dottie no le gustó cómo sonaba aquello. Que estuviera la luz encendida era una cosa, y otra muy distinta que hubiera platos sucios.

—Creo que deberíamos llamarla, solo por si acaso.

Tardaron un rato en encontrar el número del Departamento de Historia del Arte de la Universidad de Oxford. La mujer que contestó al teléfono parecía una estudiante. Se hizo un largo silencio cuando Vera pidió que la pusieran con el despacho de la profesora Charlotte Blake.

—¿Quién la llama, por favor? —preguntó por fin la joven.

Vera dio su nombre.

—¿Y de qué conoce a la profesora Blake?

—Vivimos en la misma calle, en Gunwalloe.

—¿Cuándo fue la última vez que la vio?

—¿Pasa algo?

—Un momento, por favor —dijo la mujer, y transfirió la llamada al buzón de voz de la profesora Blake.

Vera hizo caso omiso de la invitación a dejar un mensaje y llamó a la Policía de Devon y Cornualles. No al número de la centralita, sino a la línea especial de emergencia. El hombre que la atendió no se molestó en decir su nombre ni su rango.

—Tengo la horrible sensación de que ha vuelto a atacar —dijo Vera.

—¿Quién?

—El Leñador, ¿quién va a ser?

—Continúe.

—Quizá debería hablar con alguien con más mando.

—Soy sargento detective.

—Impresionante. ¿Y cómo te llamas, cariño mío?

—Peel —respondió—. Sargento detective Timothy Peel.

—Vaya, vaya —dijo Vera Hobbs—. Figúrate.

# 2

# Queen's Gate Terrace

Pasaban escasos minutos de las siete de la mañana cuando Sarah Bancroft, aún en las garras de un sueño turbulento, estiró una mano hacia el lado opuesto de la cama y tocó únicamente el fresco algodón egipcio. Se acordó entonces del mensaje de texto que le había mandado Christopher a última hora de la tarde anterior informándola de que había tenido que salir de viaje de improviso con destino a un lugar desconocido. Ella estaba sentada en su mesa de siempre en el Wiltons, después del trabajo, tomando un martini Belvedere con tres aceitunas, tan seco como el Sahara. Deprimida ante la perspectiva de volver a pasar la noche sola, cometió la imprudencia de pedir otro martini. Lo que ocurrió después era en su mayor parte un borrón. Recordaba un lluvioso trayecto en taxi hasta Kensington y haber buscado algo sano que comer en el Sub-Zero. Al no encontrar nada de interés, se conformó con una tarrina de helado Häagen-Dazs de *brownie* cremoso con caramelo. Después se metió en la cama a tiempo de ver el informativo de las diez. La noticia principal era el hallazgo de un cadáver cerca de Land's End, en Cornualles, a todas luces la quinta víctima de un asesino en serie al que los tabloides de segunda habían apodado el Leñador.

Habría sido razonable que Sarah achacara sus pesadillas al segundo martini o al asesino del hacha de Cornualles, pero la verdad era que en su subconsciente había enterrados horrores más que suficientes para turbarle el sueño. Además, nunca dormía bien cuando Christopher no estaba. Su marido, agente del Servicio Secreto de Inteligencia, viajaba a menudo, la última vez a Ucrania, donde había pasado la mayor parte del otoño. Sarah no le envidiaba la tarea: ella misma, en una vida anterior, había trabajado como agente clandestina de la CIA. Ahora dirigía una galería de arte en St. James's especializada en Maestros Antiguos, solvente solo por temporadas. Sus competidores no sabían nada de su complicado pasado y menos aún de su apuesto y curtido esposo, del que creían que era un adinerado consultor empresarial llamado Peter Marlowe. De ahí los trajes hechos a medida, el Bentley Continental y el dúplex de Queen's Gate Terrace, una de las zonas más exclusivas de Londres.

Las ventanas de su dormitorio, que daban al jardín, estaban empapadas de lluvia. Sarah, que aún no se sentía preparada para afrontar el día, cerró los ojos y estuvo dormitando casi hasta las ocho, cuando por fin se levantó de la cama. Abajo, en la cocina, escuchó *Today* en Radio 4 mientras esperaba a que la cafetera automática Krups terminara su trabajo. Al parecer, el cadáver de Cornualles había adquirido identidad en el transcurso de la noche: se trataba de la doctora Charlotte Blake, profesora de Historia del Arte de la Universidad de Oxford. Sarah reconoció el nombre. La profesora Blake era una especialista de renombre mundial en la investigación de la procedencia de obras pictóricas, y en la mesilla de noche de Sarah descansaba un ejemplar de su reciente y exitoso libro sobre la vida turbulenta de Paul Gauguin.

El resto de las noticias de la mañana no eran mucho mejores. En conjunto, dibujaban la estampa de una nación en estado de declive terminal. Un estudio reciente había concluido que el ciudadano británico medio pronto tendría menos poder adquisitivo que sus homólogos de Polonia y Eslovenia. Y, si sufría un ictus o un infarto, probablemente tendría que esperar noventa minutos a que una ambulancia lo trasladara al servicio de urgencias más cercano, donde cada semana fallecían unas quinientas personas debido a la saturación de la sanidad. Incluso el Royal Mail, una de las instituciones más veneradas de Gran Bretaña, se hallaba al borde del colapso.

Eran los conservadores, en el poder desde hacía diez años, quienes presidían ese estado de cosas. Y ahora que la primera ministra se estaba hundiendo, se preparaban para afrontar una pugna implacable por el liderazgo del partido. Sarah se preguntaba por qué motivo un político *tory* querría aspirar a ese cargo. Los laboristas llevaban una ventaja abrumadora en las encuestas y era de esperar que se impusieran fácilmente en las elecciones. Sarah, sin embargo, no tendría voz ni voto en la composición del próximo Gobierno británico. Seguía siendo una invitada en el país. Una invitada que se movía en círculos privilegiados y estaba casada con un funcionario del SIS, pero una invitada al fin y al cabo.

Aquella mañana hubo una buena noticia que procedía, además, del mundo del arte. El *Autorretrato con la oreja vendada* de Vincent van Gogh, robado de la Galería Courtauld en un audaz atraco perpetrado hacía más de una década, había sido recuperado en Italia en circunstancias misteriosas. El cuadro se presentaría esa misma tarde en un acto al que solo se podía asistir con invitación, en la recién reformada Sala Grande del museo. Asistiría casi toda la flor y nata del mundillo artístico londinense, incluida la propia Sarah, que se había licenciado en Historia del Arte en el Instituto Courtauld antes de doctorarse en Harvard y que ahora formaba parte del patronato del museo. Se daba además la circunstancia de que era amiga íntima y colaboradora del restaurador afincado en Venecia que había puesto a punto el Van Gogh antes de su repatriación a Gran Bretaña. Él también tenía previsto asistir a la presentación. De incógnito, por supuesto. De lo contrario, su sola presencia podía eclipsar el regreso del mítico cuadro.

Como la ceremonia era más bien temprano —a las seis— y después habría cóctel, Sarah se puso un llamativo conjunto de Stella McCartney formado por un *blazer* de doble botonadura y una falda. Los tacones de sus zapatos de Prada repiqueteaban con el ritmo de un metrónomo cuando, cuarenta y cinco minutos después, cruzó los adoquines de Mason's Yard, un tranquilo patio rodeado de establecimientos comerciales, oculto tras Duke Street. En la esquina noreste del patio se hallaba Isherwood Fine Arts, que desde 1968 vendía cuadros de Maestros Antiguos dignos de figurar en un museo y ocupaba tres plantas de un desvencijado almacén victoriano propiedad de Fortnum and Mason. Como de costumbre, Sarah fue la primera en llegar. Tras desconectar la alarma, abrió las dos puertas —una con barrotes de acero y otra de cristal irrompible— y entró.

El despacho de la galería estaba situado en la primera planta. Antes había un mostrador para una recepcionista, cuya última ocupante había sido la guapísima pero incompetente Ella. Sarah, a fin de recortar gastos, había eliminado el puesto y desde entonces el teléfono, el correo electrónico y la agenda eran responsabilidad suya. También se ocupaba de la gestión diaria de la galería y tenía derecho de veto sobre las nuevas adquisiciones. Se había desprendido despiadadamente, a precio de saldo, de gran parte del inventario inactivo de la galería: cuadros pintados a la manera de tal o cual artista, o de tal o cual taller. Y aun así era la conservadora de una de las mayores colecciones de pintura de Maestros Antiguos de Gran Bretaña, suficiente para llenar un pequeño museo, si se lo propusiera.

Como esa mañana no tenía ninguna cita prevista, se ocupó de un asunto de facturación pendiente, a saber, un coleccionista belga que se mostró escandalizado al enterarse de que tenía que pagar el cuadro de la Escuela Francesa que había comprado en Isherwood Fine Arts. Se trataba de uno de los trucos más viejos del mundo: tomar prestado un cuadro de un marchante por espacio de unos meses y luego devolverlo. Julian Isherwood, el fundador de la galería, a la que también daba nombre, parecía haberse especializado en ese tipo de transacciones. Según los cálculos de Sarah, a Isherwood Fine Arts se le debían más de un millón de libras por obras que ya se habían enviado a sus destinatarios. Ella tenía intención de cobrar hasta el último penique, empezando por las cien mil libras que les debía un tal Alexis de Groote, de Amberes.

—Preferiría tratar este asunto con Julian —farfulló el belga.

—Seguro que sí.

—Que me llame en cuanto llegue.

—Sí, claro —dijo Sarah, y colgó en el momento en que Julian entraba tambaleándose por la puerta.

Eran poco más de las once, mucho antes de la hora a la que solía llegar. Últimamente se pasaba por la galería a eso del mediodía y a la una ya se estaba sentando a comer en alguno de los mejores restaurantes de Londres, por lo general en compañía de una mujer.

—Supongo que te habrás enterado de lo de la pobre Charlotte Blake —dijo a modo de saludo.

—Qué horror —respondió Sarah.

—Una forma horrible de morir, pobrecilla. Sin duda su muerte ensombrecerá los actos de esta noche.

—Por lo menos hasta que se desvele el Van Gogh.

—¿De verdad piensa asistir nuestro amigo?

—Chiara y él llegaron anoche. La Courtauld los ha alojado en el Dorchester.

—Pobres, ¿cómo van a arreglárselas? —Julian se quitó el abrigo *mackintosh* y lo colgó en el perchero. Llevaba un traje de raya diplomática y una corbata de color lavanda. Su espesa mata de pelo canoso necesitaba una buena poda—. ¿Qué es ese horrible ruido?

—Puede que sea el teléfono.

—¿Contesto?

—¿Recuerdas cómo se hace?

Frunciendo el ceño, Julian levantó el auricular y se lo acercó resueltamente a la oreja.

—Isherwood Fine Arts. Al habla Isherwood en persona… Pues sí, aquí está. Un momento, por favor. —Consiguió poner la llamada en espera sin cortarla—. Es Amelia March, de *ARTnews*. Quiere hablar contigo.

—¿Sobre qué?

—No me lo ha dicho.

Sarah cogió el teléfono.

—Amelia, querida, ¿en qué puedo ayudarte?

—Me gustaría contar con algún comentario tuyo para un artículo bastante interesante en el que estoy trabajando.

—¿El asesinato de Charlotte Blake?

—En realidad se trata de la identidad del misterioso restaurador que limpió el Van Gogh para la Courtauld. Seguro que no adivinas quién es.

# 3

# Berkeley Square

—¿Cómo crees que se ha enterado?

—Por mí no, desde luego —contestó Gabriel—. Nunca hablo con periodistas.

—Menos cuando te conviene, claro. —Chiara le apretó la mano con ternura—. No pasa nada, cariño. Te mereces un poco de reconocimiento después de trabajar tantos años en el anonimato.

La inmensa obra de Gabriel incluía cuadros de Bellini, Tiziano, Tintoretto, Veronés, Caravaggio, Canaletto, Rembrandt, Rubens y Anton van Dyck, todo ello mientras trabajaba como agente secreto del célebre servicio de inteligencia israelí. Isherwood Fine Arts había sido cómplice del engaño durante décadas. Ahora que se había retirado oficialmente del mundo del espionaje, Gabriel dirigía el departamento de pintura de la Compañía de Restauración Tiepolo, la más importante de Venecia en su campo. Chiara era la directora general de la empresa, de modo que, a todos los efectos, Gabriel trabajaba para su mujer.

Iban caminando por Berkeley Square. Gabriel vestía un abrigo tres cuartos y, debajo, un jersey de cachemira con cremallera y pantalones de franela. Notaba en la base de la columna vertebral la presión tranquilizadora de su Beretta 92FS, que había llevado al Reino Unido con permiso de sus amigos de los servicios de seguridad e inteligencia británicos. Chiara, con pantalones elásticos y abrigo acolchado, iba desarmada.

Sacó su teléfono del bolso. Al igual que el de Gabriel, era un modelo Solaris de fabricación israelí, con fama de ser el más seguro del mundo.

—¿Hay algo? —preguntó él.

—Todavía no.

—¿A qué crees que está esperando?

—Me imagino que estará encorvada frente a su ordenador intentando desesperadamente traducirte en palabras. —Chiara lo miró de reojo—. Una labor ingrata.

—¿Tan difícil es?

—Te sorprenderías.

—¿Puedo proponer un motivo más plausible para explicar el retraso?

—Por supuesto.

—Amelia March, siendo como es una reportera ambiciosa y proactiva, está en este momento recopilando material sobre la trayectoria de su protagonista para darle más empaque a su primicia.

—¿Una retrospectiva de tu carrera?

Gabriel asintió.

—¿Qué tendría eso de malo? —preguntó ella.

—Supongo que depende de en qué lado de mi carrera decida indagar.

El contorno básico de la trayectoria profesional y personal de Gabriel era ya de dominio público: que había nacido en un kibutz del valle de Jezreel, que su madre había sido una de las pintoras más destacadas de los primeros tiempos del Estado de Israel y que había estudiado una temporada en la Academia Bezalel de Arte y Diseño de Jerusalén antes de ingresar en los servicios de inteligencia israelíes. Menos conocido era el hecho de que hubiera abandonado abruptamente el servicio después de que el estallido de una bomba bajo su coche, en Viena, acabara con la vida de su hijo de corta edad y dejara a su primera esposa malherida, con quemaduras catastróficas y un trastorno de estrés postraumático agudo. Gabriel la había internado en un hospital psiquiátrico privado de Surrey y se había encerrado en una casita de campo en los confines de Cornualles. Y allí se habría

17

quedado, roto y afligido, de no haber aceptado un encargo en Venecia, donde se enamoró de la bella y obstinada hija del rabino mayor de la ciudad, sin saber que ella era una agente de su antiguo servicio. Una historia enrevesada, sin duda, pero en absoluto fuera del alcance de una escritora como Amelia March. A Gabriel siempre le había parecido el tipo de periodista que tenía una novela escondida en el último cajón de su escritorio, una historia chispeante, ingeniosa y llena de intrigas en torno al mundo del arte.

Chiara estaba mirando el teléfono con el ceño fruncido.

—¿Tan malo es? —preguntó Gabriel.

—Es mi madre.

—¿Pasa algo?

—Le preocupa que Irene esté desarrollando una obsesión enfermiza con el calentamiento global.

—¿Y ahora se da cuenta?

Su hija, a la tierna edad de ocho años, era una activista climática en toda regla. Había participado en su primera manifestación ese mismo invierno, en la plaza de San Marcos. Gabriel temía que se deslizara vertiginosamente hacia la militancia y que pronto se hallara pegándose con pegamento a obras de arte irremplazables o salpicándolas con pintura verde. A Raphael, su hermano gemelo, solo le interesaban las matemáticas, para las que poseía una aptitud poco común. Irene ansiaba que su hermano utilizara esas dotes para salvar el planeta del desastre. Gabriel, en cambio, no había perdido la esperanza de que el niño empuñara un pincel.

—Supongo que tu madre piensa que la culpa de que nuestra hija esté obsesionada con el cambio climático la tengo yo.

—Evidentemente, es todo culpa mía.

—Una mujer sabia, tu madre.

—Por lo general, sí —comentó Chiara.

—¿Podrá evitar que Irene acabe en la cárcel mientras estamos fuera o deberíamos saltarnos la ceremonia y volver a casa esta misma noche?

—La verdad es que opina que deberíamos quedarnos en Londres uno o dos días más y divertirnos.

—Muy buena idea.

—Pero imposible —dijo Chiara—. Tienes que terminar un retablo.

Se trataba de la escena de la Anunciación —bastante tosca, por cierto— pintada por Il Pordenone para la iglesia de Santa Maria degli Angeli de Murano. Otras obras de la iglesia, todas ellas de menor mérito, necesitaban también una limpieza. Era su primer proyecto desde que habían asumido el mando de la Compañía de Restauración Tiepolo, y llevaban ya varias semanas de retraso. Era esencial que la restauración de la iglesia estuviera terminada a tiempo y sin exceder el presupuesto. No obstante, pasar otras cuarenta y ocho horas en Londres podía resultar provechoso; de ese modo, Gabriel tendría oportunidad de conseguir lucrativos encargos privados, de los que les permitían mantener su cómodo tren de vida en Venecia. Su enorme *piano nobile della loggia* con vistas al Gran Canal había mermado la pequeña fortuna acumulada durante su larga carrera como restaurador. Y luego, claro, estaba también su velero Bavaria C42. La familia Allon necesitaba rellenar sus arcas con urgencia.

Así se lo comentó Gabriel a su mujer, en tono juicioso, mientras doblaban la esquina de Mount Street.

—Seguro que no te va a faltar trabajo cuando aparezca el artículo de Amelia —respondió ella.

—A no ser que no sea muy halagüeño. Porque en ese caso me veré obligado a vender Canalettos falsos a los turistas en la Riva degli Schiavoni para que podamos llegar a fin de mes.

—¿Y por qué iba a escribir Amelia March un artículo poco halagüeño sobre ti, precisamente?

—Puede que no le caiga bien.

—Eso es imposible. Todo el mundo te quiere, Gabriel.

—Todo el mundo, no —contestó él.

—Dime una persona que no te adore.

—El camarero del Cupido.

El Cupido era un bar pizzería situado en las Fondamente Nove de Cannaregio. Gabriel paraba allí casi todas las mañanas antes de subir al *vaporetto* número 4.1 para ir a Murano. Y todas las mañanas, sin falta, el camarero deslizaba su capuchino por la superficie de cristal de la barra con una mueca de educado desdén.

—Gennaro, ¿no? —preguntó Chiara.

—¿Se llama así?

—Es muy simpático. A mí siempre me pone corazoncitos en la espuma.

—¿Por qué será?

Chiara aceptó el cumplido con una sonrisa modesta. Aunque hacía ya veinte años de su primer encuentro, Gabriel seguía irremediablemente cautivado por la asombrosa belleza de su mujer: su nariz y su mandíbula esculturales, su crespo cabello moreno con reflejos castaños y rojizos, sus ojos de color caramelo, que nunca había conseguido plasmar con exactitud en un lienzo. El cuerpo de Chiara era su tema favorito, y su cuaderno de bocetos estaba lleno de desnudos, muchos de ellos ejecutados sin el consentimiento de su modelo, mientras ella dormía. Esperaba seguir explorando el material antes de la ceremonia de esa noche en la Galería Courtauld. A Chiara no le desagradaba en absoluto la idea, pero había insistido en dar primero un largo paseo, seguido de un buen almuerzo.

Se detuvo ante una *boutique* de Oscar de la Renta.

—Creo que voy a dejar que me compres ese precioso traje pantalón.

—¿Qué le pasa al que metiste en la maleta?

—¿El Armani? —Se encogió de hombros—. Me apetece estrenar algo. Presiento que mi marido va a ser el centro de atención esta noche y quiero causar buena impresión.

—Tú podrías ponerte un saco de arpillera, que seguirías siendo la mujer más guapa de la sala.

Gabriel entró tras ella en la tienda y quince minutos después, con las bolsas en la mano, salieron de nuevo a la calle. Chiara le dio el brazo al doblar la suave curva de Carlos Place.

—¿Te acuerdas de la última vez que dimos un paseo por Londres? —preguntó de repente—. Fue el día que descubriste a ese terrorista suicida camino de Covent Garden.

—Esperemos que Amelia no se entere del papel que tuve en aquello.

—Ni del incidente de Downing Street —repuso Chiara.

—¿Y qué me dices de ese asunto frente a la Abadía de Westminster?

—¿La hija del embajador? Tu nombre salió en los periódicos, si no recuerdo mal. Y tu foto también.

Gabriel suspiró.

—Quizá deberías mirar otra vez la web de *ARTnews*.

—Hazlo tú. Yo no soporto mirarlo.

Gabriel sacó su teléfono del bolsillo del abrigo.

—¿Y bien? —preguntó Chiara al cabo de un momento.

—Parece que yo tenía razón al temer que Amelia March fuera una reportera ambiciosa y proactiva.

—¿Qué ha descubierto?

—Que se me considera uno de los dos o tres mejores restauradores de cuadros del mundo.

—¿A quién más menciona?

—A Dianne Modestini y David Bull.

—Espléndida compañía.

—Sí —asintió Gabriel, y se metió el teléfono en el bolsillo—. Supongo que le caigo bien, a fin de cuentas.

—Claro que sí, cariño. —Chiara sonrió—. ¿Y a quién no?


Comieron en Socca, un lujoso bistró de South Audley Street, y regresaron al Dorchester en medio de un repentino estallido de sol invernal. Arriba, en la *suite*, hicieron el amor sin prisas, despacio. Luego Gabriel, agotado, se sumió en un sopor sin sueños, y al despertar se encontró a Chiara parada a los pies de la cama con su traje nuevo y un collar de perlas alrededor del cuello.

—Date prisa —le dijo—. El coche estará aquí dentro de unos minutos.

Puso los pies en el suelo y entró en el cuarto de baño para ducharse. No se esmeró mucho ante el espejo. Nada de cremas o ungüentos milagrosos, solo un sutil reordenamiento del pelo, que hacía muchos años que no llevaba tan largo. Después, se puso un traje de botonadura sencilla de Brioni y una corbata de regimiento. Sus accesorios se limitaban al anillo de casado, el reloj Patek Philippe y una pistola de la Fabbrica d'Armi Pietro Beretta.

Chiara se reunió con él ante el espejo de cuerpo entero. Con sus zapatos de tacón de aguja, le sacaba una cabeza.

—¿Qué te parece? —preguntó.

—Creo que a tu chaqueta le falta el botón de arriba.

—Tiene que quedar así, cariño.

—Entonces, deberías llevar un bonito jersey de cuello vuelto debajo. Esta noche va a hacer bastante frío.

El coche los esperaba abajo: un gran Jaguar, cortesía de la Galería Courtauld. El museo se hallaba en el complejo de Somerset House, en el Strand, junto al King's College. Amelia March, muy ufana, aguardaba a la entrada junto a otros periodistas dedicados al mundo del arte. Gabriel hizo caso omiso de sus preguntas, en parte porque lo distrajo la vibración repentina de su teléfono móvil. Esperó a entrar en el vestíbulo para contestar. Reconoció el nombre de la persona que llamaba, pero la voz que lo saludó parecía una octava más grave que la última vez que la oyó.

—No, no es molestia en absoluto —dijo Gabriel—. ¿El muelle de Port Navas? Estaré allí mañana por la tarde. A las tres, como mucho.

# 4

# Galería Courtauld

El *Autorretrato con la oreja vendada,* óleo sobre lienzo de sesenta centímetros por cuarenta y nueve, de Vincent van Gogh, descansaba sobre un pedestal cubierto de gamuza, en medio de la luminosa Sala Grande de la Galería Courtauld, cubierto con un paño blanco y rodeado por un cuarteto de guardias de seguridad. De momento, al menos, el cuadro ocupaba un segundo plano.

—Lo supe en cuanto te vi —declaró Jeremy Crabbe, el encorsetado presidente del departamento de Maestros Antiguos de Bonhams.

—Lo dudo bastante —replicó Gabriel.

—¿Te acuerdas de aquel cuadro cochambroso que Julian y tú me birlasteis hace siglos, en aquella subasta matutina?

—Lote cuarenta y tres. *Daniel en el foso de los leones.*

—Sí, ese mismo. Ochenta y seis pulgadas por ciento veinticuatro, si no me falla la memoria.

—Qué va —dijo Gabriel—. El lienzo tenía ciento veintiocho pulgadas de ancho.

Jeremy Crabbe intuía que era obra del pintor flamenco Erasmus Quellinus, pero cualquier idiota podía darse cuenta de que aquella pincelada era la del mismísimo Pedro Pablo Rubens. Gabriel lo había limpiado y Julian había ganado un pastón.

—Supongo que él también estaba al tanto de tu secretillo —dijo Jeremy.

—¿Julian? No tenía ni idea.

Jeremy hizo intento de replicar, pero Gabriel se dio la vuelta bruscamente y aceptó la zarpa que le tendía Niles Dunham, un conservador de la National Gallery conocido por tener un ojo casi siempre infalible.

—Buena jugada, mi buen amigo —murmuró—. Buena jugada, desde luego.

—Gracias, Niles.

—¿En qué estás trabajando?

Gabriel se lo contó.

—¿Il Pordenone? —Niles hizo una mueca de desagrado—. No está a tu nivel.

—Eso dicen.

—Quizá yo pueda ofrecerte algo un poco más interesante, si tienes tiempo.

—No puedes permitirte pagarme, Niles.

—¿Y si duplicara nuestra tarifa habitual? ¿Cómo contacto contigo?

Gabriel señaló a Sarah Bancroft.

—¿Ella también es una espía? —preguntó Niles.

—¿Sarah? No seas absurdo.

Niles miró con desconfianza al rechoncho Oliver Dimbleby, un marchante de Bury Street con muy mala fama, especializado en Maestros Antiguos.

—Oliver dice que su marido es un asesino a sueldo.

—Oliver dice muchas cosas.

—¿Quién es ese bellezón que está a su lado?

—Mi esposa.

—Buena jugada —dijo Niles con envidia—. Buena jugada, desde luego.

La siguiente mano que Gabriel estrechó fue la de Nicholas Lovegrove, asesor de arte de los supermillonarios.

—Acabo de caer en la cuenta —dijo en voz baja Lovegrove.

—¿De qué?

—Aquella subasta especial de invierno en Christie's, hace unos años. Aquella noche sucedía algo raro en la sala.

—Eso suele pasar, Nicky.

Lovegrove no le llevó la contraria.

—Un cliente mío quiere desprenderse de su Gentileschi —dijo cambiando de tema—. Pero el cuadro necesita unos retoques y una mano de barniz. ¿Hay alguna posibilidad de que aceptes el encargo?

—Depende de si tu cliente tiene dinero.

—Ahora mismo, no. Un divorcio complicado. Pero creo que puedo convencerlo de que te dé parte del precio final de venta.

—¿Cuánto habías pensado?

—El dos por ciento.

—Será una broma.

—Vale, el cinco. Pero es mi última oferta.

—Que sea el diez y trato hecho.

—Eso es un asalto a mano armada.

—Tú sabrás, Nicky.

Sonriendo, Lovegrove hizo señas de que se acercara a una mujer alta, con las facciones impecables de una modelo.

—Esta es mi querida amiga Olivia Watson —le explicó a Gabriel—. Olivia tiene una galería de arte contemporáneo increíblemente exitosa en King Street.

—No me digas.

—¿Os conocéis?

—Nunca he tenido el placer. —Lo cual no era cierto. Olivia había ayudado a Gabriel a destruir la red de terrorismo exterior del Estado Islámico. La galería había sido el pago por sus servicios.

—Acabamos de firmar con una nueva promesa de la pintura española extraordinaria —le informó ella.

—¿En serio? ¿Y cómo se llama ese niño prodigio?

—Es una mujer —contestó Olivia con una sonrisa cómplice—. La inauguración es en seis semanas. Sería un honor que asistieras.

—No creo que sea posible —respondió Gabriel. Luego señaló al hombre que acababa de entrar en la sala seguido por varios escoltas—. Pero quizá él acepte ir en mi lugar.

Se trataba de Hugh Graves, ministro del Interior británico y, según se contaba en los rumores de Londres, el próximo ocupante del número 10 de Downing Street. Lo acompañaba su esposa, Lucinda, directora ejecutiva de Lambeth Wealth Management. Según las últimas informaciones, la pareja tenía un patrimonio de más de cien millones de libras, todos ellos de Lucinda. Su marido no había trabajado ni un solo día en el sector privado, puesto que había iniciado su carrera política poco después de abandonar Cambridge. Su sueldo de ministro apenas alcanzaría para pagar la limpieza de las ventanas de sus mansiones de Holland Park y Surrey.

La llegada del ministro del Interior hizo que la gente se olvidara momentáneamente de Gabriel, lo que fue un alivio.

—¿Qué trae al futuro primer ministro a nuestra pequeña velada? —preguntó.

—Lucinda forma parte del patronato del museo —le informó Lovegrove—. Y también es una de sus principales benefactoras. De hecho, creo que la ceremonia de esta noche la ha sufragado su empresa.

—¿Cuánto cuesta destapar un cuadro cubierto con una sábana?

—Te olvidas del champán y los canapés.

Hugh Graves se puso en marcha de repente.

—Oh, no —dijo Olivia con una sonrisa congelada—. Tengo la horrible sensación de que viene derecho hacia aquí.

—Hacia ti, me imagino —dijo Gabriel.

—Yo apuesto por ti.

—Yo también —añadió Lovegrove.

El avance del ministro del Interior se vio interrumpido por las muestras de apoyo de varios clientes acaudalados. Por fin se detuvo ante Gabriel y extendió el brazo como una bayoneta.

—Es un placer conocerlo por fin, señor Allon. Como puede imaginar, he oído hablar mucho de sus hazañas. ¿Cuánto tiempo piensa quedarse en Londres?

—No mucho, me temo.

—¿Hay alguna posibilidad de que se pase unos minutos por el Ministerio del Interior? Me encantaría conocer su opinión sobre los últimos acontecimientos en Oriente Medio.

—¿Desde cuándo le interesan los acontecimientos de Oriente Medio al Ministerio del Interior?

—Nunca viene mal ampliar horizontes, ¿no cree?

—Sobre todo si uno puede ser el próximo primer ministro.

Graves esbozó una sonrisa ensayada. A sus cuarenta y ocho años, tenía el porte de un presentador de noticias listo para aparecer en antena.

—Ya tenemos primera ministra, señor Allon.

Pero no por mucho tiempo. Al menos, eso se rumoreaba en Whitehall. Los periodistas políticos de Londres estaban de acuerdo en que Hillary Edwards, la primera ministra británica, cuya falta de popularidad era ya histórica, tendría suerte si sobrevivía al invierno. Y se daba por hecho que, cuando le llegara el momento de irse, sería el ambicioso Hugh Graves quien le enseñara la puerta.

—¿Qué tal mañana a mediodía? —insistió Graves—. Salvo crisis de algún tipo, estoy libre para comer.

—Yo ya estoy jubilado, señor ministro. Le sugiero que hable con el embajador de Israel.

—Es un tipo bastante antipático, para que lo sepa.

—Me temo que son gajes de su oficio.

El director de la Galería Courtauld se había acercado a un atril situado junto al cuadro. Hugh Graves regresó junto a su esposa y Gabriel, después de aceptar un beso de Olivia Watson, se acercó discretamente a Julian Isherwood, que se estaba mirando los zapatos.

—Parece que por fin todo ha salido a la luz. —Julian levantó la vista y clavó en Gabriel una mirada de fingido reproche—. Y pensar que me has engañado todos estos años…

—¿Podrás perdonarme alguna vez?

—Preferiría decirle a todo el mundo que estuve involucrado desde el principio.

—Eso podría dañar tu reputación, Julian.

—Eres lo mejor que me ha pasado, muchacho. Tú y Sarah, por supuesto. No sé qué haría sin ella.

El director tocó el micrófono, dando inicio a la sesión.

—¿Dónde estaba? —preguntó Julian.

—¿El Van Gogh? En una villa en la costa de Amalfi.

—¿De quién era la villa?

—Es largo de contar.

—¿Estado?

—Bastante bueno. Pinté una copia aprovechando que lo tenía en mi estudio. El director de la Galería Courtauld, un afamado experto en Van Gogh, no notó la diferencia.

—Qué pillín —dijo Julian—. Pero qué pillín eres.


El discurso del director fue breve, por suerte. Unas pocas palabras sobre el impacto devastador de la delincuencia artística y otras pocas, aún más escasas, para presentar a Gabriel. Este rehusó dirigirse a los presentes, pero aceptó retirar el paño blanco. Le ayudó Lucinda Graves.

Dos conservadores colgaron el cuadro en el lugar que se le había asignado y, a continuación, aparecieron los camareros con los tentempiés y el Bollinger. Gabriel y Chiara bebieron una sola copa cada uno; a las nueve tenían reserva para cenar en el Alain Ducasse del Dorchester. A las ocho y media circulaban por Piccadilly en el espacioso Jaguar.

—¿Son imaginaciones mías o te ha gustado? —preguntó Chiara.

—Casi tanto como mi último viaje a Rusia.

Chiara miró por la ventanilla los escaparates iluminados.

—¿Y la llamada que recibiste al llegar?

—Un investigador de la Policía de Devon y Cornualles.

—¿Qué has hecho ahora? —preguntó ella con un suspiro.

—Nada. Quiere que lo ayude en la investigación de un asesinato.

—¿No será el de esa profesora de Oxford a la que encontraron muerta cerca de Land's End?

—Sí.

—Pero ¿por qué tú, precisamente?

—El investigador es un viejo amigo mío. —Gabriel sonrió—. Y tuyo también.

# 5

# Port Navas

A la mañana siguiente, Gabriel se levantó antes de que amaneciera y alquiló un Volkswagen en la oficina de Hertz cerca de Marble Arch. Chiara leyó los periódicos en el móvil mientras iban hacia Heathrow.

—Parece que eres la comidilla de todo Londres, cariño. Hasta hay una foto tuya muy bonita con Lucinda Graves descubriendo el Van Gogh. La verdad es que estás muy elegante.

—¿Qué tal son las críticas?

—Bastante positivas.

—¿Incluso la del *Guardian?*

—Están entusiasmados.

—¿Por mí o por el Van Gogh?

—Por los dos. —Chiara bajó el parasol y se miró en el espejito—. Estoy horrible.

—Lamento disentir. De hecho, estoy dudando si dejarte subir al avión sin mí.

—Me encantaría acompañarte a Cornualles, pero tengo que restaurar una iglesia y rescatar a mi madre. —Chiara volvió a levantar el parasol—. ¿Crees que se acuerdan de nosotros?

—¿Quiénes?

—Vera y Dottie y la gente del Lamb and Flag.

—¿Cómo iban a olvidarse de nosotros?

Chiara le lanzó una mirada de leve reproche.

—Fuiste muy grosero con ellos, Gabriel.

—No era yo —respondió él a la defensiva—. Solo era el papel que estaba representando en ese momento.

—Giovanni Rossi, un restaurador italiano con mucho talento y muy mal genio.

—Su esposa era encantadora, creo recordar.

—Y los vecinos del pueblo le tenían mucho cariño. —Chiara guardó el teléfono en el bolso—. Es una pena que no nos quedáramos más tiempo en Gunwalloe. Si lo hubiéramos hecho, habríamos conocido a Charlotte Blake.

Gabriel reflexionó sobre ello mientras se acercaban al desvío de Heathrow.

—Tienes toda la razón, ¿sabes?

—Siempre la tengo.

—No siempre —repuso Gabriel.

—¿Cuándo me he equivocado?

—Dame una semana o dos y seguro que se me ocurre algo.

—Deberías preguntarte por qué Timothy Peel quiere que vayas a Cornualles para ayudarlo con la investigación del asesinato de la profesora Blake.

—Sabía que estaba en el país.

—¿Sigue las noticias del mundo del arte?

—No —dijo Gabriel—. Sigue las noticias sobre mí.

—Seguro que te habrá contado, aunque sea a grandes rasgos, de qué se trata.

—Dijo que no quería hablarlo por teléfono.

—¿Qué será?

—Algo relacionado con el arte, supongo.

—¿Algo en lo que estaba trabajando la profesora Blake en el momento de su muerte?

—Una teoría interesante —comentó Gabriel.

—¿Podría haber un vínculo?

—¿Entre el hipotético proyecto de investigación de Charlotte Blake y su asesinato a manos de un demente armado con un hachón?

—Lo que usa el Leñador es un hacha de mano, bobo.

—Un arma homicida de lo más ineficaz, en mi opinión. Contundente, sí. Pero bastante chapucera.

—¿Nunca has usado una?

—¿Un hacha de mano? Estoy casi seguro de que nunca he usado un hacha para nada, y menos para matar a alguien. Para eso están las armas de fuego.

—Creo que preferiría que me dispararan a que me mataran a hachazos.

—Una bala tampoco es gran cosa, te lo aseguro —contestó Gabriel.


Tomó café en una cafetería de mala muerte de Slough hasta que el vuelo de Chiara despegó por fin sin contratiempo, luego se puso al volante del coche de alquiler y se dirigió hacia el oeste por la M4. Era casi mediodía al alcanzar Exeter. Bordeó Dartmoor por la A30 y durante el trayecto hasta Truro le cayó un chaparrón torrencial. La tormenta había pasado cuando llegó a Falmouth y a las dos y media, al llegar a la pequeña localidad cornuallesa de Port Navas, un sol anaranjado brillaba por una rendija abierta entre las nubes.

La sinuosa carretera que bajaba hasta la ría apenas tenía anchura para un coche y estaba bordeada de setos. Gabriel la había recorrido innumerables veces, normalmente a una velocidad que molestaba a los vecinos. Él los conocía íntimamente —sabía sus nombres, sus ocupaciones, sus vicios y sus virtudes—, mientras que ellos no lo conocían en absoluto. Era el caballero extranjero que vivía en la vieja casita del capataz, cerca del criadero de ostras. Había reconfigurado la casa para adaptarla a sus necesidades: la vivienda en la planta baja y un estudio arriba. Nadie en Port Navas, a excepción de un niño de once años, tenía la menor idea de lo que ocurría allí.

El niño era ahora un hombre de treinta y cinco años y ostentaba el rango de sargento detective de la Policía de Devon y Cornualles. De pie en la popa de un velero de madera amarrado al muelle, levantó el brazo en un silencioso saludo. El velero, cuidadosamente restaurado, había sido antaño de Gabriel. Se lo había legado a Timothy Peel el día que se marchó definitivamente de Port Navas.

Gabriel se bajó del coche y fue andando hasta el muelle.

—Permiso para subir a bordo —dijo.

Peel miró con desaprobación sus mocasines de ante.

—Con esos zapatos, no.

—Fui yo quien le quitó el forro a esa cubierta y la calafateó, si mal no recuerdo.

—Y la he cuidado como oro en paño en su ausencia.

Gabriel se quitó los zapatos y subió a bordo. Peel le entregó un vaso de Costa de color carmesí.

—Té con leche, como a usted le gusta, señor Allon.

—No me llames así, Timothy.

—Creía que ya no era un secreto.

—Y no lo es, pero insisto en que me tutees.

—Lo siento, pero para mí siempre será el señor Allon.

—En ese caso, yo te llamaré sargento Peel.

Sonrió.

—¿Se lo puede creer?

—Claro que sí. Siempre fuiste un fisgón nato.

—Solo con usted. Y con el señor Isherwood, claro.

—Habla de ti con mucho cariño.

—Me llamaba «sapito», si no recuerdo mal.

—Tendrías que oír las cosas que dice de mí.

Se sentaron en la cabina. El barco había sido la salvación de Gabriel durante los años perdidos, los años después de Viena y antes de Chiara. Cuando no tenía ningún cuadro que restaurar, navegaba por el río Helford hasta el mar. Unas veces ponía rumbo al oeste, hacia el Atlántico, y otras al sur, hacia las costas de Normandía. Y cada vez que regresaba a Port Navas, Timothy Peel le hacía señales luminosas desde la ventana de su cuarto con una linterna. Gabriel, con la mano en el timón y la mente incendiada por imágenes de sangre y fuego, respondía encendiendo y apagando los faros dos veces.

Miró hacia la casita del capataz.

—Parece que le han dado un buen repaso a mi antigua casa.

—Una pareja joven que trabaja en la City de Londres —explicó Peel—. Después de la pandemia, un montón de londinenses con dinero descubrieron de repente las alegrías de vivir en Cornualles.

—Es una pena.

—No están tan mal.

Gabriel miró la destartalada casa de campo en la que Peel vivía años atrás con su madre y el novio de esta, Derek, un dramaturgo empapado en *whisky* al que le costaba controlar su ira.

—Por si se lo está preguntando —dijo Peel—, él ha muerto.

—¿Y tu madre?

—Sigue en Bath. Su marido y ella vendieron la casa a mis espaldas, así que me compré una en Exeter.

—¿Te has casado?

—Todavía no.

—¿A qué estás esperando?

—A que aparezca una mujer como la señora Zolli, imagino.

—Te manda recuerdos.

—Espero que no esté enfadada conmigo.

—¿Chiara? No, solo conmigo —le aseguró Gabriel—. Pero eso suele pasar.

Se hizo el silencio entre ellos. Gabriel escuchó el suave golpeteo de las olas contra la banda de babor de su antiguo barco. Los recuerdos de aquella noche en Viena volvieron a agitarse, pero los mantuvo a raya.

—Muy bien, sargento Peel, ahora que nos hemos puesto al día, quizá debería decirme por qué me ha hecho venir hasta Cornualles.

—Charlotte Blake —contestó Peel—, profesora de Historia del Arte de la Universidad de Oxford.

—Y quinta víctima del asesino en serie apodado el Leñador.

—Puede que sí, señor Allon. O puede que no.

# 6

# Port Navas

El sargento Timothy Peel llevaba ocho años en la Policía de Devon y Cornualles cuando, tras el segundo asesinato, lo asignaron al caso del Leñador y pasó a integrarse en un equipo formado por cuatro agentes veteranos. Su primera misión consistió en identificar e interrogar a todas las personas del suroeste de Inglaterra que, con independencia de su sexo o edad, hubieran comprado un hacha recientemente. A última hora de la tarde del martes estaba tachando nombres de su lista cuando le avisaron de que se había recibido un aviso a través de la línea de colaboración ciudadana. Era de una vecina de Gunwalloe.

—¿Qué vecina?

—Vera Hobbs, cómo no.

—¿Cuál era el problema?

Una luz encendida en la ventana del domicilio de la profesora Blake. A decir verdad, Peel no le dio mucha importancia en ese momento y contactó con varios propietarios de hachas más antes de llamar a sus colegas de la TVP, la Policía del Valle del Támesis. Resultó que ya estaban investigando el asunto.

—La TVP ya había entrado en la vivienda de la profesora Blake en Oxford y había preguntado en todos los hospitales de su jurisdicción. No había ni rastro de ella.

—¿Y su coche?

—Fui yo quien lo encontró.

—¿Dónde?

—En el aparcamiento del parque de atracciones de Land's End.

—Si no me falla la memoria, allí hay una máquina de pago con tarjeta.

—Tenía el tique del aparcamiento en el salpicadero. Marcaba las cuatro y diecisiete de la tarde del lunes.

Gabriel miró hacia el oeste.

—¿Menos de media hora antes de la puesta de sol?

—Veintiocho minutos, para ser exactos.

—¿La vio alguien?

—Una recepcionista del hotel Land's End que llegaba en ese momento a trabajar vio a una mujer andando sola por el sendero de la costa. Suponemos que era la profesora Blake.

—¿A las cuatro y diecisiete de la tarde?

—Es un sitio muy bonito a esa hora. Pero dadas las circunstancias...

Era completamente absurdo, pensó Gabriel.

—Los periódicos no eran muy claros respecto a la localización exacta de la escena del crimen.

—Un seto descuidado al norte de la playa de Porthchapel. Daba la impresión de que el asesino había intentado ocultar el cadáver. Lo que resulta interesante —añadió Peel—. A las cuatro víctimas anteriores las dejaron donde cayeron, con la parte posterior del cráneo partida de un solo golpe. Probablemente ya estaban muertas cuando cayeron al suelo.

—¿Y la profesora Blake?

—Hizo un verdadero destrozo con ella. Y además parece que se llevó su móvil.

—¿Se llevó el teléfono de las otras víctimas?

Peel negó con la cabeza.

—¿Hipótesis de trabajo? —preguntó Gabriel.

—Mis compañeros creen que la profesora Blake debió de darse cuenta de que el asesino estaba detrás de ella. Y cuando se dio la vuelta, él se puso furioso.

—Lo que explicaría el ensañamiento.

—Pero no que falte el móvil.

—Puede que a ella se le cayera en algún sitio.

—Peinamos todo el camino de la costa y los alrededores del seto donde se halló el cadáver. Encontramos tres teléfonos móviles viejos, ninguno de ellos perteneciente a la profesora Blake.

—¿Y no emite señal?

—¿Usted qué cree?

—Creo que deberíais aseguraros de que no se lo dejó en el coche.

—Sé registrar un coche, señor Allon. El teléfono no está.

Gabriel sonrió a su pesar.

—¿Y qué me dice de usted, sargento detective Peel? ¿Cuál es su teoría?

Peel pasó la mano por la borda del velero antes de contestar.

—Hemos sido muy reservados respecto a ciertos detalles de los asesinatos. El número de golpes, la ubicación, ese tipo de cosas. Es el procedimiento de rigor en un caso como este. Nos ayuda a descartar a chiflados y embusteros.

—¿Y a imitadores?

—También. A fin de cuentas, ¿cómo podría alguien imitar al Leñador si no conoce con exactitud sus métodos?

—¿Crees que a la profesora Blake la mató un imitador?

—Estoy dispuesto a considerar esa posibilidad.

—Supongo que no has comentado esa teoría con tus compañeros.

—No me pareció prudente cuestionar una investigación tan importante, teniendo en cuenta la etapa de mi carrera en la que me encuentro.

—Por lo que no te ha quedado más remedio que investigar el asunto por tu cuenta. —Gabriel hizo una pausa y luego añadió—: Con la ayuda de un viejo amigo.

Peel no respondió.

—¿Sabe el comisario jefe que te has puesto en contacto conmigo?

—Es posible que haya olvidado comentárselo.

—Bien hecho.

Peel sonrió.

—Aprendí de los mejores.


La parroquia de Gunwalloe quedaba dieciséis kilómetros al oeste, al otro lado de la península de Lizard. Fueron hasta allí en el coche alquilado de Gabriel mientras anochecía.

—¿Se acuerda del camino? —preguntó Peel.

—¿Intentas fastidiarme a propósito o te sale de manera natural?

—Un poco las dos cosas.

Pasaron junto a la valla de la base aeronaval de Culdrose y tomaron a continuación la carretera sin nombre que iba desde el corazón de Lizard a Gunwalloe. Más allá de los setos se extendía un colorido damero de campos en barbecho. Luego la carretera giraba bruscamente a la izquierda y los setos desaparecían para dejar ver el mar, incendiado por los últimos rayos del sol poniente.

Gabriel aminoró la marcha al entrar en el pueblo. Peel señaló el *pub* Lamb and Flag.

—¿Paramos a tomar una pinta y a echar unas risas con sus viejos amigos?

—En otra ocasión.

—Siempre me ha gustado esa canción[*] —comentó Peel—. Sobre todo, la versión de Bill Evans.

—Tienes buen gusto para la música.

—Se lo debo a usted.

Pasaron por delante del supermercado del pueblo, donde Dottie Cox estaba cobrando al último cliente del día. Para llegar a la cala de los pescadores había que bajar por un campo en pendiente, lleno de clavelinas de mar moradas y cañuela roja. En lo alto del acantilado se alzaba una casa solitaria, apenas visible a la luz mortecina del crepúsculo.

---

[*] «Some Other Time» [«En otra ocasión»], tema del musical *On The Town*, de Leonard Bernstein. *(N. de la T.)*

—¿Alguna vez lo echa de menos? —preguntó Peel.

—Sí, claro. Pero Venecia tiene sus encantos.

—Y se come mejor.

—A mí siempre me ha gustado la cocina de Cornualles.

—Quizá pueda pasar algún verano aquí con Chiara y los niños.

—Solo si me prestas ese hermoso velero tuyo.

—Trato hecho.

Gabriel pasó por un hueco abierto en el seto de espino negro curvado por el viento. Más allá se alzaba la majestuosa Wexford Cottage, la mejor casa de Gunwalloe. Las ventanas estaban a oscuras y las persianas bajadas. Pegado a la gruesa puerta de madera había un aviso informando de que se trataba de la escena de un crimen en proceso de investigación. El sargento Timothy Peel metió una llave en la cerradura y condujo a Gabriel dentro.

# 7

# Wexford Cottage

Se pusieron fundas para los zapatos y guantes de látex en el recibidor, antes de pasar al salón. El mobiliario era moderno y sofisticado, igual que los cuadros colgados en las paredes. Sobre la mesa baja se amontonaban varias monografías y volúmenes de historia y crítica del arte, entre ellos un compendio esencial de la ingente obra de Pablo Picasso. El *Autorretrato con paleta,* pintado por el artista en 1906, adornaba la portada.

—¿Ha restaurado alguno? —preguntó Peel.

—¿Algún Picasso? —Gabriel levantó la vista y frunció el ceño—. Uno o dos, Timothy.

—Leí hace poco que es el artista más robado del mundo.

—¿De verdad? —preguntó Gabriel, dudoso.

—Y también el más falsificado —insistió Peel.

—Así es. Es muy posible que haya más Picassos falsos que auténticos.

—Pero seguro que usted sabe distinguirlos.

—Pablo y yo nos conocemos bastante bien —repuso Gabriel—. Y he disfrutado del tiempo que hemos pasado juntos, aunque él no tuviera en mucha estima mi oficio.

—¿El espionaje?

—La restauración. Picasso estaba en contra. Pensaba que las grietas y el envejecimiento natural daban carácter a sus cuadros. —Gabriel hizo una pausa y luego añadió—: Pero estoy divagando.

Era una invitación para que Peel entrara en materia. El joven investigador respondió señalando el cerco de humedad que había junto al libro.

—Encontramos una taza de té cuando entramos en la casa. Suponemos que la profesora Blake la dejó ahí la tarde que fue asesinada.

—Y luego está, claro, la luz encendida en la cocina.

—Además de los platos sucios en el fregadero y la encimera. Todo lo cual indica que tenía un poco de prisa cuando se fue a Land's End.

—Eso parece, sí —dijo Gabriel—. Pero ¿adónde nos lleva todo esto?

—A su despacho.

Era la habitación contigua. Al entrar, Peel encendió la lámpara del escritorio. El ordenador era un iMac con pantalla de veintisiete pulgadas, ideal para examinar fotografías de cuadros o antiguos registros de exposiciones. Gabriel alargó el brazo y empujó el ratón. El ordenador se despertó y pidió una contraseña de acceso.

—¿Habéis averiguado la contraseña?

—Todavía no.

—¿Por qué?

—Las fuerzas policiales territoriales de Gran Bretaña ya no tienen autoridad para obtener datos privados sin el consentimiento de un órgano de control gubernamental vinculado al Ministerio del Interior. Estamos esperando su autorización.

—Si quieres, podría…

—Ni lo sueñe.

Gabriel miró los libros y papeles esparcidos por el escritorio. Uno de los volúmenes era *El saqueo de Europa*, la indispensable crónica del expolio de obras de arte por parte de los nazis escrita por Lynn Nicholas. Debajo había un ejemplar de *Picasso: los años de la guerra*, de Charlotte Blake. Gabriel abrió una carpeta de papel marrón que había al lado. Dentro, sujeto con un clip metálico, había un listado de todas las obras de arte conocidas robadas por los alemanes durante la Ocupación.

Peel miró por encima del hombro de Gabriel.

—Parece como si la profesora Blake hubiera estado investigando sobre un cuadro.

—Eso no es nada sorprendente, Timothy. Después de todo, se dedicaba a eso.

—Un Picasso, en mi opinión —dijo Peel sin inmutarse.

—¿Por qué crees eso?

—Había subrayado todos los Picassos saqueados por los nazis durante la guerra.

Gabriel hojeó el grueso legajo. Eso parecía, en efecto.

—¿Todos esos cuadros se los robaron a judíos? —preguntó Peel.

—La mayoría —contestó Gabriel—. Los llevaban al Jeu de Paume para clasificarlos y tasarlos. Las obras que los nazis consideraban apetecibles se embalaban de inmediato y se mandaban en tren a Alemania.

—¿Y las demás?

—Los nazis se deshicieron de miles de cuadros en el mercado de arte francés, lo que dio a los marchantes y coleccionistas una oportunidad única de ampliar sus posesiones a expensas de sus compatriotas judíos.

—¿Dónde están esos cuadros hoy en día?

—Algunos se han devuelto a los herederos de sus legítimos propietarios —dijo Gabriel—. Pero muchos siguen circulando por el torrente sanguíneo del mundo del arte o están colgados en los museos. De ahí que cualquier marchante, coleccionista o conservador concienzudo pudiera haber contratado los servicios de una reputada investigadora como Charlotte Blake antes de comprar un cuadro con un pasado turbio.

—¿Querría su marchamo de legitimidad?

—Exacto.

—¿Hay alguna otra razón por la que alguien pudiera haberla contratado?

—Sí, claro, Timothy. Para encontrar un cuadro desaparecido.

Sonriendo, Peel señaló el bloc de notas amarillo que descansaba en la esquina del escritorio.

—Eche un vistazo. Dígame si ve algo interesante.

Gabriel ajustó el haz de luz de la lámpara y examinó la primera página.

—Lo siento, pero me temo que no domino el sánscrito.

—Parece que la caligrafía no era el fuerte de la profesora.

Gabriel pasó a la página siguiente, que era igual de ilegible. La anotación de la parte de arriba de la página siguiente, en cambio, estaba escrita con todo cuidado.

Peel la leyó en voz alta.

—*Retrato de mujer sin título en estilo surrealista, óleo sobre lienzo, noventa y cuatro por sesenta y seis centímetros, 1937.*

—Picasso pintó numerosas obras de este tipo ese mismo año.

—¿Cuánto valdrían en la actualidad?

—Muchísimo.

Peel señaló la siguiente anotación.

*Galerie Paul Rosenberg…*

—Era el marchante de Picasso en aquella época —explicó Gabriel—. Su galería estaba en la Rue la Boétie de París. Picasso vivía y trabajaba en un piso contiguo.

—¿Debemos suponer que el cuadro se compró allí?

—Por ahora, sí.

El dedo enguantado de Peel se deslizó por la página.

—¿Y que lo compró este hombre?

*Bernard Lévy…*

—¿Por qué no? —repuso Gabriel.

El dedo de Peel bajó un poco más.

—No parece que se lo quedara mucho tiempo.

*Venta privada París 1944…*

—Mal año para que alguien llamado Bernard Lévy se desprendiera de un Picasso —comentó Gabriel.

Peel señaló la última anotación de la página.

—Pero ¿qué puede significar esto?

*OOC…*

Gabriel sacó su teléfono. Al introducir las tres letras en el recuadro en blanco del buscador, obtuvo veintisiete millones de páginas de morralla de Internet. Añadir las palabras *Picasso* y *Sin título* no sirvió de nada.

Fotografió la página y echó una mirada al ordenador en reposo.

Peel le leyó el pensamiento.

—Le diré si contiene algo de valor en cuanto tengamos autorización.

—Si quieres, yo podría…

Peel apagó el ordenador.

—Ni se le ocurra, señor Allon.

Gabriel cogió el ejemplar de *Picasso: los años de la guerra* de Charlotte Blake y lo abrió por los agradecimientos. Eran tan parcos y áridos como un típico informe de procedencia. No había expresiones de sincera gratitud ni reconocimiento de deudas impagables. Un nombre destacaba entre los demás por ser el último que se mencionaba. Se trataba de Naomi Wallach, la mayor autoridad mundial en el mercado de arte francés en tiempos de la guerra.

# 8

# Victoria Embankment

A Samantha Cooke le dio por pensar, mientras estaba acurrucada en un banco helado de Victoria Embankment, con las manos entumecidas por el frío, que a lo mejor se había equivocado de profesión. La habían citado allí mediante un mensaje de texto anónimo. El mensaje, de tono educado e impecable sintaxis, le prometía documentos de índole políticamente explosiva. El remitente quería que Samantha revelara el contenido de dichos documentos en su periódico, el *Telegraph*, de tendencia conservadora. Dado que ella era la principal cronista política del periódico y uno de los miembros más respetados de la prensa de Westminster, estaba acostumbrada a que le ofrecieran noticias en bandeja, sobre todo si eran noticias que podían perjudicar a la oposición o, mejor aún, a un rival dentro del propio partido. Eran en su mayoría asuntos triviales y mezquinos, pero este parecía distinto. Se trataba de algo importante. Samantha estaba segura de ello.

Había tenido la misma sensación respecto a su último novio, Adam, un divorciado, padre de dos hijos, que trabajaba en el Ministerio de Sanidad. Pero a Adam pronto empezó a molestarle que se pasara dieciocho horas al día al teléfono o delante del ordenador, igual que a todos sus predecesores, incluido su exmarido, que hacía tiempo que se había vuelto a casar y ahora llevaba una plácida vida de clase media-alta en el frondoso barrio de Richmond. Samantha compartía con su gato un piso en Primrose Hill y vivía con el temor constante a quedarse desempleada, dada la precariedad que aquejaba al mundo del periodismo. Todos sus amigos de la universidad se habían orientado hacia el sector financiero y ganaban muchísimo dinero. Ella, sin embargo, estaba decidida a hacer algo fuera de lo común. Ahora, mientras contemplaba la lenta rotación del London Eye, se consolaba sabiendo que al menos había logrado su objetivo.

El banco estaba situado junto al monumento a la Batalla de Inglaterra. Lo había elegido el autor del mensaje de texto, al que Samantha se imaginaba como un hombre con estudios y de edad madura, una descripción en la que encajaba buena parte del estamento político británico. Le había indicado que estuviera allí a las seis en punto, pero el Big Ben estaba dando las campanadas y aún no había rastro de él ni de los documentos que le había prometido.

Irritada, Samantha sacó su móvil y tecleó: *Estoy esperando.*

El informante anónimo respondió al instante. *Paciencia.*

*Ese no es mi fuerte,* respondió Samantha. *Ahora o nunca.*

Justo en ese momento oyó el repiqueteo de unos tacones en los adoquines y, al mirar a la derecha, vio acercarse a una mujer por el lado de Westminster. No llegaba a los treinta, era rubia y bastante guapa y vestía de oficina. Tenía la cara vuelta hacia el Támesis, como si estuviera admirando las vistas, y en la mano izquierda llevaba un sobre de tamaño DIN-A4. Un momento después, ese mismo sobre descansaba en la mitad desocupada del banco. La joven, tras dejarlo allí, siguió hacia el norte por el paseo y se perdió de vista.

El teléfono de Samantha emitió un pitido de inmediato. *¿No va a abrirlo?*

Ella miró a izquierda y derecha, pero no vio a nadie que pareciera estar observándola. El siguiente mensaje que recibió le confirmó que, efectivamente, alguien la vigilaba.

*¿Y bien, señora Cooke?*

El sobre seguía bocabajo en el banco. Samantha le dio la vuelta y vio el emblema azul claro del Partido Conservador. La solapa estaba abierta y dentro había un montón de documentos internos relacionados con la financiación del partido y, en particular, con una contribución de gran magnitud. Los documentos parecían auténticos. Y eran, en efecto, pura dinamita política.

Samantha cogió el teléfono y escribió: *¿Son auténticos?*

*Usted sabe que sí,* fue la respuesta.

*¿Dónde trabaja?*

Pasó un momento antes de que él contestara: *SCPC.*

Es decir, en la sede de campaña del Partido Conservador, situada en Matthew Parker Street, no muy lejos del palacio de Westminster.

Samantha tecleó otro mensaje y pulsó el icono de enviar. *Necesito verle de inmediato.*

*No es posible, señora Cooke.*

*Al menos dígame quién es. Prometo no revelar su identidad.*

*Puede llamarme Nemo.*

«Nemo», pensó Samantha. O sea, Nadie.

Volvió a guardar los documentos en el sobre y llamó a Clive Randolph, redactor jefe de la sección de política del *Telegraph*.

—Alguien acaba de proporcionarme los medios necesarios para hacer caer a la primera ministra Hillary Edwards. ¿Te interesa?

# 9

# Musée du Louvre

Gabriel pasó la noche en el hotel Godolphin de Marazion y a la una de la tarde del día siguiente estaba de vuelta en el centro de Londres. Dejó el coche en Hertz y la pistola en Isherwood Fine Arts y subió a un tren Eurostar con destino a París. Tres horas después, se apeó de un taxi frente al Louvre. Naomi Wallach, tal y como le había prometido, estaba esperándolo junto a la pirámide. Solo habían hablado un momento mientras Gabriel atravesaba a toda velocidad los campos del norte de Francia. Ahora, a la luz difusa de la Cour Napoléon del Louvre, ella lo observó con atención, como si tratara de decidir si era el original o una falsificación muy hábil.

—No es en absoluto como me esperaba —comentó por fin.

—Espero no haberla decepcionado.

—Al contrario, ha sido una grata sorpresa. —Sacó un paquete de cigarrillos del bolso y encendió uno—. Dijo que era amigo de Hannah Weinberg.

—Amigo íntimo.

—Nunca me habló de usted.

—Porque yo se lo pedí.

Hannah Weinberg, ya fallecida, había sido directora del Centro Weinberg de Estudios sobre el Antisemitismo. Situado en la Rue des Rosiers, en el Marais, el centro había sido blanco de uno de los atentados terroristas más mortíferos perpetrados por el

47

Estado Islámico. Naomi Wallach, especialista en restitución de bienes artísticos expoliados durante el Holocausto y otros asuntos relacionados con el arte, debería haberse contado entre los muertos o heridos, pero esa mañana llegó tarde y se encontró el edificio en llamas y a su amiga Hannah tendida entre los escombros. Una fotografía de las dos mujeres —una brutalmente asesinada y la otra tirándole de la ropa, angustiada— se convirtió en la imagen definitoria de aquella atrocidad. De modo que, cuando el director del Louvre tuvo que buscar a una persona ajena al museo para expurgar por fin su colección de obras de arte saqueadas, Naomi Wallach emergió como la candidata perfecta.

Volvió la cabeza y expelió un chorro de humo.

—Perdóneme, señor Allon. Es un hábito asqueroso, lo sé.

—Los hay peores.

—Dígame uno.

—Comprar cuadros pertenecientes a personas que perecieron en el Holocausto.

—Gran número de franceses adquirieron ese hábito durante la guerra, incluido un conservador de este mismo museo.

—Ese conservador se llamaba René Huyghe —repuso Gabriel.

Naomi Wallach lo miró por encima de la brasa del cigarrillo.

—Parece que sabe mucho sobre el expolio nazi en Francia.

—No soy un experto en la materia, en absoluto, pero hace muchos años participé en un caso que condujo a la recuperación de un número considerable de cuadros expoliados.

—¿Dónde estaban los cuadros?

—En manos de un banquero suizo cuya única hija superviviente resulta ser la violinista más famosa del mundo.

Ella entornó los ojos.

—¿No será el caso Augustus Rolfe?

Gabriel asintió.

—Estoy impresionada, *monsieur* Allon. Fue todo un escándalo. Pero ¿qué le trae por el Louvre?

—Un favor para un amigo.

—Seguro que puede afinar un poco más.

—Mi amigo es un detective de la Policía de Devon y Cornualles, en Inglaterra.

Su semblante se ensombreció.

—¿Charlotte Blake?

Gabriel hizo un gesto afirmativo.

—El detective me pidió que revisara unos papeles que la profesora Blake dejó en su escritorio la tarde de su muerte. Me dio la impresión de que estaba investigando la procedencia de un Picasso.

—¿*Retrato de una mujer sin título en estilo surrealista*, óleo sobre lienzo, noventa y cuatro por sesenta y seis centímetros?

—¿Conocía usted el proyecto?

Ella asintió lentamente.

—¿Puedo preguntarle por qué?

Naomi Wallach sonrió con tristeza.

—Porque fui yo quien le pidió que buscara ese cuadro.

Cruzaron la Place du Carrousel y tomaron la Allée Centrale del Jardín de las Tullerías. Las ramas de los plátanos se recortaban desnudas contra el cielo del atardecer. La grava polvorienta crujía bajo sus pies.

Naomi Wallach se llevó el cigarrillo a los labios y le dio una calada.

—Me digo a mí misma que buscaré otro hábito asqueroso cuando se recuperen todos los cuadros que les fueron robados a los judíos franceses durante la guerra y se les devuelvan a sus legítimos propietarios.

—Pues se ha marcado una meta inalcanzable, *madame* Wallach.

—Si creyera eso, no habría aceptado el puesto en el Louvre. La colección del museo contiene mil setecientos cuadros que fueron expoliados por los nazis o adquiridos en circunstancias dudosas. Mi trabajo consiste en aclarar de una vez por todas la procedencia de cada pieza y localizar a sus legítimos herederos. Una tarea monumental.

—Por eso le pidió a la profesora Blake que investigara la procedencia de un cuadro concreto.

Naomi Wallach asintió.

—Yo no tenía tiempo de prestarle al asunto la atención que merecía, pero además se trataba de una cuestión ética. Desde que asumí el puesto en el Louvre, me he abstenido de hacer investigaciones para particulares. Y más aún tratándose de una investigación tan delicada como la de Bernard Lévy.

—¿Quién era? —preguntó Gabriel.

—Un próspero empresario con buen ojo para el arte moderno y de vanguardia. *Monsieur* Lévy se escondió con su mujer y su hija tras la redada de París de julio de 1942. Lo deportaron a Auschwitz en 1944 y murió en la cámara de gas a su llegada al campo. Su mujer iba en el mismo transporte.

—¿Y su hija?

—La acogió una familia católica de la Zona Libre y consiguió sobrevivir a la guerra. En 1955 se casó con otro superviviente, Léon Cohen, y un año después dio a luz a un niño al que llamó Emanuel. Él estaba terminando sus estudios de Medicina en la Sorbona cuando su madre le habló por fin de sus experiencias durante la Ocupación. —Naomi Wallach hizo una pausa—. Y de la pequeña colección de cuadros que adornaba el piso de su familia en París.

—Una colección que incluía el retrato de mujer en estilo surrealista de Pablo Picasso que Bernard Lévy compró en la Galerie Paul Rosenberg en 1937.

—Tal vez. —Naomi Wallach tiró el cigarrillo al sendero y lo apagó con la punta de su elegante bota—. Estos casos son siempre complicados. El doctor Cohen no tenía fotografías, recibos ni documentación de ningún tipo que respaldase su reclamación. Me contó que sus abuelos lo abandonaron todo cuando huyeron de París para ir al sur a esconderse.

—¿Qué hicieron con el Picasso y el resto de los cuadros?

—Evidentemente, Lévy se los confió a su abogado en París. —Recogió la colilla y la tiró a una papelera—. Un tal *monsieur* Favreau.

—¿Y Favreau los vendió?

—El doctor Cohen creía que sí.

—¿Qué más creía?

—Que el Picasso de su abuelo estaba en el puerto franco de Ginebra.

El puerto franco era un almacén de cincuenta y seis mil metros cuadrados ubicado en un polígono industrial de Ginebra. Según las últimas estimaciones, el complejo albergaba más de un millón de cuadros, incluida la mayor colección de Picassos no pertenecientes a los herederos del pintor español.

—Es una clara posibilidad —dijo Gabriel—, pero ¿por qué sospechaba Cohen que estaba allí?

—Afirmaba haber visto el cuadro con sus propios ojos.

—¿En una cámara acorazada?

—*Non,* en una galería que opera dentro del recinto del puerto franco. Hay varias, como sabe. El doctor Cohen visitó esa galería hace unos meses para ver si había algún retrato sin título de Picasso en venta. ¿Y adivina qué vio allí?

—¿El Picasso de su abuelo?

Ella asintió con un gesto.

—¿Pidió ver la procedencia?

—Naturalmente, pero el marchante alegó que el cuadro no estaba a la venta y se negó a enseñárselo.

—¿Y el nombre del marchante?

—El doctor Cohen no quiso decírmelo.

—¿Por qué?

—Pensó que conocer de antemano el paradero del cuadro podía interferir en mis pesquisas. Quería un informe irreprochable de un perito de reconocido prestigio que pudiera presentar ante los tribunales.

Tenía cierta lógica.

—¿Y qué ocurrió cuando le dijo usted que no podía hacerse cargo del asunto?

—Me pidió el nombre de alguien que estuviera a la altura. Charlotte Blake era la opción más obvia. Era una historiadora de fama mundial, una autoridad en cuanto a la investigación de la procedencia de obras pictóricas, y su libro sobre Picasso y la Ocupación es extraordinario. Además, sentía bastante desdén por el negocio del arte.

51

Sobre todo, por esos presuntos coleccionistas que compran cuadros únicamente como inversión y luego los guardan a cal y canto en sitios como el puerto franco de Ginebra.

Habían llegado al final de la Allée Centrale. El tráfico vespertino se arremolinaba en torno a la Place de la Concorde. Doblaron a la derecha y se dirigieron hacia el Jeu de Paume.

—Escenario del mayor robo de arte de la historia —comentó Naomi Wallach—. Decenas de miles de cuadros que ahora valen miles de millones de dólares. Pero es importante recordar, *monsieur* Allon, que los nazis no fueron los únicos responsables. Tuvieron cómplices voluntarios, hombres que se aprovecharon de las circunstancias para llenarse los bolsillos o adornar sus paredes. Los que conservan cuadros que saben que fueron objeto de expolio no están libres de culpa. Son cómplices de un delito que llega hasta hoy. Charlotte Blake opinaba lo mismo. Por eso se mostró dispuesta a aceptar el caso de Emanuel Cohen.

—¿Y qué pensó cuando se enteró usted de que la habían asesinado?

—Me impresionó muchísimo, claro, igual que al doctor Cohen.

—Me gustaría hablar con él.

—Ya lo imagino, pero me temo que no es posible.

—¿Por qué?

—Porque anoche, mientras volvía andando a su piso en Montmartre, el doctor Emanuel Cohen falleció al caerse por las escaleras de la Rue Chappe. La policía parece creer que resbaló. —A Naomi Wallach le tembló la mano al encender otro cigarrillo—. Puede que no fuera un accidente.

# 10

# Rue Chappe

La prensa parisina no informó del fallecimiento del doctor Emanuel Cohen, viudo sin hijos. Naomi Wallach se había enterado esa mañana por una amiga del Centro Weinberg y desconocía los pormenores; entre ellos, el lugar exacto de la caída. Gabriel, tras charlar unos minutos con un camarero del café Chappe, averiguó que el suceso había tenido lugar en lo alto de la famosa escalinata, cerca de la basílica. El camarero, que se llamaba Henri, se había topado con la luctuosa escena al regresar a casa después de su turno.

—¿Qué viste?

—A un par de policías y sanitarios mirando un cadáver.

—¿Seguro que estaba muerto?

—*Oui.* Ya lo habían tapado.

—¿Dónde estaba?

—En el primer rellano, junto a la farola.

El extremo sur de la Rue Chappe, donde se hallaba el café, era un tramo de calle típico de Montmartre, estrecho y adoquinado, bordeado por pequeños bloques de viviendas. La escalera partía de la Rue André Barsacq. Tenía dos ramales separados, cada uno con un par de rellanos y una barandilla de hierro en el centro. El segundo ramal, el más cercano al Sacré Coeur, era ligeramente más empinado. Gabriel se detuvo en el rellano de arriba y, agachado, examinó los adoquines a la débil luz de la farola. Si la noche anterior había habido sangre, ya no la había. Tampoco existía nada que indicara que allí se había llevado a cabo una investigación forense.

Gabriel se levantó y subió a lo alto de la escalinata. A la derecha había un pequeño café y más allá estaba la estación del funicular de Montmartre. Un grupo de turistas contemplaba las cúpulas iluminadas del Sacré Coeur. Dos mujeres jóvenes examinaban los bolsos de diseño falsos colocados sobre una lona, a los pies de un inmigrante africano.

Gabriel se volvió y miró los escalones de la Rue Chappe. Algo le indujo a apoyar una mano en la fría farola. Sin duda una caída, aunque fuera leve, le causaría lesiones graves. Aun así, la mayoría de los transeúntes lograban subir sin tropiezos; sobre todo, los parisinos de toda la vida y los vecinos de Montmartre, como el doctor Emanuel Cohen.

Gabriel se apartó de lo alto de la escalinata y miró a un lado y otro de la calle. No había cámaras de vigilancia a la vista, nada que hubiera registrado cómo había perdido el equilibrio Cohen. Si había algún testigo presencial, seguramente le habría contado a la policía lo que había visto. A menos, claro está, que en el momento del suceso dicho testigo estuviera dedicado a una actividad que infringía la normativa y hubiera, por tanto, optado por guardar silencio.

Gabriel se acercó al vendedor ambulante africano, una figura imponente: delgado como un junco, de rostro noble y mirada desconfiada. Se saludaron en francés. Luego Gabriel le preguntó si la noche anterior había estado vendiendo sus mercancías en ese mismo sitio.

Sus ojos se llenaron de recelo.

—¿Por qué lo preguntas?

—Un amigo mío se cayó por las escaleras de la Rue Chappe. Quería saber si estabas aquí cuando ocurrió.

—*Oui*. Estaba aquí.

—¿Viste algo?

—¿Eres policía?

—¿Lo parezco?

El imponente africano no dijo nada. Gabriel miró los bolsos falsificados que yacían a sus pies.

—¿Cuánto cuesta ese?

—¿El Prada?

—Si tú lo dices.

—Cien euros.

—El de mi mujer me costó cinco mil.

—Deberías habérmelo comprado a mí.

—¿Qué tal si te doy doscientos por él?

—Vale, doscientos.

Gabriel le entregó el dinero. El africano se lo guardó en el bolsillo de su raído abrigo y cogió el bolso.

—Déjalo —dijo Gabriel—. Solo cuéntame cómo se cayó mi amigo.

—Recibió una llamada cuando llegó a lo alto de la escalera. Fue entonces cuando el otro lo empujó. —El africano señaló al otro lado de la calle, hacia uno de los telescopios que funcionaban con monedas—. Estuvo ahí parado unos minutos antes de que llegara tu amigo.

—¿Pudiste verlo bien?

—*Non.* Estuvo de espaldas todo el tiempo.

—¿Y estás seguro de que no fue un accidente?

—La mano izquierda al centro del pecho. Cayó por las escaleras. No pudo hacer nada.

—¿Qué fue del hombre que lo empujó? —Al no recibir respuesta, Gabriel miró el inventario del africano—. ¿Y si compro otro bolso?

—¿El Vuitton?

—Vale.

—¿Cuánto me das por él?

—La verdad es que no me gusta regatear conmigo mismo.

—¿Ciento cincuenta?

Gabriel le entregó trescientos euros.

—Sigue hablando.

—Otro tipo paró a su lado en una vespa y él montó detrás. Fue todo muy profesional, creo yo.

—Y, por supuesto, le contaste a la policía todo lo que viste.

—*Non.* Me fui antes de que llegaran.

—¿Intentaste al menos socorrer a mi amigo?

—Sí, claro. Pero era evidente que estaba muerto.

—¿Dónde estaba su teléfono?

—En el rellano, a su lado.

—Supongo que lo cogiste cuando te ibas.

El africano dudó y luego asintió.

—Perdóname, *monsieur*. Esos teléfonos valen mucho dinero.

—¿Dónde está ahora?

—¿Seguro que no eres policía?

—¿Cuándo fue la última vez que un policía te pagó quinientos euros por dos bolsos falsos?

—Le di el teléfono a Papa.

—Estupendo —dijo Gabriel—. ¿Quién es Papa?

Mientras guardaba su género en unas bolsas de basura, el vendedor ambulante se presentó como Amadou Kamara y le explicó que era de Senegal, la inestable excolonia francesa de la costa occidental de África, donde el paro y la corrupción pública eran males endémicos. Padre de cuatro hijos, había llegado a la conclusión de que no tenía más remedio que irse a Europa si quería que su familia sobreviviera. Probó a hacerlo por la típica ruta senegalesa hacia el norte, un abarrotado cayuco con destino a las islas Canarias, y estuvo a punto de ahogarse cuando la embarcación zozobró en las traicioneras aguas del Sahara Occidental. Tras llegar a tierra, caminó hasta la costa mediterránea de Marruecos —un viaje de más de mil seiscientos kilómetros— y consiguió llegar a España en una lancha inflable junto con otros doce hombres. Durante un par de años trabajó en el campo como jornalero, deslomándose bajo un sol abrasador por un sueldo que apenas llegaba a los cinco euros al día, y luego se marchó a Cataluña a vender productos falsificados en las calles de Barcelona. Tras un encontronazo con la policía española, llegó a París y empezó a trabajar para Papa Diallo.

—¿El distribuidor local de Prada y Louis Vuitton?

—Y de muchas otras marcas de lujo —respondió Amadou Kamara—. Los bolsos se fabrican en China y llegan de contrabando a

Europa en buques de contenedores. Papa es el mandamás del mercado parisino. También es de Senegal.

—¿En qué más anda metido Papa?

—En lo normal.

—¿iPhones robados?

—*Mais bien sûr.*

Caminaban por la Rue Muller, una calle oscura e inhóspita, poco frecuentada por los visitantes extranjeros del distrito Dieciocho. Su destino era un barrio de inmigrantes conocido como la Goutte d'Or. Gabriel, que acarreaba uno de los fardos llenos de bolsos de contrabando y era, por tanto, cómplice de un delito menor, se preguntó —como le había ocurrido muchas otras veces en su vida— cómo había llegado a aquello.

—¿Y tu historia cuál es? —preguntó Amadou Kamara.

—Es tan insignificante comparada con la tuya que prefiero no aburrirte con los detalles.

—Por lo menos dime cómo te llamas.

—Francesco.

—No eres francés.

—Italiano.

—¿Por qué hablas francés tan bien?

—Veo muchas películas francesas.

—¿A qué te dedicas, *monsieur* Francesco?

—A limpiar cuadros antiguos.

—¿Y con eso se gana dinero?

—Depende del cuadro.

—A mi hija le gusta dibujar. Se llama Alima. Hace cuatro años que no la veo.

—No le digas a Papa lo de los quinientos euros que te he dado. Mándaselos a tu familia.

La Goutte d'Or, conocida también como la Pequeña África, quedaba al este del Boulevard Barbès. Sus calles, densamente pobladas, eran de las más animadas de París, sobre todo la Rue Dejean, donde se ubicaba el bullicioso mercadillo del barrio. Gabriel y Amadou Kamara —una pareja de lo más dispar— se abrieron paso entre el gentío.

Había otro mercadillo en la Rue des Poissonniers y un bar llamado Le Morzine, cuyos ventanales estaban cubiertos por anuncios de lotería y carteles de equipos deportivos africanos. Papa Diallo estaba dentro, sentado a una mesa, rodeado de varios socios. Sus bíceps tenían el tamaño de una olla. Su cabeza calva y esférica parecía colocada directamente sobre el torso.

Acercaron una silla de una mesa vecina e invitaron a Gabriel a sentarse. Amadou Kamara le explicó la situación en un dialecto senegalés. Cuando acabó su relato, Papa Diallo enseñó dos filas de grandes dientes blancos.

—¿Por qué tienes tantas ganas de recuperarlo? —preguntó en francés.

—Porque era de mi amigo.

—¿Eres policía?

—Amadou y yo ya hemos aclarado ese punto.

Los dos hombres cruzaron una mirada. Luego, Papa hizo un gesto con la cabeza a uno de sus compañeros, que puso el teléfono sobre la mesa. Era un iPhone. La pantalla había sobrevivido intacta al impacto con los escalones de la Rue Chappe.

—¿La tarjeta SIM es la original? —preguntó Gabriel.

Papa Diallo asintió.

—Puedo conseguir doscientos en la calle, pero a ti voy a hacerte un precio especial.

—¿Cuánto?

—Mil euros.

—No me parece justo.

—Tampoco lo es la vida, *monsieur*.

Gabriel miró a Amadou Kamara, que hacía cuatro años que no veía a su hija. Luego abrió su billetera y echó un vistazo dentro. Tenía veinte euros.

—Voy a tener que buscar un cajero automático —dijo.

Papa Diallo le dedicó una sonrisa luminosa.

—Te espero.

# 11

# Queen's Gate Terrace

Cuando Gabriel salió del bar con el teléfono de Emanuel Cohen en el bolsillo, ya era demasiado tarde para tomar el último Eurostar de vuelta a Londres, de modo que durmió unas horas en un lúgubre hotel cerca de la Gare du Nord y tomó el primer tren de la mañana. Llamó a Sarah Bancroft poco antes de llegar a St. Pancras. Su voz, cuando por fin contestó al teléfono, sonaba soñolienta.

—¿Sabes qué día es hoy?

—Creo que es sábado. Espera, deja que lo compruebe.

—Gilipollas —murmuró ella, y colgó.

Gabriel volvió a marcar.

—¿Y ahora qué pasa? —preguntó Sarah.

—Necesito el objeto metálico de cerca de un kilo de peso que dejé en la galería ayer por la tarde.

—¿La Beretta de nueve milímetros?

—Sí, eso.

—La tengo en la mesita de noche.

—¿Te importa si me paso a recogerla?

—¿Desde cuándo preguntas antes de entrar en mi morada?

—Es mi nuevo yo.

—Le tenía bastante cariño al antiguo.

El tren de Gabriel llegó a las ocho y media. Fue en metro de King's Cross a Gloucester Road y luego recorrió a pie el corto trecho hasta el dúplex de Queen's Gate Terrace. Sarah estaba tomando café en la isla

59

de la cocina, vestida con unos vaqueros elásticos y una sudadera de Harvard. Llevaba el pelo rubio recogido en un moño mal hecho. El estado de sus ojos azules indicaba que había trasnochado.

—Hice la tontería de cenar con Julian y Oliver —explicó mientras se masajeaba la sien derecha.

—¿Por qué?

—Porque era viernes y no quería pasarme el viernes buscando algo que ver en Netflix.

—¿Dónde está tu marido?

—En paradero desconocido. Hace días que no sé nada de él. —Miró la Beretta que descansaba sobre la encimera—. La mayoría de los hombres te traen unas flores. Pero Gabriel Allon, no.

Él se metió la pistola en la cinturilla del pantalón, por detrás.

—¿Mejor así?

—Mucho mejor.

Sarah bostezó exageradamente y luego preguntó:

—¿Qué tal París?

—Bastante interesante. Si hubiera sabido lo de tu cena, te habría llevado conmigo.

—Espero que me hayas traído algo caro.

Gabriel puso el iPhone sobre la encimera.

—Dado que no usas un dispositivo Apple, voy a suponer que no es tuyo.

—Pertenecía a un médico parisino llamado Emanuel Cohen.

—¿Pertenecía?

—El doctor Cohen se cayó por las escaleras de la Rue Chappe, en Montmartre, hace dos noches. La policía francesa cree que fue un accidente, pero se equivoca.

—¿Quién lo dice?

—Amadou Kamara. Vende bolsos falsificados en las calles de París para Papa Diallo. Amadou vio a alguien empujar al doctor Cohen por las escaleras.

—¿Cómo conseguiste su teléfono?

—Se lo compré a Papa Diallo. Me hizo un precio especial. Mil euros. Además de los quinientos que le di a Amadou por dos bolsos falsos.

—Qué astuto por tu parte. —Sarah bebió un poco de café—. Estoy segura de que todo esto tiene una explicación perfectamente razonable.

—*Retrato de mujer sin título en estilo surrealista*, óleo sobre lienzo, noventa y cuatro por sesenta y seis centímetros.

—¿Picasso?

Gabriel hizo un gesto afirmativo.

—Hay varios retratos sin título, si no me falla la memoria.

—Así es. Y uno de ellos era del abuelo de Cohen, un tal Bernard Lévy, que se lo confió tontamente a su abogado durante la Ocupación.

—Y el abogado sin duda lo vendió.

—Pues claro.

—¿Debo suponer que el doctor Cohen estaba buscando ese cuadro en el momento de su muerte?

—En realidad, estaba convencido de haberlo encontrado.

—¿Dónde?

—En una galería de arte del puerto franco de Ginebra. Le pidió a la principal experta del mundo en el mercado de arte francés en tiempos de la guerra, una mujer llamada Naomi Wallach, que demostrara que era el Picasso de su abuelo.

—¿Naomi Wallach no trabaja ahora para el Louvre?

—Por eso le dijo a Cohen que no podía aceptar el encargo. Pero le sugirió una alternativa.

—¿No será Charlotte Blake?

Gabriel asintió.

—Pero la mató el Leñador.

—La mataron con un hacha de mano —dijo Gabriel—. Que la empuñara el Leñador no está nada claro. De hecho, hay cosas que no cuadran con los asesinatos anteriores.

—¿Crees que la asesinaron por el Picasso?

—Ahora sí.

—¿Algún sospechoso?

—Uno.

—¿El marchante de arte de Ginebra?

Gabriel volvió a asentir.

—Por eso pagaste mil euros por un iPhone robado.

—Y quinientos por dos bolsos falsos.

Sarah se frotó los ojos hinchados.

—Tienes razón. Debería haber ido contigo a París.

Durante una reciente visita a Tel Aviv, totalmente imprevista, el antiguo servicio de Gabriel le había proporcionado un ordenador portátil nuevo que contenía la última versión de Proteus, el *malware* de pirateo de teléfonos móviles más eficaz del mundo. Normalmente, Proteus atacaba a su objetivo en remoto, a través de la red móvil del propietario del dispositivo. Pero, dado que Gabriel tenía el teléfono en su poder, no tuvo más que conectarlo al portátil. Proteus tomó instantáneamente el control del sistema operativo del teléfono y, con un clic en el *trackpad* de Gabriel, comenzó a exportar todos los datos almacenados en la memoria.

Como el proceso duró varios minutos, Sarah tuvo tiempo suficiente de reparar los daños causados por su insensata salida de la noche anterior con Julian y Oliver Dimbleby. Cuando regresó a la cocina, vestía pantalones negros y un jersey también negro de cachemira. Gabriel le entregó un *pendrive* y ella lo insertó en su ordenador.

—¿Por dónde empezamos?

—Por el final —dijo Gabriel, y abrió un directorio con todas las llamadas de voz que el aparato había hecho o recibido. La última era una llamada entrante: la que recibió el doctor Cohen al acercarse a lo alto de la Rue Chappe.

—Quizá deberíamos marcar el número —sugirió Sarah.

—¿De qué serviría?

—Puede que conteste alguien.

—¿Y qué le diríamos exactamente? Además, ¿cuándo fue la última vez que contestaste a una llamada de un número desconocido?

—Ayer mismo. Disfruto torturando a la persona del otro lado de la línea.

—Debes de tener mucho tiempo libre.

—Dirijo una galería especializada en Maestros Antiguos, querido.

Gabriel centró su atención en los datos de geolocalización que Proteus había extraído del teléfono del doctor Cohen. Le permitieron seguir todos sus movimientos, incluida la visita que hizo a Ginebra seis meses antes de su muerte. Cohen había viajado desde París en tren y había llegado a la Gare Cornavin a la una y media. El trayecto en taxi hasta el Ports Francs et Entrepôts de Genève —o, lo que es lo mismo, el puerto franco de Ginebra— duró dieciséis minutos. Hizo una sola llamada durante el viaje.

—Es un número de Ginebra —comentó Gabriel—. Seguro que es el de la galería.

Copió el número en el buscador y añadió las palabras *arte* y *Ginebra*. Obtuvo más de seis millones de resultados, pero solo los siete primeros eran relevantes. Se referían a una galería de arte con sede en el puerto franco: la Galerie Edmond Ricard SA.

—*Monsieur* Ricard es un pez gordo del puerto franco —le informó Sarah—. Y más escurridizo que una anguila, por lo que cuentan.

—¿Nunca has tratado con él?

—Yo no, pero conocemos a alguien que seguramente sí.

—Llámale, a ver si está libre.

Sarah cogió su teléfono y marcó.

—Hola, Nicky. Ya sé que es sábado, pero quería saber si tenías un rato libre… ¿Un almuerzo regado con alcohol en el Claridge's? Qué idea tan maravillosa. ¿Qué tal a la una? —Sarah colgó—. Ya está —dijo.

—Eso me ha parecido.

Ella miró la hora.

—Quedan dos horas y media para la hora de la comida. ¿Qué hacemos?

—¿Qué te parece si damos un largo paseo por Hyde Park? Hará milagros con tu resaca.

—Ya —dijo Sarah levantándose—. Justo a tiempo para la próxima.

# 12

# Claridge's

Cayeron las primeras gotas de lluvia mientras paseaban por Rotten Row. Buscaron refugio en la cafetería del Serpentine Lido y se tomaron un té mientras las nubes se ennegrecían y la suave llovizna se convertía en chaparrón.

—¿Alguna otra idea brillante? —preguntó Sarah.

—Seguro que volverá a brillar el sol de un momento a otro.

—Esto es Inglaterra, querido. No brilla el sol. Solo hay oscuridad infinita. —Levantó su teléfono móvil—. ¿Has visto el *Telegraph* de hoy? Tu buena amiga Samantha Cooke ha dado la campanada.

Gabriel había leído la noticia durante el viaje en tren desde París. Afirmaba que el tesorero del Partido Conservador, el acaudalado empresario e inversor lord Michael Radcliff, había aceptado en persona una donación de un millón de libras blanqueadas con esmero hecha por Valentin Federov, un oligarca ruso afín al Kremlin. De un memorando interno del partido que obraba en poder del *Telegraph*, se desprendía que la primera ministra Hillary Edwards estaba al tanto de la donación. La secretaria de prensa de Downing Street, sin embargo, había emitió de inmediato un contundente desmentido en el que se señalaba a lord Radcliff como único responsable del flagrante desliz.

—¿Crees que la pobre Hillary sobrevivirá? —preguntó Sarah.

—En su estado actual, no. Está demasiado debilitada para remontar esta situación.

—Pero ¿cómo pudo lord Radcliff ser tan tonto como para aceptar una donación de un oligarca ruso en plena guerra de Ucrania?

—No es la primera vez que los *tories* aceptan dinero de una fuente extranjera dudosa. O rusa, incluso. Su aparato de recaudación de fondos está hecho un desastre desde hace tiempo.

—Todo el partido está hecho un desastre. Y me temo que el país también.

—Descuida, que lo peor aún está por llegar.

—Adiós a tu nuevo yo —repuso Sarah.

Salieron del café a las doce y media y se dirigieron al Claridge's. Nicholas Lovegrove, con traje oscuro y camisa de vestir con el cuello abierto, ocupaba un reservado forrado de cuero verde en el famoso restaurante del hotel. Estaba contemplando la etiqueta de una excelente botella de Montrachet a la que ya le había infligido daños considerables.

El *maître* acompañó a Sarah y a Gabriel a la mesa, y Lovegrove se levantó para saludarlos. No pudo disimular su desilusión por no comer a solas con una de las mujeres más atractivas y misteriosas del mundillo londinense del arte, pero aun así saltaba a la vista que le intrigaba la presencia de Gabriel.

—¡Allon! —exclamó, haciendo que los ocupante de una mesa cercana volvieran la cabeza—. ¡Qué sorpresa tan inesperada!

Se sentaron los tres y el camarero llenó sus copas con el Montrachet. Lovegrove ordenó otra botella y Sarah pidió además un *bloody mary* Belvedere.

—Así me gusta —dijo Lovegrove.

—Anoche cené con Oliver y Julian —explicó ella.

—Ya me he enterado. —Lovegrove se volvió hacia Gabriel y lo miró con recelo un momento—: ¿Hablamos de la nueva exposición de la Tate Modern o puedo interrogarte largo y tendido sobre tu extraordinaria carrera?

—Me interesa más la tuya, Nicky.

—Me temo que los tratos de un asesor de arte son más secretos que los de un espía profesional. Mis clientes exigen discreción absoluta y nunca he traicionado a ninguno.

Pero Nicholas Lovegrove, uno de los asesores de arte más solicitados del mundo, también exigía ciertas cosas a sus clientes, entre ellas un porcentaje de todas las transacciones, ya fueran ventas o adquisiciones. A cambio, respondía de la autenticidad de los cuadros y, en la mayoría de los casos, de sus posibilidades de reventa con beneficios. Actuaba, además, como intermediario entre el vendedor y el comprador, asegurándose de que ninguno conociera la identidad del otro. Y si por casualidad representaba a ambas partes en una venta, duplicaba su comisión. No era raro que ganara más de un millón de dólares en una sola operación, o incluso ocho cifras si se trataba de una obra de precio estratosférico. El suyo era, como decía el viejo estándar de *jazz*, un buen trabajo, si lo conseguías.

—No me interesa ninguno de tus clientes —dijo Gabriel—. Solo quiero conocer tu opinión sobre un marchante.

—En mi vida he conocido a uno honrado. —Lovegrove sonrió a Sarah—. Mejorando lo presente, claro está. Pero ¿cómo se llama ese granuja?

—Edmond Ricard. Su galería está en el…

—Sé dónde está, Allon.

—Supongo que has estado allí.

Lovegrove tardó en contestar.

—¿A qué obedece tu interés?

—Esa es una pregunta bastante difícil de responder.

—Inténtalo.

—Tiene que ver con un Picasso.

—Empezamos bien. Continúa, por favor.

—Un Picasso que perteneció a un empresario francés asesinado en el Holocausto.

—¿Una restitución?

—Más o menos.

—Lo que significa que hay algo más.

Gabriel suspiró. Habían comenzado las negociaciones.

—Dime un precio, Nicky.

—El Gentileschi.

—Lo haré por el cinco por ciento del precio de venta en subasta.

—El tres por ciento.

—Eso es un asalto a mano armada.

—Tú sabrás.

—Muy bien, Nicky, limpiaré tu Gentileschi por un mísero tres por ciento del precio final de venta, pero insistiré en revisar todo el papeleo para asegurarme de que no me timas.

—Mi buen amigo… —murmuró Lovegrove.

—A cambio, tienes que decirme todo lo que sepas sobre la Galerie Edmond Ricard.

—Sin revelar la identidad de ninguno de mis clientes.

—Conforme.

—Ni los datos de cualquier obra que puedan haber comprado o vendido a través de dicha galería.

—De acuerdo.

—En tal caso —dijo Lovegrove con una amplia sonrisa—, trato hecho.

El camarero puso el *bloody mary* delante de Sarah. Ella lo levantó unos centímetros, apuntando a Gabriel.

—Qué astuto por tu parte —dijo, y bebió.


El cliente tenía un apellido compuesto y muy lujoso que sin embargo no reflejaba fielmente las circunstancias de su nacimiento. Su fortuna personal, en cambio, era principesca y aumentaba de día en día. Deseaba hacerse con una colección de arte que le confiriera sofisticación instantánea y le permitiera acceder a los niveles superiores de la sociedad británica y europea. Asesorado por el célebre Nicholas Lovegrove, llenó su mansión señorial de Belgravia con un deslumbrante surtido de cuadros de posguerra y contemporáneos (el punto fuerte de Lovegrove). El precio de las adquisiciones, que se prolongaron a lo largo de un año, fue de solo cien millones de libras, diez de los cuales fueron a parar directamente al bolsillo de Lovegrove.

—¿A qué se dedica tu cliente?

—Te remito a los términos de nuestro acuerdo, Allon.

—Venga ya, Nicky. Dame un poco de cuartel.

—Baste con decir que sabe poco de las pinturas que tiene colgadas en las paredes y aún menos de los vericuetos del mundo del arte. Yo elegí las piezas de la colección y me encargué de las negociaciones. Lo único que hizo el cliente fue firmar los cheques.

Por eso le sorprendió un poco que el cliente, de improviso, le pidiera que lo acompañara a Ginebra a ver un cuadro que vendía la Galerie Ricard.

—¿Autor? —preguntó Gabriel.

—Digamos, por decir algo, que era un Rothko. Y digamos también que, tras inspeccionar detenidamente el lienzo y el informe de procedencia, no tuve ninguna duda sobre su autenticidad.

—¿La Galerie Ricard era la propietaria de la obra?

—Cielo santo, no. Ricard se hace llamar marchante, pero en realidad es un intermediario que se da muchos aires. Un corredor, lisa y llanamente. El titular que figuraba en el registro era una empresa llamada OOC Group, Limited.

—¿OOC? ¿Estás seguro?

Lovegrove asintió.

—Evidentemente, OOC son las siglas de *oil on canvas*, «óleo sobre lienzo». Supuse que se trataba de algún tipo de empresa fantasma. Ya sabes que están muy de moda.

—¿Qué precio pedían?

—El equivalente a setenta y cinco millones de dólares.

—Parece un poco alto.

—Lo mismo pensé yo, pero Ricard no estaba dispuesto a rebajarlo y el cliente tenía mucho interés en comprarlo, así que firmó el contrato de venta y transfirió el dinero desde su cuenta en Barclays.

Momento en el cual Lovegrove se llevó otra sorpresa. Al parecer, su cliente no tenía ningún interés en colgar el Rothko en su mansión de Belgravia. Por el contrario, quería dejarlo en el puerto franco de Ginebra, al cuidado de Edmond Ricard.

—Ricard controla buena parte del espacio de almacenamiento

del puerto franco. Por una tarifa razonable, accedió a guardar el cuadro todo el tiempo que deseara mi cliente.

—Da la impresión de que tu poco sofisticado cliente estaba recibiendo asesoramiento financiero sofisticado de otra fuente.

—Se me pasó por la cabeza —repuso Lovegrove—, pero no cuestioné su decisión en aquel momento. Varios de mis clientes guardan pinturas en ese almacén. Es perfectamente legal.

—Y la comisión que te llevaste por la operación fue de siete millones y medio, perfectos también.

—Una parte sustancial de la cual entregué a la Agencia Tributaria de Su Majestad.

Apenas seis meses después, continuó Lovegrove, visitó de nuevo la Galerie Ricard, esta vez con un cliente que buscaba un De Kooning.

—¿Y adivina qué vimos expuesto en lugar destacado?

—¿El Rothko?

Lovegrove asintió con la cabeza.

—¿Estás seguro de que era el Rothko de tu cliente?

—Uy, sí. Y estaba a la venta.

—¿Quién lo vendía?

—No lo pregunté.

Lovegrove, sin embargo, se lo comentó a su cliente al regresar a Londres. Y el cliente reconoció que había vendido el cuadro a un tercero dentro de la zona libre de impuestos del puerto franco apenas dos meses después de comprarlo.

—Un plazo bastante corto —comentó Gabriel.

—No para los estándares actuales, sobre todo en el puerto franco de Ginebra. Pero, desde luego, resultaba sospechoso. Y lo que es más importante, era una vulneración de nuestro acuerdo. Si había vendido el cuadro, a mí me correspondía el diez por ciento del precio de venta.

—¿Tu cliente accedió a pagar?

—Inmediatamente.

—¿Cuánto?

—Me extendió un cheque por seis millones doscientas mil libras.

—El equivalente a siete millones y medio de dólares —dijo Gabriel—. O sea, que tu cliente vendió el cuadro exactamente por el mismo precio que había pagado por él.

—Así es. La cuestión es ¿por qué demonios lo hizo?

—Quizá deberías preguntárselo.

—No puedo —contestó Lovegrove—. Prescindió de mí al día siguiente.

# 13

# Fondamenta Venier

La iglesia de Santa Maria degli Angeli se alzaba en el extremo oeste de Fondamenta Venier, en la isla de Murano. Gabriel abrió la puerta exterior y entró con su bolsa de viaje. Como era domingo, día oficial de descanso de los restauradores italianos, tenía la iglesia para él solo. El imponente retablo de Il Pordenone estaba sujeto a un armazón de madera construido exprofeso en el centro de la nave. Gabriel encendió un calefactor eléctrico y un par de lámparas halógenas de pie e inspeccionó su carrito. Sus pinceles, pigmentos y disolventes estaban tal y como los había dejado cuatro días antes, o eso parecía. Tenía la certeza de que Adrianna Zinetti, la mejor limpiadora de altares y esculturas de Venecia, toqueteaba con frecuencia sus cosas, aunque solo fuera para demostrarle que podía hacerlo sin que él se diera cuenta.

Puso la grabación de Christian Tetzlaff del *Concierto para violín* de Brahms en su lector de CD manchado de pintura —compañero fiel de innumerables trabajos de restauración— y dejó vagar sus ojos por el lienzo. Gracias a que antes de marcharse a Londres había trabajado sin interrupciones una temporada, había eliminado casi toda la suciedad de la superficie y el barniz viejo. Era muy posible que terminara la tarea ese mismo día; o al siguiente, a más tardar. Luego comenzaría la fase final de la restauración: el retoque de las partes del cuadro que estaban descascarilladas o habían perdido color con el paso del tiempo. Las pérdidas, aunque normales en una pintura veneciana del siglo XVI, no eran catastróficas. Gabriel calculaba que no tardaría más de un mes en reparar los daños.

Solo le quedaba por limpiar la esquina superior izquierda del retablo. Gabriel se subió a la plataforma del andamio y enrolló un trozo de algodón en el extremo de una varilla de madera. Luego sumergió el hisopo en disolvente —una mezcla cuidadosamente calibrada de acetona, metilproxitol y alcoholes minerales— y lo pasó con delicadeza por la superficie del lienzo. Cada hisopo le daba para limpiar un par de centímetros cuadrados, hasta que se ensuciaba demasiado. Entonces tenía que preparar otro. Por la noche, cuando no estaba reviviendo momentos horrendos de su pasado, soñaba que quitaba el barniz amarillento de un lienzo del tamaño de la plaza de San Marcos.

Trabajó a ritmo constante; solo hizo una pausa para poner otro CD en el reproductor, y a mediodía había ya varias decenas de trozos de algodón sucio desperdigados por el andamio. Los metió en un frasco y, tras cerrar con llave la puerta de la iglesia, echó a andar por Fondamenta Venier, camino del bar Al Ponte. A los pocos segundos de su llegada, le pusieron delante un café y un vasito de vino blanco: *un'ombra,* como lo llamaban los venecianos.

—¿Algo de comer? —le preguntó el camarero, que se llamaba Bartolomeo.

—Un *tramezzino*.

—¿Tomate y queso?

—Huevo con atún.

El camarero metió el sándwich triangular en una bolsa de papel y lo dejó sobre la barra. Gabriel le dio un billete y le indicó con un gesto que se quedara con el cambio. Luego preguntó:

—¿Conoces el bar Cupido, Bartolomeo? ¿Esa pizzería de Fondamente Nove?

—¿La que está al lado de la parada del *vaporetto*? Claro, *signore* Allon.

—Hay un tipo que trabaja allí. Creo que se llama Gennaro.

—Lo conozco bien.

—¿Ah, sí? ¿Y cómo es?

—El tío más simpático del mundo. A Gennaro lo quiere todo el mundo.

—¿Seguro que hablamos del mismo Gennaro?

—¿Hay algún problema, *signore* Allon?

—No —contestó Gabriel mientras cogía la bolsa de papel de la barra—. Ninguno en absoluto.

Se comió el *tramezzino* en el camino de vuelta a la iglesia y escuchó *La Bohème* mientras retiraba los últimos restos de suciedad y barniz amarillento del retablo. Cuando terminó, las vidrieras se habían oscurecido. Documentó el estado del cuadro con su Nikon, cerró la iglesia y se dirigió a la parada de *vaporetto* del Museo. Diez minutos después apareció por fin el número 4.1, que lo llevó hacia el sur a través de la laguna, más allá de San Michele, hasta Fondamente Nove.

Al acercarse al bar Cupido, vio a Gennaro en su puesto, detrás de la barra. Normalmente solo visitaba el establecimiento por la mañana, pero en una noche gélida como aquella su interior iluminado se le antojó cálido y acogedor. Así que entró y, en un italiano perfecto, pidió un café y un vasito de *grappa,* indicando así que era veneciano y no forastero. Cinco minutos después volvió a salir y echó a andar hacia el puente de Rialto preguntándose por qué el tío más simpático del mundo, al que todo el mundo quería, parecía tenerle ojeriza. La respuesta se le ocurrió mientras subía las escaleras de su piso, atraído por el aroma de los guisos de su mujer.

—Sí, claro —murmuró para sí.

Era la única explicación posible.


—Quizá debería hablar con él —dijo Chiara.

—Seguro que eso le encantaría.

—¿Qué quieres decir?

—Que Gennaro, el camarero, tiene aviesas intenciones respecto a mi mujer.

—Está claro que hoy has estado escuchando ópera mientras trabajabas. —Chiara sirvió una generosa medida de Barbaresco en una copa de vino y la dejó en la isla de la cocina—. Bébete esto, cariño. Te sentirás mejor.

Gabriel se sentó en un taburete y meció el vino.

—Me sentiré mejor cuando me digas que me equivoco sobre tu amigo del bar Cupido.

—Es solo un flechazo inofensivo, Gabriel.

—Lo sabía —murmuró.

—Por el amor de Dios, tengo edad para ser su madre.

—Y yo para ser… —Dejó el pensamiento inconcluso. Resultaba demasiado deprimente—. ¿Desde cuándo pasa esto?

—¿El qué?

—Tu idilio con Gennaro el camarero.

—¿Sabes, Gabriel?, en serio, deberías ponerte mascarilla cuando usas disolventes. Está claro que los vapores te han dañado las neuronas.

Chiara quitó la tapa de la olla de acero inoxidable que descansaba sobre la cocina. El aroma exquisito de su contenido, un sabroso ragú de pato sazonado con laurel y salvia, llenó la cocina. Probó el guiso y añadió una pizca de sal.

—Quizá debería probarlo yo también —sugirió Gabriel.

—Solo si me prometes no volver a sacar el tema de Gennaro, el camarero.

—¿Lo vuestro se ha acabado?

Chiara puso un poco de ragú en un *crostino* y se lo comió despacio, con gesto de satisfacción sexual.

—Vale —dijo Gabriel—, me rindo.

—Dilo —insistió Chiara.

—No volveré a mencionar el nombre de Gennaro.

—¿Quién es Gennaro? —preguntó Irene entrando en la cocina.

—Trabaja en el bar Cupido, en Fondamente Nove —respondió Gabriel—. Tu madre tiene una tórrida aventura con él.

—¿Qué significa «tórrida»?

—Ardiente y apasionada. Al rojo vivo.

—Eso suena a que hace daño.

—Puede hacerlo.

Chiara preparó otro *crostino* con ragú y se lo pasó a Irene con mucha intención. La niña llevaba una sudadera del Fondo Mundial para la Naturaleza que Gabriel no le había visto nunca.

—¿De dónde has sacado esto? —preguntó tirando de la manga.

—Hemos adoptado un tigre.

—¿Va a compartir tu cuarto o el de Raphael?

—Es una adopción simbólica. —Irene puso cara de fastidio—. El tigre permanece en libertad.

—Menos mal. Pero ¿desde cuándo eres defensora de los derechos de los animales, además de ecologista radical?

—¿Sabes cuántas especies están amenazadas por culpa del cambio climático?

—No tengo ni idea, pero seguro que estás a punto de decírmelo.

—Más de cuarenta mil. Y el problema empeorará con cada grado de calentamiento. —Irene se sentó sobre sus rodillas—. ¿Qué tal tu viaje a París?

—¿Quién te ha dicho que estaba en París?

—Mamá, tonto.

—Pero si no se lo dije.

—Vi el cargo de los billetes de tren y el hotel en tu tarjeta de crédito —explicó Chiara—. También vi que habías sacado mucho dinero en un cajero automático del distrito Dieciocho y me extrañó. Llevabas bastante dinero en la cartera cuando me fui de Londres. Casi mil euros, de hecho.

Gabriel arrancó el *crostino* con ragú de la mano de su hija y se lo zampó antes de que ella pudiera protestar.

—Lo de París fue interesante —dijo—. Fui a ver a una tal Naomi Wallach. Trabaja en el Louvre.

Chiara cogió su teléfono, tecleó algo y se lo pasó a Irene.

—Es muy guapa —dijo la niña.

—Todas las amigas de tu padre son guapas. Y todas están locas por él. —Chiara volvió a tomar el teléfono—. Dile a tu hermano que la cena estará lista dentro de diez minutos.

—Quiero quedarme aquí.

—Necesito hablar con tu padre a solas.

—¿Sobre Gennaro el camarero?

Chiara se apretó el puente de la nariz entre el dedo índice y el pulgar.

—Irene, por favor.

—Soy muy tórrida —dijo, y salió de la cocina enfurruñada.

Chiara echó un puñado de *bigoli* en una olla de agua hirviendo y removió la pasta.

—Eres incorregible, ¿sabes?

—Mira quién habla.

Ella volvió a tomar el teléfono.

—Es curioso, tiene pinta de llamarse Naomi.

—¿Y qué pinta tienen las Naomis?

—Pinta de historiadora guapa que intenta expurgar el Louvre de cuadros robados. —Chiara dejó el teléfono a un lado—. Pero ¿por qué fuiste a París a verla? Y, sobre todo, ¿por qué sacaste mil euros en un cajero automático del distrito Dieciocho?

—Porque tenías razón sobre el asesinato de la profesora Blake.

—Claro que tenía razón, cariño. —Chiara sonrió—. ¿Cuándo me equivoco yo?

# 14

## San Polo

—¿Cuánto van a pagarte por el Gentileschi de Nicky?

—Casi lo justo para cubrir el coste de los disolventes y el algodón.

—¿Quieres decir que lo vas a hacer prácticamente gratis?

—Sí —contestó Gabriel—. Como cuando trabajo para ti.

Después de fregar los platos y supervisar el baño de los niños, habían salido a la *loggia* con vistas al Gran Canal. Tenían sobre la mesa, delante de ellos, la botella de Barbaresco. Una estufa de exterior de butano, que habían comprado pese a las protestas y las lágrimas de Irene, caldeaba el aire frío. Gabriel no llevaba abrigo, solo un jersey de lana con cremallera. Chiara se había envuelto en un edredón acolchado.

—Y pensar que nada de esto habría pasado si no hubieras ido a aquella ceremonia en la Courtauld...

—En eso te equivocas.

—¿Yo? Imposible.

—Charlotte Blake seguiría muerta aunque yo no hubiera aparecido por la Courtauld. Y Emanuel Cohen también.

—Me refería a tu participación en este asunto —dijo Chiara—. Así que no me equivoco en absoluto. Y me ofende que digas lo contrario.

—¿Podrás perdonarme alguna vez?

—Eso depende de si Irene les cuenta a su profesora y a sus amigas que tengo una tórrida aventura con Gennaro, el camarero.

—¿Así que lo admites?

—Sí —respondió—. He estado satisfaciendo tus insaciables deseos sexuales, además de los suyos. Y en mi tiempo libre, dirijo la empresa de restauración más importante del Véneto y crío a dos niños, por no hablar de un tigre. —Vertió lo que quedaba del vino en la copa de Gabriel—. Pero volvamos al tema que nos ocupa.

—¿Mis insaciables deseos sexuales?

—Tu nueva investigación.

—Seguramente debería informar a la policía británica y a la francesa de todo lo que sé.

—Con el debido respeto, cariño, sabes muy poco. De hecho, ni siquiera puedes probar que Emanuel Cohen fuera asesinado.

—Tengo un testigo.

—¿El vendedor senegalés de bolsos falsificados?

—Tiene nombre, Chiara.

—Evidentemente no he querido faltarle al respeto. Solo pretendía señalar que tu amigo Amadou Kamara no es muy de fiar.

—¿Qué motivo tendría para engañarme?

—Mil quinientos euros.

—¿Crees que se inventó esa historia?

—Parece que la historia mejoraba cada vez que le dabas dinero.

Gabriel admiró las vistas del Gran Canal desde su *loggia*.

—Lo necesita más que nosotros.

—Empiezas a hablar como tu hija.

—¿También es defensora de los derechos de los inmigrantes?

—Le preocupa la forma en que muchos venecianos hablan de los vendedores ambulantes africanos, igual que le preocupa a su madre. Los veo todos los días en San Marcos con sus mantas y sus bolsos, los miserables de la tierra. Es una vergüenza cómo los ahuyenta la policía.

—¿Y qué pasa con los comerciantes y los fabricantes de artículos de lujo auténticos? ¿Ellos no tienen derechos?

—Estoy de acuerdo en que es antiestético que haya montones de bolsos falsificados en las calles y en que los vendedores se dedican a actividades delictivas y merman los beneficios de empresas fabulosamente ricas. Pero no es una vida a la que nadie aspire. Personas como Amadou Kamara venden bolsos falsos porque viven en la pobreza extrema.

—Lo que no hace que su historia sea menos creíble. Vio lo que vio.

—¿Un asesinato cometido de forma que pareciera un accidente?

Gabriel hizo un gesto afirmativo.

—¿Quién crees que contrató al asesino?

—Alguien que tenía mucho que perder si ese Picasso llegaba a descubrirse dentro del puerto franco de Ginebra.

—¿Cuánto vale?

—Cien millones, más o menos.

Chiara se quedó pensando.

—Cien millones no son suficientes para justificar dos asesinatos. Esto no puede deberse únicamente a un cuadro.

—Razón de más para acudir a la policía.

—Es muy mala idea.

—¿Qué sugieres, entonces?

—Que termines de restaurar el Pordenone.

—¿Y después?

—Que encuentres el Picasso, claro.

—¿En el puerto franco de Ginebra? —preguntó Gabriel—. ¿En uno de los almacenes de arte y otros objetos de valor más vigilados del mundo? ¿Cómo no se me había ocurrido?

—No digo que irrumpas en el puerto franco y vayas mirando de cámara acorazada en cámara acorazada. No vas a tener más remedio que tratar con ese tal Ricard. No tú en persona, por supuesto. Eres demasiado conocido. Vas a necesitar un intermediario.

—¿Un coleccionista?

Chiara asintió.

—Pero no puedes inventarte uno de la nada. Ricard es demasiado astuto. Tiene que ser una persona real. Una mujer con una fortuna considerable y, a ser posible, con un pasado algo escandaloso.

—¿Una mujer?

Chiara dejó pasar un momento antes de responder.

—No me hagas decir su nombre en voz alta. Ya he tenido bastantes disgustos esta noche.

—¿Por qué crees que estaría dispuesta a aceptar?

—Porque sigue locamente enamorada de ti.

Esa mujer era perfecta, claro: enormemente rica, famosa en todo el mundo y dueña de una importante colección de pinturas que había pertenecido a su padre, un hombre caído en desgracia. Aun así, Gabriel no podía sacudirse el insidioso temor de que su mujer estuviera intentando librarse de él unos días.

—¿Esto no tendrá nada que ver con…?

—Yo que tú no lo haría.

Gabriel decidió que era hora de cambiar de tema.

—¿Querría comprar o vender?

—¿Tu novia? Vender, imagino.

—Eso me parecía. Pero para eso va a necesitar cuadros.

—Cuadros sucios —dijo Chiara—. Cuanto más sucios, mejor.

—¿Cuántos?

—Los suficientes para inclinar la balanza.

Gabriel hizo como que pensaba.

—Seis me parecen bien.

—¿Valor estimado de mercado?

—¿Qué tal cien millones?

—Mejor doscientos —respondió Chiara—. O doscientos cincuenta, ya que estamos.

—En tal caso, harán falta un par de pesos pesados.

—¿Qué se te ocurre?

—Un Modigliani estaría bien. —Gabriel se encogió de hombros—. Y quizá un Van Gogh.

—¿Qué tal un Renoir?

—¿Por qué no?

—¿Y un Cézanne?

—Buena idea.

—Seguramente también deberías regalarle a tu novia un Monet. Nada inclina la balanza como un Monet.

—Sobre todo, un Monet de procedencia dudosa.

—Sí —convino Chiara—. Cuanto más dudosa, mejor.

Durante los diez días siguientes, Gabriel fue el primer miembro del equipo de restauración en llegar a la iglesia por las mañanas y el último en marcharse. Por lo general, se concedía dos breves intermedios, ambos en el bar Al Ponte. Un miércoles ventoso, Bartolomeo sacó de repente el tema de Gennaro Castelli, el queridísimo camarero del bar Cupido.

—Le extraña que no se pase usted por allí últimamente. Le preocupa que esté enfadado con él.

—¿Por qué iba a enfadarme yo con un camarero?

—No entró en detalles.

—Además —dijo Gabriel—, ¿cómo sabe quién soy? Nunca le he dicho mi nombre.

—Venecia es una ciudad pequeña, *signore* Allon. Todo el mundo sabe quién es usted. —Señaló una fuente de *tramezzini*—. ¿Tomate y queso o atún con huevo?

Al volver a la iglesia, Gabriel se encontró con que Adrianna Zinetti había reordenado su carrito de trabajo y le había robado su disco del cuarteto de cuerda *La muerte y la doncella* de Schubert, una pieza que detestaba. Adrianna le devolvió el CD esa misma tarde durante el trayecto en *vaporetto* entre Murano y Fondamente Nove. Al pasar por delante del bar Cupido, sonrió a Gennaro Castelli a través del cristal.

—¿Amigo tuyo? —preguntó Gabriel.

—Qué más quisiera yo. Está buenísimo.

—Pues el *signore* Buenísimo está colado por mi mujer.

—Sí, ya lo sé. Me lo dijo él.

—Y tú, claro, se lo dijiste a Chiara.

—Puede que sí —reconoció Adrianna—. Le hizo bastante gracia.

—¿Cuáles son las intenciones del joven Gennaro?

—Inofensivas, estoy segura. Te tiene pánico.

—Normal.

—Venga ya, Gabriel. Es el tío más simpático del mundo.

Gabriel acompañó a Adrianna hasta el portal de su edificio en Cannaregio, luego se fue hasta Rialto y cogió el número 2 hasta San Tomà. Esa noche, durante la cena, Chiara no pronunció el nombre de su no tan secreto admirador del bar Cupido, a pesar del mensaje de disculpa que sin duda le había mandado Adrianna minutos antes de que llegara Gabriel. Pidió, en cambio, un informe detallado sobre cómo avanzaban los trabajos en el retablo y, satisfecha con las noticias que le dio Gabriel, le sugirió que llevara a Raphael a su clase de matemáticas la tarde siguiente.

—Estoy bastante ocupado ahora mismo.

—Ya casi has terminado, Gabriel. Además, creo que te resultará interesante.

La clase tenía lugar en una sala de estudio de la universidad, donde el profesor de Raphael era alumno de posgrado. Gabriel se sentó fuera, en el pasillo, con Irene, y escuchó el murmullo de sus voces dentro de la sala. Su hijo, que ya dominaba los rudimentos del álgebra y la geometría, se enfrentaba ahora a conceptos inferenciales y deductivos más avanzados. Aunque Gabriel entendía poco de lo que decían, era evidente que de algún modo había engendrado un genio. Su orgullo, no obstante, se veía atemperado por la certeza de que las mentes como la de Raphael eran propensas a trastornos y perturbaciones. Ya le preocupaba el profundo hermetismo de su hijo, que parecía tener siempre la cabeza en otra parte.

Durante el camino de vuelta a casa, el chico rehusó hablar de lo que había aprendido aquella tarde. Irene, que caminaba unos pasos por delante de ellos, se paraba de vez en cuando para saltar en un charco.

—¿Por qué hace eso? —preguntó Raphael.

—Porque tiene ocho años.

—Es un número compuesto, ¿sabes?

—No lo sabía.

—También es una potencia de dos.

—Si tú lo dices... —Siguieron a Irene por Rio de la Frescada—. ¿Te gustan, Raffi?

—¿El qué?

—Las matemáticas.

—Se me dan bien.

—No es eso lo que te he preguntado.

—¿A ti te gusta restaurar cuadros?

—Sí, claro.

—¿Por qué?

—No lo entenderías.

—¿Qué es un inverso aditivo? —Raphael levantó la vista de los adoquines de la calle del Campanile y sonrió. El niño había heredado la maldición de Gabriel: su cara y sus ojos color de jade—. ¿Por qué me haces esas preguntas?

—Porque quiero asegurarme de que eres feliz. Y me preguntaba si te interesaría estudiar otra cosa, además de matemáticas.

—¿Pintura, por ejemplo? —El niño negó con la cabeza.

—¿Por qué no?

—Porque nunca podré pintar como tú.

—Yo pensaba lo mismo cuando tenía tu edad. Estaba seguro de que nunca pintaría tan bien como mi madre y mi abuelo.

—¿Y era verdad?

—No tuve oportunidad de averiguarlo.

—¿Por qué no lo intentas otra vez?

—Soy demasiado viejo, Raffi. Ese momento ya pasó. Ahora solo soy restaurador.

—Uno de los mejores del mundo —repuso el chico, y echó a correr detrás de su hermana por Campo San Tomà.

Cuando hacía falta, Gabriel era también uno de los restauradores más rápidos del mundo. Terminó de retocar el Pordenone en cinco sesiones maratonianas y le aplicó a continuación una nueva capa de barniz. Chiara fue a la iglesia dos días después para supervisar la restitución del enorme lienzo a su marco de mármol sobre el altar mayor. Gabriel, en cambio, no estuvo presente: se hallaba en un tren que se dirigía al norte atravesando los Alpes italianos. Esperó a cruzar la frontera austriaca para telefonear a la violinista más famosa del mundo.

—¿Por fin has entrado en razón? —preguntó ella.

—No —respondió—. Al contrario.

# 15

# Philharmonie am Gasteig

La Philharmonie am Gasteig, el moderno auditorio y centro cultural de Múnich, estaba situado en Rosenheimer Strasse, a orillas del río Isar. Gabriel, con traje oscuro y corbata y las hombreras del abrigo de cachemira salpicadas de nieve, se presentó en la taquilla y, en un perfecto alemán con acento berlinés, pidió su invitación para el concierto de esa noche, cuyas entradas se habían agotado y en el que iban a interpretarse el *Concierto para violín en mi menor* de Mendelssohn y la *Séptima sinfonía* de Beethoven.

—¿Nombre? —le preguntó la mujer de detrás de la ventanilla.

—Klemp —contestó—. Johannes Klemp.

La mujer sacó un sobrecito de la caja que tenía ante sí y, tras revisar la nota adhesiva adjunta, levantó el teléfono.

—¿Hay algún problema? —preguntó Gabriel.

—Ninguno, *herr* Klemp.

Pronunció unas pocas palabras tapando el auricular con la mano y colgó. Luego le entregó el sobre y señaló la puerta del fondo del vestíbulo.

—La entrada de bastidores —explicó—. *Frau* Rolfe lo está esperando.

La puerta ya se había abierto cuando Gabriel llegó a ella y una joven sonriente, provista de un portafolios, apareció en el hueco.

—Por aquí, *herr* Klemp —dijo, y enfilaron un pasillo ligeramente curvo.

La zona de bastidores estaba más allá de la puerta siguiente. La Philharmonie am Gasteig era la sede de la Orquesta Sinfónica de la Radio de Baviera, considerada una de las mejores del mundo. Esa noche actuaba bajo la batuta de *sir* Simon Rattle, que en ese momento charlaba con el concertino de la orquesta.

La joven que acompañaba a Gabriel se detuvo ante la puerta cerrada de un camerino. El cartel que indicaba el nombre de su ocupante resultaba superfluo. Se la identificaba de inmediato por el inigualable tono líquido que extraía de su violín Guarneri.

La joven levantó la mano para llamar.

—Yo que usted no lo haría —dijo Gabriel.

—Me ha dado instrucciones estrictas.

—No diga luego que no se lo advertí.

La joven llamó con cautela. El violín enmudeció al instante.

—¿Quién es? —preguntó una voz desde dentro.

—Ha llegado *herr* Klemp, *frau* Rolfe.

—Hágale pasar, por favor. Y luego váyase.

Gabriel abrió la puerta y entró. Anna estaba sentada delante del tocador, con el Guarneri bajo la barbilla. Su vestido de noche sin tirantes, de color granate, brillaba suavemente. Sus ojos felinos permanecieron fijos en el reflejo del espejo iluminado.

—Aunque me gustaría que me besaras, te ruego que te refrenes. Me ha costado varias horas de arduo esfuerzo ponerme así. —Indicó una silla con el arco—. Siéntate, patán. Habla solo cuando te hablen.

Anna apoyó el arco en las cuerdas del Guarneri y, cerrando los ojos, tocó un sedoso arpegio de mi menor a tres octavas. Durante los seis meses y catorce días que habían vivido juntos en su villa de la Costa de Prata portuguesa, había tocado ese sencillo ejercicio durante horas sin fin. Fue Gabriel quien, tras meter sus pertenencias en una bolsa de viaje, puso fin a la relación. Las frases que pronunció aquel día estaban muy trilladas, pero eran del todo ciertas. La culpa era suya, no de ella. Era demasiado pronto, no estaba preparado. Pese a su carácter tempestuoso, Anna soportó su actuación con paciencia sorprendente, acto seguido le lanzó un jarrón de cerámica a la cabeza y proclamó que no quería volver a hablar con él nunca más.

Pocos meses después se casó. El matrimonio acabó en un divorcio espectacular, al igual que el segundo. Siguió una sucesión de amoríos y relaciones sentimentales muy aireadas por la prensa, siempre con hombres ricos y famosos, cada cual más desastrosa que la anterior. Durante una visita reciente a Venecia, Anna había dejado claro que el culpable de su trágica situación era Gabriel. Si se hubiera casado con ella, si la hubiera acompañado en sus viajes por el mundo mientras ella disfrutaba de la adulación de sus admiradores, se habría ahorrado toda una vida de infortunios sentimentales.

Gabriel se dio cuenta, mientras estaba sentado en el camerino, de que esa era la vida que ella había imaginado para ambos. Sin duda no pensaba desperdiciar aquella velada.

Su arco se detuvo.

—¿Has podido hablar con Simon? Está deseando conocerte.

—¿Por qué querría *sir* Simon Rattle conocer al humilde Johannes Klemp?

—Porque *sir* Simon sabe quién es en realidad *herr* Klemp.

—No se lo habrás dicho.

—Puede que sí.

Tocó la melodía inicial del andante del segundo movimiento del concierto. Gabriel sintió que un escalofrío semejante a una descarga eléctrica recorría su columna vertebral, como sin duda era la intención de Anna. Aun así, adoptó una expresión de leve aburrimiento.

—¿Tan mal lo he hecho? —preguntó ella.

—Ha sido espantoso.

Anna frunció el ceño y encendió un Gitane, quebrantando así la estricta política antitabaco de la sala de conciertos.

—Causaste sensación en Londres la semana pasada.

—¿Te enteraste?

—Era difícil no enterarse. Pero ¿por qué esta noche has usado ese seudónimo tan absurdo?

—Me temo que Gabriel Allon no puede dejarse ver en público con Anna Rolfe.

—¿Y eso por qué?

—Porque necesita la ayuda de Anna y no quiere que su objetivo sepa que se conocen.

—No solo nos conocíamos, mi amor. Entre nosotros había mucho más.

—De eso hace siglos, Anna.

—Sí. —Ella contempló su reflejo en el espejo—. Yo era joven y bella entonces. Y ahora…

—Sigues siendo igual de bella.

—Yo que tú me andaría con cuidado, Gabriel. Puedo ser bastante irresistible cuando me lo propongo. —Tocó el mismo pasaje del segundo movimiento del concierto—. ¿Mejor?

—Un poco.

Dio una calada al cigarrillo y lo apagó.

—Bueno, ¿y qué quieres que haga esta vez? ¿Otra lúgubre gala de recaudación de fondos o se trata de algo un poco más interesante?

—Lo segundo —contestó Gabriel.

—Nada de rusos, espero.

—Seguramente deberíamos hablarlo después del concierto.

—Da la casualidad de que estoy libre para cenar.

—Fantástica idea.

—Pero, si no nos pueden ver juntos en público, nuestras opciones son algo limitadas. De hecho —añadió en tono juguetón—, creo que el único sitio donde podemos disponer de absoluta privacidad es mi *suite* del Mandarin Oriental.

—¿Serás capaz de controlarte?

—Lo veo improbable.

Llamaron a la puerta.

—¿Y ahora qué pasa? —preguntó Anna con aspereza.

—Diez minutos, *frau* Rolfe.

Miró a Gabriel.

—Puedes esperar aquí si quieres.

—¿Y perderme tu actuación? —Gabriel se levantó y se echó el abrigo sobre el brazo—. Ni se me ocurriría.

—¿A qué hora te espero?

—Tú dirás.

—Quédate para el Beethoven. Así podré ponerme algo un poco más cómodo. —Levantó la mano para que se la besara—. Tienes mi permiso.

—De alguna manera conseguiré resistirme —respondió Gabriel, y salió.

Al quedarse sola en el camerino, Anna apoyó de nuevo el arco en las cuerdas del Guarneri y tocó una escala de sol mayor en terceras quebradas.

—No sonrías —le dijo a la mujer del espejo—. Nunca tocas bien cuando estás contenta.


La butaca a la que la joven asistente llevó a Gabriel estaba en la primera fila, un poco a la izquierda del podio de Simon Rattle y a no más de dos metros del lugar donde Anna ofreció una interpretación arrebatadora de la obra maestra de Felix Mendelssohn. Al finalizar el último movimiento, los dos mil quinientos espectadores se pusieron en pie y la colmaron de aplausos entusiastas y gritos de «¡Bravo!». Solo entonces, con una sonrisa maliciosa, demostró ella que era consciente de la presencia de Gabriel.

—¿Mejor? —preguntó moviendo los labios sin emitir sonido.

—Mucho mejor —respondió él con una sonrisa.

Durante el intermedio, Gabriel se dirigió al vestíbulo para tomar una copa de champán y luego volvió a su asiento para escuchar una interpretación memorable de la conmovedora *Séptima sinfonía* de Beethoven. Cuando *sir* Simon bajó del podio, pasaban unos minutos de las diez. Como fuera no había taxis, Gabriel se fue andando al Mandarin Oriental. Cuando cruzaba el Ludwigsbrücke, un Mercedes paró a su lado y alguien bajó la ventanilla trasera.

—Más vale que suba, *herr* Klemp, o pillará un resfriado mortal.

Gabriel abrió la puerta y se deslizó en el asiento trasero. Cuando el coche se puso en marcha, Anna le rodeó el cuello con los brazos y apretó los labios contra su mejilla.

—Creía que íbamos a vernos en tu hotel —dijo él.

—Me he liado entre bastidores.

—¿Con quién?

Anna rio en voz baja.

—Echo de menos tu sentido del humor.

—Pero no el olor de mis disolventes.

Ella hizo una mueca.

—Eran atroces.

—También lo era oírte ensayar sin descanso.

—¿De verdad te molestaba?

—No, Anna.

Sonriendo, ella miró por la ventanilla las calles nevadas del casco antiguo de Múnich.

—No habría sido tan terrible, ¿sabes?

—¿Estar casado contigo?

Ella asintió lentamente.

—Era demasiado pronto, Anna. No estaba preparado.

Apoyó la cabeza en el hombro de Gabriel.

—Yo que usted tendría mucho cuidado, *herr* Klemp. Mi *suite* está llena de jarrones. Y esta vez no fallaré.

# 16

## Altstadt

—Y, dime, ¿cómo se llama ese joven?

—Gennaro.

Pensativa, Anna se llevó un dedo a la punta de la fina nariz.

—Puede que me equivoque, pero es posible que yo tuviera hace tiempo una aventura con un tal Gennaro.

—Teniendo en cuenta tu historial —respondió Gabriel—, yo diría que es muy probable.

Estaban sentados cada uno en un extremo del sofá del cuarto de estar de la lujosa *suite* de Anna, separados por una zona de contención de hermoso satén negro. El violín Guarneri de Anna, metido en su estuche protector, estaba apoyado enfrente, en una silla Eames, al lado de su Stradivarius. El televisor colgado de la pared emitía en silencio las últimas noticias de Londres. Lord Michael Radcliff, el tesorero del Partido Conservador que había aceptado una sospechosa donación de un millón de libras de un empresario ruso, había dimitido, cediendo por fin a las presiones. Se esperaba que la primera ministra Hillary Edwards, cuyos apoyos dentro del partido se estaban desmoronando, anunciara también su dimisión en cuestión de días.

—¿Es amiga tuya? —preguntó Anna.

—¿Hillary Edwards? No nos conocemos, pero sí que era bastante amigo de su predecesor, Jonathan Lancaster.

—¿Hay alguien a quien no conozcas?

—Al presidente de Rusia.

—Esa suerte que tienes. —Anna apagó el televisor y rellenó sus copas de vino. Estaban bebiendo un borgoña blanco Grand Cru de Joseph Drouhin—. Creo que deberíamos pedir otra botella, ¿no te parece?

—Eran ochocientos cuarenta euros.

—Solo es dinero, Gabriel.

—Eso lo dices porque tienes una provisión inagotable.

—Eres tú quien vive en un *palazzo* con vistas al Gran Canal.

—Resulta que soy dueño de un solo piso del *palazzo*.

—Pobrecito. —Anna llamó al servicio de habitaciones y luego se acercó con su copa a la ventana. La habitación daba al lado oeste del casco antiguo, hacia el campanario de la iglesia de San Pedro—. ¿Vienes aquí a menudo?

—¿Al Mandarin Oriental?

—No, a Múnich.

—Lo evito siempre que puedo.

—¿Todavía? —Anna sonrió con tristeza—. Tardé una eternidad en sacarte esa historia.

—La verdad es que te llevó un día y medio.

—Tú querías hablarme de tu pasado. Dios mío, estabas hecho polvo en aquel entonces.

—Tú también, si mal no recuerdo.

—Todavía lo estoy. Tú, en cambio, pareces feliz hasta el delirio. —Corrió las cortinas—. Has dicho que necesitabas un favor, aunque tengo la terrible sensación de que solo era una burda treta para llevarme a la cama. Si así es, tu plan ha funcionado a la perfección.

—Prometiste que te comportarías.

—Yo no he dicho tal cosa. —Anna volvió al sofá—. Muy bien, soy toda oídos. ¿Qué quieres de mí esta vez?

—Quiero que te deshagas de seis de los cuadros que heredaste de tu padre.

—¡Qué idea tan estupenda! —exclamó Anna—. Si te digo la verdad, hace años que quiero vender esos dichosos cuadros. Pero, dime, ¿en qué seis has pensado?

—El Modigliani, el Van Gogh, el Renoir, el Cézanne y el Monet.

92

—Son solo cinco. Además, no tengo ninguna obra de esos artistas. —Lo miró por encima de la copa de vino—. Claro que eso ya lo sabías. Por algo estabas conmigo el día que encontré los últimos dieciséis cuadros expoliados que formaban parte de la colección de arte impresionista y moderno de mi padre.

—Resulta que había seis cuadros más de los que no teníamos noticia.

—¿En serio? —Anna se llevó una mano a la boca, fingiéndose sorprendida—. ¿Y dónde estaban escondidos?

—En la cámara acorazada de un banco de Lugano. El abogado de la familia Rolfe te habló de ellos cuando se calmó el escándalo por las actividades de tu padre durante la guerra. Le diste orden de que sacara los cuadros de Suiza y los llevara a tu villa de Portugal.

—Qué mala fui. ¿Siguen allí?

—Sí, por supuesto.

—En tal caso —dijo Anna—, estoy obligada a notificárselo al Gobierno suizo inmediatamente. De lo contrario, me caerá una buena multa. Verás, el cantón de Zúrich grava anualmente el patrimonio de sus residentes. Cada año tengo que presentar una lista detallada de mis posesiones, incluido un inventario de mis cuadros. Y cada año el Gobierno se embolsa una parte nada despreciable de mi fortuna personal.

—¿Que, si no te importa que te lo pregunte, hoy en día asciende a...?

—Es posible que tenga nueve ceros.

—¿Y el número que antecede a los ceros?

Ella contestó levantando las cejas.

—Podría ser un dos.

—No sabía que fuera tanto.

—Soy la única heredera de la fortuna de los banqueros Rolfe. Y además he ganado bastante dinero gracias a mis discos y a mi dilatada carrera como concertista. Pero jamás ocultaría mi riqueza para no pagar impuestos. Cosas así son las que hacía mi padre.

—Resulta que os parecéis más de lo que crees.

Anna arrugó el entrecejo.

—Si sigues por ese camino, amor mío, nunca me llevarás a la cama. Pero volvamos al asunto que nos ocupa. ¿Cuándo, exactamente, adquirió mi padre esos cuadros misteriosos?

—En los años cincuenta, principalmente en Francia. No aparecen en la Base de Datos de Arte Desaparecido ni en ningún otro registro de obras expoliadas. Pero dada la deplorable conducta de tu padre durante la guerra, la mayoría de los marchantes y coleccionistas que se precien no querrían ni acercarse a ellos. Por eso vas a encomendarle su venta a un tal Edmond Ricard, del puerto franco de Ginebra.

—¿Y eso por qué?

—Porque *monsieur* Ricard ha tenido en su poder recientemente un Picasso que le robaron a un tal Bernard Lévy durante la ocupación alemana de Francia. Con su ayuda, voy a encontrar el cuadro y a devolvérselo a los legítimos herederos de Lévy.

Anna asintió pensativa.

—Si hay algo más que deba saber sobre esta pequeña maquinación tuya, convendría que me lo dijeras ahora.

—Dos personas vinculadas con el cuadro han sido asesinadas.

—¿Solo dos?

—Por lo que sé, podrían ser más.

—No irá a matarme, ¿verdad?

—¿Ricard? No creo.

—Porque la última vez que tú y yo nos metimos en un asunto de cuadros expoliados…

Sonó el timbre antes de que pudiera terminar su razonamiento. Se levantó, se acercó a la entrada y dejó entrar a un par de camareros del servicio de habitaciones. Pusieron la comida en la mesa sin hacer ningún comentario y se retiraron apresuradamente.

Anna se sentó y se puso una servilleta sobre el regazo.

—Puede que me haya equivocado de estrategia.

—¿Respecto a qué? —preguntó Gabriel mientras descorchaba la segunda botella de borgoña blanco.

—Respecto a convencerte de que dejes a tu deslumbrante esposa y te cases conmigo.

—Anna, por favor.

—¿Puedes al menos escuchar mi propuesta?

—No.

—Estoy dispuesta a ser generosa.

—Seguro que sí, pero no me interesa tu dinero. Estoy locamente enamorado de Chiara.

—¿Y qué me dices de la insensata aventura que tiene con ese Giacomo?

—Gennaro —dijo Gabriel—. Y no es real.

—Por supuesto que no. A fin de cuentas, ¿por qué iba a liarse con un camarero estando casada contigo? —Anna bajó los ojos hacia el plato—. Por si acaso lo dudabas, la respuesta es sí. Voy a ayudarte a encontrar ese Picasso.

—¿Cómo tienes la agenda?

—Actúo en Oslo la semana que viene y en Praga la siguiente.

—¿Y después?

—Tendré que preguntárselo a mi asistente.

—Hazlo, por favor —dijo Gabriel—. Y luego despídela.

—¿Por qué?

—Porque te voy a proporcionar una nueva.

—¿Cómo es?

—Bastante problemática.

—Así me gustan a mí las mujeres —dijo Anna—. Ahora ya solo necesito los cuadros.

—También voy a ocuparme de eso.

—¿Cómo?

Gabriel indicó con un ademán que los pintaría él mismo.

—¿Un Modigliani, un Van Gogh, un Renoir, un Cézanne y un Monet?

Él se encogió de hombros.

—¿Y el sexto?

—Te dejo elegirlo a ti.

—¿Toulouse-Lautrec forma parte de tu repertorio?

—Ni siquiera tengo que mirar la partitura.

—Perfecto —dijo Anna—. Un Toulouse-Lautrec, entonces.

# 17

# Miconos

A las dos de la tarde del día siguiente, un BMW i4 eléctrico estacionó en una plaza de aparcamiento frente al café Apollo, en la isla de Miconos. La mujer que se apeó de él vestía una cazadora de cuero para protegerse del tiempo ventoso de febrero y unos vaqueros elásticos que realzaban sus caderas y sus muslos esbeltos. Su cabello, largo hasta los hombros, era de color caramelo con reflejos rubios. Sus ojos, ocultos detrás de unas elegantes gafas de sol Yves Saint Laurent, eran de un azul claro.

Entró en el café y se sentó a una mesa junto a la ventana que miraba al este, hacia la terminal, blanqueada por el sol, del aeropuerto internacional de Miconos. Un amigo estaba a punto llegar en un vuelo procedente de Atenas. La había avisado con poca antelación de sus planes de viaje y no le había explicado por qué estos incluían una visita en pleno invierno a una popular isla griega. Estaba segura, aun así, de que no se trataba de una visita de cortesía. Su amigo, el exdirector general del servicio secreto de inteligencia israelí, era un hombre muy ocupado.

No podía decirse lo mismo de la mujer, una ciudadana danesa llamada Ingrid Johansen. Había pasado la mayor parte del invierno encerrada en su lujosa villa de la costa sur de la isla, sin más compañía que su equipo de música Hegel y una pila de novelas de Henning Mankell y Jo Nesbø. Su amigo israelí era el culpable de que se hallara en tal situación. Dos meses antes, había mandado a

96

Ingrid a Rusia para que se hiciera con la única copia de un plan secreto del Kremlin que tenía como fin desencadenar una guerra nuclear en Ucrania. Dicha operación la introdujo en el mundo del espionaje, aunque no era, ni mucho menos, la primera vez que Ingrid robaba algo de valor. Era una ladrona profesional y una habilidosa pirata informática y había comprado su casa de Míconos con los beneficios obtenidos de una serie de robos que cometió a lo largo de un verano en Saint-Tropez. Un par de pendientes de diamantes Harry Winston sustraídos de la caja fuerte de un hotel de Mallorca le habían bastado para pagar el BMW.

La operación en Rusia le había reportado unos ingresos inesperados que ascendían a veinte millones de dólares, dinero más que suficiente para que pudiera retirarse. Por desgracia, la compulsión de robar, que en ella era patológica —una afición que empezó a manifestarse cuando era una niña de nueve años—, seguía siendo tan poderosa como siempre. Solo por eso, esperaba con impaciencia la visita de su amigo. Estaba segura de que la necesitaba para algo y ya sentía un hormigueo de emoción en los dedos.

Por fin, un camarero se acercó a su mesa y, en un griego pasable, Ingrid pidió un café. Se lo sirvieron en el momento en que un Airbus de Aegean Airlines descendía del cielo despejado. Transcurrieron veinte minutos antes de que los primeros pasajeros salieran por la puerta de la terminal. Su amigo fue el último en aparecer. Giró la cabeza a izquierda y derecha. Luego, un poco molesto, se quedó mirando al frente.

El teléfono de Ingrid sonó unos segundos después.

—¿Pronto? —contestó ella.

—¿Eres tú la que está sentada en ese café?

—¿Dónde iba a estar si no?

—¿Estoy solo?

—Enseguida lo sabremos.

Él se encaminó hacia el café con el teléfono pegado a la oreja. Ingrid, tras cerciorarse de que nadie lo seguía, apuntó con el mando a distancia al BMW y pulsó el botón de desbloqueo. Su amigo metió la bolsa de viaje en el maletero y se dejó caer en el asiento del copiloto.

—Bonito trineo —comentó.

Ingrid cortó la llamada y se apresuró a salir del café, seguida de cerca por el camarero, enfadado. Le dio un billete de veinte euros y, pidiéndole perdón, se sentó al volante del BMW.

—Suave como la seda —dijo Gabriel—. Impresionante.

—Exactamente como lo había planeado. —Encendió el motor y salió marcha atrás del aparcamiento—. ¿Qué le trae por Miconos, señor Allon?

—Quería saber si estarías interesada en retomar nuestra colaboración.

—¿Adónde piensas mandarme esta vez? ¿A Teherán? ¿A Beirut?

—A un sitio un poco más peligroso.

—¿En serio? ¿Adónde?

—Al puerto franco de Ginebra.

La casa era blanca como un terrón de azúcar y estaba encaramada en lo alto de los acantilados que bordeaban la bahía de San Lázaro. Tenía cuatro habitaciones, dos grandes salones, un gimnasio y una piscina de buen tamaño. Compartieron una botella de vino blanco griego en la terraza mientras veían hundirse el sol en el Egeo. El aire de la tarde era tempestuoso y frío, pero no había ninguna estufa de gas butano a la vista. Ingrid, al igual que la hija de Gabriel, vivía preocupada por el cambio climático.

—¿Se trata de esa Anna Rolfe? —preguntó.

—Me temo que sí.

—¿Es amiga tuya?

—Podría decirse así.

—Cuéntame.

—Es posible que Anna y yo tuviéramos una breve relación sentimental hará cosa de un siglo.

—¿Qué pasó?

A regañadientes, Gabriel le contó una versión muy expurgada de la historia. Pensó que era preferible que se enterara por él antes que por Anna.

—¿Cómo pudiste? —preguntó Ingrid cuando acabó su relato.

—Espera a conocerla un poco.

—¿Es tan difícil como dicen?

—Mucho peor. Despide a sus asistentes personales casi con la misma frecuencia con que cambia las cuerdas de sus violines. Aun así, confío en que sabrás manejarla.

—¿Cuándo empiezo?

—Anna quiere que te reúnas con ella en Oslo el jueves. Luego la acompañarás a Praga para las tres últimas actuaciones de su gira de invierno y a continuación la ayudarás con la venta de seis cuadros en la Galerie Ricard de Ginebra.

—¿Seis cuadros que vas a falsificar tú?

—«Falsificar» es una palabra muy fea, Ingrid.

—Pues elige tú otra.

—Los cuadros serán pastiches de obras existentes y no voy a hacer ningún intento de sacar provecho de su venta. Así que, técnicamente, no soy un falsificador.

—«Pastiche» es una palabra mucho más bonita que «falsificación», lo reconozco, pero eso no cambia el hecho de que Anna Rolfe se va a implicar en una actividad delictiva. Y yo también.

—¿Desde cuándo te preocupa eso?

—Resulta que me buscan por una serie de golpes bastante gordos en Suiza. Y si tu pequeña farsa se tuerce, quizá tenga que pasar los próximos años en una prisión suiza.

—Esos golpes, como tú los llamas, no son nada comparados con las operaciones que yo he llevado a cabo en territorio suizo. No obstante, tengo amigos poderosos en la Policía Federal y el servicio de seguridad. Por eso confío en que no pases más de uno o dos años entre rejas, si te procesan por ser mi cómplice.

Ella se rio suavemente.

—¿Es usted bueno, señor Allon?

—¿Con un pincel? Mejor que con una pistola.

—Basándome en mi experiencia personal, me cuesta creerlo. Pero hay una manera más fácil de recuperar ese Picasso, lo sabes, ¿verdad?

—¿Robarlo?

—«Robar» es una palabra muy fea.

—He estado dentro del puerto franco en dos ocasiones —repuso Gabriel—. Un atraco es imposible. La única forma de conseguir ese cuadro es convencer a *monsieur* Ricard de que nos lo dé.

—Pareces olvidar que saqué una directiva ultrasecreta de la caja fuerte privada del segundo hombre más poderoso de Rusia. —Ingrid observó cómo se deslizaba el sol bajo el horizonte—. Nunca me has dicho a cuántos guardias fronterizos mataste aquella mañana.

—Creo que fueron cinco.

—¿Y cuántos disparos hiciste?

—Cinco —respondió Gabriel.

—¿Mientras corrías cuesta abajo con la nieve hasta las rodillas? Impresionante, señor Allon. Pero ¿cómo conseguiste que cruzara la frontera finlandesa?

—¿No te acuerdas?

—No —contestó ella—. No recuerdo nada de lo que pasó después de que el Range Rover se estrellara contra ese árbol.

Gabriel contempló el mar, que iba oscureciéndose.

—Qué suerte la tuya.

# 18

# Great Torrington

El Leñador volvió a actuar esa misma noche, esta vez en el municipio de Great Torrington, su primera incursión más allá de los límites de Cornualles. La víctima, una mujer de veintiséis años empleada de la tienda de animales Whiskers de South Street, fue atacada poco después de las diez de la noche, cuando regresaba a casa desde el *pub* Black Horse, donde había estado tomando algo con unos amigos. Fue abatida de un solo golpe en la parte de atrás de la cabeza. Su agresor no hizo intento alguno de ocultar el cadáver.

Dos de los amigos con los que la víctima había estado bebiendo eran hombres. Ambos se quedaron en el Black Horse tras marcharse la víctima, pero aun así encajaban en el perfil psicológico —totalmente inútil— realizado por un asesor de la Policía de Devon y Cornualles. Timothy Peel, por tanto, los interrogó detenidamente antes de descartarlos como sospechosos. Su única fechoría, concluyó, había sido permitir que una joven ebria volviera sola a casa, a pie y de noche.

Peel interrogó también a las amigas de la víctima, a sus apenados padres y a su hermana pequeña. La información que obtuvo le impulsó a hacer una visita nocturna al domicilio de un exnovio de la víctima que la había maltratado. El interrogatorio dejó claro que el mecánico de treinta y dos años no tenía ningún hacha de mano y que calzaba un cuarenta y cinco, un número y medio más que las pisadas descubiertas en el lugar de los hechos. Las pisadas correspondían a un par de botas de senderismo Hi-Tec Aysgarth III. La agente de policía Elenore Tremayne descubrió dos pares de huellas idénticas —una de entrada y otra de salida— en Bastard's Lane, una callejuela de la periferia del pueblo, en la zona noreste. Peel dedujo de ello que el asesino había entrado a pie en Great Torrington cruzando los campos de labor circundantes y que, tras encontrar a su presa, se había marchado siguiendo la misma ruta.

Eran casi las cinco de la mañana cuando Peel se dejó caer en su cama de Exeter. Durmió una hora y luego condujo hasta Newquay para volver a interrogar a uno de sus propietarios de hachas favoritos: un maestro de escuela de cuarenta y ocho años, soltero, de complexión delgada y en buena forma física, que vivía solo en una casa adosada de Penhallow Road. Había comprado su hacha, una Magnusson Composite, por veinticinco libras más IVA en el B&Q de Falmouth. Peel le sorprendió cuando salía por la puerta. Entraron a tomar una taza de té y charlar tranquilamente.

—¿Para qué necesita un hacha? —le preguntó Peel mientras observaba el jardín trasero, desprovisto de árboles.

—Ya me lo preguntó la otra vez que estuvo aquí.

—¿Ah, sí?

—Para defenderme de intrusos —respondió el maestro.

—¿Dónde estuvo anoche?

—Aquí.

—¿Haciendo qué?

—Corrigiendo trabajos.

—¿Nada más?

—Vi una película en la tele.

—¿Cómo se titulaba?

—*Lo que queda del día*.

—¿Está seguro que no se pasó por el Black Horse de Great Torrington a tomar una pinta?

—No bebo alcohol.

—¿Alguna vez da largos paseos por el campo?

—Casi todos los fines de semana, de hecho.

—¿Qué tipo de botas usa?

—De goma.

—¿Por casualidad no tendrá un par de Hi-Tec del número cuarenta y tres?

—Uso un cuarenta y cuatro.

—¿Le importa que eche un vistazo a su armario?

—Llego tarde a trabajar.

—También necesito ver su hacha.

—¿Tiene una orden judicial?

—No —reconoció Peel—, pero puedo conseguirla en cinco minutos.


Peel salió de Penhallow Road a las ocho y media con el hacha metida en una bolsa de pruebas. Mientras volvía a comisaría, escuchó las noticias en Radio 4. Como era de esperar, el asesinato de Great Torrington era la noticia principal del día. Crecía la presión para que la Policía Metropolitana, que tenía jurisdicción en toda Inglaterra y Gales, asumiera el control de la investigación. Si eso ocurría, Peel volvería a sus labores habituales en la policía judicial, que normalmente consistían en diligencias sobre tráfico de drogas, agresiones sexuales y físicas, conducta antisocial y robos. El caso del Leñador, a pesar de su truculencia y de las largas jornadas de trabajo, había supuesto una agradable ruptura de la monotonía.

La sede central de la Policía de Devon y Cornualles se encontraba en Sidmouth Road, en un barrio industrial de Exeter. Peel llegó unos minutos antes de las diez y se fue derecho al despacho del inspector Tony Fletcher, que dirigía la investigación del caso del Leñador.

—¿Cuánto tiempo nos queda? —preguntó Peel.

—Lo anunciarán a mediodía, pero los de Londres ya están viniendo para acá. —Fletcher miró la bolsa de pruebas que Peel tenía en la mano—. ¿De dónde la has sacado?

—De Neil Perkins.

—¿El maestro de Newquay?

Peel asintió.

—¿Tiene coartada?

—Una muy mala y, además, usa un cuarenta y cuatro.

—Con eso me vale.

—A mí también.

—Redacta tus notas —dijo Fletcher—. Y date prisa. Desde mediodía estamos oficialmente fuera del caso.

Peel se sentó a su mesa y actualizó el archivo de Perkins con la descripción de la entrevista y el registro de esa mañana. A las doce, el sumario estaba ya en manos de un equipo de diez investigadores y analistas forenses de la Policía Metropolitana, junto con un hacha de mano Magnusson Composite, una copia de un recibo de compra del B&Q de Falmouth y la ropa empapada de sangre que llevaba la profesora Charlotte Blake la noche de su asesinato cerca de Land's End. El Vauxhall de la profesora, después de que lo registraran en busca de pruebas, había ido a parar al depósito de automóviles de Falmouth, pero su teléfono móvil seguía sin aparecer. Faltaba también un bloc de notas amarillo que se encontró en el escritorio de la casa de la profesora Blake en Gunwalloe. Peel le dijo al inspector Tony Fletcher que debía de haberlo extraviado.

—¿Contenía algo interesante?

—Unas notas sobre un cuadro. —Peel se encogió de hombros dando a entender que el asunto no tenía relevancia para la investigación—. Un Picasso, al parecer.

—Nunca me ha gustado.

«Claro, cómo no», pensó Peel.

—La verdad —continuó Fletcher— es que no me explico qué hacía esa mujer paseando por Land's End de noche, sabiendo que había un asesino suelto.

—Yo tampoco —dijo Peel—. Pero estoy seguro de que la poderosa Policía Metropolitana lo averiguará enseguida.

Fletcher le acercó un expediente.

—Tu nueva misión.

—¿Algo interesante?

—Una serie de robos en Plymouth. —Fletcher sonrió—. De nada.

# 19

# Cork Street

Aquella tarde de febrero, mientras el sargento Timothy Peel se dirigía a Plymouth, el hombre que le había pedido que extraviara accidentalmente el bloc de notas de Charlotte Blake pasaba por delante de las tiendas de lujo de Burlington Arcade, en Mayfair. Había regresado a Londres por un asunto urgente: reclutar al último integrante de su equipo operativo. Las negociaciones prometían ser arduas y el precio elevado. A diferencia de Anna Rolfe, Nicholas Lovegrove nunca actuaba gratis.

El afamado consultor le propuso comer en el Wolseley, pero Gabriel insistió en que se vieran en su oficina, situada en un edificio de ladrillo rojo de Cork Street, dos plantas por encima de una de las galerías de arte contemporáneo más importantes de Londres. La recepcionista de Lovegrove no estaba en su puesto cuando llegó Gabriel. Sus dos subordinados, ambos historiadores del arte formados en la Galería Courtauld, tampoco estaban.

—Estamos solos, Allon, como me pediste. —Se retiraron al sanctasanctórum de Lovegrove. Era como una sala de exposiciones de la Tate Modern—. ¿De qué va todo esto?

—Una amiga mía quiere deshacerse de unos cuadros y necesita la ayuda de un asesor experimentado y de confianza. Naturalmente, pensé en ti.

—¿Qué tipo de cuadros?

Gabriel recitó los nombres de seis artistas: Amedeo Modigliani,

Vincent van Gogh, Pierre-Auguste Renoir, Paul Cézanne, Claude Monet y Henri de Toulouse-Lautrec.

—¿Dónde están los cuadros?

—Pronto estarán en la villa de la propietaria en la Costa de Prata.

—¿Tienes al menos fotografías?

—Todavía no.

Lovegrove, que tenía buen oído para los chanchullos artísticos, pareció dudar.

—¿Cómo se llama la propietaria?

—Anna Rolfe.

—¿La violinista?

—La misma.

—No me digas que los cuadros eran de ese canalla de su padre.

—Me temo que sí.

—O sea, que son tóxicos.

—Por eso vas a desprenderte de ellos con la mayor discreción en la Galerie Ricard del puerto franco de Ginebra.

Lovegrove lo miró pensativamente desde el otro lado de su enorme escritorio.

—Supongo que esto tiene algo que ver con ese Picasso.

—¿Qué Picasso, Nicky?

—¿No hay ningún Picasso?

—Nunca lo ha habido.

—¿Y los seis cuadros de seis de los más grandes pintores que han existido?

—Tampoco existen. —Gabriel sonrió—. De momento, al menos.

Lovegrove se tiró de los puños franceses de su camisa mientras Gabriel le explicaba el plan. Su exposición no incluyó omisiones evidentes, ni en cuanto a los hechos ni en cuanto a sus intenciones. Nicholas Lovegrove, una figura importante en el mundo del arte, no merecía menos.

—Podría funcionar, ¿sabes? Aun así, tiene un grave defecto.

—¿Solo uno?

—Si todo va conforme a lo previsto, no habrá ningún intercambio de dinero.

—Que lo hubiera sería un delito, Nicky.

—Sin dinero, no hay comisión. ¿Entiendes lo que quiero decir?

—Tenía la esperanza de que aceptaras ayudarme por pura bondad.

—Creo que me confundes con otro, Allon.

Gabriel suspiró.

—Restauraré tu Gentileschi por un precio fijo de cien mil euros. Pero solo si recuperamos el Picasso.

—Cobrarás cincuenta mil por el Gentileschi, al margen de que encontremos ese cuadro.

—Trato hecho —dijo Gabriel—. Pero voy a necesitar el dinero por adelantado para costear los gastos operativos.

Lovegrove cogió una pluma.

—¿Adónde lo envío?

Gabriel recitó los datos bancarios de su exigua cuenta en Mediobanca de Milán.

—Estará allí mañana a última hora de la tarde.

—Te doy las gracias de todo corazón, Nicky.

—Lo que quiero que me des es tu palabra de que mi participación en el *affaire* Picasso nunca saldrá a la luz.

—Dalo por hecho.

Lovegrove enroscó la capucha de la pluma.

—¿Cuándo quieres que contacte con *monsieur* Ricard?

—Hay seis cosas que tengo que hacer primero.

—¿Los cuadros?

Gabriel asintió.

—En ese caso —dijo Lovegrove—, te sugiero que te pongas manos a la obra.


Para cometer un delito de falsificación es necesario algo más que talento artístico en bruto. El falsificador ha de conocerlo todo sobre el pintor al que intenta imitar: su técnica, su paleta, el tipo de lienzos y bastidores que prefería. Muchos falsificadores utilizaban lienzos actuales manchados de té o café; Gabriel, en cambio, usaba invariablemente soportes propios de la época. Un lienzo de la década de 1950 no servía, por ejemplo, para un Cézanne o un Monet. Tampoco se le ocurriría jamás utilizar lino italiano u holandés para falsificar un cuadro de un artista francés. Dar con esos lienzos podía ser una tarea larga y costosa, sí. Pero empleando el soporte equivocado era como los falsificadores acababan en prisión. Y, además, Gabriel tenía ciertos estándares de calidad.

Igual de difícil para el falsificador era crear un informe de procedencia verosímil que explicara la aparición de una obra hasta entonces desconocida pintada por un artista célebre. Gabriel quería, también, producir la impresión de que los seis cuadros quizá les hubieran sido confiscados a sus legítimos propietarios durante la ocupación alemana de Francia. Eran necesarios, por tanto, conocimientos muy concretos. Por suerte, conocía a una historiadora del arte especializada en el mercado francés del arte en tiempos de la guerra. Se citó con ella esa noche en una *brasserie* de la Rue Saint-Honoré. La historiadora se empeñó en que se sentaran fuera a pesar del gélido ambiente nocturno para poder fumar sus condenados cigarrillos.

—¿Seis procedencias ficticias para seis cuadros falsificados? —preguntó Naomi Wallach—. ¿Olvida usted, *monsieur* Allon, que actualmente trabajo para el Gobierno francés?

—No tengo intención de sacar provecho económico de mi delito. Utilizaré las falsificaciones con el único propósito de acercarme a la Galerie Ricard y recuperar el Picasso.

Ella sacó un bolígrafo y un cuaderno de su bolso.

—Necesito el nombre de los pintores, el título de las obras y sus dimensiones.

—No puedo decirle nada sobre los temas y las dimensiones hasta que consiga los lienzos.

—¿Y los artistas?

Gabriel recitó seis nombres: Modigliani, Van Gogh, Renoir, Cézanne, Monet y Toulouse-Lautrec.

Naomi levantó la vista del cuaderno.

—¿De verdad puede…?

—Siguiente pregunta.

—¿Dónde acabaron los cuadros después de salir de Francia?

—En Zúrich, imagino.

—¿En una colección privada?

—Privada a más no poder.

—¿Y dónde están ahora?

—Pasaron por herencia a su actual propietaria.

Gabriel compró el primer lienzo, un mediocre bodegón de la Escuela Francesa del siglo XIX, a la mañana siguiente en una tienda de antigüedades cerca del Jardín de Luxemburgo. El segundo, un paisaje, también del siglo XIX, lo encontró a primera hora de esa misma tarde en el extenso rastro de París. Metió los cuadros en la parte de atrás de su Volkswagen alquilado y, tras hacer una parada en la tienda de material de bellas artes Sennelier, en el Quai Voltaire, puso rumbo al sur, hacia Avignon.

Pasó la noche en el hotel D'Europe y por la mañana compró el tercer lienzo, otro bodegón, en una galería de arte de la Rue Joseph Vernet. Una visita fugaz a la cercana Aix-en-Provence le proporcionó el cuarto lienzo —una marina grande pero poco inspirada— y una parada para comer en Fréjus dio como resultado la adquisición inesperada de un precioso lienzo de un pintor de flores francés anónimo.

El sexto lienzo, un retrato verdaderamente horrendo de una anciana provenzal, lo encontró en una galería de Niza. Llegó a Venecia poco después de las dos de la madrugada. Los niños lo despertaron a las siete y media e insistieron en que los llevara al colegio. De vuelta en casa, les quitó el marco a los seis lienzos y encargó a Girotto Cornici, de Milán, seis marcos con apariencia de ser antiguos. Después, rascador en mano, redujo la obra de seis pintores franceses muertos hacía mucho tiempo a un montón de escamas de pintura.

Cinco de los lienzos los cubrió con *gesso* y base, pero el sexto lo dejó sin imprimir, como prefería Cézanne. La paleta del maestro solía incluir dieciocho pigmentos. Gabriel utilizó la misma combinación de pinturas —del mismo fabricante, Sennelier, de París— al hacer un pastiche de uno de los muchos paisajes provenzales de Cézanne. Como le pareció que su pincelada era un poco dubitativa —señal delatora de que se trataba de una falsificación—, raspó el lienzo y pintó rápidamente otra. Chiara estuvo de acuerdo en que era superior a la primera en todos los aspectos.

—Y te extraña que tu hijo no quiera ser pintor.

—Yo puedo enseñarle todo lo que necesita saber.

—Un talento como el tuyo no se puede enseñar, cariño. Naciste con él.

—Igual que Raphael.

Gabriel mojó su pincel en negro de melocotón —llamado así porque se hacía con huesos de melocotón carbonizados— y acercó la mano a la esquina inferior derecha del lienzo.

—¿No deberías practicar una o dos veces? —preguntó Chiara.

Frunciendo el ceño, Gabriel pintó la firma de Cézanne como si fuera la suya.

—Friki —susurró ella.

Con su cámara Nikon, Gabriel documentó su delito en previsión de que, con el tiempo, su obra acabara saliendo a la venta en el mercado del arte. Le envió una foto por correo electrónico a Naomi Wallach y una hora después ella le hizo llegar el primer informe de procedencia ficticio. La última línea decía: *De ahí, por vía de herencia, a su actual propietaria.*

Gabriel aguardó hasta las ocho y diez de la tarde para llamar a la nueva asistente personal de la propietaria. Ella atendió la llamada en un camerino del Auditorio de Oslo, donde estaba a solas con un violín Stradivarius valorado en varios millones de dólares. Su primer día de trabajo, dijo, había ido mucho mejor de lo que esperaba.

—La verdad es que no es el monstruo que me has pintado. De hecho, es muy simpática.

Gabriel colgó y se puso a limpiar sus pinceles y su paleta, irritado. Ingrid debía de referirse a otra Anna Rolfe, se dijo.

# 20

# Venecia-Zúrich

Gabriel permaneció encerrado en su estudio gran parte de la semana siguiente. Dejó de afeitarse y se le agrió el humor, sobre todo mientras trabajaba en el Van Gogh, un pastiche de los olivos verdeazulados que pintó Vincent mientras vivía en el asilo Saint-Paul de Saint-Rémy-de-Provence. Cuando la obra estuvo acabada, Gabriel puso la firma en la esquina inferior derecha, subrayada y en ángulo descendente, y le envió una foto a Naomi Wallach a París. Ella respondió al cabo de una hora con un informe de procedencia falso. El saludo del mensaje decía: ¡Bravo, Vincent!

Gabriel pintó el Modigliani, un desnudo de mujer sentada, en una sola tarde, pero tardó tres días en acabar un Renoir idóneo y otros dos en darse por satisfecho con su versión de la *Marea baja en Pourville* de Monet. El Toulouse-Lautrec lo dejó para el final y eligió como tema la figura femenina, que el artista había estudiado detenidamente durante sus frecuentes visitas a un burdel de la Rue d'Amboise. Toulouse-Lautrec, un alcohólico con torso de adulto sobre unas piernas deformes propias de un niño, trabajaba a menudo bajo los efectos de un brebaje al que llamaba cóctel Terremoto, una potente mezcla de ajenjo y coñac. Gabriel se conformó con Cortese di Gavi y Debussy y usó a Chiara como modelo para su prostituta. Naomi Wallach, al recibir la fotografía y las dimensiones del cuadro, afirmó que era el mejor Toulouse-Lautrec que había visto nunca.

Gabriel fijó los seis cuadros a sus nuevos marcos y los envió a la villa de Anna en la Costa de Prata. Una semana después, con ayuda de Carlos y María —el guardés y el ama de llaves de Anna de toda la vida—, los colgó en la sala de música. La tarde siguiente se reunió con Nicholas Lovegrove en su oficina de Cork Street, de nuevo en ausencia de sus empleados. Lovegrove examinó las fotos en silencio unos minutos antes de emitir su veredicto.

—Eres un hombre verdaderamente peligroso con un pincel en la mano, Allon. Parecen auténticos, desde luego. La cuestión es hasta qué punto resistirían un análisis científico.

—Lo resistirían muy poco —reconoció Gabriel—. Pero Ricard se inclinará a darlos por auténticos debido a su procedencia.

—¿El padre de Anna?

Gabriel asintió.

—Un conocido coleccionista con debilidad por los cuadros expoliados.

Lovegrove centró su atención en los seis informes de procedencia.

—Están llenos de agujeros. Un marchante respetable ni siquiera los tocaría.

—Pero tú no se los vas a ofrecer a un marchante respetable. Se los vas a ofrecer a Edmond Ricard.

Lovegrove cogió su teléfono y marcó un número.

—*Bonjour, monsieur* Ricard. Oiga, tengo una clienta muy especial que quiere vender seis cuadros increíbles y enseguida he pensado en usted. ¿Podríamos pasarnos por la galería el jueves por la tarde? ¿A las dos? Hasta el jueves, entonces. —Colgó y miró a Gabriel—: ¿Cuándo voy a conocer a esta clienta mía tan especial?

—Cenarás con ella el miércoles en su casa de Zúrich. Pero no te preocupes, yo os acompañaré.

—¿Es tan intratable como dicen?

—¿Anna? —Gabriel torció el gesto—. Evidentemente, no.

A la mañana siguiente, Nicholas Lovegrove recibió un correo electrónico de la asistente personal de Anna Rolfe, una tal Ingrid Johansen, con el itinerario de su viaje a Suiza. Se había tomado la libertad, explicaba, de reservarle el billete de avión —en primera clase, por supuesto— y una habitación en el exclusivo hotel Dolder Grand de Zúrich. Del transporte terrestre se encargaría el chófer personal de Anna.

*Si necesita algo más,* terminaba diciendo, *no dude en ponerse en contacto conmigo.*

El chófer, conforme a lo previsto, estaba esperándolo en la zona de llegadas del aeropuerto de Kloten cuando su vuelo aterrizó en Zúrich a última hora de la tarde del miércoles. Tardaron veinte minutos en llegar a la imponente casona de color granito de la familia Rolfe, que se alzaba en lo alto de la colina boscosa conocida como Zürichberg. Lovegrove subió los empinados escalones hasta el pórtico, donde lo esperaba una mujer sorprendentemente guapa, de unos treinta y cinco años.

—Usted debe de ser la señora Johansen.

—Debo de serlo, sí —repuso ella con una sonrisa encantadora.

Lovegrove entró en el espacioso vestíbulo. De lo profundo de la casona le llegó el sonido líquido de un violín.

—¿De verdad es ella? —preguntó en voz baja.

—Sí, claro. —La mujer se hizo cargo de su abrigo—. El señor Allon llegó hace un momento. Está ansioso por verle.

Lovegrove la siguió hasta un salón amueblado formalmente. Entre los cuadros que adornaban las paredes había un impresionante retrato de un joven y apuesto noble florentino. Gabriel estaba de pie frente al lienzo, con una mano en la barbilla y la cabeza un poco ladeada.

—¿Un imitador de Rafael? —preguntó Lovegrove.

—No —respondió Gabriel—. Rafael Rafael.

Lovegrove señaló el cuadro que había al lado.

—¿Rembrandt?

Gabriel asintió.

—Su Frans Hals está en la habitación de al lado, junto con un Rubens y un par de cuadros de Lucas Cranach el Viejo.

Lovegrove miró hacia el techo.

—No puedo creer que sea ella de verdad —dijo *sotto voce.*

—No hace falta que susurres, Nicky. No oye nada cuando está ensayando.

—Eso he leído. Pero ¿es cierto que su madre…?

—Sí —lo interrumpió Gabriel.

—¿En esta misma casa?

Gabriel señaló con la cabeza hacia una fila de puertas cristaleras.

—Fuera, en el jardín. Fue Anna quien la encontró.

—¿Y el padre? —preguntó Lovegrove.

—Estás parado en el lugar donde ocurrió.

Lovegrove dio dos pasos a la izquierda y escuchó el sonido sedoso del violín de Anna.

—Nunca me has contado cómo la conociste.

—Julian me encargó que limpiara un cuadro para su padre.

—¿Cuál?

Gabriel señaló el Rafael.

—Ese.


Dado que Anna insistió en preparar la cena, se reunieron en torno a ella en la cocina y contuvieron el aliento mientras atacaba una gran cebolla amarilla con un cuchillo bien afilado.

—¿Qué vamos a cenar? —preguntó Gabriel con cierto recelo.

—*Boeuf bourguignon,* un guiso francés que les gusta mucho a los campesinos como tú.

—Quizá debería encargarme yo de las partes para las que haga falta usar armamento suizo.

—¡De ninguna manera! —Lo miró a los ojos mientras cortaba una zanahoria en perfectos discos naranjas—. Un hombre de tu talento no debe manejar objetos afilados.

—Anna, por favor.

—¡Mierda! —susurró ella, y se metió el dedo índice izquierdo en la boca—. Mira lo que has hecho.

Gabriel se levantó de un salto.

—A ver…

Sonriendo, Anna le mostró el apéndice intacto.

—Nunca falla.

Él le quitó el cuchillo y acabó de cortar las verduras.

—No está mal —comentó ella mirando por encima de su hombro.

—Da la casualidad de que estoy casado con una cocinera de primera clase.

—Eso ha sido una crueldad, incluso viniendo de ti. —Anna cogió una rodaja de zanahoria de la tabla de cortar.

Por suerte, su carnicero ya había troceado la carne. Media hora después, dorada, sazonada y regada con una botella de excelente borgoña, cocía en el horno a fuego lento, a ciento ochenta grados. Compartieron otra botella de vino a la media luz del salón mientras Anna le hacía a Nicholas Lovegrove un *tour* guiado por el escandaloso pasado de su familia. Omitió, eso sí, varios episodios en los que Gabriel había tenido un papel protagonista.

—Podéis estar seguros de que *monsieur* Ricard conoce los muchos esqueletos que guardo en mi armario. Haré todo lo posible por convencerle de que tengo tan pocos escrúpulos como mi padre. No será difícil. Como ya te habrán dicho, a veces puedo ser muy desagradable. —Miró a Gabriel—: ¿Verdad que sí?

—Me reservo la respuesta a esa pregunta hasta haber devorado al menos dos platos de ese *boeuf bourguignon*.

Cenaron en la mesa de la cocina mientras escuchaban Radio Swiss Jazz en un viejo Bose. Anna estuvo encantadora. Hasta bien entrada la noche, los agasajó con anécdotas hilarantes sobre su desordenada vida amorosa. Lovegrove se marchó por fin sobre las once para regresar al Dolder Grand e Ingrid se ocupó de los platos mientras Gabriel, en el salón, daba las últimas instrucciones a su agente.

—¿Y dónde estarás tú mientras nosotras estemos en el puerto franco? —preguntó Anna.

—Aquí, en Zúrich, pero descuida, estaré oyéndolo todo.

—¿Cómo?

Gabriel abrió su portátil y tocó el *trackpad*. Un momento después se oyó el ruido del agua en la pila de la cocina. De fondo sonaba *Flamenco Sketches* en la preciosa versión de Franco Ambrosetti.

—¿De dónde viene el sonido? —preguntó Anna.

—Del móvil de tu nueva asistente.

—¿Has estado escuchándome?

—Siempre que puedo.

Gabriel cerró el ordenador. Anna dejó que el silencio se asentara en la habitación antes de volver a hablar.

—¿Te acuerdas de la noche que encontraste aquella foto en el despacho de mi padre?

—Había dos, que yo recuerde.

—Pero solo una importaba. —Era la fotografía del padre de Anna junto a Adolf Hitler y el Reichsführer-SS Heinrich Himmler—. ¿Qué hace una con semejante conocimiento? —preguntó—. ¿Cómo sigue viviendo?

—Llenando el mundo de música hasta que ya no pueda sostener el arco.

—Ese día se acerca a toda prisa. Los violinistas jóvenes están estrechando el cerco.

—Pero ninguno suena como tú.

Anna se acercó a las puertas cristaleras y se asomó al jardín.

—Eso es porque no han crecido en esta casa.

# 21

# Puerto franco de Ginebra

La antigua ciudad comercial y calvinista conocida como Ginebra se alzaba en el extremo occidental del lago Lemán, a tres horas en coche de Zúrich. Su monumento más reconocible no era su catedral medieval ni su elegante casco antiguo, sino el Jet d'Eau, que se elevó de repente mientras el Mercedes de Anna cruzaba el Pont du Mont-Blanc. Ella iba sentada detrás de su chófer, con Ingrid a su lado. Su asesor artístico, relegado al asiento del copiloto, se había pasado la mayor parte del trayecto hablando por teléfono con clientes y ahora ensalzaba las virtudes de la fuente como si estuviera leyendo una guía turística.

—Es una auténtica maravilla de la ingeniería, si lo piensas. El agua sale del surtidor a doscientos kilómetros por hora y alcanza una altura de ciento cuarenta metros. En todo momento hay más de siete mil litros de agua en el aire.

Ingrid no pudo contenerse:

—¿Y sabe usted cuánta electricidad consume al año esa fuente absurda? Un megavatio. Toda ella desperdiciada.

—Veo que le preocupa el calentamiento global.

—¿A usted no?

—Bueno, supongo que sí. Pero ¿qué podemos hacer ya, a estas alturas, como no sea cruzar los dedos? —Lovegrove consultó la hora. Eran ya las dos y cuarto—. Quizá debería llamar a Ricard para avisarle de que llegamos tarde.

—Ni hablar —contestó Anna. Luego miró a Ingrid y añadió—: A menos que nuestro amigo opine lo contrario.

Ingrid consultó sus mensajes antes de contestar.

—No, *madame* Rolfe.

—Las grandes mentes piensan igual.

Ingrid volvió a guardar el teléfono en su bolso mientras el Hôtel Métropole pasaba junto a su ventanilla. El elegante bar del vestíbulo, con su adinerada clientela, había sido uno de sus cotos de caza predilectos. En su última visita se había hecho con un maletín con más de un millón de dólares en efectivo. Ingrid, como tenía por costumbre, había donado la mitad del dinero a obras de caridad y el resto se lo había confiado a su gestor personal en la Banca Privada d'Andorra.

Había cosechado éxitos parecidos en el Grand Hotel Kempinski, muy apreciado por los árabes del Golfo grotescamente ricos, y también en las aceras de la Rue du Rhône, flanqueadas de bancos privados, el paraíso de los carteristas. Nunca, sin embargo, había tenido ocasión de visitar el célebre puerto franco de Ginebra. La sola idea de penetrar en sus instalaciones —donde se guardaban pinturas, lingotes de oro y otros tesoros por valor de miles de millones— había encendido en ella el ansia de antaño. Esa ansia había ido creciendo a lo largo del día, hasta que su expectación había alcanzado un punto febril.

Fue un alivio que la voz de Anna la distrajera.

—¿Te encuentras bien, Ingrid?

—Lo siento, *madame* Rolfe.

—Tienes mala cara.

—Estoy un poco mareada, nada más. Pero no se preocupe. —Ingrid señaló una hilera de anodinos edificios grises y rojos que se alzaba ante ellos—. Hemos llegado a nuestro destino.

El enorme recinto tenía varios centenares de metros de longitud y estaba rodeado por una valla rematada con alambre de concertina y cámaras de seguridad. En el extremo sur sobresalía un anexo gris y achatado, sede de numerosas pequeñas empresas que operaban dentro de los límites del puerto franco. La galería de Edmond Ricard estaba en la segunda planta. Ricard, vestido y arreglado impecablemente, los esperaba en el pasillo mal iluminado. Saltaba a la vista que estaba molesto porque Lovegrove y su misteriosa clienta hubieran cometido la ofensa imperdonable de llegar tarde a una cita en Suiza. Su semblante, sin embargo, se transformó por completo en cuanto reconoció a su famosa clienta, a la que, aun así, saludó con la discreción propia del puerto franco.

—*Madame* Rolfe —dijo en tono suave—, es un honor recibirla en mi galería.

Anna inclinó la cabeza, pero rehusó la mano que le tendía Ricard. Nervioso, él se volvió hacia Ingrid.

—¿Y usted es…?

—La asistente de *madame* Rolfe.

—Un placer conocerla.

Ricard los condujo al pequeño vestíbulo de la galería. Ingrid apenas se fijó en el llamativo cuadro de Frank Stella que colgaba de la pared. Le interesaba mucho más la cerradura de la puerta exterior. Era de fabricación suiza, mecánica y presuntamente imposible de forzar, cosa que no era cierta.

La sala en la que entraron a continuación no tenía ventanas. Estaba enmoquetada en blanco y amueblada con sillones Barcelona a juego. En cada una de las paredes colgaba un solo cuadro: un Matisse, un Pollock, un Lichtenstein y un enorme lienzo de Willem de Kooning.

—Santo cielo —musitó Ingrid—. ¿No es ese el cuadro que alcanzó…?

—Sí, ese es —la cortó Ricard—. El propietario lo ha dejado aquí en depósito. Puede ser suyo por doscientos cincuenta millones, si le interesa.

Los condujo a través de otra sala de exposiciones, hasta su despacho. El escritorio era negro y estaba vacío, salvo por una lámpara moderna y un ordenador portátil. Dos botellas de agua mineral, una con gas y otra sin gas, ocupaban el centro de una pequeña mesa de reuniones. Anna, tras tomar asiento, rehusó el refresco que le ofreció Ricard y rechazó los intentos que hizo el marchante de entablar conversación con ella.

Por fin, Ricard se volvió hacia Lovegrove.

—Me comentó usted algo sobre seis cuadros.

Lovegrove abrió su maletín y sacó una carpeta de papel marrón. Dentro había seis fotografías de tamaño grande que desplegó sobre la mesa, delante de Ricard. Este las examinó con detenimiento y luego miró a Anna inexpresivamente.

—Deduzco que estos cuadros pertenecieron a su padre.

—En efecto, *monsieur* Ricard.

—Tengo entendido que en su testamento renunció a todos los cuadros impresionistas y posimpresionistas que adquirió durante la guerra.

—Es cierto. Pero mi padre compró estos cuadros varios años después de la guerra.

Lovegrove puso los seis informes de procedencia sobre la mesa y Ricard los hojeó sin prisas.

—Distan mucho de ser impecables —comentó al acabar de revisarlos—. Pero los he visto peores.

—He comprobado las bases de datos sobre el Holocausto —repuso Lovegrove—. No hay reclamaciones sobre ninguno de los seis cuadros.

—Me alegra saberlo, pero eso no cambia el hecho de que estuvieran en manos de un coleccionista bastante notorio. —Ricard miró a Anna—: Disculpe mi franqueza, *madame* Rolfe, pero el que estos cuadros estén vinculados con su padre reducirá notablemente su valor de mercado.

—No, si no les revela usted mi identidad a los compradores, *monsieur* Ricard.

El marchante no le llevó la contraria.

—¿Dónde están los cuadros en este momento?

—En Suiza no —respondió Anna.

—¿Sabe el Gobierno suizo que los tiene en su poder?

—No.

—¿Puedo preguntar por qué?

—No supe de su existencia hasta varios años después de que falleciera mi padre. Y, como podrá imaginar, no tenía ningún interés en reavivar el escándalo Rolfe.

—Aun así, el hecho de que no haya declarado los cuadros complica las cosas. Verá, *madame* Rolfe, si los vendo en su nombre, tendrá usted que dar cuenta de los beneficios a las autoridades fiscales del cantón de Zúrich, lo que pondrá de manifiesto las irregularidades cometidas previamente. —Ricard bajó la voz—: A menos, claro está, que también ocultemos la venta.

—¿Cómo?

—Estructurando la transacción de forma que tenga lugar en el extranjero y de forma anónima. En el puerto franco de Ginebra, este tipo de ventas son, como suele decirse, el pan de cada día. —Ricard sonrió a Lovegrove—. Claro que su asesor ya lo sabe. Por eso están aquí.

Lovegrove contestó en nombre de su clienta:

—¿Y si a *madame* Rolfe le interesara una transacción para la que no fueran necesarias ni una cuenta bancaria en el extranjero ni una empresa fantasma?

—¿Una transacción de qué tipo?

—El intercambio de los cuadros de su padre por otros de procedencia, digamos, un poco más clara.

—Un intercambio de ese tipo no solventaría los problemas fiscales de su clienta.

—Sí, si los otros cuadros no salen de aquí, del puerto franco.

—Eso también es el pan de cada día —dijo Ricard—. Muchos de mis clientes dejan sus cuadros aquí años y años para evitar los impuestos. Y a menudo, cuando deciden vender un cuadro, el proceso de envío consiste solo en trasladar una caja de un almacén a otro. El puerto franco alberga la mayor colección de arte del mundo, gran parte de la cual está en venta. Estoy seguro de que encontraremos algo que pueda interesar a *madame* Rolfe.

—Ella prefiere las obras contemporáneas —le informó Lovegrove.

—¿Le gusta De Kooning?

—*Madame* Rolfe desea sopesar detenidamente sus opciones antes de tomar una decisión.

—Por supuesto —contestó Ricard—. Mientras tanto, sin embargo, está el pequeño inconveniente de la comisión de la galería.

—Puesto que *madame* Rolfe no puede extenderle un cheque que cubra sus honorarios, tendrá usted que estructurar la venta teniendo en cuenta sus propios intereses.

Lovegrove estaba invitándolo a manipular la transacción en favor de la galería. Evidentemente, la sugerencia fue del agrado de Ricard.

—Respecto a los seis cuadros —dijo mirando las fotografías—, tenemos que trasladarlos de su ubicación actual al puerto franco. Y hemos de hacerlo de un modo que implique una transacción. Al fin y al cabo, el puerto franco no es un almacén cualquiera. Todos los cuadros y los objetos de valor que se guardan aquí están técnicamente en tránsito.

—Ha de hacerse sin revelar la identidad de *madame* Rolfe.

—Eso no es ningún problema —respondió Ricard con un ademán desdeñoso—. Lo hago constantemente. La Galerie Ricard aparecerá como comprador oficial. En cuanto los cuadros entren en el puerto franco, los depositaré en una cámara acorazada a la que solo tendrá acceso *madame* Rolfe. Su nombre, aun así, no aparecerá en ningún documento, y las autoridades del puerto franco no sabrán nada de nuestro acuerdo.

—Todo esto me recuerda al banco de mi padre —comentó Anna.

—Con una salvedad importante, *madame* Rolfe. El puerto franco nunca revela sus secretos. —La pluma de Ricard quedó en suspenso sobre su libreta—. Iba usted a decirme dónde hay que recoger los seis cuadros.

Anna recitó la dirección de su villa en la Costa de Prata.

—¿Qué le parece el martes?

Fue Ingrid, la encargada de su agenda, quien contestó. Lo hizo sin apartar la mirada de su teléfono.

—El martes está bien, *monsieur* Ricard.

# 22

# Puerto franco de Ginebra

Anna e Ingrid viajaron de Zúrich a la Costa de Prata para supervisar el ritual de embalaje de los seis cuadros. Las obras llegaron a Ginebra el jueves siguiente, y el viernes por la mañana ingresaron en el puerto franco.

—Uno de los mayores hallazgos que se recuerdan —declaró Edmond Ricard cuando a mediodía llamó por teléfono a Nicholas Lovegrove, a Londres.

El marchante suizo quería, aun así, que sus expertos examinaran a fondo los lienzos antes de seguir adelante. Gabriel pasó cinco días de nerviosismo en Venecia aguardando su veredicto, que fue favorable. Ricard tasó los cuadros nada menos que en trescientos veinticinco millones de dólares y Lovegrove le hizo llegar la lista de los pintores, de precio astronómico, que más interesaban a su clienta. En ella no figuraba el nombre de Pablo Picasso.

Pasaron otras cuarenta y ocho horas antes de que Ricard, disculpándose por el retraso, le mandara una relación de cuadros para que se la presentara a su clienta. La lista incluía los cuadros de Pollock y De Kooning que estaban expuestos en la galería, además de obras de Gustav Klimt, Mark Rothko, André Derain, Georges Braque, Fernand Léger, Vasili Kandinski, Andy Warhol, Robert Motherwell y Cy Twombly. Lovegrove lo consideró un comienzo prometedor y tres días después estaba de vuelta en el puerto franco de Ginebra con su clienta y la asistente de esta. Pasaron dos horas recorriendo los pasillos y las cámaras acorazadas del recinto, mientras Gabriel seguía sus pasos desde Venecia a través del teléfono móvil de Ingrid. La clienta de Lovegrove se comportó irreprochablemente, pero no parecía impresionada.

—¿Busca algo en concreto? —preguntó Ricard cuando volvieron a su despacho.

—Lo sabré cuando lo vea —respondió Anna.

—El De Kooning sería una buena inversión, *madame* Rolfe. Y el Pollock, también. Estoy dispuesto a aceptar sus seis cuadros a cambio de los dos lienzos, y asunto concluido.

—Póngalo por escrito —intervino Lovegrove—. Mientras tanto, nos gustaría ver qué más hay en el mercado.

Su tercera visita tuvo lugar la semana siguiente. Incluyó varios cuadros más de Pollock y Rothko, otro De Kooning, un Basquiat, un Bacon y un Jasper Johns, ninguno de los cuales fue del agrado de la clienta de Lovegrove. Exasperado, Ricard propuso que echaran un vistazo a un último cuadro: una oportunidad extraordinaria, dijo, que acababa de salir a la venta. Estaba guardado en el Edificio 2, Pasillo 4, Cámara 39. Cuando Ricard abrió el contenedor metálico, *madame* Rolfe contuvo la respiración. Una fotografía del cuadro tomada por su asistente apareció al instante en la pantalla del ordenador de Gabriel en Venecia.

Se estaban acercando.

La obra en cuestión, un paisaje urbano de Barcelona, la pintó Pablo Picasso durante la etapa de tres años que posteriormente se conocería como el Periodo Azul de su carrera. Ricard se mostró sorprendido por la reacción de *madame* Rolfe al ver el cuadro. Tenía la impresión, dijo, de que no le interesaba la obra del español.

—¿De dónde ha sacado esa idea?

—De su asesor artístico.

Anna fulminó a Lovegrove con la mirada.

—Ha sido un descuido por su parte, se lo aseguro.

—Hay más de un millar de Picassos almacenados aquí, en el

puerto franco —explicó Ricard—. Sé de al menos cien que están actualmente en venta.

—Me gustaría verlos todos.

Ricard les enseñó tres Picassos más después de comer y otros cuatro el martes siguiente. Dos de los lienzos pertenecían al Periodo Rosa, otros dos eran obras cubistas pintadas durante la Primera Guerra Mundial y otros dos eran obras tardías, realizadas por Picasso poco antes de su muerte. El último lienzo que vieron era una obra de estilo surrealista —una mujer sentada ante una ventana— pintada por Picasso en 1936, cuando vivía en la Rue la Boétie de París. Anna informó al marchante suizo de que era la que más le gustaba del lote.

—Las piezas cubistas también están muy bien —señaló el marchante.

—Pero esta es especial.

—No son fáciles de conseguir, *madame* Rolfe. Conozco otra obra similar aquí, en el puerto franco, pero es poco probable que el propietario quiera desprenderse de ella.

—¿Sería posible que al menos nos permitiera verla?

—El puerto franco no es una galería de arte. Si los coleccionistas guardan sus cuadros aquí, es por un buen motivo.

Regresaron tres días después, pero los lienzos que les enseñó Ricard eran todos del periodo de posguerra. Se tomaron un descanso durante el fin de semana —Anna e Ingrid lo pasaron en Zermatt, y Lovegrove en su casa de fin de semana en Tunbridge Wells— y el miércoles siguiente vieron catorce Picassos impresionantes. Pero ninguno era una obra de estilo surrealista de los años treinta, lo que, como era de esperar, fue un chasco para Anna.

—¿Y el otro lienzo surrealista del que me habló? —preguntó.

—Anoche hablé con el representante del propietario.

—¿Y?

—No sé si podré convencerle de que lo venda. Pero, si lo consigo, las condiciones serán muy duras.

—Tengo una tarjeta regalo por valor de trescientos veinticinco millones de dólares que me dejó mi padre. Huelga decir que el dinero no importa.

Eran las cuatro palabras más peligrosas que podían pronunciarse delante de un marchante; sobre todo, delante de un marchante que ejercía su oficio en el puerto franco de Ginebra.

—Si tiene unos minutos —dijo Ricard mirando su reloj—, podemos echarle un vistazo ahora.

—Nada me gustaría más —respondió Anna.

El cuadro estaba guardado en una abarrotada cámara acorazada del Edificio 3, Pasillo 6. Las inscripciones de la caja metálica no daban ninguna pista sobre su contenido: un retrato de mujer, óleo sobre lienzo, pintado por Picasso en su estudio de la Rue la Boétie en 1937. Los cuatro contemplaron la obra en silencio largo rato.

—¿Dimensiones? —preguntó por fin Lovegrove como si ese detalle fuera lo de menos.

—Noventa y cuatro centímetros por sesenta y seis —respondió Ricard.

Lovegrove miró a Anna.

—¿Qué le parece?

—Dele lo que pida —contestó ella, y se fue.


Las negociaciones comenzaron a última hora de la mañana siguiente, después de que Lovegrove se instalara en su despacho de Cork Street. Como era de esperar, el propietario del Picasso —Ricard afirmaba desconocer su identidad, e incluso si se trataba de un particular o de un consorcio de inversores— se lo puso difícil.

—Quiere el Modigliani, el Van Gogh, el Cézanne y el Monet.

—¿Por un solo Picasso? Seguro que sí, pero no va a conseguirlos —replicó Lovegrove.

—Quizá debería planteárselo a su clienta antes de decir que no.

—No voy a permitir que haga un trato absurdo, por mucho que quiera ese cuadro.

Transcurrieron cuarenta y ocho horas antes de que Lovegrove volviera a tener noticias de Ricard. Al parecer, el propietario del cuadro seguía empecinado en su oferta inicial. La pelota, dijo Ricard, estaba en su tejado.

—El Modigliani y el Van Gogh —contestó Lovegrove.

—Imposible, no va a aceptarlo.

—¿Quién no va a aceptarlo, *monsieur* Ricard?

—El hombre del otro lado de la línea. Da igual quién sea.

—Hágale la oferta. Espero sus noticias.

El marchante suizo esperó hasta las cinco y media de la tarde siguiente para llamar a Lovegrove con la respuesta.

—El propietario sigue queriendo los cuatro cuadros, pero creo que podría aceptar el Modigliani, el Van Gogh y el Cézanne.

—Claro, ¿cómo no iba a aceptarlos? Es una ganga.

—¿Eso es un sí, *monsieur* Lovegrove?

Este contestó a regañadientes que sí. A las diez de la mañana siguiente habían llegado a un acuerdo de partida.

—Quedan el Monet, el Renoir y el Toulouse-Lautrec —dijo Ricard—. ¿En qué desea gastar *madame* Rolfe el saldo de su tarjeta regalo, como ella la llama?

—En el Pollock.

—Trato hecho.

Lovegrove llamó de inmediato a Gabriel para darle la noticia.

—Ya hay acuerdo, Allon.

—Sí, lo sé.

—¿Cómo?

Gabriel colgó sin contestar. Lovegrove, tras celebrarlo tomando un martini con Sarah Bancroft en el Wiltons, se fue a Regent Street y se compró un teléfono nuevo.

# 23

# Venecia-Ginebra

Ricard necesitó setenta y dos horas para redactar el contrato, lo que era de esperar tratándose de una compraventa de cuadros por valor de casi mil millones de dólares. Propuso que volvieran a reunirse en el puerto franco el jueves siguiente a las cuatro de la tarde para firmar los documentos e intercambiar los ocho cuadros. Lovegrove le dejó claro que el acuerdo dependía de la autentificación definitiva del Picasso y el Pollock, puesto que ambos pintores eran de los más falsificados del mundo. Ricard no vio nada de raro en ello.

—¿Cuándo quiere su perito ver los cuadros?

—El jueves por la tarde estaría bien. Solo necesitará unos minutos para emitir un dictamen.

—Ah, es de esos, entonces.

—Ya lo creo que sí.

El «perito», cuya identidad no reveló Lovegrove, pasó esos tres días en Venecia. Iba cada mañana a la iglesia de Santa Maria degli Angeli, en Murano, evitando cierto bar de Fondamente Nove, y se ocupaba de los cuadros menores que adornaban la nave. El martes le llegó por mensajero un maletín lo bastante grande como para transportar un cuadro de noventa y cuatro centímetros por sesenta y seis, y el miércoles acompañó a su hijo a su clase de matemáticas en la universidad. Esa noche se sentó junto a la encimera de la cocina a beber Brunello mientras su mujer preparaba la cena.

Las noticias de las seis de la BBC sonaban a través del altavoz *bluetooth*. La primera ministra Hillary Edwards, que afrontaba una rebelión dentro de su propio gabinete, había anunciado su dimisión como líder del Partido Conservador. Seguiría ejerciendo como primera ministra en funciones hasta que se eligiera un nuevo líder. El poderoso Comité 1922 del partido, a fin de evitar una larga lucha por la sucesión, había establecido una norma que limitaba el número de candidatos a tres.

—¿Por quién apostamos? —preguntó Chiara.

—Por alguien que pueda estabilizar el país y reflotar la economía.

—¿Hugh Graves?

—Sus compañeros parecen creer que sí.

—Da la impresión de que le caes muy bien.

—No como a tu novio del bar Cupido —comentó Gabriel.

—Parece que esta noche no tienes hambre. —Chiara quitó el volumen del informativo y dirigió la conversación hacia el inminente viaje de Gabriel a Ginebra—: No creerás de verdad que va a dejar que salgas del puerto franco con el Picasso, ¿verdad?

—¿Quién? ¿Gennaro?

—Edmond Ricard —suspiró Chiara.

—No pienso darle alternativa.

—¿Y si decide llamar a las autoridades?

—Entonces, las cosas se pondrán muy interesantes para todos los implicados.

—Sobre todo, para tu amiguita.

—Por no hablar de su asistente —añadió Gabriel.

—¿Y si todo sale según lo previsto?

—Destruiré mis seis falsificaciones para que Ricard no pueda colarlas en el mercado. Y luego le entregaré personalmente el Picasso a Naomi Wallach en París. Ya está buscando a los herederos legítimos de Emanuel Cohen.

—Alguien está a punto de hacerse increíblemente rico.

—Y alguien está a punto de pillar un cabreo monumental.

—¿El dueño del Picasso?

Gabriel asintió.

—Me gustaría saber por qué ha accedido a venderlo —dijo Chiara.

—Le hicimos una oferta que no podía rechazar. Tres cuadros extraordinariamente valiosos y la garantía de que el Picasso permanecerá en el puerto franco por ahora.

—Y pensar que querías acudir a la policía…

—Sí —dijo Gabriel acercando su copa de vino a la luz—. ¿Cómo pude ser tan tonto?

A la mañana siguiente se levantó temprano y se puso unos pantalones negros, un jersey también negro y una americana gris de cachemira. Anna e Ingrid le recogieron en el aeropuerto de Ginebra a las tres y media. Pararon en una tienda de material de oficina el tiempo justo para que Gabriel comprara una navaja multiusos retráctil y a continuación se dirigieron al puerto franco.

—No engañas a nadie con ese ridículo disfraz de hombre de negro —comentó Anna—. Seguro que *monsieur* Ricard sabrá quién eres en cuanto entres en su galería.

—Lo que hará que vaya todo mucho más fluido.

—No irás a pegarle, ¿verdad? —Anna miró a Ingrid y susurró—: Puede ser bastante violento cuando pierde los estribos.

—Me cuesta creerlo.

—Tú no lo conoces tan bien como yo. Bueno, eso espero, al menos.

—No, no me conoce tan bien como tú —terció Gabriel.

—Menos mal. A fin de cuentas, aún es una cría.

—Aunque nada inocente.

—Sí —dijo Anna—. Ingrid me ha contado que lleva toda la vida luchando por controlar sus impulsos.

—Y tú, cómo no, le has contado también tu trágica historia.

—¿Cómo lo has adivinado?

El chófer de Anna aparcó delante del bloque de oficinas del extremo sur del puerto franco, y Gabriel e Ingrid entraron tras ella en el vestíbulo. El guardia del mostrador de seguridad consultó un portafolios y, tras comprobar que se esperaba a *madame* Rolfe y a su grupo a las cuatro de la tarde, los condujo al ascensor. Arriba, en la segunda planta, Ingrid pulsó el botón del intercomunicador que había junto a la puerta de la Galerie Ricard, pero no obtuvo respuesta. Anna lo intentó también, con el mismo resultado.

—Quizá deberíamos llamarle por teléfono —dijo.

Gabriel marcó el número de la galería y, después de que el pitido de la línea sonara varias veces, saltó el contestador. Colgó y llamó al móvil de Ricard. No contestó.

—Estará con otro cliente —dijo Anna.

—Para Edmond Ricard, tú eres la única clienta del mundo que importa ahora mismo. —Gabriel probó a abrir la puerta, pero estaba bien cerrada. Miró a Ingrid y dijo—: Supongo que no llevas una de esas llaves *bumping* mágicas en el bolso, ¿verdad?

—Los asistentes personales de músicos famosos no llevan llaves *bumping,* señor Allon.

Gabriel se sacó un par de ganzúas del bolsillo de la pechera de la chaqueta.

—Supongo que tendré que apañarme con esto.

Ingrid se puso en medio para evitar que la cámara de seguridad captara lo que estaba sucediendo mientras Gabriel introducía las ganzúas en el bombín de la cerradura. Anna estaba fuera de sí.

—¿Y si salta la alarma? ¿Qué pasará? —susurró.

—Que una celebridad mundial será detenida por forzar la entrada de una galería de arte del puerto franco de Ginebra.

—Junto con su asistente —murmuró Ingrid.

Gabriel metía y sacaba las ganzúas del bombín, manipulando hábilmente los pitones del interior.

—¿Cuánto más vas a tardar? —preguntó Anna.

—Depende de cuántas veces más me interrumpas.

Giró la cerradura hacia la derecha y el pestillo cedió.

—No está mal —dijo Ingrid.

—Deberías verlo con una pistola —comentó Anna.

—Ya lo he visto, en realidad.

131

Gabriel abrió la puerta. No se oyó ninguna alarma.

—Quizá nos libremos aún —dijo Anna.

—A no ser que sea una alarma silenciosa —señaló Ingrid—. Porque entonces la habremos cagado por completo.

Gabriel entró detrás de las dos mujeres en el vestíbulo de la galería y dejó que la puerta se cerrara tras ellos. Anna llamó alegremente a Ricard por su nombre, pero no hubo respuesta, solo silencio.

—A lo mejor deberías tocarle una partita —dijo Gabriel, y entró en la primera sala de exposiciones.

Estaban expuestos los mismos cuatro cuadros, incluido el Pollock, que, tras un rápido vistazo, Gabriel dictaminó que era auténtico. Dos de sus seis falsificaciones —el Van Gogh y el Modigliani— estaban apoyadas en sendos caballetes cubiertos con un paño, en la segunda sala. Las otras cuatro —el Renoir, el Cézanne, el Monet y el Toulouse-Lautrec— estaban apoyadas contra la pared. No había ni rastro de un retrato de mujer sin título de estilo surrealista, óleo sobre lienzo de noventa y cuatro centímetros por sesenta y seis, obra de Pablo Picasso.

Ingrid probó a abrir la puerta del despacho de Ricard.

—No me digas que está cerrada con llave —dijo Gabriel.

—Eso parece —respondió ella, y se apartó.

Gabriel se puso manos a la obra y la cerradura cedió en menos de treinta segundos. Gabriel, sin embargo, dejó la mano inmóvil sobre el picaporte.

—¿A qué esperas? —preguntó Anna.

—¿De verdad quieres que conteste a esa pregunta?

Gabriel accionó el picaporte y abrió la puerta despacio. De inmediato percibió un olor que le resultaba familiar: el olor metálico y herrumbroso de la sangre. Esta procedía de los orificios de bala que presentaba el hombre desplomado detrás del elegante escritorio negro. Delante tenía un contrato de compraventa empapado de sangre, a nombre de la violinista más famosa del mundo, y en el suelo enmoquetado había un marco vacío. Gabriel no se molestó en medir el marco. Cualquier tonto podía ver que el cuadro desaparecido medía noventa y cuatro centímetros por sesenta y seis.

—¿Es tu Picasso? —preguntó Anna.

—No —respondió Gabriel—. Era mi Picasso.

—Supongo que esto significa que la hemos cagado.

—Totalmente.

SEGUNDA PARTE

# EL GOLPE

# 24

# Place de Cornavin

La sede del NDB, el pequeño pero competente Servicio de Seguridad Interior e Inteligencia Exterior de Suiza, se encontraba en Papiermühlestrasse 20, en Berna, la apacible capital helvética. Christoph Bittel, su flamante director general, estaba presidiendo una reunión de jefes de división cuando, a las cuatro y doce minutos de la tarde, recibió una llamada en su teléfono móvil personal. Al ver el nombre que aparecía en la pantalla, se excusó y entró en su despacho para atender la llamada en privado. Más tarde se alegró de haberlo hecho.

—Puede que te sorprenda —dijo—, pero me están dando ganas de colgar y volver a mi reunión.

—Yo que tú no lo haría, Bittel.

—A ver, cuéntame.

La explicación duró menos de treinta segundos e incluía un cuadro desaparecido, un marchante asesinado y la que seguramente era la mujer más famosa de Suiza. Bittel, aun así, estaba seguro de que aquello solo era una pequeña parte de la historia.

—Ni se te ocurra salir de esa galería. Iré a Ginebra lo antes posible.

Los asuntos penales no eran competencia del NDB, a no ser que se tratara de temas de espionaje o de algo que pusiera en peligro la seguridad de la Confederación, dos requisitos que este incidente no cumplía, al menos de momento. Sí representaba, no obstante, una posible amenaza para los intereses comerciales suizos, aunque solo fuera porque el delito se había producido en el puerto franco de Ginebra. El almacén ya había sido escenario de varios escándalos bochornosos, entre ellos uno en el que estuvo implicado un famoso traficante italiano de antigüedades robadas. A decir verdad, a Bittel no le agradaban ni el puerto franco ni los superricos globales que ocultaban allí sus tesoros, pero, por su propio interés y por el de Suiza, convenía acotar los posibles daños.

Así pues, Christoph Bittel llamó a la jefa de la Policía Cantonal de Ginebra y le explicó la situación lo mejor que pudo. Ella —que dudaba, con razón, de la veracidad de lo que acababa de oír— convino en que era necesario actuar con discreción. Llamó de inmediato al jefe de la Sûreté, la división anticrimen, y a las cuatro y veintisiete minutos los primeros agentes de la policía entraron en el achatado bloque de oficinas del extremo sur del puerto franco. De camino al ascensor, dieron orden al guardia de seguridad del vestíbulo de que cerrara todas las puertas del edificio y permaneciera en su puesto hasta nuevo aviso. No se molestaron en decirle a dónde iban ni qué hacían allí.

Al llegar arriba, llamaron a la puerta de cristal de la Galerie Ricard. Les abrió un hombre de estatura y complexión medias, vestido casi por completo de negro. Le acompañaban dos mujeres. Los agentes reconocieron de inmediato a una de ellas; a la otra, no. La víctima estaba en su despacho, al lado de un marco vacío. En una de las dos salas de exposición de la galería había seis cuadros de seis de los artistas más famosos de la historia, o eso les pareció a los agentes. Curiosamente, los seis estaban cortados en tiras.

Tardaron poco en averiguar que el caballero vestido de negro era el legendario exagente de inteligencia Gabriel Allon, que la mayor de las dos mujeres era, en efecto, la célebre violinista Anna Rolfe y que la otra mujer, una ciudadana danesa llamada Ingrid Johansen, era su asistente personal. El interrogatorio posterior reveló que habían llegado a la galería a las cuatro de la tarde para concluir una transacción relacionada con varias obras de arte muy valiosas; entre ellas, un cuadro surrealista de Pablo Picasso pintado en 1937. El exagente de inteligencia había entrado en la galería forzando la cerradura, tras lo cual descubrió que *monsieur* Ricard había sido asesinado y el Picasso robado.

—¿Tienes alguna idea de quién ha podido hacerlo?

—Apuesto a que fue una persona que llegó a la galería un par de horas antes que nosotros. El guardia de seguridad de abajo sin duda tuvo que verlo bien. De hecho, puede incluso que tenga algún vídeo.

Uno de los agentes bajó al vestíbulo para hablar con el guardia. Sí, la Galerie Ricard había recibido una visita esa misma tarde: un alemán robusto de treinta y tantos años. Había llegado a las dos y diecisiete minutos, provisto de un maletín portacuadros. Llevaba el mismo maletín cuando abandonó el edificio aproximadamente diez minutos después.

—¿Nombre?

—Andreas Hoffmann.

—¿Vio su identificación?

El guardia negó con la cabeza.

—¿Dónde puedo conseguir el vídeo?

—En la oficina central de seguridad.

La oficina estaba situada en el edificio de administración del puerto franco, pero resultó que allí no había ninguna imagen del robusto alemán. Al parecer, alguien había pirateado la red informática del puerto franco y borrado los vídeos guardados de los últimos seis meses. Momento en el cual el asesinato de Edmond Ricard, galerista del puerto franco de Ginebra, pasó a ser competencia de Christoph Bittel y el NDB.


Faltaba poco para las ocho de la tarde cuando el jefe de los servicios de inteligencia suizos llegó por fin a Ginebra. No se encaminó al puerto franco, sino a la sede de la Policía Cantonal en la Place de Cornavin. La célebre violinista y su asistente se encontraban en la cantina del personal, rodeadas de varios agentes extasiados. El exagente de inteligencia estaba en una sala de entrevistas, donde el jefe de la Sûreté le había sometido a un largo interrogatorio. Como la sesión estaba siendo grabada, el interrogado no había sido muy fiel a la verdad, pero la versión de los hechos que le dio a Christoph Bittel, amigo de confianza y compañero de peripecias en su vida anterior, era en su mayor parte exacta.

—¿Sabes cuántos delitos has cometido?

—En realidad, ninguno.

—Enviar esos seis cuadros de Portugal al puerto franco supone un incumplimiento de la legislación suiza.

—Pero los cuadros no eran auténticos.

—Otro delito más del que eres responsable —repuso Bittel. Alto, calvo y con gafas, poseía la frialdad de un banquero privado de Zúrich—. Ni que decir tiene que aquí en Suiza es ilegal traficar con cuadros falsificados.

—Pero no he hecho ningún intento de lucrarme con mi obra. Por lo tanto, no he incurrido en ninguna actividad delictiva.

—¿Qué me dices del acuerdo de compraventa que había en el escritorio de *monsieur* Ricard?

—No iba a permitir que Anna lo firmara. La transacción era solo una treta para encontrar el Picasso.

—Que ha vuelto a desaparecer.

Gabriel no respondió.

—Tendrías que haber acudido a mí desde el principio —dijo Bittel.

—¿Y qué habrías hecho?

—Habría remitido el asunto a un juez de instrucción de Ginebra, que habría llevado a cabo una investigación exhaustiva.

—Lo que habría llevado años y, mientras tanto, el propietario del Picasso habría tenido tiempo de sobra de trasladarlo a otro lugar.

—Tenemos leyes, Allon.

—Y esas leyes hacen que sea casi imposible que los legítimos propietarios del arte saqueado durante el Holocausto recuperen sus bienes.

Bittel no contestó, porque no había respuesta posible. Dio a entender, no obstante, que este caso podría haber sido distinto.

140

—¿Por qué? —preguntó Gabriel.

—Las autoridades fiscales y aduaneras llevaban tiempo preocupadas por la magnitud y la legitimidad de las actividades de *monsieur* Ricard. Por desgracia, había pocas ganas de hacer algo al respecto.

—Me sorprende oír eso.

Bittel se encogió de hombros en un gesto que podía indicar desaliento, resignación o algo intermedio.

—Es el negocio de Suiza, Allon. Atendemos las necesidades de los superricos globales. Solo el puerto franco de Ginebra aporta cada año miles de millones de dólares a las arcas de nuestro pequeño país sin salida al mar.

—Por eso tú y tus amigos de la Policía Cantonal estáis intentando frenéticamente encontrar una forma de ocultar el hecho de que alguien ha pirateado la red informática del puerto franco y ha robado un cuadro valorado en más de cien millones de dólares. Si no lo conseguís, los superricos globales podrían decidir almacenar sus cuadros y sus lingotes de oro en Singapur o en Delaware, y no en Suiza.

—Una posibilidad muy tangible.

—¿Cómo vas a resolver este asunto?

—Como he resuelto los demás líos que has montado en Suiza.

—¿Yo no estaba allí?

Bittel negó con la cabeza.

—Y tampoco estaba allí tu amiga Anna Rolfe.

—¿Cómo piensas explicar lo del marchante asesinado?

—La Policía Cantonal investigará varias hipótesis, pero ninguna de ellas incluirá un Picasso que fue propiedad de un judío parisino asesinado en Auschwitz. Tú, de todos modos, seguirás buscando el cuadro y, por supuesto, al asesino de *monsieur* Ricard. Y solo me informarás a mí de tus hallazgos, a nadie más.

—¿Y si rechazo tu generosa oferta?

—La Policía Cantonal no tendrá más remedio que detener a la asistente de Anna Rolfe, cuyo parecido con la sospechosa de un robo cometido no hace mucho en el Hôtel Métropole salta a la vista.

—Como es natural —repuso Gabriel.

—Dicen que es una ladrona de primera.

—Tendrías que verla con un teclado.

—¿Crees que podría entrar en la red informática del puerto franco de Ginebra?

Gabriel sonrió.

—Temía que no fueras a preguntarlo nunca.

# 25

# Rue des Alpes

A última hora de la tarde del jueves, la Policía Cantonal de Ginebra informó de que el destacado marchante Edmond Ricard había sido asesinado a tiros en su galería del puerto franco de Ginebra. El breve comunicado precisaba que el asesinato no había ido acompañado de un robo y que los objetos de valor almacenados en las cámaras acorazadas del recinto no habían corrido peligro en ningún momento. La policía describía al presunto autor del crimen como un hombre de entre treinta y cuarenta años y habla alemana. Los investigadores daban por descontado que se había servido de un arma equipada con un supresor de sonido, puesto que no se habían oído disparos. El nombre que le había dado al guardia de seguridad del vestíbulo era con toda seguridad falso, por lo que era inútil hacerlo público.

Curiosamente, ni la policía ni las autoridades del puerto franco difundieron imágenes de vídeo o fotografías del sospechoso. En el comunicado tampoco se explicitaba cómo se había descubierto el cadáver del marchante, ni la hora aproximada del asesinato. Los sucesivos intentos de los periodistas de interrogar al guardia de seguridad que estaba de servicio esa tarde resultaron infructuosos, pues lo destinaron apresuradamente a otro puesto en las profundidades del puerto franco. El registro de visitas desapareció sin dejar rastro.

Si hubiera aparecido, habría revelado el nombre de la célebre violinista suiza que había visitado la Galerie Ricard a las cuatro de la tarde el día de autos, y varias veces más durante las semanas anteriores. El contrato de compraventa empapado de sangre que estaba sobre la mesa del marchante habría revelado el motivo de dichas visitas. Pero el contrato, al igual que el registro de visitas, se había esfumado. La operación de encubrimiento fue tan minuciosa que alcanzó a la sede de la Policía Cantonal, donde se borraron y destruyeron todas las pruebas de la breve visita de la famosa violinista, incluidos selfis y autógrafos. Su marcha, a las diez menos veinte de la noche, fue digna de un jefe de Estado.

Gabriel e Ingrid salieron discretamente del edificio minutos después. Debido a las actividades a las que se había dedicado Ingrid en Ginebra con anterioridad, evitaron los hoteles de lujo y se instalaron en un apartotel de la Rue des Alpes. El servicio incluía cambio diario de sábanas y toallas y, lo que era más importante, conexión wifi ilimitada. Más adelante, el departamento de informática del puerto franco de Ginebra confundiría la dirección IP del piso con una de Râmnicu Vâlcea, una región de Rumanía conocida por la excelencia de sus piratas informáticos.

Ingrid se puso a trabajar en su habitación, a puerta cerrada, mientras escuchaba *jazz* escandinavo por los altavoces del portátil. Tord Gustavsen, Marcin Wasilewski, Bobo Stenson, Maciej Obara Quartet... O sea, prácticamente todo el catálogo de ECM Records. Gabriel le mandó un mensaje de texto ofreciéndose a ayudarla y ella le contestó que no tenía ni idea de ordenadores y que, por tanto, solo podía ser un estorbo. Gabriel sintió la tentación de recordarle que había sido director de uno de los servicios de inteligencia tecnológicamente más avanzados del mundo y que había supervisado unas cuantas operaciones de piratería informática muy sonadas; entre ellas, varias dirigidas contra el programa de armas nucleares de la República Islámica de Irán. Eso no significaba, sin embargo, que hubiera comprendido del todo la magia digital que requerían esos ataques. De hecho, se habría visto en un aprieto si hubiera tenido que explicar cómo calentaba la leche para el café el microondas de la cocina.

Ingrid tomaba el café solo con ingentes cantidades de azúcar. Gabriel se lo dejó en una bandeja delante de la puerta. También le

144

dejó comida, pero ella ni siquiera la tocó. Tampoco durmió. Dijo que ya lo haría cuando encontrara al hombre que había matado a Edmond Ricard y robado el Picasso.

A las veinticuatro horas de su llegada, salió de la habitación el tiempo justo para informar a Gabriel de sus progresos.

—He entrado en la red del puerto franco —explicó—, pero me está costando descifrar la contraseña del sistema de seguridad.

—Me cuesta creerlo.

—Es sorprendente, ya lo sé.

—¿Qué pasará cuando lo consigas?

—Que echaré un vistazo a la carpeta de copia de seguridad para asegurarme de que el vídeo no está allí, a plena vista.

—Lo normal sería que los *hackers* hubieran borrado el contenido de la copia de seguridad al salir.

—Pero, como bien sabes, las cosas nunca se borran del todo. No desactivaron el sistema por completo, lo que significa que las cámaras siguieron grabando y el disco duro almacenando información. El vídeo que falta está ahí, en alguna parte. Solo tengo que encontrarlo y recuperarlo.

—¿Cuánto tiempo te llevará?

—¿Quieres que te diga la hora exacta en que encontraré y recuperaré las imágenes grabadas durante seis meses por las cámaras de seguridad de uno de los almacenes más seguros del mundo?

Luego cerró la puerta sin más y volvió a oírse la música: un álbum de delicadas composiciones del pianista de *jazz* francés Benjamin Moussay.

—¿Qué tal si pones a Schubert o a Chopin para variar? —preguntó Gabriel, pero no recibió más respuesta que el repiqueteo del teclado de Ingrid.

Volvió a verla a la una de la tarde del día siguiente, cuando anunció que por fin había descifrado la contraseña y accedido al sistema de seguridad del puerto franco. Pasarían otras dos horas antes de que pudiera confirmarle que el *hacker* había vaciado también la carpeta de copia de seguridad. A partir de ese momento, su búsqueda pasó a ser de índole forense. Sus pulsaciones se volvieron más intensas; el *jazz* que escuchaba, más tradicional. *Kind of Blue* de Miles Davis. *A Love Supreme* de John Coltrane. Un hermoso álbum de clásicos interpretados por Keith Jarrett y el bajista Charlie Haden.

Poco después de las ocho de la tarde, tanto la música como el teclado enmudecieron. Gabriel dejó pasar otra hora antes de entrar en la habitación. Encontró a Ingrid tumbada en la cama, con los ojos cerrados, estremeciéndose presa de alguna pesadilla. En la mano tenía un *pendrive.*

Gabriel le quitó suavemente el dispositivo y lo conectó al puerto USB de su propio ordenador. En la pantalla apareció una solicitud de contraseña. Probó varias combinaciones de letras y números, sin éxito. Introdujo entonces la palabra *Aurora,* el nombre en clave del plan secreto ruso que Ingrid había robado en Moscú, y apareció una carpeta. Dentro había varios cientos de imágenes fijas y un solo vídeo de trece minutos de duración.

—Ya te tengo —susurró Gabriel, y pulsó el *play.*

El vídeo comenzaba a las dos y diecisiete minutos de la tarde, cuando el sujeto, un hombre bien vestido, de cabello rubio claro, se bajaba de un Peugeot 508 que se detuvo unos instantes en la Route du Grand-Lancy. Sacaba del maletero del coche un maletín rectangular para transportar cuadros y acto seguido se dirigía a la entrada del achatado edificio de oficinas. Tres cámaras distintas captaron su rápida conversación con el guardia de seguridad y una cuarta grabó su trayecto de quince segundos en ascensor hasta la segunda planta. El hombre pulsaba el timbre de la Galerie Ricard a las dos y veintiún minutos y le abrían la puerta de inmediato. Evidentemente, pensó Gabriel, le estaban esperando.

Permanecía dentro de la galería ocho minutos, tiempo suficiente para disparar tres veces a Ricard y sacar el Picasso de su marco. Hablaba por teléfono un momento en el ascensor mientras bajaba al vestíbulo y pasaba a toda prisa por delante del mostrador de seguridad, sin decir palabra ni lanzar una mirada al guardia. El mismo Peugeot lo esperaba en la Route du Grand-Lancy cuando salía del edificio. Guardaba el maletín en el maletero y se sentaba en el asiento del copiloto. El coche arrancaba de inmediato y a las dos y treinta y tres minutos se perdía de vista.

Lo más probable era que se dirigiera a Francia. El paso fronterizo más cercano estaba en Bardonnex, a unos veinte minutos en coche. Gabriel llamó a Christoph Bittel y le dio la marca, el modelo y el número de matrícula del coche. El jefe de los servicios de inteligencia suizos le devolvió la llamada menos de una hora después.

—Cruzaron a Francia a las dos cuarenta y nueve. Y, por cierto, el hombre que ocupaba el asiento del copiloto tenía el pelo negro.

—Y un Picasso valorado en cien millones de dólares.

—No había ningún Picasso, Allon.

—Nunca lo ha habido —repuso él, y cortó la comunicación.

# 26

# Quai des Orfèvres

Gabriel e Ingrid salieron del piso de la Rue des Alpes a las diez y cuarto de la mañana siguiente y dieron un corto paseo hasta la Gare Cornavin. El tren con destino a París salía a las once. Tras acomodarse en su asiento de primera clase, Ingrid abrió el portátil y lo conectó a Internet a través del móvil. Al echar un vistazo a la pantalla, Gabriel vio líneas y líneas de código informático.

—Me da miedo preguntar.

—Anoche copié unos cuantos archivos, antes de desconectarme de la red del puerto franco. —Abrió otro documento y giró el ordenador hacia Gabriel—. Este, por ejemplo.

—¿Qué es?

—La lista de todas las personas y entidades que tienen una cámara acorazada en el puerto franco de Ginebra.

—Estoy casi seguro de que mi amigo Christoph Bittel no nos dio permiso para piratear un documento de ese tipo.

—Ojos que no ven, corazón que no siente.

Gabriel miró la lista de nombres. Como era de esperar, casi todos los usuarios del puerto franco se ocultaban tras empresas fantasma anónimas. Cada entrada de la lista incluía la dirección de la cámara acorazada de la empresa —edificio, pasillo y número— y la fecha de su contratación.

—¿Se puede buscar algo en el documento?

—Sí, claro. ¿Qué quieres buscar?

—Una empresa llamada OOC Group, Limited.

Ingrid tecleó el nombre y sacudió la cabeza.

—Nada.

—¿Recuerdas por casualidad los datos de la cámara acorazada donde visteis el Picasso?

—Edificio tres, pasillo seis, cámara veintinueve.

—Búscala.

Ingrid introdujo la dirección.

—La cámara la tiene alquilada una empresa llamada Sargasso Capital Investments. Parece que también controla otras seis cámaras acorazadas.

Gabriel introdujo el nombre de la empresa en el buscador de su móvil y obtuvo más de diez millones de resultados inútiles. Luego miró a Ingrid y le preguntó:

—¿Qué más has robado quebrantando mi acuerdo con el jefe de la inteligencia suiza?

—La lista de todos los empleados del puerto franco de Ginebra, un registro con el nombre de todas las personas que han tenido acceso al recinto en los últimos dos años y un archivo con las declaraciones de aduanas y los documentos de tránsito de los últimos cinco años. —Tocó el ratón y las líneas de código volvieron a aparecer en la pantalla—: También me llevé los datos de todas las personas que han usado la red informática del puerto franco en los últimos diez días. Uno de ellos es el *hacker,* claro.

—Mis *hackers* siempre ocultaban su identidad o creaban una falsa.

—Yo también lo hice cuando me introduje en el puerto franco, pero una identidad y una dirección IP falsas no se sostienen mucho tiempo. Confío en poder geolocalizarlo e identificarlo.

—¿Hay alguna posibilidad de que primero nos encuentres un hotel en París?

Ingrid suspiró y abrió una conocida página web de reservas.

—¿Dónde quieres alojarte?

—El Crillon está bien.

—La última vez que estuve allí, a varias señoras se les extraviaron unas cuantas joyas valiosas, así que creo que conviene que elijamos otro hotel.

—¿Qué tal el Ritz?

—Imposible —contestó ella.

—¿El George V?

—Lo siento, pero no.

—¿Hay algún hotel de lujo en París donde no hayas delinquido?

—El Cheval Blanc.

—Entonces, supongo que tendremos que aguantarnos con el Cheval Blanc.


El hotel se hallaba en el Quai du Louvre, a un paso del museo. Sus dos habitaciones contiguas estaban en la tercera planta. Gabriel se quedó el tiempo justo para dejar el equipaje y descargar en el móvil dos fotografías del asesino de Edmond Ricard. Antes de marcharse, se asomó a la habitación de Ingrid.

—¿Seguro que podrás refrenarte?

—Segurísimo —respondió ella, y abrió su portátil.

Al salir, Gabriel cruzó el Pont Neuf hasta la Île de la Cité y se encaminó a una *brasserie* del Quai des Orfèvres. Sentado solo en una mesa del fondo había un hombre moreno y atractivo, de poco más de cincuenta años, al que podía confundirse con un ídolo del cine francés. Era el tipo de hombre que estaba guapo fumando un cigarrillo y pasaba las tardes en la cama de una bella joven antes de volver a casa con su esposa, igualmente bella. En realidad, Jacques Ménard era el comandante de la Oficina Central de Lucha contra el Tráfico de Bienes Culturales, que es como llamaban los franceses a la brigada policial encargada de los delitos relacionados con el arte. Su despacho estaba un poco más arriba, en el número 36 del Quai des Orfèvres, la emblemática sede de la división anticrimen de la Policía Nacional.

Ménard se había tomado la libertad de pedir una botella de sancerre.

—Un detallito para celebrar tu último golpe —explicó.

—¿El Van Gogh? Lo único que hice fue limpiarlo, Jacques.

—No esperarás que me crea eso, ¿verdad?

Gabriel sonrió.

—Quizá deberíamos probar el vino.

—Adelante.

Bebió un poco de sancerre. Era como de otro mundo.

—¿Y bien? —preguntó Ménard.

—Me parece que deberíamos comer juntos más a menudo.

—Tienes toda la razón. De hecho, empezaba a pensar que no volvería a verte.

Gabriel había conocido a Jacques Ménard mientras investigaba la autenticidad de un cuadro que Isherwood Fine Arts había comprado y vendido. El escándalo consiguiente había arruinado vidas y reputaciones de París a Nueva York, pero no la de Ménard. La prensa francesa le había aclamado y su departamento había visto aumentar sus fondos considerablemente desde entonces. De ahí la calurosa bienvenida y la espléndida botella de sancerre.

—¿Cuándo fue la última vez que estuviste aquí? —preguntó.

—Dímelo tú, Jacques.

—Creo que fue hace un mes.

—¿Ah, sí?

El francés asintió.

—Y también unos días antes.

—Cualquiera diría que vigilas mis movimientos.

—¿Tendría que hacerlo?

—Si tienes algo de sentido común, sí.

El camarero reapareció para tomarles nota. Gabriel echó un vistazo a la carta y eligió el pastel de setas y el *sole meunière*. Ménard, tras pensárselo un momento, pidió lo mismo. Cuando volvieron a quedarse solos, Gabriel desbloqueó su teléfono y le mostró las dos fotografías.

—¿Quién es?

—El asesino profesional que el otro día mató a ese marchante de arte en el puerto franco de Ginebra. Confiaba en que me ayudaras a encontrarlo.

—¿Por qué me lo pides tú y no la Policía Cantonal de Ginebra?

—Porque el jefe de la inteligencia suiza me ha pedido que investigue el asunto discretamente en su nombre.

—¿Y eso por qué?

—Porque somos viejos amigos y, por alguna razón, aún confía en mí.

Ménard volvió a mirar el teléfono.

—¿Qué puedes contarme de él?

—Dijo llamarse Andreas Hoffmann. Su conductor y él pasaron a Francia al salir del puerto franco. Por el cruce de Bardonnex. Los suizos dicen que cruzaron el control a las dos y cuarenta y nueve de la tarde.

Ménard se sacó del bolsillo de la chaqueta una pequeña libreta encuadernada en piel.

—¿Vehículo?

—Un Peugeot 508 con matrícula francesa.

—¿Número?

Gabriel se lo dio y Ménard tomó nota.

—¿Puedes decirme algo más sobre él?

—Sospecho que voló de Dublín a París el martes diecisiete. Y tengo la corazonada de que dos noches después asesinó a un tal Emanuel Cohen en Montmartre.

Ménard dejó el bolígrafo.

—¿Por qué lo hizo?

—Por el Picasso, Jacques.

—¿Qué Picasso?

—El que robó de la galería del puerto franco. Pertenecía al abuelo de Emanuel Cohen, un tal Bernard Lévy. Y ahora tú vas a ayudarme a encontrar el cuadro y a devolvérselo a sus legítimos herederos.

Ménard volvió a empuñar el bolígrafo.

—¿Tema del cuadro?

—Retrato de mujer en estilo surrealista.

—Dimensiones.

—Noventa y cuatro por sesenta y seis.

—¿Óleo sobre lienzo?

—*Oui*.

152

# 27

# Cheval Blanc

Cuando Gabriel regresó al Cheval Blanc, Ingrid no estaba en su habitación. Tardó hora y media en aparecer por fin, vestida de licra y empapada en sudor. Había estado entrenando en el gimnasio del hotel.

—¿Qué tal tu reunión? —preguntó.

—Bien, como cabía esperar. La única forma de conseguir lo que quería era ofrecerle tu cabeza. Tu ejecución está prevista para mañana en la Plaza de la Concordia.

Ingrid torció el gesto, cerró la puerta que comunicaba las dos habitaciones y estuvo trabajando hasta bien entrada la noche. Se levantó temprano para seguir y a primera hora de la mañana se introdujo en la red del puerto franco para ejecutar un par de programas de diagnóstico. A la una, cuando le entraron ganas de comer, fueron andando por la orilla del Sena hasta Chez Julien. El teléfono de Gabriel vibró en cuanto se sentaron a la mesa.

—¿Tu amigo, el inspector Clouseau? —preguntó Ingrid.

—Mi mujer.

—¿Sabe dónde estás?

Gabriel tecleó un mensaje breve y pulsó el icono de enviar.

—Ahora, sí.

—¿No le molesta que te alojes en un hotel de lujo de París con una bella joven?

—No.

—¿Por qué?

—Porque los hoteles de lujo y las mujeres bellas siempre han formado parte de mi trabajo.

—¿Te importaría explicarme eso?

—Doctrina de la Oficina —contestó Gabriel—. Nunca operaba solo en ciudades como París, Roma o Zúrich. Siempre iba acompañado por una agente de escolta.

—¿Y siempre eran guapas?

—Cuanto más guapas, mejor. Mi mujer era una de esas agentes. Así fue como la conocí.

Apareció una camarera y Gabriel pidió una botella de chablis.

—Hablando de chicas guapas —dijo Ingrid en voz baja.

—¿Era guapa? No me he fijado.

—Usted siempre se fija en todo, señor Allon. —Ingrid miró la carta—. ¿Ya lo tienes claro?

—Me inclino por el *risotto* con trufas.

—Me refería al Picasso. ¿Cómo sabía el asesino que el cuadro iba a estar en la galería de Ricard el jueves por la tarde?

—Ricard tuvo que decírselo a quien no debía.

—¿A quién?

—Supongo que al dueño del Picasso.

—Pero el dueño aceptó la transacción.

—Puede que sí o puede que no.

—¿Insinúas que Ricard llegó a un acuerdo con Anna sin decírselo a su cliente?

—Cosas más raras se han visto, Ingrid. El mundo del arte es un pantano muy turbio. Y salvo notables excepciones, los marchantes son como esas algas verdes y viscosas que flotan en la superficie.

La camarera volvió con el vino y ellos pidieron. Una hora después, tras tomarse el café, salieron a la tarde nublada. El Cheval Blanc quedaba a la derecha. Ingrid se dirigió a la izquierda. Torció de nuevo a la izquierda en la Rue Geoffroy l'Asnier y se detuvo en la entrada del Mémorial de la Shoah.

—Quiero entrar contigo —dijo.

—¿Por qué?

—Porque quiero saber qué le ocurrió al dueño de ese Picasso.

—Que lo asesinaron en Auschwitz, como a más de un millón de judíos inocentes, entre ellos mis abuelos.

—Por favor, señor Allon.

Entraron en el museo siguiendo un luminoso pasadizo blanco en el que figuraban los nombres de más de setenta y seis mil hombres, mujeres y niños. Las salas de exposición contaban la historia de su detención, deportación y asesinato. En la cripta, donde ardía una llama en su recuerdo, Ingrid se agarró al brazo de Gabriel y lloró.

—Puede que esto haya sido un error —dijo él en voz baja.

—Estoy bien —sollozó ella.

—¿Nos vamos?

—Sí, creo que sí.

Fuera, en la calle, se limpió las lágrimas de la cara.

—No lo sabía.

—¿El qué?

—Lo de la redada de París de 1942. El *jeudi noir*.

—La mayoría de la gente no lo sabe.

—¿Los detuvo la policía francesa? ¿A trece mil personas en un solo día?

Gabriel guardó silencio.

—¿Dónde fue?

—En todo París, aunque la mayoría de los detenidos vivían cerca de aquí. Puedo enseñártelo, si quieres.

Atravesaron las sombras de la Rue Pavée y doblaron hacia la Rue des Rosiers. Antiguo centro de la judería parisina, era ahora una de las calles más de moda del *arrondissement*. Las aceras estaban bordeadas de tiendas de ropa elegantes. Gabriel señaló los pisos superiores de los edificios.

—La policía francesa fue puerta por puerta la mañana del 16 de julio de 1942. Tenían una lista de nombres. De algunos se compadecieron y esos pudieron escapar, aunque no fueron muchos. Apenas cinco días después, trescientos setenta y cinco fueron asesinados en Auschwitz. Casi todos los demás murieron antes de que acabara el verano.

—¿Y los niños?

—Había unos cuatro mil en total. Los separaron de sus padres y los metieron en vagones de ganado. Se desconoce cuántos perecieron durante el viaje a Auschwitz. Los supervivientes murieron en las cámaras de gas al llegar.

Gabriel se detuvo ante una tienda especializada en vaqueros de diseño. Tiempo atrás había sido un famoso restaurante *kosher*, el Jo Goldenberg. Gabriel había cenado allí una sola vez, una tarde oscura y lluviosa, con un colega de la Oficina. Habían hablado de una mujer a cuyos abuelos detuvieron durante el *jeudi noir*. Se llamaba Hannah Weinberg.

El sonido del teléfono disipó aquel recuerdo. Lo sacó del bolsillo del abrigo y se quedó mirando la pantalla.

—¿Tu mujer? —preguntó Ingrid.

—No —dijo Gabriel—. El inspector Clouseau.


Dejó a Ingrid en el Cheval Blanc y cruzó luego el Sena hasta la Île de la Cité. Esta vez se encontró con Jacques Ménard en un café de la Place Dauphine. El investigador francés llevaba consigo un sobre de color marrón lleno de fotografías. Puso la primera sobre la mesa. En ella se veía un Peugeot 508 calcinado.

—Lo abandonaron en la D30, en la Alta Saboya. No había cámaras de tráfico cerca. Debieron de cambiarse a otro vehículo.

—Supongo que el equipo forense no encontró los restos carbonizados de un Picasso en el maletero.

—No lo he preguntado.

Ménard recogió la fotografía y puso otra sobre la mesa. Mostraba al hombre del puerto franco pasando por el control de pasaportes del aeropuerto Charles de Gaulle. En la fotografía figuraba una hora, las 11:52. Y una fecha, el martes 17 de enero.

—¿Cómo lo supiste? —preguntó Ménard.

—El día anterior asesinó a una profesora de Oxford llamada Charlotte Blake en Cornualles. La ruta de escape más segura, en mi humilde opinión, es un ferri a la República Irlandesa.

—Cogió el vuelo de Air France de las ocho y cuarenta en el aeropuerto de Dublín. Pasaporte alemán.

—¿Nombre?

—Klaus Müller.

—Supongo que has echado un vistazo a su historial de viajes.

Ménard asintió.

—Pasa mucho tiempo volando.

—¿Dónde tiene su domicilio?

—En Leipzig. O eso dice.

La siguiente foto que Ménard puso sobre la mesa era de menor calidad. Mostraba al mismo individuo caminando por los adoquines de la Rue Lepic, en Montmartre, a las 19:32, aproximadamente una hora antes del asesinato de Emanuel Cohen.

—¿Hay algún vídeo de la caída? —preguntó Gabriel.

—*Non* —respondió Ménard—. Por eso no he remitido inmediatamente este asunto a la policía judicial. De todos modos, están investigando el coche incendiado en la Alta Saboya. Es solo cuestión de tiempo que lo vinculen con el asesinato del marchante de Ginebra. —Hizo una pausa y luego añadió—: Y con tu Picasso.

—La única forma de que se enteren de lo del cuadro es que tú se lo digas.

—Tienes razón. —Ménard guardó las fotografías en el sobre y se lo entregó—. Procura no matar a nadie, Allon. Y llámame en cuanto tengas una pista sobre el paradero del Picasso o sobre el tipo que empujó al doctor Cohen por esas escaleras.

—Eso equivaldría a infringir mi acuerdo con mi amigo de la inteligencia suiza.

Jacques Ménard sonrió.

—*C'est la vie.*


Se había puesto el sol cuando Gabriel regresó al Cheval Blanc. Arriba, encontró a Ingrid metiendo su ropa en la maleta.

—¿Vas a algún sitio? —le preguntó.

—A Cannes.

Gabriel entró en su habitación y empezó a hacer el equipaje.

—Me gusta mucho el Carlton, ¿sabes?

—A mí también, pero me temo que no puede ser.

—¿Y el Hôtel Martinez?

—No lo dirás en serio.

—¿El Majestic?

—Ni hablar, señor Allon.

# 28

# Rue d'Antibes

Ingrid había seguido el rastro del *hacker* del puerto franco de Ginebra hasta un edificio de apartamentos de la Rue d'Antibes, la exclusiva calle comercial que atraviesa el corazón del *centre ville* de Cannes. El pequeño hotel situado frente a la guarida del *hacker* no estaba a la altura del esplendor que evocaba su nombre. Gabriel pidió habitaciones contiguas en uno de los pisos superiores y al instante le entregaron un par de llaves y un folleto en el que se describían las comodidades del hotel, que eran escasas. Le dijo al recepcionista que vivía en Montreal y, para demostrarlo, le mostró un pasaporte canadiense falso. Su colega danesa aportó la tarjeta de crédito requerida. Pensaban quedarse tres noches, dijeron. Tal vez una o dos noches más, si las circunstancias así lo exigían. El recepcionista no preveía ningún problema: había plazas de sobra.

Arriba, abrieron la puerta que comunicaba sus habitaciones y subieron las persianas para que entrara la luz menguante de la tarde. Tres pisos más abajo se extendía la Rue d'Antibes, de sentido único y apenas lo bastante ancha para que pasara un vehículo. Unos quince metros separaban sus habitaciones de las ventanas del edificio de enfrente.

—Esto no va a servir —comentó Ingrid.

—Eso creo yo —repuso Gabriel.

Bajaron las escaleras y salieron a la calle en sombra. Ingrid le dio el brazo a Gabriel mientras pasaban por delante de una hilera de *boutiques* de lujo.

—Doctrina de la Oficina, señor Allon. Un hotel elegante y una chica guapa.

—Me temo que no formamos una pareja muy convincente. Y nuestro hotel es posiblemente el peor del *centre ville*.

—Pero está bien situado, ¿no te parece?

Al otro lado de la calle había una lujosa tienda de electrónica. Ingrid entró sola y salió unos minutos después con una *webcam* compacta de alta resolución. Estuvieron una hora paseando por la Croisette y luego regresaron al hotel. Ingrid colocó la cámara en la ventana de su habitación y la conectó a su ordenador con un cable USB. Luego bajó la persiana y apagó la luz.

Gabriel observó la imagen en la pantalla.

—¿Puedes grabar las imágenes?

—Sí, claro. Y mejor aún, puedo reenviarlas a mi móvil.

—Estupendo —dijo Gabriel—, porque bajo ningún concepto vamos a comer en este hotel.

—¿Doctrina de la Oficina?

—Ahora, sí.

El edificio tenía cinco pisos de altura y un par de *boutiques* en la planta baja. El portal estaba encajado entre las dos tiendas. En el portero automático figuraban ocho apartamentos. Las plaquitas que los acompañaban indicaban que solo dos de ellos estaban ocupados por franceses. Tres nombres eran de origen inglés, uno español y otro alemán. La plaquita del segundo B estaba vacía.

A las siete y media de la tarde, había luces encendidas por toda la Rue d'Antibes. Solo en cuatro de los ocho apartamentos se veían signos de vida: dos en la primera planta y dos en la tercera. A las siete y cuarenta y dos se apagaron las luces de uno de los pisos del tercero. Un momento después, un hombre y una mujer en edad de jubilación salieron por el portal. De la rigidez de su porte se deducía que eran los Schmidt, del tercero A. Su atuendo daba a entender que iban a cenar.

Gabriel e Ingrid esperaron casi hasta las nueve para seguir su ejemplo. Colgaron el cartel de «no molestar» en la puerta de sus respectivas habitaciones e informaron al recepcionista de que no necesitaban que entraran a abrir las camas, lo que de todos modos fue innecesario, pues el hotel no ofrecía ese servicio. Fuera, debatieron dónde cenar.

—Uno de los restaurantes que más me gustan del mundo está en Cannes —dijo Ingrid—. No aceptan reservas y en verano hay que esperar una eternidad para que te den mesa, pero en temporada baja es perfecto.

—¿Puedo saber cómo se llama?

—Es una sorpresa.

El restaurante, La Pizza Cresci, se hallaba en el flanco oeste del Vieux Port, en el Quai Saint-Pierre. Al entrar, los condujeron a una mesa junto a las ventanas del comedor principal. Ingrid notó enseguida que Gabriel estaba incómodo.

—Podemos ir a otro sitio, si quieres.

—¿Por qué lo dices?

—Porque tienes cara de haber visto un fantasma.

Él se quedó mirando por la ventana, callado.

—¿Hay algo que no me has contado?

—Busca las palabras «Abdul Aziz al Bakari» y «Cannes».

Ingrid cogió su teléfono y tecleó.

—Joder —dijo al cabo de un momento.

—Fue una noche inolvidable, te lo aseguro.

—Lo siento, señor Allon. No lo sabía.

—Fue hace mucho tiempo.

—Vámonos.

—¿Estás de broma? Aquí es imposible conseguir mesa.

Ingrid se rio a su pesar.

—No se te puede llevar a ningún sitio.


Eran las once pasadas cuando regresaron al hotel. Los carteles de «no molestar» seguían colgados de las puertas y nada indicaba que alguien hubiera entrado en sus habitaciones mientras estaban fuera. Vieron las dos horas de vídeo que había grabado la cámara a una velocidad cuatro veces superior a la normal. Los ocupantes del tercero A habían regresado a las diez y treinta y siete, pero por lo demás no se había registrado ninguna actividad en el portal del edificio. A medianoche se había apagado la luz en tres de los cuatro apartamentos, pero el vecino del primero B estuvo despierto casi hasta las cuatro. Ingrid dedujo de ello que habían encontrado a su objetivo. Los *hackers*, explicó, trabajaban mejor en la oscuridad.

—¿Y qué hay del ocupante anónimo del piso de más arriba?

—No parece que esté en Cannes ahora mismo. Por tanto, yo apostaría a que el *hacker* es Martineau, el del primero B.

La teoría de Ingrid se vino abajo a las siete y media, cuando se abrieron las contraventanas del apartamento. *Madame* Martineau era una señora de cerca de setenta años. Por muchas razones, no encajaba en el perfil del típico pirata informático.

—Me desdigo —dijo Ingrid.

La mujer salió del edificio a las nueve en punto llevando la tradicional cesta de la compra francesa de mimbre. *Herr* y *frau* Schmidt salieron unos minutos después y a las nueve y media apareció por primera vez Ashworth, del primero A. Era una mujer esbelta, de unos treinta y cinco años, de largas piernas y cabello corto y rubio.

—¿Qué opinas? —preguntó Ingrid.

—A mí no me parece una *hacker*.

—A mí tampoco, señor Allon. Quizá debería seguirla.

—Permíteme —dijo Gabriel, y bajó las escaleras.

Cuando salió por la puerta del hotel, la mujer iba un centenar de metros por delante, por la Rue d'Antibes. Gabriel redujo la distancia a unos treinta metros y la siguió hasta una cafetería situada en una bocacalle, donde ella tomó un café con leche y un *brioche* antes de irse a la oficina de una importante agencia inmobiliaria británica. Gabriel entró en el local y dedicó unos minutos a examinar las fincas en venta. La mujer del primero A le ofreció una tarjeta de visita que la identificaba como Fiona Ashworth, gerente de la sucursal de la inmobiliaria en Cannes.

Gabriel se guardó la tarjeta en el bolsillo y emprendió el regreso al hotel. Al llegar a la Rue d'Antibes le sorprendió ver a Ingrid, vestida apresuradamente con unos vaqueros y un jersey de algodón, viniendo hacia él a la luz del sol. Algo en su actitud le hizo buscar refugio en una farmacia. Ingrid pasó de largo un momento después, con la mirada fija al frente. Suave como la seda, pensó Gabriel. Impresionante, desde luego.

Gabriel compró en la farmacia unos cuantos artículos de aseo que no necesitaba y volvió al hotel. Arriba, se sentó ante el portátil abierto de Ingrid y miró el vídeo grabado, empezando desde las nueve y media, cuando la agente inmobiliaria inglesa había salido de casa. Doce minutos más tarde, mientras Fiona Ashworth desayunaba bajo la atenta mirada de Gabriel, los postigos del segundo B se habían abierto y su ocupante anónimo había aparecido en la ventana. Resultaba que sí estaba en Cannes. Tenía el pelo castaño claro y una barba descuidada, y parecía haber pasado una o incluso varias noches sin apenas pegar ojo. Encendió un cigarrillo y, mientras expulsaba una bocanada de humo, miró a derecha e izquierda a lo largo de la calle. Luego cerró los postigos y desapareció de la vista. Pero solo hasta las diez y cuatro minutos, cuando salió del portal del edificio y se encaminó hacia el este por la Rue d'Antibes. Vestía chaqueta de cuero y miraba el teléfono que llevaba en la mano derecha. Gabriel se dio cuenta entonces de que se había cruzado con él unos segundos antes de ver a Ingrid.

La llamó al móvil.

—Me encantaría charlar contigo —dijo ella con calma—, pero estoy muy liada en este momento.

—¿Dónde estás?

—Mira por la ventana.

Gabriel obedeció. El hombre del segundo B se acercaba por el este. Llevaba una bolsa de plástico en la mano izquierda y el teléfono en la derecha. Cuarenta metros detrás de él, Ingrid observaba la mercancía expuesta en el escaparate de Zara.

—¿Ha ido a algún sitio interesante?

—Al Monoprix de la Rue du Maréchal Foch.

163

—¿Qué ha comprado?

—¿Importa eso?

—Puede que sí.

—Café y comida india para microondas. —Ingrid entró en la tienda de Zara—. Después de salir del *supermarché*, ha parado en un *tabac* y ha comprado dos paquetes de Winston.

—¿Se ha encontrado con alguien?

—Con nadie.

El hombre había llegado al portal del edificio. Pulsó el panel con el dedo índice de la mano derecha, abrió la puerta y entró. Gabriel bajó las persianas y se sentó ante el portátil. El hombre apareció en la pantalla un instante después.

—¿Qué hace ahora? —preguntó Ingrid.

—Está buscando a la escandinava que lleva media hora siguiéndole por el centro de Cannes.

—No me ha visto, señor Allon. Ni me verá.

# 29

# Rue d'Antibes

Ingrid sondeó las defensas de las redes wifi que quedaban al alcance de su ordenador mientras la camarera de piso limpiaba la habitación. Había veintidós en total, con una intensidad de señal que oscilaba entre una y cuatro barras. La mayoría llevaban nombres de comercios de la Rue d'Antibes. Las demás parecían ser de particulares. Una llevaba el nombre SCHMIDTNET. Otra, ASHWORTH. Había una sin nombre reconocible, solo una serie aparentemente aleatoria de letras y números. Ingrid dedujo que era la del *hacker* del segundo B.

Cuando se marchó la camarera, volvió a colocar la cámara en la ventana y la conectó al ordenador. Gabriel se reunió con ella abajo, en el vestíbulo, y la acompañó al otro lado de la calle, a la *boutique* de la planta baja del edificio de enfrente que quedaba debajo del segundo B. Mientras fingía comprar, Ingrid miró en el móvil las redes wifi disponibles. Eran solo diecinueve, pero las conexiones llamadas SCHMIDTNET y ASHWORTH habían cobrado fuerza. Igual que la que no tenía nombre reconocible.

—Cuatro barras —dijo—. Tiene que ser él.

Al salir de la tienda, bajaron hasta la Croisette y ocuparon una mesa en un restaurante de la playa. Gabriel pidió una botella de bandol rosado y escuchó a Ingrid mientras ella le explicaba lo que pensaba hacer.

—¿Hackear al *hacker*?

—Su ordenador, no —respondió ella—. Solo su red.

—¿No se dará cuenta?

—Al final, supongo que sí, pero es la única manera de averiguar si uno de nosotros puede entrar en el apartamento a echar un vistazo sin correr peligro. Si es un *hacker* profesional, será muy evidente.

—Para ti, quizá, pero yo podría confundirlo con uno de esos idiotas que se pasan la noche jugando con la videoconsola.

—Por eso debería entrar yo.

—Esta mañana he visto el código para abrir el portal. Estoy casi seguro de que es…

—Cinco, uno, siete, nueve, cero, dos, ocho, seis.

—¿Y la puerta de su piso?

—Seguro que es una cerradura francesa normal y corriente.

—O sea, que no podrás abrirla sin una llave *bumping* o una granada de mano.

—Hay un cerrajero en Grasse que vende llaves *bumping* y otras herramientas.

—Imagino que has hecho negocios con él otras veces.

—*Monsieur* Giroux es un buen compañero. No hay una sola villa en la Côte d'Azur en la que no haya robado. —Ingrid abrió la carta—. ¿Has estado antes en este restaurante?

—Una o dos veces.

—¿Y mataste a alguien?

—No, que yo recuerde.

La pintoresca ciudad de Grasse, llamada a veces «la capital mundial del perfume», se hallaba media hora al norte de Cannes, al pie de los Alpes franceses. El local de *monsieur* Giroux estaba en la Route Napoléon. Gabriel esperó en el coche de alquiler mientras Ingrid entraba. Salió diez minutos después con un juego de llaves *bumping* profesionales que, en las manos adecuadas, podían abrir cualquier cerradura de Europa en apenas unos segundos.

—También me ha puesto una pistola de ganzúas.

166

—Puede que haya honor entre ladrones, a fin de cuentas.

Pararon un momento en una ferretería cercana para que Ingrid comprara un destornillador y un rollo de cinta adhesiva, y luego regresaron a Cannes. Era ya última hora de la tarde cuando llegaron al hotel. Gabriel conectó la cámara a su ordenador y estuvo vigilando la señal mientras Ingrid empezaba a tantear la red wifi sin nombre. A las ocho de la tarde ya había entrado.

—¿Cómo lo has hecho? —preguntó Gabriel.

—Es imposible explicarle el proceso a alguien como tú.

—¿A un idiota?

—A un profano.

—Inténtalo.

Ella pasó unos minutos hablando en una rara lengua extranjera. Función de derivación de clave, algoritmo criptográfico de *hash*, privacidad equivalente a cableado, marco de desautenticación, control de acceso al medio, protocolos de la capa física, una cosa llamada «puntos de acceso de gemelo malvado». El resultado de todo ese galimatías era que había engañado a la red para que le cediera su contraseña.

—¿Sigues conectada?

Ingrid negó con la cabeza.

—Es peligroso que me conecte mientras está trabajando.

—¿Has visto algo interesante antes de salir?

—Dos ordenadores de sobremesa, dos portátiles, cuatro teléfonos y un sistema de alarma.

Gabriel maldijo en voz baja.

—No pasa nada. Desactivaré la alarma antes de entrar y volveré a activarla cuando salga. No se enterará de que he estado en el piso.

—A no ser que te encuentres con *madame* Martineau o *herr* Schmidt al salir.

Ingrid miró la pantalla del ordenador de Gabriel.

—O con la encantadora Fiona Ashworth.

La agente inmobiliaria británica volvía de su oficina en la Croisette. Marcó el código de acceso —cinco, uno, siete, nueve, cero, dos, ocho, seis— y entró en el portal. Un momento después se encendió la luz en su casa, en la primera planta. También había luz en la ventanas de *madame* Martineau. En cambio, el piso de arriba estaba a oscuras.

—¿Alguna vez enciende la luz? —preguntó Gabriel

—Cortinas de oscurecimiento. Un truco del oficio.

—No podemos demostrar que sea el *hacker*. Por lo menos, todavía.

—¿Y si lo es?

—Voy a tener unas palabras con él.

—No perderás los estribos, ¿verdad?

—¿Yo? No —dijo Gabriel—. He pasado página.

Ingrid sonrió.

—Ya somos dos.

Poco antes de las once, cuando todos los vecinos del edificio parecían haberse acostado, fueron caminando al Vieux Port para cenar rápidamente una *pizza* en Cresci. Esta vez se sentaron en un rincón oscuro del comedor para que Ingrid pudiera observar las imágenes que emitía la cámara.

—¿Quién era el otro pistolero aquella noche? —preguntó.

—¿Cómo dices?

—El otro asesino que te ayudó a matar a Zizi al Bakari.

—Le viste una vez.

—¿En serio? ¿Dónde?

—En Rusia. Era el que me ayudó a sacarte del Range Rover y a cruzar contigo la frontera de Finlandia.

Eran más de las doce de la noche cuando regresaron al hotel. Ingrid envolvió el mango del destornillador con varias capas de cinta adhesiva y practicó abriendo la cerradura de la puerta que separaba sus habitaciones. No había perdido facultades durante su breve retiro: abrió la puerta en cuestión de segundos. De hecho, tardaba menos con la llave *bumping* que con la pistola de ganzúas, y además hacía menos ruido.

A las dos de la madrugada, Gabriel insistió en que durmiera

unas horas. Ella se tendió en la cama y durmió mal, soñando con Rusia, hasta que a las siete y media se despertó sobresaltada. Gabriel le sirvió una taza del café que les había llevado el servicio de habitaciones. Ingrid bebió un trago y puso cara de asco.

—¿Cómo es posible que el café sea tan malo, estando en Francia?

—Tendrías que haber probado el brebaje que me trajeron hace un par de horas.

Ella miró la imagen de la cámara.

—¿Algo?

—Todavía no.

Ingrid se llevó el café al baño, se duchó y se puso un traje pantalón negro.

—¿Qué tal estoy?

—Te pareces a la ladrona que robó a varios huéspedes en el Carlton y el Martinez hace un par de años.

Gabriel llamó al servicio de habitaciones y pidió otra cafetera y una jarra de leche caliente. Se las llevaron veinte minutos después, mientras la robusta *madame* Martineau salía del portal del edificio con su capacho de mimbre en la mano. Los Schmidt aparecieron poco después de las nueve, y veinte minutos más tarde salió Fiona Ashworth.

—Estoy pensando en comprarme un pequeño *pied-à-terre* en la Costa Azul —comentó Ingrid—. Por casualidad no habrás guardado su tarjeta, ¿verdad?

—La doctrina de la Oficina mandaba que la quemara.

Ingrid, molesta, tamborileó en la mesa con las uñas.

—Quizá deberías practicar a abrir la cerradura doscientas veces más.

Antes de que ella pudiera contestar, se abrieron las contraventanas del segundo B y su ocupante apareció en la ventana. Como de costumbre, pasó unos instantes observando la calle.

—Es un *hacker* —afirmó Ingrid—. Y tiene miedo de que le estén vigilando.

—Le estamos vigilando, de hecho.

Pasado un rato, el hombre se retiró y cerró las contraventanas. Ingrid guardó las llaves *bumping* y el destornillador en el bolso y se puso unos auriculares Bose Ultra en los oídos. Gabriel marcó su número en el teléfono Solaris y estableció la conexión. Oyó la respiración de Ingrid. Su frecuencia respiratoria era elevada.

—¿Dónde narices se ha metido? —preguntó ella.

—Ahí está —dijo Gabriel cuando se abrió el portal. El hombre dudó un momento en el umbral y luego echó a andar en dirección este. Gabriel subió las persianas y se asomó a la calle—. Adelante.

Ingrid conectó su ordenador a la red wifi del desconocido y se puso a buscar el sistema de alarma mientras Gabriel montaba guardia en la ventana. Solo tardó dos minutos.

—Perfecto, señor Allon. La alarma está desactivada.

Gabriel bajó la persiana.

—Creo que voy a bajar a tomarme un café con leche como Dios manda.

—¿Te importa que te acompañe?

—En absoluto —contestó Gabriel, y salió detrás de ella.

# 30

## Rue d'Antibes

Abajo, dieron los buenos días al recepcionista y salieron a la calle. Gabriel entró en la cafetería de al lado mientras Ingrid cruzaba al portal del edificio de enfrente. Marcó el código de ocho dígitos en el panel del portero automático y el cerrojo se abrió con un chasquido sordo.

Al entrar, le alegró comprobar que el vestíbulo estaba desierto. Se quedó inmóvil un par de segundos, aguzando el oído, y luego se dirigió a la escalera. Subió a la segunda planta rápidamente, sin hacer ruido. El segundo B estaba a la izquierda del descansillo. Introdujo la llave *bumping* en la cerradura y le dio dos golpes con el mango del destornillador. La cerradura cedió de inmediato.

Giró el pestillo y entró en el piso. El aire estaba viciado y apestaba a tabaco y curri. Cerró la puerta, se quedó inmóvil otra vez y volvió a aguzar el oído. El único sonido que oyó fue la voz de Gabriel por los auriculares Bose.

—Probando, probando.

—Sigo aquí.

—¿Hay alguien más en casa?

—Parece que no.

—¿Cómo está la alarma?

Ingrid echó un vistazo al panel instalado en la pared. Las luces de estado parpadeaban, verdes.

—Parece que alguien la ha desactivado.

—¿Quién habrá sido?

La entrada daba a un pasillo central. Ingrid torció a la derecha y entró en el cuarto de estar. Estaba inundado por el resplandor de los ordenadores, que ocupaban una larga mesa de caballete. No había más muebles, aparte de un sofá raído. Tal y como había predicho, las ventanas estaban cubiertas con cortinas opacas.

—¿Ya has visto bastante? —preguntó Gabriel.

—Seguramente, aunque creo que voy a echar un vistazo más de cerca antes de irme.

Se acercó a la mesa. El tipo no era un aficionado, eso estaba claro. Había seis monitores grandes: tres para cada uno de los dos ordenadores Lenovo de sobremesa de gama alta. Los seis monitores mostraban indicios de que se estaba llevando a cabo una operación de pirateo informático, quizá más de una. Los dos portátiles estaban abiertos e iluminados. De uno de ellos salía el sonido de una conversación entre dos hombres, en inglés.

Ingrid subió el volumen.

—¿Oyes eso? Tiene pinchado un teléfono.

—Hora de irse, Ingrid.

—Si te empeñas.

Volvió a bajar el volumen del portátil y fotografió cada uno de los seis monitores y la pantalla de los portátiles. Justo en ese momento vibró uno de los teléfonos anunciando que había recibido un mensaje. También lo fotografió.

—¿Puedo preguntar qué estás haciendo?

—Recopilando información.

Junto a un cenicero rebosante de colillas había un cuaderno de rayas de aspecto anticuado. Al parecer, la lengua materna del *hacker* era el francés. Ingrid hojeó el cuaderno y sacó fotos.

—Ya es suficiente —dijo Gabriel.

—Déjame terminar.

—No hay tiempo.

—Solo voy a tardar un minuto.

—No tienes un minuto —contestó él—. Treinta segundos, quizá. Pero no un minuto.

***

Incluso esa estimación resultó demasiado optimista. Estaba claro que el *hacker* tenía mucha prisa, observó Gabriel. Apareció de nuevo por el este, pero no llevaba en las manos nada que justificara su breve incursión en el mundo real. Ni bolsas de la compra ni *baguettes,* solo un teléfono. Al paso que llevaba, Gabriel calculó que tardaría veinte segundos o menos en llegar al portal. Era muy probable que se topara con Ingrid cuando saliera. O que la viera salir del portal.

Gabriel oyó los pasos de Ingrid.

—¿Dónde estás?

—Bajando.

—Demasiado tarde. Da la vuelta y sube al tercero. Espera en el rellano hasta que nuestro amigo entre en el piso.

El *hacker* estaba a unos veinte metros de la cafetería. Pasó a escasos centímetros de la mesa de Gabriel y cruzó la calle en diagonal, hacia el edificio de apartamentos. Al llegar al portal, acercó la mano al portero automático, pero un ruido repentino le hizo mirar a la izquierda antes de marcar el código. Gabriel también oyó el ruido. Era el rugido de una potente motocicleta que avanzaba velozmente por la Rue d'Antibes.

Una expresión de miedo cruzó el rostro del *hacker.* Acercó la mano al panel por segunda vez y, con las prisas, marcó mal el código. La moto estaba a unos cincuenta metros y se acercaba rápidamente. Gabriel deslizó un billete de diez euros bajo la taza de su café con leche y salió con calma al centro de la calle. El motorista pitó y frenó, pero solo redujo un poco la velocidad. Gabriel miró al *hacker* y gritó en francés:

—¡Cinco, uno, siete, nueve, cero, dos, ocho, seis!

Esta vez, el *hacker* marcó bien el código y el cerrojo se abrió con un chasquido. Gabriel se volvió hacia la motocicleta que se le venía encima y vio que el conductor, un hombre con casco, sacaba una pistola del interior de su chaqueta de cuero. El arma no llevaba supresor. Al parecer, el silencio no estaba entre sus prioridades.

El motorista apuntó al hombre que permanecía paralizado por el miedo en el portal del edificio. Gabriel se mantuvo firme uno o dos segundos más, luego se apartó de la trayectoria de la máquina y empujó al *hacker* por el hueco de la puerta. Cayeron los dos al suelo del portal. Fuera, la moto pasó por delante del edificio sin aminorar la velocidad. El sonido del motor se fue apagando y un instante después dejó de oírse por completo.

El *hacker* estaba tendido en las baldosas del suelo, en posición supina. Se incorporó, se frotó la parte de atrás de la cabeza y se miró la punta de los dedos. No había sangre.

—¿Estás bien? —preguntó Gabriel.

—*Oui*. Solo es un chichón. —Le tendió la mano a Gabriel—. Soy Philippe, por cierto. ¿Usted quién es?

—Soy el hombre que acaba de salvarte la vida.

—Y no sabe cuánto se lo agradezco, *monsieur*, pero ¿cómo sabía el código de acceso de mi edificio?

—Vamos arriba y te lo explico —dijo Gabriel.

# 31

# Rue d'Antibes

Ingrid estaba esperando en el rellano del piso del *hacker*. A una señal de Gabriel, abrió la puerta con la llave *bumping* y el destornillador. Luego se hizo a un lado y obsequió al *hacker* con una sonrisa seductora.

—*Après vous.*

El *hacker* miró a Gabriel en busca de una explicación y, al recibir una mirada inexpresiva, entró, vacilante, en el vestíbulo a oscuras. Ingrid apagó la alarma marcando el código de desactivación en el panel de control. Gabriel cerró la puerta y encendió la luz.

Su alarde surtió el efecto deseado. El *hacker* miró a Gabriel y preguntó:

—¿Quién es usted?

—Puedes llamarme *monsieur* Klemp.

—¿Es alemán?

—Cuando me da por ahí.

El *hacker* desvió la mirada hacia Ingrid.

—¿Y ella?

—Es mi socia.

—¿Tiene nombre?

—Me interesa más el tuyo —respondió Gabriel.

—Ya se lo he dicho, me llamo Philippe.

—¿Philippe qué más?

—Lambert.

—¿Vas armado, Philippe Lambert?

—*Non.*

Gabriel le empujó de bruces contra la pared y le sometió a un registro minucioso. Solo encontró otro teléfono y una cartera. El permiso de conducir y las tarjetas de crédito estaban a nombre de Philippe Lambert.

—¿Satisfecho? —preguntó el *hacker.*

Gabriel le devolvió la cartera.

—¿A qué te dedicas, Philippe?

—A publicidad y *marketing* digital. Soy consultor autónomo.

—Eso explica por qué un motorista ha estado a punto de matarte.

—Me habrá confundido con otro. —Lambert hizo una pausa y luego añadió—: Igual que usted, *monsieur* Klemp.

—Creo que hackeaste el puerto franco de Ginebra hace unos días. De hecho, mi socia está convencida de que fuiste tú.

—Su socia no sabe lo que dice.

—Rastreó el origen del ataque hasta tu dirección IP. También ha echado un vistazo a tus ordenadores esta mañana, mientras estabas fuera. Puede enseñarte las fotos, si quieres.

Lambert se las arregló para sonreír.

—El allanamiento de morada es un delito en Francia, *monsieur* Klemp.

—También lo es el pirateo informático y el robo digital.

—¿Es usted policía?

—Por suerte para ti, no. —Gabriel intentó pasar junto a él, pero Lambert le cortó el paso—. Te aconsejo, Philippe, que no sigas por ahí.

—¿Y, si no, qué?

—Mi socia y yo nos iremos y el hombre de la moto te matará la próxima vez que pongas un pie fuera de este apartamento. —Gabriel entró en el cuarto de estar y miró detenidamente a su alrededor—. La verdad es que me encanta cómo has dejado este sitio. ¿Contrataste a un decorador o lo decoraste tú mismo?

—No vivo en el mundo físico. —Lambert señaló los ordenadores y los monitores colocados sobre la mesa—. Vivo en ese mundo. Un mundo perfecto. Sin enfermedades ni guerras, ni inundaciones ni hambrunas. Solo unos y ceros. —Miró a Ingrid y le preguntó—: ¿Verdad que sí?

Ella se acercó a la mesa y subió el volumen de uno de los portátiles. Los mismos dos hombres seguían conversando en inglés con acento británico.

—*Malware* macedonio —dijo Lambert—. Barato pero bastante eficaz.

—¿Quiénes son?

—No puedo responder a esa pregunta, *monsieur* Klemp. A no ser que me diga quiénes son ustedes en realidad.

Gabriel cruzó una mirada con Ingrid y ella se sentó delante de los equipos de Lambert. Unos segundos después, la imagen de Gabriel apareció en los tres grandes monitores. La revelación no sorprendió mucho al *hacker*, aparentemente. De hecho, pareció aliviado.

—¿Qué está haciendo en Cannes, *monsieur* Allon?

—Quiero saber quién te contrató para atacar el puerto franco de Ginebra.

—¿Y si se lo digo?

—Intercederé ante las autoridades en tu favor.

—Lo que necesito, *monsieur* Allon, es que me proteja del hombre de la motocicleta.

—¿Quién lo ha enviado?

Lambert señaló el portátil.

—Ellos.


Lambert ya había metido sus escasas pertenencias en una bolsa de viaje: un par de mudas, artículos de aseo, un pasaporte y varios miles de euros en efectivo. Guardó también los dos teléfonos, los portátiles, cuatro discos duros externos y el cuaderno. Luego dejó limpios los dos ordenadores de sobremesa Lenovo.

Gabriel montaba guardia en la ventana, con el teléfono en la mano y la voz de Ingrid en el oído. Ella estaba enfrente, en el hotel, vaciando apresuradamente sus habitaciones. Poco antes de las once, llamó al recepcionista para informarle de que su colega canadiense y ella se marchaban antes de lo previsto. El recepcionista mandó a un botones a recoger su equipaje. El aparcacoches fue a buscar su coche de alquiler.

Diez minutos después el vehículo los esperaba en la Rue d'Antibes con el motor en marcha y el equipaje en el maletero.

Gabriel miró a Lambert y dijo:

—Andando.

Bajaron al portal. Gabriel abrió la puerta y se asomó a la calle. Ingrid, que ya había pagado la cuenta, esperaba en la entrada del hotel.

—¿Vamos? —preguntó.

Salieron los tres al mismo tiempo a la Rue d'Antibes y subieron al coche: Lambert atrás, Ingrid en el asiento del copiloto y Gabriel al volante. No cerró la puerta hasta que el coche hubo arrancado. Ingrid se quitó los auriculares y miró hacia atrás un rato.

—No hay ni rastro de él.

—De momento —respondió Gabriel mientras se dirigía al Vieux Port.

Pasaron velozmente por delante de La Pizza Cresci y viraron al oeste siguiendo la media luna de arena dorada que bordeaba la bahía de Cannes. Gabriel miró por el retrovisor y vio que una moto los seguía a una distancia de unos cincuenta metros.

—¿Qué decías? —comentó.

Ingrid se volvió para echar un vistazo.

—Puede que sea otro.

—No —dijo Gabriel—. Es el mismo.

Durante el corto trayecto hasta la *autoroute,* Gabriel ejecutó una serie de maniobras infalibles, ideadas para descubrir si los seguía algún vehículo. Quería asegurarse de que no hubiera malentendidos. El hombre de la motocicleta los siguió curva a curva.

—¿Ese idiota no sabe quién soy?

—Puede que se haya enterado de que has pasado página.

—Esa página está ya arrancada, tirada en el suelo y pisoteada, te lo aseguro.

—¿No tendrás un arma, por casualidad?

—Es posible que se me olvidara meter una en la maleta.

Gabriel tomó la rampa en dirección oeste para salir a la *autoroute* y pisó a fondo el acelerador. Un momento después circulaban a ciento cincuenta kilómetros por hora, seguidos de cerca por el motorista.

—¿Qué crees que piensa hacer? —preguntó Ingrid.

—Si tenemos suerte, le pegará un tiro a Philippe y a nosotros nos dejará en paz.

—¿Y si no?

—Nos matará a los tres. —Gabriel se encontró con la mirada angustiada de Lambert en el retrovisor—. Por eso no tengo más remedio que animarle a que dispare a Philippe.

Siguieron hacia el oeste otros cuarenta kilómetros, cruzando el escarpado paisaje provenzal salpicado de pinos. Luego, al llegar al pueblo de Le Muy, Gabriel tomó la D25 y viró al sur, hacia Saint-Tropez. La carretera estaba casi desierta.

—¿A qué espera? —preguntó Ingrid.

—A que cometa un error, imagino.

—¿Como cuál?

—Como este —dijo Gabriel, y, dando un volantazo, tomó la D44.

Era una carretera estrecha y traicionera que serpenteaba entre los montes casi deshabitados que se extendían al norte de Saint-Tropez. No había línea divisoria en el asfalto, ni arcenes ni quitamiedos. A la derecha de la carretera se alzaba un inestable promontorio rocoso. A la izquierda se abría un barranco profundo.

Gabriel conducía peligrosamente deprisa, con las manos apenas apoyadas en el volante y sin pisar el freno ni una sola vez. Ingrid y Lambert vigilaban al hombre de la motocicleta, que los seguía sin aparente esfuerzo.

Dejaron atrás un hotel y la entrada de una bodega, subieron por la falda de un cerro y bordearon un pequeño valle lleno de viñedos y olivares. La moto aceleró hasta quedar a menos de treinta metros del parachoques trasero del coche.

—Parece que va a actuar —dijo Ingrid.

Gabriel miró por el retrovisor. De momento, al menos, el asesino tenía las dos manos en el manillar.

—No es tan fácil, ¿sabes?

—¿El qué?

—Disparar mientras conduces una moto a gran velocidad.

—¿Lo has intentado alguna vez?

—El asesino nunca conduce. Solo dispara.

—¿Doctrina de la Oficina?

—Por supuesto que sí.

—¿Y qué dice la doctrina sobre una situación como esta?

—Avísame en cuanto se meta la mano derecha en la chaqueta.

—¡Ya! —gritó Ingrid.

Gabriel frenó de golpe y el coche dio un giro de ciento ochenta grados. El motorista consiguió evitar la colisión desviándose bruscamente a la izquierda. Salió despedido y se precipitó hacia el fondo del valle.

Gabriel paró el coche y miró a Ingrid.

—No habrá visto que he puesto el intermitente.

—Quizá deberías ir a ver cómo está.

Gabriel salió del coche y bajó por la ladera empinada. La moto siniestrada yacía en un bosquecillo de robles, junto con una pistola táctica Heckler and Koch VP9. Gabriel se metió el arma en la cinturilla del pantalón y se acercó al asesino. Su cuerpo destrozado descansaba a la sombra de un olivo. Había sitios peores para morir, pensó Gabriel.

Le quitó el casco al muerto. Reconoció al instante su rostro sin vida, igual que el nombre que figuraba en el pasaporte alemán que le sacó del bolsillo de la chaqueta. Su teléfono era de los desechables. Tenía varias llamadas perdidas, todas del mismo número.

Gabriel arrojó el casco del muerto entre la maleza y se apresuró a subir la cuesta para volver al coche. Un momento después circulaban en dirección contraria por la D44. Le dio el teléfono a Ingrid y el pasaporte a Lambert.

—¿Le reconoces?

—*Oui.*

—¿Klaus Müller es su verdadero nombre?

—No lo sé.

—¿Y qué es lo que sabes, Philippe?

—Que trabaja de vez en cuando para *monsieur* Robinson.

—¿Quién es ese Robinson?

Lambert le devolvió el pasaporte.

—Lléveme a un sitio donde no pueda encontrarme, *monsieur* Allon, y se lo contaré todo.

# 32

# Marsella

Gabriel volvió a la *autoroute* y se dirigió de nuevo al oeste. Cuando se acercaban a Marsella, el teléfono del muerto tembló al recibir un mensaje. Ingrid miró la pantalla.

—Quiere saber si se han entregado las flores.

—Eso explica la HK de nueve milímetros.

—Deberías haberla dejado allí.

—Me la he llevado solo por motivos de seguridad.

—¿Seguridad de quién?

—Mía, por supuesto. Solo un idiota va a Marsella desarmado.

Se zambulleron en el túnel Prado-Carénage y un momento después emergieron entre el trasiego del puerto. Era mucho más grande que el de Cannes y tenía merecida fama de ser un lugar donde abundaban los delincuentes, de ahí que Gabriel se hubiera encaminado allí. Aparcó el coche en el Quai de Rive Neuve, en un vado, y se volvió para mirar a Philippe Lambert.

—Necesito dinero.

—¿Para qué?

Gabriel señaló a los pescaderos que ejercían su oficio en la explanada del lado este del puerto.

—Con mil habrá suficiente.

—¿Para comprar pescado? —El francés sacó de su bolsa de viaje un fajo de billetes de veinte euros y se lo entregó—. Espero que sea el mejor pescado de Francia, *monsieur* Allon.

—Confía en mí, Philippe. No vas a llevarte una desilusión.

Ingrid le vio salir del coche y acercarse a un pescadero, un hombre canoso con un raído jersey de lana y un delantal de goma. Hablaron un momento y a continuación el dinero cambió de manos. Gabriel volvió al coche y se sentó al volante.

—¿Quién es ese? —preguntó Ingrid.

—Se llama Pascal Rameau.

—¿De verdad es pescador?

—Sí, claro, pero también tiene otros intereses comerciales, todos ellos de índole delictiva.

—¿Por ejemplo?

—Por ejemplo, el robo. Con el debido respeto, Pascal y su cuadrilla son sin duda los mejores ladrones de Europa. Hicieron un par de trabajillos para mí hace tiempo.

—¿Por qué le has dado mil euros?

—Para transporte.

Rameau tenía el teléfono pegado a la oreja. Miró a Gabriel y señaló un punto al otro lado del muelle. Gabriel pulsó el botón que abría el maletero y abrió su puerta.

—¿Y el coche? —preguntó Ingrid.

—Un hombre de Pascal lo llevará a Hertz.

—Qué detalle.

Echaron a andar por el muelle, cargados con las maletas. Gabriel compró una docena de sándwiches en una *boulangerie* y luego entró en la farmacia de al lado para hacerse con una provisión de parches y pastillas de escopolamina.

—Yo no me mareo —protestó Ingrid.

—Te marearás si hay olas de entre dos y tres metros.

—¿Y tú?

—Yo nunca me mareo.

Llevó a Ingrid y a Lambert al otro lado de la calle, hasta un embarcadero que se extendía hacia el centro del puerto. Atracado casi en su extremo había un yate de doce metros de eslora llamado Mistral. Su propietario, un tal René Monjean, estaba de pie en la cubierta de popa, con un cortavientos Helly Hansen.

—Cuánto tiempo, *monsieur* Allon. —Estrechó calurosamente la mano de Gabriel—. ¿A qué debo el honor?

—Alguien intenta matar a mi amigo. Necesito sacarlo de aquí lo más discretamente posible.

Monjean sonrió.

—Pues ha venido al lugar correcto.

Gabriel hizo las presentaciones —solo los nombres de pila— y luego preguntó por la previsión del tiempo.

—Se está levantando viento —respondió Monjean—, pero no será gran cosa. Estaremos allí dentro de diez horas, doce como mucho.

—¿Doce horas? —preguntó Lambert—. ¿Adónde me llevan?

—A Libia —contestó Gabriel, y entró en el pequeño pero cómodo salón del barco.

—Abajo hay un baño y dos literas —les informó rápidamente Monjean, y tocó la puerta de acero inoxidable de la nevera—. Y aquí hay cerveza y vino de sobra.

Sin añadir nada más, subió al puente. Cuando el barco se apartó del embarcadero, Gabriel le ofreció la escopolamina a Ingrid. Ella abrió la nevera y cogió una botella de Kronenbourg.

—¿Qué tipo de trabajos hacía Pascal Rameau para ti?

—Del tipo que no podía hacer yo mismo.

—¿Y nuestro piloto participó en esos robos?

—Por supuesto que sí. No hay nadie como René Monjean.

—¿Alguna vez ha dado un golpe en Moscú? —Ingrid bebió un trago de cerveza y sonrió—. Ya me parecía que no.


Monjean rodeó Île Pomègues, la mayor de las cuatro islas que se alzaban a la entrada del puerto de Marsella, y viró hacia el faro de Planier. Puso entonces rumbo sudeste y aumentó la velocidad hasta unos cómodos veinticinco nudos. Soplaba un viento constante del norte y había marejada. Gabriel e Ingrid bebieron Kronenbourg en la cubierta de popa y contemplaron la puesta de sol mientras Lambert fumaba un Winston tras otro. Tres veces le pidió a Gabriel que le dijera adónde se dirigían y recibió tres respuestas distintas. Gabriel, a su vez, le presionó para que le contara algo más sobre el hombre al que se había referido como *monsieur* Robinson. Lambert, ahuecando la mano para proteger la llama de su mechero de plástico, le informó de que el nombre de pila de Robinson era Trevor y de que era el jefe de seguridad de un pequeño bufete de abogados con oficinas en Mónaco y las Islas Vírgenes Británicas.

—¿El bufete tiene nombre?

—Aún no, *monsieur* Allon.

A las ocho y media, la última luz del ocaso se había desvanecido y una luna casi redonda brillaba como una antorcha en el cielo despejado. El viento arreció, comenzó a refrescar y las olas crecieron hasta un metro de altura. Ingrid entró en el salón, se tragó de mala gana una dosis de escopolamina y se pegó un parche a un lado del cuello. Luego desenvolvió los sándwiches que Gabriel había comprado en Marsella y descorchó una botella de rosado.

—¡La cena está servida! —gritó, y Gabriel y Lambert bajaron de la cubierta de popa.

René Monjean encendió el piloto automático Garmin y la alarma anticolisión AIS y se reunió con ellos. Dado que las extrañas circunstancias de la reunión hacían imposible una conversación seria, se pusieron a charlar de esto y aquello mientras escuchaban a Melody Gardot en el sistema estéreo del barco, que Monjean había instalado hacía poco, explicó, cuando ese invierno le había dado un buen repaso al Mistral. No les contó cómo había financiado la reforma del barco, y Gabriel, que estaba seguro de conocer la respuesta, tampoco lo preguntó. René Monjean no era muy quisquilloso respecto a lo que robaba, pero estaba especializado en la adquisición ilícita de cuadros.

A las diez y media estaba de vuelta en la cabina de mando, con un termo de café bien cargado para pasar la noche. Ingrid y Lambert ocuparon las literas y Gabriel se acostó en la cama plegable del salón. Agotado, durmió hasta las siete. Encontró a René Monjean en el puente superior, al aire frío de la mañana.

—*Bonjour, monsieur* Allon. —Monjean señaló una isla rocosa a unos dos kilómetros de la proa—. Île de Mezzu Mare. Dentro de media hora sus amigos y usted estarán en tierra firme.

Gabriel bajó a la cocina. Ingrid, atraída por el aroma del café recién hecho, salió de la cubierta inferior. Se sentó a la mesa y se frotó los ojos.

—No sé por qué, pero me pican horrores.

—Es un efecto secundario de la escopolamina.

—¿Cuánto tiempo más piensas obligarme a estar en este barco?

—Solo unos minutos.

—¿Y después?

—Un paseo en coche por las montañas para disfrutar de las vistas.

—Qué maravilla. —Ingrid bebió un sorbo de café—. ¿Son imaginaciones mías o huele a romero y lavanda?

—Seguro que es la escopolamina.

Ingrid cogió la caja y leyó el prospecto.

—Irritación de los párpados, dolor de cabeza, sensación de nerviosismo y fallos de memoria. Pero de romero y lavanda, nada.


El bullicioso puerto al que René Monjean condujo con pericia al Mistral era Ajaccio, cuna de Napoleón Bonaparte y capital de la isla francesa —y a menudo rebelde— de Córcega. Ingrid y Lambert desayunaron en una cafetería cerca de la terminal del ferri mientras Gabriel se ocupaba de alquilar un coche. A las nueve y cuarto ya iban recorriendo a toda velocidad la escarpada costa oeste de la isla. Lambert, recostado en el asiento trasero, contemplaba las olas que se deslizaban por el hermoso Golfu di Liscia.

—Mucho mejor que Libia, *monsieur* Allon. Pero ¿adónde me lleva exactamente?

—A un pueblo de Haute-Corse, cerca de Monte Cinto. —Gabriel miró a Ingrid y añadió—: La montaña más alta de Córcega.

—Justo lo que esperaba oír.

Gabriel siguió la carretera de la costa hasta la localidad turística de Porto, luego torció hacia el interior y emprendió el largo ascenso hacia las montañas. Ingrid bajó la ventanilla y el intenso aroma a romero y lavanda inundó el coche.

—Sabía que no eran imaginaciones mías —dijo.

—Es la *macchia* —explicó Gabriel—, el denso sotobosque que cubre la mayor parte del interior de la isla. Cuando el viento sopla de determinada manera, se nota su olor en alta mar.

Pasaron por los pueblos de Chidazzu, Marignana y Évisa, y a continuación cruzaron la linde de Haute-Corse. En el siguiente pueblo, una niña señaló a Ingrid con el dedo índice y el meñique de la mano derecha.

—¿Por qué ha hecho eso?

—Porque tenía miedo de que le echaras *occhju,* mal de ojo.

—No creerán en esas tonterías, ¿verdad?

—Los corsos son supersticiosos por naturaleza. Les da mucho miedo que les echen mal de ojo. Sobre todo, los forasteros rubios como tú.

—¿Y si se lo echan?

—Tienen que ir a la *signadora.*

—Vaya —dijo Ingrid—, me alegro de que me lo hayas aclarado.

Más allá del pueblo, en un pequeño valle lleno de olivares que producían el mejor aceite de la isla, había una finca rodeada por un muro. Los dos hombres que montaban guardia en la entrada estaban bien armados. Gabriel tocó el claxon amistosamente y ellos contestaron llevándose la mano a la visera de la *birretta*, la gorra tradicional corsa.

—¿Quién vive ahí? —preguntó Ingrid.

—El hombre que va a asegurarse de que no le ocurra nada a Philippe.

La carretera subía por una cuesta empinada, luego descendía hacia un valle y al poco rato se convertía en poco más que una pista de tierra y grava. Aun así, Gabriel aumentó la velocidad.

Nerviosa, Ingrid miró hacia atrás.

—¿Otra vez nos siguen?

—No —respondió Gabriel—. El peligro está más adelante.

—¿Dónde?

En ese momento, una cabra con cuernos, de unos cien kilos de peso, se levantó del lugar donde descansaba, bajo las ramas retorcidas de tres olivos centenarios, y se plantó en medio del camino en actitud defensiva.

—Ahí —dijo Gabriel, y pisó el freno.

La hostilidad de la cabra saltaba a la vista. Incluso Ingrid, que visitaba la isla por primera vez, notó que allí pasaba algo raro. Miró a Gabriel buscando una explicación. Su voz, cuando habló por fin, sonó cargada de desaliento.

—La cabra es de don Casabianca.

—¿Y?

—Hemos tenido nuestras diferencias.

—¿Don Casabianca y tú?

—No.

—¿No será la cabra? —preguntó Ingrid.

Gabriel asintió, muy serio.

—¿La has maltratado alguna vez?

—Más bien al contrario.

—Seguro que algo habrás hecho que le molestó.

—Es posible que la haya insultado alguna vez, pero se lo tenía merecido.

—Pita y seguro que se aparta —dijo Ingrid.

—Eso solo empeorará las cosas, te lo aseguro.

Ella estiró el brazo y tocó el claxon. La cabra, indignada, bajó la cabeza y dio cuatro topetazos en la parte delantera del coche. El último rompió un cristal.

—Ya te lo decía yo —dijo Gabriel.

—¿Y ahora qué?

—Uno de nosotros tiene que parlamentar con ella.

Ingrid levantó una mano hacia el parabrisas.

—Adelante.

—Si pongo un pie fuera de este coche, habrá una pelea a muerte.

—¿Y Philippe?

—Imposible. La cabra es corsa. Detesta a los franceses.

Ingrid abrió la puerta y apoyó un pie en el camino polvoriento.

—¿Algún consejo?

—Hagas lo que hagas, no la mires directamente a los ojos. Te echa el *occhju.*

Ingrid, incrédula, bajó del coche y se dirigió a la cabra en danés. Gabriel ignoraba lo que estaba diciendo, claro, pero la cabra parecía pendiente de cada palabra que decía. Cuando Ingrid concluyó su parrafada, el animal lanzó una mirada malévola a Gabriel y luego se retiró a la *macchia*.

Ingrid se acomodó en el asiento con una sonrisa y cerró la puerta. Gabriel pisó a fondo el acelerador y se alejó de allí antes de que la cabra tuviera oportunidad de cambiar de idea.

—¿Qué le has dicho?

—Que sentías mucho haber herido sus sentimientos. Y además le he dado a entender que procurarías enmendar tu error.

Gabriel, furioso, siguió conduciendo en silencio un momento.

—¿Se ha disculpado por arremeter contra el coche?

—No he sacado el tema.

—¿Lo ha abollado mucho?

—Bastante, sí —respondió Ingrid.

Gabriel miró a Lambert por encima del hombro.

—Voy a necesitar otros mil euros.

# 33

# Haute-Corse

La casa apartada que se alzaba al final del camino tenía tejado de tejas rojas, una gran piscina azul y una ancha terraza que por la mañana recibía de lleno el sol y por la tarde quedaba a la sombra de los pinos laricios. Gabriel entró sin ayuda de una llave o cualquier otro dispositivo de apertura e hizo pasar a Ingrid y Philippe Lambert. Los muebles del salón estaban cubiertos con sábanas blancas. Ingrid abrió de par en par las puertas de la terraza y observó los gruesos volúmenes de historia y política que llenaban las bonitas estanterías.

—¿Quién vive aquí? —preguntó con la cabeza ladeada.

—La casa es propiedad de un ciudadano británico.

Ingrid tocó el lomo de una biografía de Clement Attlee.

—De ahí que todos estos libros estén en inglés.

—En efecto —repuso Gabriel.

Ella señaló un pequeño paisaje de Claude Monet.

—¿Y eso cómo se explica?

—El dueño es un próspero consultor empresarial.

—¿Y cómo es que ese próspero consultor empresarial se olvida de cerrar la puerta, teniendo un Monet colgado en la pared?

—Antes trabajaba para el hombre que vive en la finca del valle de al lado, lo que significa que a nadie en Córcega, y mucho menos a un delincuente profesional, se le pasaría por la cabeza robar en esta casa.

Gabriel entró en la cocina y abrió la puerta de la despensa. Estaba vacía; solo había un paquete de Carte Noire sin abrir y dos briks de leche. Preparó el café en la cafetera francesa y calentó la leche en un cazo mientras Ingrid y Lambert se aseaban en sus habitaciones. A las doce y media ya estaban todos reunidos en torno a la mesa de la cocina. Lambert encendió un Winston y sus portátiles. Luego, se lo contó todo.

Comenzó su relato con una versión abreviada de su *curriculum vitae*, que resultó ser inesperadamente brillante. Nacido en un distrito lujoso de París, era hijo de un ejecutivo de Société Générale, el gigante francés de los servicios financieros, y se había graduado en la prestigiosa École Polytechnique, donde estudió informática avanzada. Al terminar los estudios, decidió posponer una lucrativa carrera en el sector privado para incorporarse a la DGSE, el servicio de inteligencia exterior francés.

—Trabajaba en la Dirección Técnica. Vigilancia electrónica y otras tareas especiales. No éramos ni de lejos tan buenos como ustedes, los israelíes, pero tampoco éramos malos. Yo pasaba gran parte del tiempo vigilando al Estado Islámico. De hecho, proporcioné apoyo técnico en esa operación conjunta franco-israelí que dirigió usted tras el atentado contra el Centro Weinberg. Aquello fue verdaderamente magnífico, *monsieur* Allon.

Lambert dejó la DGSE al cabo de diez años y entró a trabajar en la sucursal parisina de SK4, la empresa sueca de seguridad corporativa. Se especializó en seguridad de redes y sistemas de vigilancia de oficinas e infraestructuras, y entre sus clientes figuraban algunos de los grandes nombres del sector empresarial francés. Cobraba, como mínimo, medio millón de euros al año, cinco veces más que en la DGSE.

—Te iban bien las cosas —comentó Gabriel.

—No tenía queja.

—¿Qué pasó entonces?

—Trevor Robinson.

Fue Robinson, con una llamada al teléfono móvil personal de Lambert, quien hizo el primer acercamiento. Le dijo que quería hacerle una propuesta de trabajo muy delicada y dio a entender que valdría la pena que escuchara lo que quería plantearle.

—¿Por casualidad mencionó el nombre de la empresa para la que trabajaba?

—No dijo casi nada.

—Y tú, por supuesto, le dijiste que no estabas interesado.

—Lo intenté, *monsieur* Allon, pero fue bastante insistente.

Robinson le contó que su firma tenía una oficina en Mónaco y propuso que se reunieran allí. Lambert llegó un viernes por la noche, en avión, y se registró en el exclusivo Hôtel de Paris, donde Robinson le había reservado una *suite*. Quedaron para tomar café a la mañana siguiente, siguieron hablando durante la comida en Le Louis XV y llegaron a un acuerdo mientras navegaban por el Mediterráneo en el yate de la empresa.

—¿Cómo se llamaba el yate?

—Discretion.

—Muy adecuado. ¿Y la empresa?

—Harris Weber and Company.

Ingrid abrió su portátil.

—No —dijo Lambert—. Yo instalé el *software* de seguimiento de la página web de la empresa. Es el mejor que hay.

Gabriel abrió su portátil y encontró una referencia a Harris Weber and Company en un directorio de bufetes de abogados de Mónaco. Había una dirección en el Boulevard des Moulins y un número de teléfono, pero nada más. Lambert rellenó los huecos en blanco, empezando por el nombre completo de los socios fundadores del bufete: Ian Harris y Konrad Weber.

—Harris es británico, y Weber, de Zúrich. Se conocieron a principios de los noventa, cuando trabajaban para el mismo cliente, y decidieron montar su propio despacho. Ninguno de los dos ha pisado nunca un juzgado. Se dedican a ayudar a empresas y a particulares a reducir sus cargas impositivas trasladando sus activos a paraísos fiscales.

—¿Y Robinson?

—Se unió a la empresa en 2009.

—¿De dónde venía?

—De la división de contrainteligencia del MI5.

—¿Por qué un bufete común y corriente especializado en servicios financieros *offshore* sintió la necesidad de contratar a un exagente del MI5 para que se encargara de su seguridad?

—Porque Harris Weber es cualquier cosa menos un bufete común y corriente. Tiene entre sus clientes a algunas de las personas más ricas y poderosas del mundo. Y también de las más peligrosas. Cuando se hacen negocios con ese tipo de gente, conviene tener en nómina a un hombre como Trevor Robinson.

—Por no hablar de Philippe Lambert.

—Que conste que yo no trabajo para Harris Weber. Soy un profesional autónomo con un solo cliente, una empresa llamada Antioch Holdings. Es una sociedad limitada con sede en las Islas Vírgenes Británicas. Antioch me paga varios millones de dólares al año, la mayor parte de los cuales permanece oculta en cuentas en paraísos fiscales. También dispongo de un apartamento en Mónaco y un chalé de lujo en Virgen Gorda.

—¿Y qué tipo de servicios le prestas a ese cliente?

—¿Nominalmente? —Lambert se encogió de hombros—. Seguridad en la red.

—¿Y en realidad?

—El mismo trabajo que hacía para la DGSE.

—¿Espionaje electrónico?

—*Oui, monsieur* Allon. Y otras tareas especiales.


Para que entendieran en qué consistían esas tareas, fue necesario que Lambert les explicara con detalle cómo funcionaba Harris Weber and Company y las estrategias que empleaba la empresa para dar servicio a sus clientes, que eran en su mayoría los más ricos de entre los ricos: milmillonarios que viajaban en aviones privados y superyates y tenían lujosas residencias en todos los rincones del globo. Pocas veces, sin embargo, eran los titulares de sus carísimos juguetes e inmuebles. Por el contrario, adquirían los símbolos de su inmensa riqueza sirviéndose de sociedades limitadas ficticias que Harris Weber se encargaba de crear. Esas sociedades no tenían su sede nominal en Mónaco, sino en Road Town, en las Islas Vírgenes Británicas, donde el bufete tenía una oficina pequeña pero atareada en Waterfront Drive. Una secretaria del despacho, una tal Adele Campbell, figuraba como directora de dichas sociedades.

—Según el último recuento —explicó Lambert—, Campbell controlaba más de diez mil empresas, lo que la convertiría en una de las empresarias más poderosas del mundo. Los únicos que saben quiénes son los verdaderos propietarios de las sociedades son los abogados del bufete.

Comprar inmuebles y otros bienes de lujo bajo el manto de una empresa fantasma con sede en un paraíso fiscal, señaló Lambert, era perfectamente legal y tenía numerosas ventajas, empezando por el ahorro en impuestos. Pero también permitía a los clientes superricos llevar sus asuntos en secreto, lejos de la mirada inquisitiva de su Gobierno, de las fuerzas del orden y de sus conciudadanos. Ese era el mundo que Harris Weber and Company ofertaba a sus clientes. Un mundo exclusivo, sin normativa ni impuestos, donde las necesidades de los desfavorecidos carecían por completo de importancia.

—Hace quince años, la cantidad total de riqueza en manos privadas en todo el mundo era de unos ciento veinticinco billones de dólares. Ahora es de cuatrocientos cincuenta billones, de los cuales aproximadamente el diez por ciento se encuentra en paraísos fiscales, fuera del alcance de los recaudadores de impuestos. Lo que significa que el dinero no genera ingresos fiscales que contribuyan a proporcionar mejores escuelas o viviendas o atención sanitaria a los ciudadanos de a pie.

La mayoría de los clientes del bufete, prosiguió Lambert, se habían hecho ricos legalmente o por herencia y no dudaban en emplear todas las medidas legales a su alcance para no pagar impuestos, incluso si tales medidas eran, en el mejor de los casos, cuestionables desde un punto de vista ético y podían dañar su reputación en caso de hacerse públicas. Una parte significativa de la clientela de Harris Weber, sin embargo, obtenía sus ingresos de actividades delictivas o robándoselo a sus conciudadanos. El bufete representaba a nueve jefes de Estado cleptócratas, a docenas de funcionarios corruptos y a numerosos milmillonarios rusos que se habían enriquecido gracias a su cercanía con el Kremlin. Gran parte de ese dinero obtenido por medios ilícitos se invertía en bienes inmuebles adquiridos a través de sociedades ficticias con sede en paraísos fiscales.

—¿Saben por qué la mayoría de los ciudadanos de a pie no pueden permitirse vivir en ciudades como Londres, París, Zúrich o Nueva York? Porque los superricos mundiales están haciendo subir los precios de los inmuebles con ayuda de empresas de servicios financieros *offshore* como Harris Weber. Un solo cliente, un potentado de Oriente Medio que debe permanecer en el anonimato, compró inmuebles comerciales y residenciales en Londres y Manhattan por valor de más de mil millones de dólares ocultándose tras un complejo entramado de sociedades limitadas y fideicomisos estratificados, creado y gestionado en secreto por el bufete. Y cuando el potentado decidió vender parte de esas propiedades para obtener beneficios, las transacciones tuvieron lugar en paraísos fiscales y Harris Weber se embolsó varios millones de dólares en concepto de comisión.

La empresa se había enriquecido enormemente, al igual que sus numerosos socios comerciales; sobre todo, los gestores de patrimonio europeos y los banqueros privados, que constituían una fuente inestimable de clientes. Aunque Harris Weber prometía confidencialidad absoluta, era inevitable que de vez en cuando surgieran problemas. Cuando eso sucedía, Trevor Robinson le proporcionaba ciertos nombres a Philippe Lambert, y este los buscaba y se encargaba de obtener información sobre ellos, absorbiéndola hasta dejarlos secos.

—Teléfonos, ordenadores, datos médicos y financieros... Todo lo que caía en mis manos. Le daba el material a Robinson y él lo usaba para solventar los problemas.

—¿Los chantajeaba?

—Si tenían suerte, sí. Pero, si no se daban por aludidos, se ocupaba de ellos de otra manera.

—¿Quiénes eran?

—Cualquiera que supusiera una amenaza para la empresa o sus clientes.

—¿Por ejemplo?

—Funcionarios de Hacienda, reguladores, periodistas de investigación… A veces, hasta los propios clientes.

—¿También una historiadora del arte de Oxford?

Lambert vaciló. Luego asintió lentamente con la cabeza.

—*Oui, monsieur* Allon.

—¿Por qué fueron contra ella?

—Por el retrato de mujer sin título de Pablo Picasso.

—¿El cuadro representaba una amenaza para el bufete?

—No solo para el bufete. También para los clientes, los socios, los bancos… —Lambert se encogió de hombros—. Para todo.

# 34

# Haute-Corse

Fue Ian Harris, un coleccionista menor aficionado a los retratos holandeses, quien tuvo la idea. Lo llamó, inofensivamente, «la estrategia artística». No se trataba del arte como inversión, sino como medio de blanquear y ocultar riqueza, y, lo que era más importante, de trasladar esa riqueza de su país de origen a diversos paraísos fiscales. Esto era posible gracias a la larga tradición de secretismo del mundo del arte. Cada año cambiaban de manos cuadros y otras piezas artísticas por valor de casi setenta mil millones de dólares, la mayoría de ellos en operaciones entre particulares. El comprador no solía saber quién era el vendedor, el vendedor ignoraba quién era el comprador, y los organismos reguladores y las agencias tributarias no se enteraban de casi nada.

Pero para sacar partido de esa falla intrínseca, explicó Philippe Lambert, era necesaria una infraestructura como el puerto franco de Ginebra, que permitía a sus clientes almacenar obras de arte en cámaras acorazadas climatizadas alquiladas por empresas fantasma anónimas. Gracias a las laxas normas del puerto franco, la empresa fantasma no estaba obligada a revelar la identidad de su propietario, quien podía comprar un cuadro de doscientos millones de dólares en una subasta en Nueva York o Londres y eludir el pago de impuestos con solo enviar la obra al puerto franco. Además, el titular anónimo de la empresa fantasma podía vender su cuadro de doscientos millones de dólares con beneficios dentro del recinto del puerto franco sin tener que rendir cuentas al fisco.

—El puerto franco siempre había tenido un lado turbio —comentó Lambert—, pero Harris Weber and Company lo convirtió en una lavadora de cincuenta y cinco mil metros cuadrados.

—¿Qué papel desempeñaba la Galerie Ricard? —preguntó Gabriel.

—Ricard era una lavandera, nada más. Trasladaba los bultos, apretaba los botones y se llevaba una pequeña tajada de cada transacción. Pero siempre había disputas por el dinero. Creía que le infravaloraban y que estaba mal pagado.

A pesar de su ingenio, prosiguió Lambert, la «estrategia artística» era en realidad bastante sencilla. Solo se necesitaban dos sociedades limitadas anónimas con sede en las Islas Vírgenes Británicas, que Harris Weber se encargaba de crear por un módico precio. El cliente compraba entonces un cuadro en una subasta o a través de una galería y lo enviaba de inmediato al puerto franco, donde se guardaba en una cámara acorazada alquilada por una de las empresas fantasma. A continuación, el cliente vendía el cuadro, a veces en cuestión de días o incluso de horas, en la Galerie Ricard, bajo el más estricto secreto. Los beneficios de la venta se hacían llegar a la segunda empresa fantasma anónima y el dinero se depositaba en uno de los bancos caribeños asociados con Harris Weber. Allí permanecía, invisible para las autoridades fiscales del país donde estuviera afincado el cliente, que era libre de invertir el dinero en acciones o materias primas —libres de impuestos, naturalmente— o podía utilizarlo para adquirir bienes de gran valor como aviones privados, yates o casas de lujo.

Como resultado de ello, varios cientos de miles de millones de dólares pertenecientes a particulares habían acabado en paraísos fiscales, enterrados bajo capas y capas de sociedades y *holdings* fantasma. Harris Weber and Company y su plantel de abogados sin escrúpulos habían ganado cientos de millones en honorarios y comisiones legales. Aun así, insatisfechos con sus ganancias, decidieron sacarle aún más partido a la estrategia artística metiéndose ellos también en el negocio del arte. Con parte de sus beneficios, se hicieron con una pequeña aunque valiosísima colección de cuadros que utilizaban principalmente para blanquear dinero: ventas ficticias que rendían cientos de millones en concepto de comisiones y beneficios extra. Guardaban los cuadros en el puerto franco de Ginebra bajo la supervisión de la Galerie Ricard y gestionaban la colección mediante una sociedad limitada anónima con sede en las Islas Vírgenes Británicas.

—¿OOC Group Limited?

—*Oui, monsieur* Allon. Son las siglas de Oil on Canvas. Pero entre OOC Group y Harris Weber había también otras sociedades y consorcios. Resultaría extremadamente difícil para cualquiera armar ese rompecabezas.

A no ser, claro está, que surgiera un problema relacionado con uno de los cuadros del inventario de la empresa: un problema que permitiera a un demandante, dentro de un proceso judicial, acceder a los archivos de Harris Weber gracias a la obligatoriedad de la aportación de pruebas documentales. Esa era la situación a la que se enfrentaba el bufete cuando Trevor Robinson despertó a Lambert de un sueño profundo una mañana de mediados de diciembre. Robinson se encontraba en aquel momento en las pistas de Chamonix. Lambert, en el chalé de Virgen Gorda.

—¿Y cuál era el problema?

—El Picasso —contestó Lambert—. Harris Weber lo compró hace diez años en una venta privada que organizó Christie's en Londres. La profesora Blake se las había arreglado de algún modo para descubrir los pormenores de la transacción. Entre ellos, el nombre del comprador.

—¿Oil on Canvas Group, Limited?

Lambert asintió.

—Pero ¿cómo sabía Trevor Robinson lo que había averiguado?

—No entró en detalles. Solo quería que averiguara qué sabía de verdad la profesora. Pirateé su teléfono y su ordenador y me apoderé de todo. También de su versión del informe de procedencia del cuadro, que incluía el nombre del propietario original, así como el de su legítimo heredero.

—El doctor Emanuel Cohen.

—*Oui, monsieur* Allon.

Lambert descubrió también que la profesora Blake tenía una relación extramatrimonial con un hombre: Leonard Bradley, un corredor de bolsa rico y aficionado al arte que vivía con su esposa y sus tres hijos en una casa cerca de Land's End, en Cornualles. Lambert le envió la información a Trevor Robinson, junto con cientos de mensajes de texto íntimos y datos de geolocalización que indicaban el lugar donde probablemente se citaban los amantes. Lambert creía que el exespía británico utilizaría esa información con el único fin de presionar a la profesora Blake para que modificase las conclusiones de su investigación. Trevor Robinson, sin embargo, tenía otros planes.

—Me pidió que le enviara un mensaje desde el número de Bradley.

—¿Y qué decía ese mensaje?

—Que necesitaba hablar con ella de un asunto muy urgente.

—¿La señora Bradley se había enterado de su aventura?

—Eso daba a entender.

—¿A qué hora quería verla Bradley?

—A las cinco de la tarde.

—¿En los acantilados de la playa de Porthchapel?

—*Oui.*

—¿Qué hiciste?

—Mandé el mensaje —contestó Lambert—. Y dos horas más tarde la profesora Blake estaba muerta.

Emanuel Cohen murió tres días después en las escaleras de la Rue Chappe de Montmartre, víctima de una caída aparentemente accidental. Lambert ignoraba la suerte que había corrido el médico. Estaba enfrascado en otro asunto: un funcionario del fisco noruego que, llevado por su exceso de celo, tenía en el punto de mira a uno de los clientes más importantes del bufete. Lambert entregó a Trevor Robinson una montaña de material comprometedor —el noruego tenía debilidad por la pornografía infantil— y Robinson le asignó su siguiente tarea.

—¿Hackear el puerto franco de Ginebra?

Lambert asintió.

—¿Te dijo Robinson por qué?

—El Picasso seguía dando problemas.

Esta vez, sin embargo, la amenaza venía de dentro. Edmond Ricard había recibido una oferta muy lucrativa por el Picasso y quería aceptarla. Curiosamente, la posible compradora era Anna Rolfe, la afamada violinista, que tenía la intención de guardar el cuadro en el puerto franco de Ginebra bajo la supervisión de Ricard. El galerista estaba seguro de que el lienzo permanecería de momento encerrado, fuera de la vista del público.

—Imagino que Harris Weber and Company se opuso al acuerdo.

—Rotundamente.

—¿Por qué no le dijeron simplemente a Ricard que el cuadro no estaba en venta?

—Se lo dijeron.

—¿Y?

—Ricard aceptó retirarse de las negociaciones, pero yo tenía intervenido su teléfono y sabía que no tenía intención de hacerlo. Iba a ser un intercambio, más que una venta directa. El Picasso a cambio de una obra de Van Gogh, otra de Modigliani y otra de Cézanne. Ricard planeaba vender los tres cuadros y quedarse con el dinero. Confiaba en que sus socios de Harris Weber no se enterarían.

—Porque pensaban dejar el Picasso en el puerto franco para siempre.

—*Exactement, monsieur* Allon. Por lo que respecta al bufete, esa maniobra de Ricard fue la gota que colmó el vaso.

Lambert estaba seguro de que podría introducirse en la red del puerto franco sin que lo descubrieran. Aun así, por precaución, llevó a cabo el ataque desde un piso que alquiló a toda prisa en Cannes. Estaba solo en su habitación con vistas a la Rue d'Antibes, a oscuras, vigilando las cámaras de seguridad del puerto franco, cuando vio que un hombre con un maletín portacuadros entraba en el achatado bloque de oficinas del número 4 de la Route du Grand-Lancy, sede de la Galerie Ricard. Quince minutos más tarde, después de que dicho individuo abandonara el edificio, Lambert, pulsando una sola tecla, borró seis meses de grabaciones de seguridad del puerto franco.

—O eso creías —dijo Gabriel, y tocó el ratón de su portátil.

Lambert miró la pantalla y luego a Ingrid.

—¿Cómo has podido recuperarlo?

—La verdad es que fue bastante fácil.

Observaron cómo el hombre del maletín salía del ascensor en la segunda planta y solicitaba acceso a la Galerie Ricard.

—¿Qué creías que pasaría a continuación? —preguntó Gabriel.

—Robinson me dijo que iba a retirar el Picasso de la galería antes de que Ricard efectuara la transacción con Anna Rolfe.

—¿A «retirarlo»?

—Esas fueron sus palabras.

—¿Y cuándo te diste cuenta de que te había convertido en cómplice de otro asesinato?

No fue hasta la mañana siguiente, cuando leyó la noticia del asesinato de Ricard en *Nice-Matin*. Alarmado, Lambert llamó a Trevor Robinson a Mónaco y le informó de que se iba a tomar unas largas vacaciones en algún lugar lejano. En Brasil, quizá. O, mejor aún, en Sri Lanka. En lugar de hacerlo, se atrincheró en el piso de Cannes y empezó a hacer acopio de archivos de Harris Weber and Company, apoderándose de todo lo que caía en sus manos. Su plan —en la medida en que tenía uno— era utilizar ese material para asegurarse la supervivencia cuando llegara el día en que Trevor Robinson decidiese que ya no le era útil a la empresa.

—Ese día llegó mucho antes de lo que esperaba. Por suerte, *monsieur* Allon, usted estaba allí para impedir que me mataran.

—No me lo agradezcas a mí, agradéceselo a mi socia. Fue ella quien te siguió el rastro hasta ese piso en Cannes.

Lambert miró a Ingrid y preguntó:

—¿Cómo lo hiciste?

Ella puso cara de fastidio.

—Espero que borraras un poco mejor tus huellas cuando hackeaste la base de datos de Harris Weber.

—Lo hice.

—¿Encontraste algo interesante? —preguntó Gabriel.

Lambert cogió uno de los discos duros externos que se había llevado del apartamento.

—Un directorio de todas las sociedades ficticias que ha creado el bufete a lo largo de los años, aunque me temo que es inútil sin los nombres de sus titulares.

—¿De los clientes, quieres decir?

—*Oui, monsieur* Allon.

—¿Y dónde podríamos encontrarlos?

—Toda la información sensible sobre los clientes del bufete se almacena *offline*, en un disco duro externo. Ese disco duro está guardado en una caja fuerte, en la oficina del bufete en Mónaco.

—¿De cuántos datos hablamos? —preguntó Ingrid.

—Tres *terabytes*, como mínimo.

—¿La caja fuerte tiene puerta?

—Claro que sí.

—Es un alivio saberlo —dijo Ingrid—. ¿Combinación o teclado?

# 35

# Villa Orsati

Los discos duros externos de Philippe Lambert no solo contenían una lista de las sociedades pantalla creadas por el bufete de abogados Harris Weber and Company. Lambert también había guardado el contenido del teléfono móvil de Charlotte Blake: los metadatos, los datos de geolocalización, el historial de navegación, los correos electrónicos y los mensajes de texto, que no dejaban lugar a dudas: la profesora Blake tenía, en efecto, una aventura con Leonard Bradley, un acaudalado operador de alta frecuencia dueño de una casona en lo alto de un acantilado, no muy lejos del lugar donde fue asesinada.

Había además una copia del informe de procedencia de un retrato de mujer sin título, óleo sobre lienzo de noventa y cuatro centímetros por sesenta y seis, obra de Pablo Picasso. El cuadro, según había descubierto la profesora Blake, lo compró el empresario y coleccionista Bernard Lévy en la Galerie Paul Rosenberg allá por junio de 1939. En julio de 1942, una semana después de la Redada de París, Lévy se lo confió a su abogado, Hector Favreau, y se marchó al sur con su mujer y su hija para ocultarse. Favreau conservó el cuadro hasta 1944, cuando se lo vendió a André Delacroix, un alto funcionario del régimen colaboracionista de Vichy. El Picasso permaneció en el seno de la familia Delacroix hasta 2015, cuando salió a la venta en la venerable casa de subastas Christie's de Londres. Alcanzó un precio de apenas cincuenta y dos millones de libras, en parte debido a las dudas que suscitaba su procedencia. El comprador fue OOC Group, Ltd., de Road Town, Islas Vírgenes Británicas. Charlotte Blake, que anteriormente había trabajado para Christie's, tenía una fotocopia del contrato de compraventa que así lo demostraba.

Pero ¿cómo se había enterado Trevor Robinson de los peligrosos hallazgos de la profesora Blake? La explicación más plausible era que alguien le había dado el soplo, posiblemente a mediados de diciembre. Gabriel buscó en los correos electrónicos y los mensajes de texto de la profesora, pero no encontró nada que permitiera suponer que había compartido esa información con otras personas. Según los datos de geolocalización de su teléfono, había pasado las largas vacaciones escolares de invierno sola en su casa de campo de Cornualles. Su único viaje durante ese periodo había sido una visita de tres días a Londres, donde, la tarde del 15 de diciembre, pasó hora y media en la Galería Courtauld.

A Gabriel se le ocurrió que quizá Sarah Bancroft, que formaba parte del patronato de la Galería Courtauld, supiera algo sobre la visita de la profesora Blake. Al llamarla, la encontró en Isherwood Fine Arts, donde estaba enseñándole un cuadro a un posible comprador. Pareció alegrarse de oír su voz.

—Por favor, dime que no lo mataste tú —dijo.

—¿A quién?

—A *monsieur* Ricard —contestó ella en un susurro.

—Creo que deberíamos posponer esta conversación hasta que vuelva a Londres.

—¿Dónde estás ahora?

En lenguaje cifrado, Gabriel le informó de que había tomado prestada la casa de su marido en Córcega. Luego le contó que la profesora Charlotte Blake había pasado hora y media en la Galería Courtauld a mediados de diciembre.

—Seguro que hay una explicación perfectamente razonable —repuso ella.

—¿Cuál, por ejemplo?

—Pues no sé. A lo mejor quería ver un cuadro.

—Parece que estuvo en un mismo sitio todo el tiempo.

—¿Y estás seguro de que fue el día quince?

—¿Por qué lo preguntas?

—Porque yo estuve en el museo ese mismo día. Una de las dichosas reuniones del patronato. Tres horas de aburrimiento absoluto. Y después me fui a casa y me metí en mi cama vacía.

—¿Sigue vacía?

—Ni lo sueñes —contestó ella, y colgó.

Esa tarde, a la una y cuarto, Gabriel usó el programa Proteus contra el móvil de Trevor Robinson. En menos de una hora, el *malware* se había hecho con el control del sistema operativo del teléfono. Tras descargar los correos electrónicos y los mensajes de texto del exagente del MI5, Gabriel pidió a Ingrid que localizara y eliminara el *malware* macedonio de Philippe Lambert, de inferior calidad. Armada con Proteus, tardó cinco minutos en total.

—¿Te importa que haga una copia de todo esto para mí?

—Pues sí, la verdad, pero puedes quedarte con esto. —Gabriel le dio la pistola táctica HK—. Tengo que hacer un recado. Dispara a cualquiera que se acerque a menos de cincuenta metros de la casa.

Fuera, Gabriel subió al coche abollado y enfiló la pista de tierra. La maldita cabra de don Casabianca estaba recostada a la sombra de los tres olivos centenarios. La bestia se quedó allí, vigilante pero inmóvil, cuando Gabriel frenó, bajó la ventanilla y se dirigió a ella en francés:

—Oye, no sé qué te habrá dicho antes mi amiga, pero nada de esto es culpa mía. De hecho, esta es una de las pocas disputas que he tenido en mi vida en la que soy completamente inocente. O sea, que es a mí a quien se le debe una disculpa, no a ti. Y dile a tu amo, ese sinvergüenza de don Casabianca, que espero que pague los daños que le has causado a mi automóvil.

Sin más, Gabriel subió la ventanilla y se alejó levantando una polvareda. Siguió el camino por la colina hasta el valle vecino y un momento después se detuvo a la entrada de la finca. Los dos guardias miraron el morro del coche con cierta perplejidad, pero no se molestaron en pedir explicaciones. La larga desavenencia entre Gabriel y la díscola cabra de don Casabianca formaba ya parte del folclore de la isla.

Los guardias abrieron la verja y Gabriel avanzó por una larga avenida flanqueada de olivos vangoghianos. El despacho de don Anton Orsati estaba situado en la primera planta de su villa, que se asemejaba a una fortaleza. Como de costumbre, recibió a Gabriel sentado detrás de la pesada mesa de roble que le servía de escritorio. Llevaba unos pantalones holgados, sandalias de cuero polvorientas y una tiesa camisa blanca. Junto al codo tenía una botella de aceite de oliva Orsati, la tapadera legal a través de la cual blanqueaba los beneficios que rendía su verdadero negocio: el asesinato por encargo. Gabriel era una de las dos únicas personas que habían logrado sobrevivir a un sicario de la familia Orsati. La otra era Anna Rolfe.

Levantándose, don Orsati le tendió una mano de granito.

—Empezaba a pensar que me estabas evitando.

—Perdóneme Su Santidad, pero tenía que atender un asunto urgente.

Los ojos negros del don le observaron con escepticismo. Era como sentirse observado por un can.

—El asunto urgente no sería esa rubia tan guapa, ¿verdad?

—El hombre del asiento de atrás.

—Se rumorea que le diste mil euros a René Monjean para sacarlo de Marsella.

—¿Qué más se rumorea?

—Un trabajador de un viñedo del norte de Saint-Tropez se topó con un cadáver esta mañana temprano. Un motorista, sin documentación ni teléfono. La policía parece creer que alguien lo echó de la carretera.

—¿Tienen algún sospechoso?

El don meneó la cabeza.

—Es una zona muy tranquila en esta época del año. Al parecer, nadie vio nada.

Gabriel arrojó el pasaporte alemán sobre la mesa sin decir nada. Don Orsati lo abrió por la primera página.

—¿Un profesional?

—Bastante, sí.

—¿El objetivo eras tú?

—El hombre del asiento de atrás —respondió Gabriel—. Es un pirata informático que trabaja para un bufete de abogados corrupto, de Mónaco.

—¿Quién quería matarlo?

—El bufete de abogados corrupto.

—¿Y qué hay de esa rubia tan guapa?

—Antes era ladrona profesional.

—¿Y ahora?

—Es difícil saberlo. Todavía está en proceso.

El don levantó el pasaporte sujetándolo con dos gruesos dedos.

—¿Guardas esto por alguna razón?

—Por su valor sentimental, principalmente.

—En ese caso, quizá deberíamos deshacernos de él. —Don Orsati llevó el pasaporte a la gran chimenea de piedra y lo echó a la pila de leña de *macchia* que ardía en el hogar—. ¿Y en qué puede servirte la Compañía Aceitera Orsati?

—Necesito protección para el pirata informático.

—¿Para cuánto tiempo?

—El suficiente para dar un golpe en el bufete de abogados corrupto.

—¿Y si el golpe sale mal?

—Estoy seguro de que no saldrá mal.

—¿Por qué?

—Por esa rubia tan guapa.


Gabriel le contó el resto de la historia a Anton Orsati fuera, en la terraza, mientras compartían una botella de vino rosado corso.

No omitió ningún detalle importante, ni siquiera el hecho de que estaba colaborando con dos fuerzas policiales europeas y con el servicio de seguridad e inteligencia suizo. El don, que en parte se ganaba la vida evitando complicaciones con las fuerzas del orden, se mostró consternado, como era de esperar.

—Y cuando la policía le pregunte a su testigo estelar, ese tal Philippe Lambert, dónde se escondió después de que atentaran contra su vida, ¿qué pasará entonces?

—Tengo la esperanza de que no lleguemos a ese punto, don Orsati.

—Aquí en Córcega tenemos un refrán sobre la esperanza.

—Y casi para cualquier otra ocasión —repuso Gabriel.

—El que vive de esperanza muere entre mierda —dijo don Orsati sin inmutarse—. Y el que abre la puerta a la policía vive para lamentarlo. Sobre todo, si se dedica a mi oficio.

—Estoy casi seguro de que eso no es un refrán corso.

—Aun así, lo que dice es correcto y sagrado.

—Pero el que se duerme no pesca y el que busca encuentra —respondió Gabriel, echando mano de un refrán de su cosecha.

—¿Y qué es en concreto lo que esperas encontrar en el bufete Harris Weber and Company de Mónaco?

—Varios millones de páginas de documentos incriminatorios.

—¿Que permitirán recuperar el Picasso desaparecido?

Gabriel asintió.

—Y procesar a los socios fundadores del bufete, además de a gran número de personas extremadamente ricas que se sirven de métodos poco éticos o, en algunos casos, ilegales, para ocultar su riqueza, cientos de miles de millones de dólares, en paraísos fiscales.

—Puede que esto te choque, Gabriel, pero yo creo que lo que un hombre haga con su dinero es asunto suyo, no del Gobierno. Dicho esto, me comprometo a cuidar de Lambert hasta que su vida deje de correr peligro. Pero espero que se me pague por su alojamiento y manutención. Eso por no hablar de los costes de mano de obra que supondrá su seguridad.

—Tiene varios millones de dólares en un banco de las Islas Vírgenes Británicas.

—Es un buen comienzo. —Orsati sonrió—. La pregunta es dónde lo ponemos.

—De momento puede quedarse conmigo en casa de Christopher.

—¿Mientras planeas ese golpe tuyo?

Gabriel asintió.

—¿Sabe Christopher lo que estás tramando?

—No tiene ni idea.

—Quizá sea prudente que le incluyas en el plan.

—Christopher ya no trabaja para la Compañía Aceitera Orsati. Es un funcionario del Servicio Secreto de Inteligencia de Su Majestad.

—¿Y?

—Que uno de los socios fundadores de Harris Weber es británico y la empresa está registrada en las Islas Vírgenes Británicas, un territorio británico de ultramar.

—¿Eso supone algún problema?

—Por regla general, los servicios de inteligencia occidentales tienen prohibido espiar a sus conciudadanos.

—Pero no vais a espiar a la empresa. Solo vais a robar sus archivos.

—Es prácticamente lo mismo.

—Me da igual lo buena que sea esa amiga tuya tan guapa —contestó Orsati—. No puedes mandarla sola a esa oficina. Necesita al menos una persona más. De ser posible, un profesional.

—¿Se te ocurre alguien?

—¿Qué tal el hombre que os ha traído a Córcega?

—¿Puedes arreglarlo?

—Dalo por hecho. —Orsati levantó la mirada hacia el cielo, que iba oscureciéndose—. Cuando llega la tormenta, los perros hacen la cama.

—¿Y las cabras? —preguntó Gabriel.

—¿Pasa algo?

—Esta mañana se ha ensañado con mi coche. Alguien tiene que pagar los desperfectos y no voy a ser yo.

Don Orsati suspiró.

—Las monedas son redondas y van y vienen.

—Y las cabras también —dijo Gabriel en tono sombrío.

—Ni un pelo o habrá trifulca.

—Eso tampoco es un refrán, don Orsati.

# 36

# Haute-Corse

La planificación operativa dio comienzo al día siguiente, minutos después de las ocho de la mañana, cuando René Monjean, tras otra travesía nocturna desde el continente, condujo el Mistral hasta el pequeño puerto deportivo de la localidad turística de Porto. Gabriel lo esperaba allí. Dejaron el barco bien atracado, subieron al coche y se dirigieron al este, hacia las montañas.

—¿Qué le ha pasado a su faro, *monsieur* Allon?

—Vandalismo.

—Estos corsos… —masculló Monjean con desdén.

—Imagínate lo que opinan ellos de los marselleses.

—No nos soportan. Claro que los corsos no soportan a nadie, por eso son corsos. —Monjean encendió un cigarrillo y miró a Gabriel a través de una nube de humo—. Usted, de todos modos, parece tener buenos contactos en la isla.

—En mi oficio conviene tener amigos como don Orsati.

—¿Y a qué se dedica ahora?

—Soy restaurador de cuadros, pero en mi tiempo libre ayudo a la policía a resolver delitos artísticos.

—Qué interesante —repuso Monjean—. Yo, en mi tiempo libre, a veces cometo delitos artísticos.

—¿Has robado algo últimamente, René?

—Eso depende de las reglas básicas de nuestra relación.

—Una mano lava la otra y las dos lavan la cara.

—¿Qué significa eso?

—Es un refrán corso. Significa que puedo usarte como fuente o como agente operativo, pero que no les diré ni una palabra sobre ti a mis amigos de la policía francesa. Ni de cualquier otra fuerza policial. Todo queda *entre nous*.

—¿Y el dinero?

—No se gana cantando.

—¿Otro refrán corso?

Gabriel asintió.

—Te pagaré lo que quieras, siempre y cuando tu tarifa sea razonable, claro.

—Eso dependerá de en qué consista el trabajo y de lo que valga el objetivo.

—Necesito que robes unos documentos de un bufete de abogados de Mónaco.

—¿Cuántos?

—Varios millones.

Monjean se echó a reír.

—¿Y cómo voy a llevarme varios millones de documentos de un edificio de oficinas de Mónaco?

—Los copiarás en un dispositivo de almacenamiento digital.

—Eso no es lo mío, *monsieur* Allon. Yo robo objetos, no datos.

—De eso se encarga Ingrid.

—¿La mujer de la otra noche?

Gabriel asintió.

—Es una profesional.

—¿Y cómo entramos en el edificio?

—Philippe abrirá las puertas por control remoto. Entráis, copiáis los documentos y salís.

—¿Cuánto tiempo nos llevará?

—Tres o cuatro horas.

—En cuatro horas pueden salir mal muchas cosas.

—Y en cuatro minutos también —contestó Gabriel.

Monjean se quedó callado.

—¿Alguna pregunta más, René?

—Solo una.

—Tú dirás.

—¿Cómo es que conoce a don Orsati?

—Alguien lo contrató para matarme hace mucho tiempo.

—¿Y por qué no está muerto?

—La suerte de los irlandeses.

—Pero usted no es irlandés.

—Es una forma de hablar, René.

—¿Le importa que le haga otra pregunta, *monsieur* Allon?

—Si es necesario.

—¿Qué le ha pasado de verdad a su faro?

Esa mañana no se repitió el bochornoso incidente, porque, de nuevo, la díscola cabra de don Casabianca dejó pasar el coche de Gabriel por delante de los tres olivos centenarios sin contratiempos. Dos hombres de don Orsati montaban guardia delante de la casa, al final del camino de tierra y grava. René Monjean dejó su petate en la entrada y pasó al salón. Enseguida se fijó en el paisaje de Monet que colgaba en la pared.

—¿Es auténtico? —le preguntó a Gabriel.

—Dímelo tú.

El ladrón de cuadros se inclinó hacia delante para verlo mejor.

—Es auténtico, no hay duda.

—No está mal, René.

—No tengo formación académica, pero con el tiempo he llegado a tener bastante buen ojo para la pintura.

—Yo te aconsejaría que olvides que has visto ese cuadro.

—¿El dueño es amigo de don Orsati?

—Podría decirse así.

Entraron en la cocina, donde Ingrid y Lambert estaban mirando sus respectivos portátiles. Gabriel hizo nuevamente las presentaciones, pero esta vez no dejó nada a la imaginación. Ingrid se levantó para estrecharle la mano a Monjean, o al menos eso pareció. El ladrón la miró con desconfianza.

—*Monsieur* Allon me ha dicho que eres una profesional.

—A mí me ha dicho lo mismo de ti. De hecho, dice que no hay nadie que supere a René Monjean.

—En eso tiene razón.

—Creo que vas a descubrir que yo también soy bastante buena.

—Ya veremos.

Ingrid le devolvió el móvil que le había sacado del bolsillo.

—Sí, ya veremos.


Con una superficie total de apenas dos kilómetros cuadrados, el Principado de Mónaco era el segundo país soberano más pequeño del mundo, solo superado por la Ciudad del Vaticano. Sus principales atractivos eran su histórica catedral, su acuario y sus jardines exóticos y, cómo no, el casino de Montecarlo. La ciudad-Estado tenía unos treinta y ocho mil habitantes, pero menos de diez mil eran ciudadanos monegascos. Se encargaba de protegerlos un cuerpo de seguridad extremadamente profesional formado por quinientos quince agentes, lo que significaba que el minúsculo Estado de Mónaco tenía la mayor cantidad de policías per cápita del mundo.

El Boulevard des Moulins, de quinientos metros de largo, atravesaba el corazón del principado y estaba flanqueado por elegantes edificios de pisos de color mantequilla en los que, con sesenta mil euros, podía comprarse exactamente un metro cuadrado de propiedad inmobiliaria. Harris Weber and Company ocupaba dos plantas del edificio de oficinas situado en el número 41. En la planta baja había una peluquería —exclusiva, por supuesto— y una sucursal de la Société Banque de Mónaco. Justo enfrente había una cafetería llamada La Royale.

—Es el lugar perfecto para pasar un rato e ir conociendo el vecindario —comentó Lambert—. Pero no os preocupéis, a los abogados de Harris Weber ni se les ocurriría poner un pie allí.

Los otros inquilinos del número 41 del Boulevard des Moulins, prosiguió, eran médicos, contables, asesores financieros y arquitectos.

Los recepcionistas del edificio se encargaban de abrir la puerta por control remoto a las visitas, pero las personas que trabajaban en el edificio abrían con su propia tarjeta llave, que servía también para accionar el ascensor. El acceso a las distintas plantas estaba cuidadosamente restringido. El vestíbulo y la recepción de Harris Weber se hallaban en la tercera planta, pero los despachos de los fundadores y los socios principales estaban más arriba, en la cuarta.

—Junto con el de Trevor Robinson —añadió Lambert.

—¿Y la sala de archivos? —preguntó Gabriel.

—Está abajo, en la tercera.

Lambert se había conectado al sistema. Tocó unas teclas de su portátil y en la pantalla apareció una imagen de la sala de archivos, cortesía de las cámaras de seguridad internas de Harris Weber. Una atractiva joven estaba en ese momento agachada junto al cajón abierto de archivador metálico.

—*Mademoiselle* Dubois, una de las secretarias. Cualquier empleado de la empresa puede acceder a los archivos en papel que se guardan en esas cajoneras, aunque el acceso a la sala de seguridad está muy limitado. —Lambert señaló una puerta algo borrosa, a la izquierda de la imagen—. La cerradura es numérica y biométrica, pero puedo anularla.

—¿Hay cámaras de vigilancia en esa habitación?

—Sí, claro. Trevor Robinson no se fía de nadie.

Lambert volvió a teclear y en la pantalla del portátil apareció un cuartito sin ventanas. Contenía una mesa, una silla giratoria, un ordenador de sobremesa, una impresora y una caja fuerte de doble puerta.

—El ordenador no está conectado a ninguna red —explicó Lambert—. Si algún abogado del bufete necesita revisar documentos confidenciales, saca el dispositivo de almacenamiento de la caja fuerte y lo conecta al ordenador de sobremesa. Si tiene que imprimir algún documento, lo guarda solo el tiempo necesario. Trevor Robinson se ocupa personalmente de triturar el papel. Si fuera por él, quemaría los documentos. Funciona igual que un servicio de inteligencia.

Gabriel señaló la cerradura electrónica de la caja fuerte.

—Supongo que no te sabes la combinación.

—Lo lamento, pero no. Cada vez que alguien teclea la clave, tapa la visión de la cámara. Está hecho así adrede. Trevor Robinson cambia la clave cada pocas semanas, lo que es un fastidio para *herr* Weber, que tiene muy mala memoria.

Ingrid miró atentamente la cerradura.

—¿La reconoces? —preguntó Gabriel.

Ella asintió.

—Es de fabricación estadounidense, segura pero vulnerable. Como en muchas cerraduras electrónicas, el accionador interno puede manipularse desde fuera con un imán.

—¿Qué potencia debe tener el imán?

—Debería bastar con un imán de tierras raras de cuarenta milímetros por veinte. Los cerrajeros profesionales los llaman «discos de *hockey*». Se los denomina «imanes permanentes» porque son muy potentes. Y bastante peligrosos, además. —Miró a Monjean—. ¿Verdad que sí, René?

Él asintió con la cabeza.

—Un colega se aplastó un dedo usando uno de esos.

—Espero que valiera la pena —comentó Gabriel.

—Un jarrón Tianqiuping azul y blanco. —Monjean sonrió—. Se vendió por dos millones en el mercado negro.

—¿Hay alguna alternativa? —preguntó Gabriel.

—Un marcador automático computerizado —dijo Ingrid—. Lo fijas a la cerradura y dejas que vayan pasando los números hasta que da con la combinación correcta.

—¿Cuánto tardaría?

—Es difícil saberlo. Podrían ser doce minutos o doce horas.

—¿Puedes conseguir uno a corto plazo?

—Seguro que mi amigo de Grasse me venderá uno.

—¿Monsieur Giroux? —preguntó Monjean.

Ingrid frunció el ceño.

—Quizá Philippe podría hacernos un *tour* virtual de toda la oficina.

Comenzó en la recepción de la tercera planta, con su elegante mobiliario y sus cuadros a juego, y concluyó en la cuarta, donde Ian Harris y Konrad Weber estaban reunidos en ese momento con un individuo de aspecto untuoso, con la cara químicamente mejorada y un traje de esos en cuya etiqueta nunca figuraba el precio. No había audio, solo vídeo. Las cámaras, explicó Lambert, estaban ocultas.

—¿Hasta qué hora trabajan por la tarde? —preguntó Gabriel.

—El horario de oficina del bufete es de diez a seis, pero alguno de los socios más jóvenes siempre se queda hasta las nueve.

—¿Hora de cierre en las Islas Vírgenes Británicas?

Lambert hizo un gesto afirmativo.

—¿Y el resto del edificio?

—A esa hora ya está muerto. Ingrid y René lo tendrán para ellos solos en cuanto se vaya el último abogado. Les abriré el edificio para que entren y les volveré a abrir para que salgan cuando llegue la hora de irse.

—¿Qué tal va aquí Internet?

—Firme como una roca y sorprendentemente rápido. Su amigo tiene una red estupenda.

Gabriel se volvió hacia Monjean.

—¿Ruta de escape?

—La frontera francesa está cincuenta metros al oeste del edificio, pero yo prefiero que nos vayamos en barco.

—¿Puedes reservar un amarre en el puerto?

—¿En esta época del año? —Monjean se encogió de hombros: no habría problema—. Puede usted pasar la tarde escuchando música en mi nuevo sistema de audio mientras Ingrid y yo robamos los documentos. Y luego haremos todos juntos una agradable travesía a medianoche para celebrarlo.

Gabriel hizo amago de responder, pero se interrumpió al oír que un coche se acercaba al patio delantero. El conductor saludó a los guardias de don Orsati en un *corsu* fluido y luego entró en la casa. Vestía traje gris marengo de Richard Anderson, de Savile Row, camisa de vestir blanca con el cuello desabrochado y zapatos Oxford hechos a medida. Tenía el pelo decolorado por el sol, la piel tirante y morena y los ojos de un azul muy claro. La hendidura del centro de su gruesa barbilla daba la impresión de estar labrada a cincel. Su boca parecía lucir permanentemente una media sonrisa irónica.

—Vaya, vaya —dijo—. Qué alegría.

# 37

# Haute-Corse

En otoño de 1989, Gabriel aceptó a regañadientes dar una conferencia en Tel Aviv ante una delegación de agentes de Servicio Aéreo Especial o SAS, el regimiento de élite británico. El tema era el asesinato selectivo de Abu Yihad, número dos de la OLP, en su casa de la costa de Túnez en abril de 1988, una operación de la que Gabriel había sido ejecutor. Al terminar la charla, se dejó fotografiar junto a los asistentes, llevando sombrero y gafas de sol para ocultar su identidad. Después de que les hicieran la última fotografía, el apuesto agente británico que estaba a su lado le tendió la mano y le dijo:

—Por cierto, me llamo Keller. Christopher Keller. Imagino que volveremos a encontrarnos algún día.

Desde el momento en que llegó al cuartel general del SAS en Herefordshire, se hizo evidente que Christopher era distinto. Las notas que obtuvo en Killing House —el centro de entrenamiento, tristemente célebre, donde los reclutas practicaban el combate cuerpo a cuerpo y el rescate de rehenes— fueron las más altas jamás registradas. Su logro más notable fue, sin embargo, la marca que alcanzó en la Resistencia, la marcha de sesenta y cinco kilómetros a través de los páramos azotados por el viento de Brecon Beacons. Cargado con una mochila de veinticinco kilos de peso y un fusil de asalto de cuatro kilos y medio, Christopher superó el récord de la carrera por treinta minutos, marca que se mantiene hasta hoy.

Le destinaron a un escuadrón Sable especializado en guerra móvil en el desierto, pero al poco tiempo su inteligencia y su capacidad de improvisación llamaron la atención de la Unidad Especial de Reconocimiento del SAS. Tras ocho semanas de entrenamiento intensivo, llegó a Irlanda del Norte, desgarrada entonces por la guerra intestina, como especialista en vigilancia infiltrado. Las sutilezas de los acentos locales obligaban a la mayoría de sus compañeros a recurrir a los servicios de un *Fred* —así se referían en su unidad a los colaboradores locales— cuando seguían el rastro de miembros del IRA o realizaban tareas de vigilancia callejera. Christopher, en cambio, adquirió muy pronto la facultad de imitar los diversos dialectos del Úlster con la rapidez y la desenvoltura de un nativo. Incluso podía cambiar de acento de un momento a otro: tan pronto hablaba como un católico de Armagh que como un protestante de Shankill Road, Belfast, o un católico de las barriadas de Ballymurphy.

Esa singular conjunción de capacidades no le pasó desapercibida a un joven y ambicioso mando de la División T, la brigada de lucha contra el terrorismo irlandés del MI5. El mando, de nombre Graham Seymour, estaba descontento con la calidad de la información que recibía de los confidentes del MI5 en Irlanda del Norte y ansiaba infiltrar a un agente propio. Christopher aceptó la misión y dos meses después se introdujo en Belfast Oeste haciéndose pasar por un católico llamado Michael Connelly. Alquiló un piso de dos habitaciones en Divis Tower, un bloque de viviendas de Falls Road, y encontró trabajo como repartidor de una lavandería. Su vecino, con el que mantenía una relación cordial, era miembro de la Brigada de Belfast Oeste del IRA.

Pese a ser anglicano de nacimiento, Christopher iba regularmente a misa a la iglesia de St. Paul, el lugar de culto favorito del IRA. Fue allí donde, un lluvioso domingo de Cuaresma, conoció a Elizabeth Conlin, hija de Ronnie Conlin, el comandante del IRA en Ballymurphy. Su breve historia de amor terminó con el brutal asesinato de Elizabeth y el secuestro de Christopher. Su interrogatorio a manos de un alto cargo del IRA llamado Eamon Quinn tuvo lugar en una granja al sur de Armagh. Ante la perspectiva de una muerte atroz, Christopher concluyó que no le quedaba más remedio que intentar escapar por la fuerza. Para cuando logró huir, cuatro curtidos terroristas del IRA Provisional habían muerto. Dos de ellos, prácticamente descuartizados.

Christopher regresó al cuartel general del SAS en Hereford pensando en disfrutar de un largo descanso, pero su estancia se vio bruscamente interrumpida en agosto de 1990 cuando Sadam Huseín invadió Kuwait. Se reincorporó de inmediato a su antiguo escuadrón Sable y en enero de 1991 se hallaba en el desierto occidental de Irak, buscando las lanzaderas de misiles Scud que sembraban el terror en Tel Aviv. La noche del 28 de enero, su equipo localizó una ciento sesenta kilómetros al noroeste de Bagdad y comunicó por radio las coordenadas a sus mandos en Arabia Saudí. Noventa minutos después, una formación de cazabombarderos de la Coalición sobrevolaba a baja altura el desierto, pero, en un desastroso ejemplo de fuego amigo, los aviones atacaron al escuadrón del SAS en vez de bombardear el emplazamiento de los Scud. Los oficiales británicos concluyeron que la unidad al completo había perecido en el ataque, incluido Christopher.

En realidad, sobrevivió sin un solo rasguño. Su primer impulso fue llamar por radio a su base para pedir que lo sacaran de allí. Pero, en lugar de hacerlo, enfurecido por la incompetencia de sus superiores, echó a andar. Oculto bajo el manto y el tocado de un árabe del desierto y entrenado en el arte del desplazamiento clandestino, se abrió paso entre las fuerzas de la Coalición y llegó a Siria sin que lo detectasen.

Luego continuó hacia el oeste, atravesando Turquía y Grecia, y al cabo de un tiempo arribó a Córcega, donde cayó en brazos de don Anton Orsati. Con su aspecto nórdico y su entrenamiento militar, Christopher supuso una valiosa incorporación al plantel de asesinos corsos del don. Su profetizado reencuentro con Gabriel ocurrió trece años después de que coincidieran por primera vez. Gabriel sobrevivió entonces únicamente porque Christopher rechazó una oportunidad perfecta para matarlo. Gabriel le devolvió el favor convenciendo al director general del SIS, el Servicio Secreto de Inteligencia británico, de que le diera trabajo. Dado que el director no era otro que Graham Seymour, el hombre que había enviado a Christopher a Belfast Oeste, las negociaciones transcurrieron sin ningún tropiezo.

En virtud de los generosos términos del acuerdo de repatriación de Christopher, el SIS le proporcionó una nueva identidad y le permitió conservar la pequeña fortuna que había amasado trabajando para la Compañía Aceitera Orsati, una parte de la cual había invertido en su dúplex en Queen's Gate Terrace. Poco después conquistó a Sarah Bancroft. Gabriel, que al principio se opuso a la relación, acabó desempeñando un papel decisivo en su decisión de casarse. La boda se celebró en un casa de seguridad del SIS. Gabriel fue el encargado de entregar a la novia.

El SIS había permitido que Christopher conservara también su cómoda villa de recreo en Córcega. Sentado en una tumbona junto a la piscina, Gabriel explicó a su viejo amigo en qué consistía el delito que planeaba perpetrar en el Principado de Mónaco. La noticia, como había ocurrido antes con don Orsati, dejó consternado a Cristopher.

—Me has puesto en un aprieto. —Agitó su vaso de Johnnie Walker Black Label haciendo tintinear el hielo—. En un verdadero aprieto.

—Con el debido respeto, Christopher, tú has estado toda tu vida en aprietos.

—Aun así, ahora tengo la obligación de informar a mis superiores de lo que has averiguado sobre el asesinato de la profesora Charlotte Blake, incluyendo la implicación de un exagente del MI5 llamado Trevor Robinson. Si lo que cuenta tu *hacker* es cierto, va a ser un escándalo mayúsculo.

—Lo que cuenta es cierto —afirmó Gabriel.

—Demuéstralo.

—Eso pienso hacer.

—¿Robando los nombres de los clientes de Harris Weber?

Gabriel asintió.

—¿Qué piensas hacer con ellos?

—Depende de quiénes sean, supongo.

—Dado que Harris Weber and Company es, a todos los efectos, una empresa británica, es probable que muchos de sus clientes sean también británicos. Igual que es probable que algunos de ellos sean personajes públicos. Gente que ha ganado mucho dinero. Gente rica con grandes fincas en Somerset y los Cotswolds. ¿Entiendes adónde quiero ir a parar?

—No, creo que no.

—Esos archivos pueden hacer mucho daño si caen en malas manos.

—O en buenas manos —replicó Gabriel.

Christopher encendió un Marlboro con su mechero Dunhill dorado. La bocanada de humo que exhaló se la llevó una repentina ráfaga de viento que dobló los pinos laricios que rodeaban la terraza.

—¿Y cuál es el plan? —preguntó.

—Lo siento, pero eso es confidencial —respondió Gabriel.

Christopher le puso en el antebrazo una mano semejante a un mazo.

—¿Cómo dices?

Gabriel accedió a explicarle en qué consistiría la operación.

—¿Cómo se ha metido en esto nuestro viejo amigo René Monjean? —preguntó Christopher.

—Fue idea del don, en realidad.

—Que yo sepa, René no trabaja gratis.

—Espera cobrar en algún momento.

—¿Y qué hay de Ingrid?

—Tiene más dinero que tú.

—¿Estáis…?

—¿Que si estamos qué?

—Ya sabes —dijo Christopher.

—No, no lo sé.

Una voz femenina contestó tranquilamente detrás de ellos:

—Lo que su amigo quiere saber, señor Allon, es si estamos liados.

Gabriel y Christopher se giraron al unísono y vieron a Ingrid de pie en la terraza embaldosada, vestida con ropa deportiva de licra y zapatillas Nike.

—Salgo a correr. Volveré dentro de un par de horas.

Dio media vuelta sin decir nada más y desapareció. Christopher apuró el último trago de *whisky*.

—Me siento como un perfecto imbécil.

—Normal, pedazo de zoquete.

—¿Alguna vez hace ruido? ¿Y quién demonios sale a correr dos horas para entrenar?

—Ingrid.

—¿Dónde la encontraste?

—Te lo cuento esta noche, de camino a Mónaco.

—No pienso acercarme a Mónaco.

—Como quieras, pero, si cambias de idea, el Mistral sale de Porto a medianoche.

—¿Has mirado la previsión del tiempo?

Christopher sonrió y dijo:

—*Bon voyage.*

# 38

# Haute-Corse

Al llegar a los tres olivos centenarios, Ingrid avanzaba a buen ritmo. Se detuvo lo justo para darle las buenas tardes a la cabra de don Casabianca —la pobre era en realidad inofensiva— y tomó luego un sendero que la llevó colina arriba, hasta un pinar. El viento que empezaba a levantarse auguraba una ardua travesía hasta el continente esa noche. Ingrid se preguntó si el inglés, Christopher Keller, los acompañaría. Había estado tentada de contarle la verdad sobre su relación con Gabriel y sobre la misión que había cumplido en Moscú, pero sabía que no le correspondía a ella hacerlo. Tenía, además, la sensación de que Christopher también había hecho algún que otro trabajo sucio.

Después de treinta minutos de esfuerzo sostenido, se dio cuenta de que no tenía ni la más remota idea de dónde estaba. Se detuvo, miró su ubicación en el móvil y vio que el pueblo quedaba justo al otro lado del cerro siguiente. Lo divisó un momento después, mientras recuperaba el aliento en lo alto del promontorio. Las campanas de la iglesia estaban dando las dos.

Tuvo cuidado de no torcerse un tobillo durante el descenso por la ladera opuesta y entró en el pueblo con paso sosegado. Una sola calle caracoleaba entre casas cerradas a cal y canto y desembocaba en una plaza ancha y polvorienta. La plaza estaba bordeada en tres de sus lados por tiendas y bares y en el cuarto por la iglesia. La casa del cura lindaba con la iglesia y pegada a ella había una casita torcida.

Ingrid se sentó en una mesa de uno de los bares y le pidió un café a la hastiada camarera. En el centro de la plaza, varios hombres con tiesas camisas blancas echaban una partida de petanca muy reñida. Dos madres de aspecto huraño estaban sentadas en un banco, bajo las ramas de un plátano, mientras sus hijos se perseguían uno al otro armados con palos. Una niña de ocho o nueve años estaba llamando a la puerta de la casita torcida.

Esta se abrió al instante y una mano pequeña y pálida salió de ella. Sostenía un trozo de papel azul. La niña cruzó la plaza hasta el café llevando el papel. Ingrid se sobresaltó cuando se sentó a su mesa.

—¿Quién eres tú? —preguntó.

La niña le entregó el papel sin decir palabra.

*Te estaba esperando.*

Ingrid levantó la vista.

—¿Quién vive en esa casa?

—Alguien que puede ayudarte.

—¿Con qué?

La niña no dijo nada más. Ingrid no podía apartar los ojos de su cara. El parecido era asombroso.

—¿Quién eres? —volvió a preguntar.

—¿No me reconoces?

—Sí, claro. Pero no es posible.

—Habla con la anciana —dijo la niña—. Y así lo sabrás.


Cuando Ingrid llegó al otro lado de la plaza, la mujer estaba en la puerta de la casa, con un chal echado sobre los hombros frágiles y una gruesa cruz colgada del cuello. Tenía la piel clara como la harina y los ojos como charcos negros.

Acercó una mano a la mejilla de Ingrid.

—Tienes fiebre.

—He estado corriendo.

—¿De qué huías? —La anciana abrió la puerta y le hizo señas de que pasara—. No tengas miedo. No tienes nada que temer.

—Háblame primero de la niña.

—Se llama Danielle. Vive aquí, en el pueblo. Algún día ocupará mi lugar.

—Es exactamente igual que…

—¿Que quién? —preguntó la anciana.

—Que yo —respondió Ingrid—. Se parece a mí cuando tenía su edad.

—Eso parece imposible. La niña es corsa. Y tú eres danesa, claro.

Antes de que Ingrid pudiera contestar, la mujer la hizo entrar y cerró la puerta. Una vela ardía en la mesita de madera del cuarto de estar. Era la única luz de la habitación.

La anciana se sentó despacio en una de las sillas y señaló la de enfrente.

—Siéntate —dijo.

—¿Para qué?

—Un pequeño ritual para confirmar mis sospechas.

—¿Sobre qué?

—Sobre el estado de tu alma, hija mía.

—Mi alma está perfectamente bien, gracias.

—Tengo mis dudas.

Y entonces Ingrid comprendió lo que ocurría. La anciana era la *signadora*, la encargada de curar a quienes padecían mal de ojo.

Se sentó con reticencia. Encima de la mesa, delante de ella, había un plato lleno de agua y un pequeño cuenco de aceite.

—¿Un refrigerio? —bromeó.

La anciana la miró por entre la luz de la vela.

—Te llamas Ingrid Johansen. Eres de un pueblecito cerca de la frontera alemana. Tu padre era maestro de escuela. Tu pobre madre no hacía más que cuidarte. No le quedó otro remedio.

—¿Quién te ha contado eso?

—Es un don de Dios.

Ingrid esbozó una sonrisa escéptica.

—Cuéntame más.

—Llegaste ayer por la mañana en barco, de Marsella —añadió la mujer con un suspiro.

—Igual que varios miles de personas más, imagino.

—El barco es de René Monjean, un ladrón marsellés que trabaja para Pascal Rameau. Te acompañaba el israelita, el que tiene nombre de arcángel. Mañana por la noche René y tú robaréis unos documentos para él en Mónaco. —La mujer sonrió y preguntó—: ¿Quieres saber la combinación de la caja fuerte?

—¿Por qué no?

—Nueve, dos, ocho, siete, cuatro, seis. —La *signadora* empujó el cuenco por el mantel—. Moja el dedo en el aceite y echa tres gotas en el agua.

Ingrid obedeció. En vez de juntarse formando una sola gota, el aceite se disgregó en mil gotitas diminutas y un momento después no quedó ni rastro de él.

—*Occhju* —susurró la *signadora*.

—*Gesundheit* —respondió Ingrid.

La cruz que la anciana llevaba al cuello reflejaba la luz parpadeante de la vela.

—¿Te digo cuándo ocurrió? —preguntó.

—Supongo que lo pillé estando en Moscú. Hacía un tiempo horrible.

—Tenías la misma edad que Danielle —prosiguió la *signadora*—. Había un hombre que vivía en la misma calle que tu familia. Se llamaba Lars Hansen. Una tarde, mientras estabas jugando...

—Ya basta —dijo Ingrid con firmeza.

La anciana dejó pasar un momento antes de continuar.

—Nunca se lo contaste a nadie, así que tu madre no entendió por qué empezaste a robar cosas. La verdad es que no podías refrenarte. Estabas afectada por el *occhju*.

—Robo porque me divierte.

—Robas porque necesitas robar. Pero yo tengo el poder de curar esa enfermedad. En cuanto el mal abandone tu cuerpo, podrás resistir la tentación de apropiarte de lo ajeno.

La *signadora* agarró su mano y empezó a hablar en tono lastimero en lengua corsa. Al cabo de un momento dejó escapar un gemido de dolor y empezó a llorar. Luego se desplomó en la silla y pareció perder el conocimiento.

—Mierda —murmuró Ingrid, e intentó reanimarla.

La anciana abrió por fin los ojos.

—No te preocupes, hija mía —dijo—. No se quedará dentro de mí mucho tiempo.

—No entiendo.

—El *occhju* ha pasado de tu cuerpo al mío. —Con sus ojos negros, la *signadora* indicó el cuenco de aceite—. Prueba otra vez.

Ingrid metió el dedo en el aceite y dejó caer tres gotas en el plato lleno de agua. Esta vez, se juntaron formando una sola gota. Entonces, la *signadora* hizo lo mismo y el aceite volvió a disgregarse.

—*Occhju* —susurró.

Ingrid se puso en pie.

—¿Cómo sabías lo de…?

—¿Lo de quién, hija mía?

—Lo de Lars Hansen.

—Es un don de Dios —contestó la anciana, y se le cerraron los ojos.

# 39

# Haute-Corse

—Podrías haberme avisado.

—Me dijiste que salías a correr, no que ibas al pueblo —dijo Gabriel.

—¿Y si lo hubieras sabido?

—No te habría dejado acercarte a ella. Más de una vez me ha dado un susto de muerte.

Estaban delante de las puertas cristaleras, en el salón de la casa. La ropa de correr de Ingrid estaba empapada por la lluvia que ahora fustigaba la terraza. Los pinos laricios se retorcían agitados por ráfagas de viento.

—¿Cómo es posible que sepa algo de mi infancia?

—Me pides que explique lo inexplicable.

—Sabe lo de nuestros planes para mañana por la noche, por cierto. Dios mío, si hasta sabía el código de la puñetera caja fuerte.

—Entonces supongo que no vamos a necesitar el imán de tierras raras ni el marcador automático, después de todo.

—Más vale prevenir que curar.

—Seguramente —convino Gabriel—. Aunque ella nunca se equivoca.

Una racha de viento sacudió los cristales.

—Quizá deberíamos esperar un día más —dijo Ingrid.

—Según la previsión del tiempo, dejará de llover sobre las ocho. A medianoche el cielo estará despejado.

—¿Y el estado del mar?

—Entre dos y tres.

—¿Nada más? —Ingrid se asomó a la cocina. Philippe Lambert estaba vigilando la actividad en las oficinas de Harris Weber a esa hora de la tarde, mientras René Monjean veía un partido de fútbol en la televisión—. ¿Dónde está tu amigo?

—Escalando la montaña más alta de Córcega.

—¿Con este tiempo?

—Le divierte.

—Es curioso —dijo Ingrid—, pero no tiene pinta de consultor empresarial.

—Porque no lo es.

—¿Viene con nosotros a Mónaco?

—Dice que no.

—Qué lástima. —Ingrid observó la lluvia un momento, en silencio—. Había una niña en el pueblo. La que me trajo la nota de la *signadora*.

—¿Danielle?

—¿Cómo lo sabes?

—Nos conocemos —dijo Gabriel.

—¿Recuerdas cómo es?

—La última vez que la vi, se parecía muchísimo a mi hija.

—¿En serio? Y dígame, señor Allon, ¿cómo es su hija?

Pasaron el resto de la tarde revisando los documentos que Philippe Lambert le había robado a su antiguo jefe. En total, Harris Weber and Company había creado más de veinticinco mil sociedades instrumentales anónimas en paraísos fiscales. En su mayoría, por orden de gestores de patrimonio o de la división de banca privada de grandes empresas de servicios financieros. Harris Weber usaba apodos para ocultar la identidad de sus asociados, que recibían enormes comisiones y mordidas a cambio de sus gestiones. Sus principales clientes tenían el nombre en clave de *Azulejo* y *Garza*. Lambert creía que eran con toda probabilidad Credit Suisse y Société Générale.

Una empresa denominada *Ruiseñor* había pedido a Harris Weber que creara y gestionara más de cinco mil empresas fantasma. Lambert sospechaba que se trataba de una firma británica.

Entre los datos no figuraba el nombre de los supermillonarios que se hallaban detrás de las empresas anónimas, los denominados «propietarios efectivos». Esos nombres se guardaban en la caja fuerte del despacho de Harris Weber en Mónaco. Konrad Weber abrió la caja a las cinco y media de la tarde y, tras conectar el dispositivo de almacenamiento *offline* al ordenador de la sala, imprimió varios documentos. Los metió en su maletín, volvió a guardar el dispositivo de almacenamiento en la caja fuerte y la cerró.

El abogado suizo salió del despacho, como de costumbre, al dar las seis. Ian Harris se marchó a las seis y cuarto, al igual que la mayoría de los socios y el personal administrativo, pero Trevor Robinson se quedó casi hasta las siete. Lambert grabó la salida del jefe de seguridad, incluidos los treinta segundos que pasó esperando el ascensor. La cámara de vigilancia del vestíbulo quedaba a la izquierda de Robinson. Su lado bueno, pensó Gabriel. Tenía sesenta y cuatro años, pero su mandíbula cuadrada y su espesa cabellera de un rubio grisáceo le daban una apariencia mucho más juvenil. Nada en su actitud permitía sospechar que había orquestado el asesinato de tres personas para proteger a la empresa y a sus clientes. Pero Gabriel no esperaba menos. Trevor Robinson, exagente de contraespionaje del MI5, era un mentiroso y un farsante profesional.

Aun así, todo indicaba que no era consciente de que su teléfono móvil estaba infectado con el *malware* israelí conocido como Proteus. Gracias a ello, Gabriel y Lambert pudieron escuchar las dos llamadas que hizo durante el corto trayecto a pie entre el bufete y su piso de la Avenue Princesse Grace. Llamó primero a su exmujer, Ruth, a Londres. Después llamó al hijo de ambos, Alistair, que despachó a su padre al buzón de voz. Robinson dejó un breve mensaje —que no expresaba ni amor ni tan siquiera afecto— y colgó.

Recibió una llamada a las nueve y cinco, mientras estaba en su balcón con vistas a la Plage du Larvotto, la playa artificial de Mónaco. Era Brendan Taylor, el joven socio del bufete al que ese día

233

le había tocado trabajar hasta tarde. Taylor le informó de que la oficina de Road Town ya había cerrado y le dijo que se iba a casa. Robinson le preguntó si la puerta de la sala de archivos estaba bien cerrada, a lo que Taylor respondió que sí. Luego apagó las luces y subió al ascensor. Eran las nueve y diez de la noche.

A esa hora, el viento aullaba en los valles montañosos del noroeste de Córcega y arañaba las tejas de la casa de Christopher. Él, sin embargo, seguía sin aparecer. Gabriel lo llamó varias veces al móvil, pero no recibió respuesta. Tampoco contestó a un mensaje de texto.

—Quizá deberíamos llamar a la *signadora* —propuso Ingrid—. Seguro que puede localizarlo.

—La *signadora* no tiene teléfono.

—Claro, tonta de mí. Pero tenemos que decirle a alguien que ha desaparecido.

—Christopher es un montañero de primera clase, casi indestructible. Seguro que está bien.

Ingrid subió a su habitación para ducharse, cambiarse y hacer la maleta. Cuando volvió, Gabriel le ofreció un parche de escopolamina.

—Póntelo ya. Luego me lo agradecerás.

Se lo puso detrás de la oreja izquierda y se tragó dos pastillas, por si acaso. Luego miró la hora. Eran las diez y cuarto.

—Vamos a darle hasta las diez y media —dijo Gabriel.

Esperaron hasta las once menos cuarto. Gabriel llamó una última vez a Christopher antes de ponerse el abrigo. Luego miró a Lambert y le dijo:

—Pase lo que pase, no intentes salir de la casa. Si no, esos dos hombres de ahí fuera te dispararán y te echarán al mar en un ataúd de cemento.

—Descuide, *monsieur* Allon. No voy a ir a ninguna parte.

Gabriel sonrió.

—Tendrás noticias mías por la mañana. Siempre y cuando no naufraguemos y nos hundamos, claro.

Salió a la noche ventosa y se sentó al volante del coche de alquiler. René Monjean se arrellanó en la parte de atrás. Ingrid ocupó el asiento del copiloto. Se inclinó hacia el parabrisas cuando la luz del único faro que funcionaba iluminó los tres olivos centenarios.

—¿Crees que le habrá pasado algo? —preguntó.

—Ojalá.

—Me refería a tu amigo.

—Yo también. —Gabriel se detuvo cuando la cabra de don Casabianca salió de la *macchia* y se puso en medio del camino—. Creía que habíamos resuelto esta situación.

—Está claro que no.

—Vuelve a decirle algo en danés. Parece que responde.

—¿Le pregunto si sabe dónde está Christopher?

—Solo si quieres que nos rompa el otro faro.

Ingrid bajó la ventanilla y con unas pocas palabras tranquilizadoras persuadió a la cabra de que se apartase. Gabriel siguió el camino hasta la entrada de Villa Orsati y preguntó a los guardias si habían visto a Christopher. Le informaron de que el inglés había cenado a solas con don Orsati tras una ardua ascensión a Monte Cinto, pero que ya no se encontraba en la finca.

—¿Cuándo se fue?

—Hará una hora.

—¿Dijo adónde iba?

—¿Lo dice alguna vez?

Gabriel estuvo tentado de preguntarle a Sarah Bancroft si conocía el paradero de su marido, pero eso habría equivalido a quebrantar los preceptos esenciales de su antiguo oficio. Así pues, condujo por la traicionera ladera occidental de las montañas a la luz de un solo faro y entró en el pequeño puerto deportivo de Porto cuando pasaban pocos minutos de la medianoche. Fue entonces cuando vio a Christopher, vestido aún con su ropa de montaña Gore-Tex, sentado en la cubierta de popa del Mistral. Tenía un cigarrillo en los labios y una bolsa de viaje de nailon a su lado. Echó una ojeada a la esfera luminosa de su reloj de pulsera, luego miró a Gabriel y sonrió.

—Llegas tarde.

—Creía que no venías.

—¿Y perderme la diversión? Ni soñarlo. —Tiró el cigarrillo a las aguas aceitosas del puerto—. Deja la llave del coche puesta. Y no te preocupes por el faro roto. Su Santidad se ocupará de todo.

Guardaron el equipaje en los camarotes y aseguraron los cajones y los armarios de la cocina. Después, Gabriel y René Monjean subieron al puente y encendieron los motores. Pusieron rumbo al oeste por las agitadas aguas del golfo de Porto y viraron luego hacia el norte. El estado de la mar empeoró al instante. Ingrid sintió una oleada de náuseas y decidió arriesgarse a subir a la cubierta de popa. Encontró a Christopher en la cabina, tan relajado como si el barco se deslizara por un estanque ornamental de aguas cristalinas.

—¿Te encuentras mal? —preguntó él.

—Un poco. ¿Y tú?

—La verdad es que me siento bastante culpable.

—No me extraña, señor Keller. Nos ha dado un buen susto.

—Me refería al incidente de esta tarde en la piscina.

—¿Cuando le preguntaste a Gabriel si estábamos liados?

Christopher asintió.

—La verdad es que sabía que no.

—¿Por qué?

—Porque Gabriel está locamente enamorado de su mujer y sus hijos. Y además resulta que es el hombre más decente y honorable que conozco.

—¿Y qué hay de usted, señor Keller? ¿También es decente y honorable?

—Ahora sí. Aunque todavía tengo una vena traviesa.

—Igual que Gabriel.

—Sí, cierto —dijo Christopher, y encendió otro cigarrillo.

# 40

# Mónaco

—Es un poco más bonito que Marsella, ¿no le parece, *monsieur* Allon?

—La verdad, René, es que siempre he tenido debilidad por tu ciudad natal.

—Demasiados delincuentes —respondió Monjean.

—Otra debilidad mía.

Se estaban acercando a la entrada de Port Hercule, el mayor de los dos puertos de Mónaco. Los lujosos edificios de apartamentos que bordeaban el paseo marítimo centelleaban al sol de la mañana. Un monstruoso superyate de unos cien metros de eslora se cernía sobre uno de los muelles.

Gabriel buscó rápidamente el nombre del yate en Internet.

—Es propiedad de un miembro de la familia real catarí.

—¿Y qué hace para tener tanto dinero?

—Lo menos posible, imagino.

Un práctico del puerto montado en una especie de lancha ballenera los condujo a su amarradero en un bullicioso muelle flanqueado por tiendas y restaurantes. Gabriel conectó su portátil a la red wifi por satélite del Mistral y llamó a Philippe Lambert a Córcega. Lambert estaba ya despierto, controlando las cámaras de vigilancia del interior de Harris Weber. A esa hora, las ocho y media, la oficina seguía desierta.

Gabriel subió el volumen de la señal de audio del teléfono

móvil de Trevor Robinson y preparó café en la cocina. Ingrid se llevó una taza al camarote, donde se aseó en la estrecha ducha y se puso su traje pantalón oscuro. René Monjean salió de su camarote vestido con vaqueros y jersey negro. Arriba, en el salón, Gabriel aconsejó al ladrón francés que fuera de compras mientras se familiarizaba con los alrededores de la oficina de Harris Weber.

—Las tiendas de Mónaco son las más caras del mundo —protestó Monjean.

—Por eso encontrarás algo apropiado para los festejos de esta noche.

Monjean e Ingrid salieron del Mistral a las nueve y cuarto y echaron a andar por el muelle. Gabriel fue a la cubierta de proa y encontró a Christopher tumbado sin camiseta sobre un cojín, con una cerveza en la mano.

—Es un poco pronto para eso, ¿no?

—Estoy de vacaciones en el yate de un amigo, en Mónaco. Esta bebida carbonatada de media mañana forma parte de mi excelente tapadera.

—¿Puedo pedirte que me hagas un pequeño favor del lado francés de la frontera?

Christopher suspiró.

—¿De qué se trata?

—Quiero que recojas un paquete de un tal *monsieur* Giroux, que estará esperando delante del club de tenis de Cap-d'Ail.

—¿Y por qué no trae el paquete aquí *monsieur* Giroux?

—Porque contiene un marcador automático computarizado y un imán de tierras raras de cuarenta milímetros por veinte.

—Entonces quizá deberías encargarte tú, amigo mío. —Christopher cerró los ojos—. Esos imanes son peligrosos de cojones.

Ingrid se detuvo bajo el toldo blanco de la tienda Gucci de la Avenue de Montecarlo.

—Quizá aquí encontremos algo que puedas ponerte para estar presentable.

238

—Solo si lo robamos —respondió René Monjean.

Siguieron adelante por la acera impoluta, hasta la tienda siguiente.

—¿Qué tal Valentino? Tienen cosas preciosas para hombre.

—Prefiero Hermès. —La tienda estaba justo al lado—. Hogar del polo de setecientos euros.

Ingrid miró la elegante prenda que lucía el maniquí del escaparate.

—Y de la estola de cachemira de cinco mil euros.

—Seguro que tú la puedes conseguir por menos —comentó Monjean—. Por mucho menos.

—¿Me estás retando?

—Te quedaría muy bien con ese traje.

Desde luego que sí, pero Ingrid no sentía ningún deseo de apropiarse de ella. Estaba segura de que era solo un efecto secundario de la escopolamina. Los ojos le dolían a rabiar.

—Paso —dijo.

—¿Quieres que me la lleve yo?

—¿Vestido así? —Lo miró de arriba abajo—. No te dejarán ni entrar en la tienda.

Siguieron por la avenida, dejaron atrás el casino de Montecarlo y el Hôtel de Paris y atravesaron a continuación los Jardins de la Petite Afrique hasta el Boulevard des Moulins. El número 41 quedaba a la derecha. Se sentaron a una mesa de la terraza de La Royale y Monjean pidió dos cafés con leche en su francés de Marsella.

—¿Te has dado cuenta de que aquí no hay suciedad? —preguntó.

—Ni tampoco pobres.

—Pobres hay muchos. Barren el suelo, hacen las camas y limpian los baños, pero no tienen permitido vivir aquí. Si te digo la verdad, odio Mónaco. Es el sitio más aburrido del mundo.

—¿Has trabajado aquí alguna vez?

—Claro. ¿Y tú?

—Es posible que haya robado algunas carteras en el casino. Y también di un buen golpe en el Hôtel de Paris.

—¿La caja fuerte de una habitación?

Ella asintió.

—¿Cómo la abriste?

—Con la palabra mágica.

—¿Qué había dentro?

—Un collar de diamantes y cien mil euros en efectivo.

—¿Cuánto te dieron por el collar?

—Doscientos cincuenta.

—¿En Amberes?

—La verdad es que lo devolví a la joyería Harry Winston de la Avenue Montaigne de París. Tuvieron la bondad de devolverme el importe íntegro a pesar de que no encontraba mi recibo de compra.

—Tomo nota —dijo Monjean. Al otro lado del bulevar, un hombre bien vestido se acercaba al portal del número 41—. Ese tiene pinta de abogado británico.

—¿Cómo lo sabes?

—Por el palo que lleva metido en el culo, quizá.

Ingrid señaló con la cabeza a la atractiva joven que se acercaba al edificio desde el otro lado de la calle.

—Y ahí viene *mademoiselle* Dubois.

El hombre bien vestido llegó primero. Introdujo su tarjeta llave en el lector y sujetó la puerta para que entraran la secretaria y un hombre que acababa de apearse de la parte de atrás de un Mercedes. Era Ian Harris, socio fundador del corrupto bufete de abogados que llevaba su nombre.

—Creo que voy a disfrutar con esto —comentó Monjean—. Aunque ojalá pudiéramos robarles algo más, aparte de esos archivos.

—Valen cientos de miles de millones de dólares.

—Para mí no. Pero resulta bastante irónico, ¿no te parece?

—¿Que un ladrón robe a otro ladrón?

—Exacto.

—Justicia poética, diría yo.

El teléfono de Ingrid vibró al recibir un mensaje.

—¿Pasa algo? —preguntó Monjean.

Ella miró al hombre de pelo rubio grisáceo y mandíbula cuadrada que se acercaba por la acera.

—¿Crees que tiene pinta de asesino?

—Los buenos nunca la tienen.

Trevor Robinson introdujo su tarjeta en el lector y entró en el edificio.

—¿Has visto suficiente? —preguntó Ingrid.

—*Oui.* —Monjean se bebió de un trago el resto de su café—. Vámonos de aquí.

En una tienda de informática del Boulevard d'Italie, Ingrid compró dos discos duros externos del tamaño de la palma de una mano, con una capacidad total de dieciséis *terabytes*, espacio más que suficiente para guardar los archivos confidenciales de Harris Weber. Luego acompañó a René Monjean a la tienda de una marca de ropa estadounidense cerca del club náutico y supervisó la compra de una americana, un par de pantalones de gabardina, unos zapatos de piel, una camisa de vestir azul y un maletín.

Cuando volvieron al Mistral, poco después del mediodía, Gabriel y Christopher habían preparado el almuerzo. Comieron en la cubierta soleada, como cuatro amigos de vacaciones, mientras escuchaban la señal de audio del teléfono de Trevor Robinson. El exagente del MI5 estaba comiendo en Le Louis XV con el jefe de la división de gestión de patrimonio del HSBC. La conversación giraba en torno a la posibilidad de que los datos se perdieran y salieran a la luz. Robinson le explicó al directivo del HSBC que los archivos confidenciales del bufete se almacenaban en dispositivos sin conexión a Internet y eran absolutamente inaccesibles.

—No va a haber ninguna filtración de Harris Weber and Company —le aseguró—. Su banco y usted no tienen nada que temer, en absoluto.

Ingrid ayudó a René Monjean a fregar los platos y luego se metió en el camarote para echar una siesta de un par de horas. Por primera vez desde hacía muchos años, Lars Hansen la visitó en sueños, aunque esta vez el encuentro tuvo lugar en un bosquecillo de altos pinos laricios perfumado de lavanda. Cuando volvía a casa, su madre la señalaba a la manera corsa y gritaba: *¡Occhju!*

Despertó sobresaltada y encontró el camarote en penumbra. Eran casi las siete y media. Se dio una ducha relámpago, se arregló el pelo y se puso el mismo traje pantalón oscuro. Luego preparó su bolso. Aunque su portátil estaba completamente cargado, metió en el bolso un cable de alimentación, junto con los dos discos duros externos. No llevaba cartera ni documentación, solo el móvil y un fajo de billetes. Tras reflexionar un momento, echó también las llaves *bumping* y el destornillador, más que nada por costumbre. El marcador automático y el imán de tierras raras irían en el maletín de René Monjean.

Arriba, en la cocina, se sirvió café del termo. Gabriel estaba sentado a la mesa, con el teléfono junto al codo y el portátil abierto. Por los altavoces salía la voz de Trevor Robinson. De fondo se oía un murmullo multilingüe.

—¿Dónde está?

—En el Crystal Bar del Hôtel Hermitage. Brendan Taylor está de guardia en la oficina.

—¿Alguien ha abierto la caja fuerte esta tarde?

—Ian Harris. Volvió a guardar el dispositivo de almacenamiento cuando terminó.

—¿Por casualidad no verías la contraseña?

—No —contestó Gabriel—. Pero doy por hecho que es nueve, dos, ocho, siete, cuatro, seis.

Christopher y René Monjean estaban fuera, en la cubierta de popa. Monjean tenía un aspecto ligeramente ridículo con su americana y sus pantalones de vestir, como un ladrón disfrazado de empresario. Christopher, en cambio, vestido con su traje de Savile Row hecho a medida, parecía un auténtico hombre de negocios. Ingrid cogió un cigarrillo de su paquete de Marlboro. La mezcla de cafeína y nicotina elevó su frecuencia cardiaca y su tensión arterial, pero aun así siguió sintiéndose extrañamente serena. No notaba hormigueo en la yema de los dedos ni fiebre.

Cuando apuró el cigarrillo, volvió al salón. Trevor Robinson había salido del Crystal Bar y en ese momento iba por la Avenue Princesse Grace hacia su apartamento. Brendan Taylor estaba jugando al solitario en su ordenador de Harris Weber. Hablaron entre sí a las nueve y cinco. Robinson le preguntó a Taylor si la sala de archivos estaba bien cerrada. Taylor contestó que sí.

El joven abogado abandonó el despacho a las nueve y nueve, pero Gabriel esperó hasta las nueve y media para desplegar a su equipo operativo. Christopher fue el primero en salir del Mistral, seguido diez minutos después por Ingrid y René Monjean. Mientras caminaban por la Avenue de Montecarlo, Ingrid dejó vagar la mirada por los costosos artículos expuestos en los escaparates. Antes, la sola visión de esos lujos la habría inflamado de deseo. Ahora, cosa rara, no sentía nada.

# 41

# Boulevard des Moulins

Las dos mesas de la terraza de La Royale estaban libres. Christopher ocupó una, pidió un café y un coñac, encendió su mechero Dunhill y acercó un Marlboro a la llama. Solo entonces llamó a Gabriel.

—¿Estás cómodo? —preguntó su viejo amigo.

—Nunca he estado mejor.

—Nuestros socios van hacia allí.

Christopher miró a la izquierda y vio que Ingrid y René Monjean se acercaban por la acera del otro lado del bulevar. No había ningún otro peatón a la vista, ni tampoco agentes de la Sûreté Publique de Mónaco.

—¿Estamos listos? —preguntó Gabriel.

—Creo que sí.

Ingrid y Monjean se detuvieron delante de la entrada del número 41. El bulevar estaba tan tranquilo que Christopher, desde su puesto de observación en la cafetería, oyó el chasquido de la cerradura. Solo entonces dio el primer sorbo al coñac.

Empezaban con buen pie.

Ingrid y Monjean cruzaron el portal en penumbra hasta el único ascensor del edificio. No tuvieron que pulsar el botón de llamada: ya lo había llamado Philippe Lambert, ciento sesenta kilómetros más al sur, desde las montañas de Córcega. Ingrid miró directamente a la cámara de vigilancia durante el lento ascenso hasta la tercera planta.

—¿Cómo estoy? —preguntó.

—Muy bien —respondió Gabriel—. Pero ¿quién es ese tipo de aspecto tan desagradable que está a tu lado?

—No tengo ni idea.

Cuando se abrió la puerta, Ingrid siguió a Monjean al vestíbulo del bufete. La única luz que había encendida brillaba tenuemente en el techo. En la pared, justo delante de ellos, se veía el discreto logotipo de Harris Weber and Company. Al lado había una puerta de cristal y un lector de tarjetas.

—Ábrete, Sésamo —dijo Ingrid.

Sonó el zumbido de un timbre y la cerradura se abrió con un chasquido.

Ya estaban dentro.

No había nada en las elegantes oficinas de Harris Weber que diera a entender que la empresa se dedicaba a la abogacía. Ingrid siguió un pasillo en el que había una hilera de despachos acristalados y luego dobló a la izquierda. Una puerta cerrada le cortó el paso.

—Cuando quieras —dijo, y la cerradura se abrió.

La sala en la que entraron estaba a oscuras. Con la linterna del teléfono, Ingrid iluminó varias filas de archivadores metálicos. Al otro lado de la habitación había otra puerta.

—¿Te importa? —preguntó.

Lambert abrió la puerta a distancia e Ingrid y Monjean entraron. Una mesa, una silla giratoria, un ordenador de sobremesa, una impresora y una caja fuerte de doble puerta con cerradura electrónica.

Ingrid marcó la combinación.

—Mierda —susurró.

—No me lo digas —dijo Gabriel.

Ingrid abrió la puerta de la caja fuerte.

—Funciona siempre.

Ella iluminó el interior.

—*Merde* —dijo René Monjean.

—¿Y ahora qué pasa? —preguntó Gabriel.

—Varios millones de euros en efectivo —respondió Ingrid.

—¿Hay algo más?

—Un montón bastante grande de documentos en papel y un disco duro externo SanDisk de veinte *terabytes*.

Ingrid sacó el SanDisk y lo conectó a su portátil.

—¿Cuántos datos hay? —preguntó Gabriel.

—Tres coma dos *terabytes*.

—¿Cuánto tiempo tardará?

—Un momento, por favor. Su pregunta es muy importante para nosotros. —Ingrid conectó uno de los dispositivos de almacenamiento que había comprado esa mañana e inició la transferencia de datos—. Según la ventanita de mi pantalla, cuatro horas y doce minutos.

—Entonces tenéis tiempo de sobra para fotografiar el resto de los documentos.

—Con mucho gusto —respondió Ingrid, y colgó.

René Monjean miraba fijamente los montones de billetes nuevecitos.

—¿Cuánto crees que hay?

—Cinco o seis millones.

—¿Crees que echarán en falta un millón o dos?

—Seguramente.

—¿Ni siquiera te dan tentaciones?

No, pensó Ingrid. Ni la más mínima.


Poco antes de las once de la noche, el camarero de La Royale informó a Christopher de que el establecimiento cerraría pronto. Se tomó un último café, se fumó un último cigarrillo, pagó la cuenta y se puso en marcha. Llamó a Gabriel mientras caminaba por la acera desierta del bulevar.

—¿Tiempo restante? —preguntó.

—Tres horas y quince minutos.

—Una eternidad.

—Ni que lo digas.

—Si me quedo más tiempo en esta calle, la Sûreté me detendrá por vagancia.

—Le harían un favor al resto del mundo.

—Pero mis superiores en Londres se llevarían una desagradable sorpresa si me detuvieran. Y, además, nuestros dos colegas se quedarían sin refuerzos.

—En ese caso, conviene que busques algún sitio donde pasar las próximas tres horas y catorce minutos.

Christopher bajó por la suave pendiente hasta la Place du Casino y consiguió una mesa en la terraza del Café de Paris, el afamado restaurante monegasco que permanecía abierto hasta las tres de la madrugada. Por el bien de su poco elaborada tapadera, pidió pasta con trufas y una costosa botella de Montrachet, y luego observó cómo un Lamborghini de un millón de euros, de color rojo vivo, se detenía frente a la recargada entrada del casino de Montecarlo. Los *flashes* de los *paparazzi* brillaron cuando el propietario del coche, un famoso modisto español, entró en el casino del brazo de una modelo desnutrida.

El camarero apareció con el Montrachet. Christopher, que tenía tiempo de sobra, tardó en darle su aprobación. Cuando volvió a quedarse solo, llamó a Gabriel para informarle de su paradero.

—Imagino que las estás pasando moradas, ¿no?

—La verdad es que me aburro como una ostra. ¿Quieres que te lleve algo?

—A Ingrid y René Monjean.

Colgaron en el momento en que otro cochazo de siete cifras llegaba a la entrada del casino. Esta vez era un Bugatti. Un hombre de pelo cano y una bella joven. Christopher miró su reloj. Quedaban siglos.


Era más de medianoche cuando Ingrid terminó por fin de fotografiar los documentos en papel de la caja fuerte. Volvió a colocarlos tal y como estaban y miró la barra de progreso de su ordenador. El tiempo estimado inicial resultó ser muy pesimista. El *software* preveía que la transferencia de datos se completaría al cabo de una hora y treinta y nueve minutos, de modo que estarían fuera a las dos menos cuarto de la madrugada, como máximo. Ingrid no veía el momento de salir de allí. Estaba acostumbrada a los trabajos que requerían mucho tiempo, incluso semanas de planificación y vigilancia, como en el caso de su último golpe, pero el robo en sí casi siempre se efectuaba en un abrir y cerrar de ojos.

René Monjean, que estaba mirando por encima de su hombro, también empezaba a impacientarse.

—¿No podemos hacer nada para que el tiempo pase más rápido? —preguntó.

—¿Se te ocurre algo?

Monjean se apartó del ordenador y se quedó mirando el dinero.

—No estarás pensando en hacer una estupidez, ¿verdad?

—¿Alguna vez habías visto tanto dinero junto?

—Dos veces.

—¿En serio? ¿Cuándo?

—En mi último trabajo. Me dieron cinco por adelantado y cinco a la entrega.

—¿Qué robaste?

—Una cosa que no debía robar.

Monjean cerró la puerta de la caja fuerte.

—Sabia decisión, René.


A la una menos cuarto de la madrugada, Christopher advirtió que ya no era bienvenido en el Café de Paris, así que pagó la cuenta y cruzó la plaza en dirección al último refugio que le quedaba, el casino de Montecarlo. Pagó los veinte euros de la entrada y compró fichas por valor de quinientos euros, que perdió enseguida en la ruleta inglesa. Compró otros quinientos euros y perdió la mayor parte jugando al *blackjack*. Por fin, a la una y media, el crupier le mostró una pareja de reinas. En el instante en que Christopher dividía sus cartas, su teléfono móvil emitió un zumbido y no le quedó más remedio que alejarse de la mesa y abandonar el poco dinero que le quedaba.

—Tú tan oportuno como siempre —dijo.

—Siento estropearte la velada, pero Trevor Robinson acaba de salir de su piso.

—¿Adónde va?

—Parece que se dirige a la oficina.

—¿A la una y media de la mañana?

—A la una y treinta y dos, concretamente.

—¿Sabe que están dentro?

—Si lo sabe, aún no ha llamado a la Sûreté.

Christopher vio como el crupier barría sus últimas fichas.

—Supongo que has ordenado a nuestros amigos desalojar.

—Como era de esperar, Ingrid quiere terminar de copiar los archivos.

—Y tú, claro, le has dicho que salga de allí inmediatamente.

—No ha servido de nada.

Christopher cruzó la sala de juego hacia la salida.

—¿Tiempo restante?

—Trece minutos.

—¿Por dónde va Robinson?

—Se dirige al oeste por el Boulevard d'Italie.

—¿Alguna sugerencia?

—Improvisa.

# 42

# Boulevard d'Italie

Christopher esperó a llegar a la Avenue de Grande Bretagne para echar a correr. Se dirigió hacia el este, pasando por delante de edificios sumidos en un sueño profundo, y subió a continuación un tramo de escaleras que desembocaba en el Boulevard d'Italie. A la una y media de la madrugada, la calle estaba desierta. Había un solo peatón: un individuo de aspecto atlético, con el pelo rubio canoso, que avanzaba a buen paso en dirección oeste. Christopher le dio las buenas noches en francés cuando se cruzaron en la acera en penumbra. Luego se paró en seco y dijo en inglés:

—Disculpe, ¿es usted Trevor Robinson?

Robinson dio unos pasos más antes de detenerse y darse la vuelta. Era un exagente de inteligencia retirado; se sabía todos los trucos. Miró a Christopher con recelo.

—Pues sí —dijo por fin—. ¿Y usted es…?

—Me llamo Peter Marlowe. Nos conocimos hace un siglo en el bar del hotel Connaught. O puede que fuera en el Dorchester. Yo estaba con un cliente y tuvo la amabilidad de presentarnos. —Christopher le tendió la mano y sonrió—. Qué agradable sorpresa. Y qué casualidad, encontrarnos precisamente aquí.

Unos trescientos metros separaban las oficinas de Harris Weber and Company del lugar donde el director de seguridad del bufete charlaba con un hombre que decía llamarse Peter Marlowe y ser consultor empresarial. Un peatón que avanzara a ritmo normal podía recorrer esa distancia en tres minutos y medio; en menos, si llevaba prisa. Lo que significaba que Gabriel, en su improvisado centro de operaciones a bordo del Mistral, tenía muy poco margen de error.

Miró la toma de la cámara de vigilancia y vio a Ingrid encorvada sobre su portátil.

—¿Tiempo restante?

—Cinco minutos —respondió ella.

—Christopher no podrá entretenerlo tanto tiempo, es imposible.

—Seguro que se le ocurrirá algo. Parece un tipo con muchos recursos.

Pasó un momento.

—¿Tiempo restante? —volvió a preguntar Gabriel.

—Cuatro minutos y siete segundos. Pero ¿quién los está contando?

—Yo.

—Yo también, no lo dudes —repuso Ingrid.


Dijo ser un gestor de patrimonio que trabajaba por su cuenta y que había ido a Mónaco para reunirse con un cliente, un expatriado británico fabulosamente rico que vivía en la Torre Odéon, el edificio más alto del principado. La discreción profesional le impedía revelar la identidad de su cliente y Trevor Robinson, que claramente ardía en deseos de seguir su camino, no preguntó más.

—Discúlpeme —dijo Christopher con la esperanza de retenerlo uno o dos minutos más—, pero me parece que no recuerdo el nombre de su empresa.

—Harris Weber and Company.

—Sí, claro. Servicios financieros *offshore*, si no me equivoco.

—No se equivoca.

—¿Tiene una tarjeta, por casualidad?

Robinson se metió la mano en el bolsillo de la pechera y le dio una. Christopher la examinó detenidamente a la luz amarilla de una farola.

—Tengo un cliente que necesita un bufete especializado en estos temas.

—Estaremos encantados de ayudarle, si podemos.

—Me encantaría que habláramos más a fondo del asunto. ¿No estará libre para tomar una copa mañana, por casualidad?

—La verdad es que no.

—¿La próxima vez que venga a Mónaco, entonces?

—Por supuesto. —Robinson se volvió, dispuesto a marcharse, pero luego dudó—. Dígame una cosa, señor Marlowe, ¿cómo se llamaba ese cliente suyo que nos presentó?

—Creo que fue George Anderson.

—Lo lamento, pero nunca he oído hablar de él.

—Puede que fuera Martin Elliott —añadió Christopher.

—No me suena —dijo Robinson, y echó a andar por el bulevar.

Christopher esperó a perderlo de vista para bajar los escalones de la Avenue de Grande Bretagne. Fue un alivio encontrar a Ingrid y René Monjean esperándole en la Place du Casino.

—Espero que haya valido la pena —dijo.

—Sí —respondió Ingrid.

—¿Lo tenéis todo?

Ella sonrió.

—Hasta el último *byte*.

Bajaron por la Avenue de Montecarlo hasta el puerto y embarcaron en el Mistral. René desató rápidamente las amarras y subió por la escalerilla del puente. Ingrid y Christopher entraron en la cocina, donde encontraron a Gabriel con la vista fija en su portátil.

—¿Dónde está Trevor? —preguntó Christopher.

—Hace unos minutos hizo una llamada desde el teléfono fijo de su despacho. No he podido oír la conversación porque, por la razón que sea, ha apagado su móvil.

—¿Y ahora?

—Ahora está delante de la caja fuerte.

—¿Y qué hace ahí?

—Está metiendo dinero en un maletín. —Gabriel miró a Ingrid—. ¿Tienes algo para mí?

Sonriendo, ella le entregó el disco duro externo. Gabriel lo conectó a su portátil y en la pantalla apareció una sola carpeta. Dentro había miles más, cada una con el nombre de un cliente. Magnates y monarcas, cleptócratas y criminales. Los más ricos entre los ricos, lo peor de lo peor.

—Madre mía —dijo Gabriel—. Esto va a ponerse muy feo.

TERCERA PARTE

# LA CONTIENDA

# 43

# Queen's Gate Terrace

Ingrid hizo una copia de seguridad de los archivos de Harris Weber durante la travesía nocturna entre Mónaco y Marsella. Le entregó una a Gabriel y la otra se la confió a Christopher. A mediodía tomaron un tren a París y, a las cuatro y diez, el Eurostar con destino a Londres. Un taxi los llevó a una dirección elegante en Kensington.

—¿Dónde estamos? —preguntó Ingrid.

—En casa —respondió Christopher.

—Qué bonito.

—Espera a ver a su esposa —comentó Gabriel.

Estaba preparándose un martini en la cocina. Era una mujer atractiva, vestida con elegancia, de grandes ojos azules y media melena rubia. Besó a Christopher y saludó a Gabriel con visible afecto. A su atractiva compañera de viaje, en cambio, la miró con desconfianza.

—Soy Sarah —dijo por fin—. ¿Y tú quién eres?

—Ingrid, quizá.

—Encantada, supongo. —Sarah sonrió con frialdad y se volvió hacia Gabriel—. ¿Os importaría decirme dónde habéis estado?

—En Mónaco.

—¿Y qué habéis hecho allí?

—Christopher cenó en el Café de Paris y perdió hasta la camisa en el casino, e Ingrid robó varios millones de documentos incriminatorios de un bufete de abogados corrupto llamado Harris Weber and Company.

257

—Qué divertido. ¿Por qué no me invitasteis?

—Puedes ayudarnos a revisar los documentos, si quieres.

—¿Varios millones, dices? ¿Cómo voy a resistirme a una invitación así? —Abrió la puerta del Sub-Zero—. A ver, ¿qué vamos a cenar? ¿Leche cortada, queso mohoso o algo que quizá antaño fuera un pimiento morrón?

—Tal vez deberíamos pedir que nos traigan algo —propuso Gabriel.

Sarah cogió su móvil.

—No sé por qué, pero me apetece comida china.

—¿Cuándo me has visto comer comida china?

—Ahora que lo dices, nunca. —Echó un vistazo a las opciones de Deliveroo—. O sea, que tendrá que ser italiana o italiana.

—Mucho mejor así.

—¿Qué te apetece, milanesa de ternera o *tagliatelle* con ragú?

—Te dejo elegir.

—Los *tagliatelle*, entonces. —Miró a Ingrid—. ¿Y tú?

—Yo voy a tomar uno de esos —dijo señalando el martini.

Sarah sonrió.

—Así me gusta.


Trabajaron hasta que llegó la comida y luego siguieron trabajando durante la cena y hasta bien entrada la noche. El volumen de material era inmenso, pero no resultaba difícil ir uniendo los puntos. Más de veinte mil sociedades y particulares habían utilizado los servicios de Harris Weber desde su fundación y la empresa conservaba cada documento y cada papel que generaban esas relaciones, incluidos los registros bancarios y los libros de facturación, las escrituras de constitución, copias impresas de correos electrónicos y fotocopias de notas manuscritas rubricadas por los propios socios. Una de ellas era un recordatorio de Ian Harris de que debía enviarse a un cliente concreto, un monarca de Oriente Medio, un regalo por su sexagésimo cumpleaños. El expediente de Su Majestad demostraba que había amasado una cartera inmobiliaria internacional valorada en más de quinientos millones de dólares, cuya titularidad nominal correspondía a sociedades pantalla creadas por Harris Weber and Company. El corrupto primer ministro del monarca también era cliente del bufete.

Lo mismo podía decirse de ex primeros ministros de Qatar, Irak, Pakistán, Ucrania, Moldavia, Australia, Italia e Islandia. Había también centenares de altos funcionarios. Algunos de ellos no ostentaban ya sus cargos, pero otros seguían ocupando posiciones de poder. La clase dirigente española parecía sentir especial predilección por los servicios de Harris Weber, al igual que la de Argentina y Brasil. La hija multimillonaria del exdictador de Angola daba mucho trabajo al bufete, y el hijo de un antiguo secretario general de la ONU figuraba también entre los clientes de Harris Weber.

El mundo del deporte profesional estaba bien representado. Sobre todo, las ligas de fútbol europeas, notoriamente corruptas. La industria del entretenimiento aportaba varios nombres muy conocidos. Entre ellos, el de una estrella de programas de telerrealidad que era famosa por ser famosa y que había ganado millones gracias a ello. Un empresario musical se había servido de una sociedad instrumental creada por Harris Weber para comprar su superyate. Y cuando decidió venderle el barco a un príncipe saudí —con sustanciales beneficios, claro está—, Harris Weber se encargó del papeleo.

Entre los clientes del bufete se contaban también un conocido fabricante de automóviles italiano, el propietario de una de las mayores cadenas hoteleras del mundo, un magnate indio del sector textil, un barón sueco del acero, un magnate minero canadiense, el jefe de un cártel de la droga mexicano y, curiosamente, un descendiente de Otto von Bismarck. Luego, por supuesto, estaban los oligarcas rusos, que debían todos ellos su extraordinaria riqueza al presidente cleptócrata de su país. Sin duda algunos actuaban, además, como depositarios de parte de la ilícita fortuna del presidente. Gabriel conocía ahora los nombres de las sociedades ficticias que utilizaban para ocultar sus actividades y los números de cuenta de los bancos donde guardaban su dinero.

Uno de los clientes rusos de Harris Weber había salido en las noticias últimamente. Se trataba de Valentín Federov, el acaudalado inversor cuya contribución de un millón de libras al Partido Conservador había forzado la abrupta dimisión de la primera ministra Hillary Edwards y del tesorero del partido, lord Michael Radcliff. En el expediente del ruso figuraban no menos de doce empresas fantasma registradas en las Islas Vírgenes Británicas, con sus correspondientes cuentas bancarias, todas ellas en dudosos bancos caribeños. Curiosamente, lord Radcliff, empresario e inversor multimillonario, también era cliente de Harris Weber and Company.

—Tenías razón —murmuró Christopher—. Esto se va a poner muy pero que muy feo.

—Bastante, sí —coincidió Gabriel.

Lord Radcliff, ávido coleccionista de cuadros de maestros antiguos que había adquirido varias obras a través de Isherwood Fine Arts, era el titular en la sombra de cuatro sociedades instrumentales en paraísos fiscales. Una de esas entidades, LMR Overseas, tenía alquilada una cámara acorazada en el puerto franco de Ginebra, según averiguó Ingrid tras una búsqueda rápida en el documento que había extraído de la red informática del puerto.

Driftwood Holdings, una de las muchas empresas fantasma de Valentin Federov, también tenía una cámara alquilada. Igual que una sociedad instrumental propiedad del fabricante de automóviles italiano. Y que el barón del acero sueco. Y el magnate minero canadiense. Y el fundador de la mayor marca de moda italiana. Y el vástago de una dinastía naviera griega. Y el presidente de un conglomerado empresarial francés de artículos de lujo. Y el exdirector general del extinto RhineBank AG de Fráncfort.

En total, cincuenta y dos clientes de Harris Weber and Company tenían cámaras acorazadas en el recinto de almacenamiento libre de impuestos, al igual que el propio bufete. La tapadera empresarial que utilizaba el bufete para ese fin se llamaba Sargasso Capital Investments y era una filial de OOC Group, Ltd. La directora nominal de la empresa era Adele Campbell, de Road Town, Islas Vírgenes Británicas. Los propietarios efectivos eran en realidad Ian Harris y Konrad Weber.

A las cuatro de la madrugada, Gabriel había reunido los

hallazgos más explosivos en un documento de cien páginas. Pero ¿qué podía hacer con ese material? Entregárselo a la FCA, el organismo independiente encargado de la regulación financiera en el Reino Unido, estaba descartado. Los archivos habían llegado a sus manos por medios ilegales y, además, el historial de actuaciones de la FCA era, como mínimo, mediocre. Gabriel llegó a la conclusión de que lo único que podían hacer era entregarle el material a un periodista de fiar. Había, no obstante, uno o dos puntos que quería aclarar primero.

—¿Cuáles? —preguntó Christopher.

—¿Cómo sabía Trevor Robinson que Charlotte Blake había averiguado que el actual propietario del Picasso era OCC Group, una empresa fantasma registrada en las Islas Vírgenes Británicas?

—¿Y cuál es la respuesta?

—Evidentemente, la profesora Blake se lo dijo a alguien.

—¿Se te ocurre algún candidato?

—Solo uno.

# 44

# Land's End

—Bonito trineo —comentó Ingrid, y pasó la mano por el salpicadero forrado de piel del Bentley Continental GT de Christopher—. Eléctrico, ¿no?

—Lunar —respondió Gabriel—. Tecnología punta.

Sonriendo, fatigada, ella apoyó la cabeza en la ventanilla. Circulaban hacia el oeste por Cromwell Road, a la luz grisácea de primera hora de la mañana.

—No recuerdo cuándo fue la última vez que dormí.

—Intenta descansar. Nos espera un largo viaje.

—¿Qué tan largo?

—Son cinco horas hasta Land's End, pero primero tenemos que hacer una parada en Exeter.

—¿Para ver al inspector Dalgliesh?

—Peel —dijo Gabriel—. Y solo es sargento.

—¿Peel? ¿Y de nombre de pila? ¿Manzana? ¿Plátano?*

—Timothy Peel. Y te aseguro que ya ha oído todos los chistes. Vivía al lado de mi casa cuando era pequeño. Los chavales del colegio se burlaban de él sin piedad.

—¿Por eso se hizo policía?

—Por lo visto, yo tuve algo que ver.

---

* *Peel*, piel de una fruta. *(N. de la T.)*

262

—¿Cómo piensas explicarle quién soy?

—Con el menor número de palabras posible.

—Por si te lo estás preguntando, nunca he robado en Exeter. —Ahogó un bostezo—. De hecho, estoy casi segura de que nunca he estado allí.

Reclinó el asiento y cerró los ojos. Gabriel puso la radio para escuchar las noticias de la BBC. El Comité 1922 del grupo parlamentario conservador tenía previsto reunirse la tarde siguiente para iniciar el proceso de elección del nuevo líder del partido y, por tanto, del próximo primer ministro. Hugh Graves, ministro del Interior, seguía siendo el favorito, aunque era de esperar que tuviera como rivales al ministro de Asuntos Exteriores, Stephen Frasier, y el ministro de Economía, Nigel Cunningham. La primera ministra Hillary Edwards, durante una breve comparecencia ante los medios de comunicación frente al número 10 de Downing Street, había rehusado decantarse por uno u otro, y los tertulianos políticos coincidían en que una palabra favorable de la impopular exdirigente equivaldría a un beso de la muerte.

—¿Crees que es una coincidencia? —preguntó Ingrid de improviso.

—¿Que tanto Valentin Federov como lord Michael Radcliff sean clientes de Harris Weber?

—Exacto.

—Yo también me lo he estado preguntando. —Gabriel siguió conduciendo en silencio un momento—. ¿Alguna vez has hackeado un banco?

—Nunca.

—¿Crees que podrías?

—¿Ya no te acuerdas de que acabo de hackear el puerto franco de Ginebra?

—Tienes razón.

—¿Para buscar algo en concreto?

—No estoy seguro. Pero lo sabremos en cuanto lo veamos.

\* \* \*

Gabriel esperó a llegar a Bristol para llamar a Timothy Peel. Le dio a entender que había identificado al asesino de la profesora Charlotte Blake y le dejó claro que no podía comunicarle sus conclusiones por vía electrónica. Peel propuso que se vieran en un *pub* situado a un kilómetro y medio de la sede de la Policía de Devon y Cornualles. Gabriel, tras introducir el nombre del establecimiento en el navegador del Bentley, le informó de que estaría allí a las doce y media como muy tarde.

El *pub* en cuestión era el Blue Ball Inn de Clyst Road. Al llegar, Gabriel e Ingrid encontraron a Peel sentado en una mesa apartada, al fondo del local. El sargento estrechó la mano de Ingrid, se fijó en su aspecto y su acento escandinavo y luego miró a Gabriel en busca de una explicación.

—Ingrid ha colaborado en la investigación prestando asistencia técnica y de otro tipo.

—¿De otro tipo?

—Te lo explico dentro de un momento.

Peel sacó una libreta de detective y un bolígrafo y los puso sobre la mesa. Gabriel los miró con reproche y Peel volvió a guardárselos en el bolsillo.

—¿Quién la mató, señor Allon?

—Un asesino a sueldo alemán, Klaus Müller.

—¿Dónde está en estos momentos?

—Lamentablemente, *herr* Müller murió hace un par de días en la Provenza, en un trágico accidente de automóvil.

—¿Estuvo usted involucrado en ese accidente?

—Siguiente pregunta.

—¿Quién contrató a Müller para matar a la profesora Blake?

—Un bufete de abogados que se sirve de cuadros valiosos, como el Picasso, para blanquear dinero y ocultar la riqueza de algunas de las personas más adineradas y poderosas del mundo. Müller la asesinó con un hacha para hacer creer que era otra víctima del Leñador. Y se habría salido con la suya de no ser por ti.

—Sigue habiendo un detalle del caso que no tiene explicación.

—¿Qué hacía Charlotte Blake paseando por Land's End cuando ya había oscurecido?

Peel asintió.

—También sé la respuesta a eso.

—¿Cómo la sabe?

—Por su teléfono.

—¿Lo ha encontrado?

—No, mejor aún —dijo Gabriel.

No fue necesario que Gabriel le explicara a Timothy Peel quién era Leonard Bradley ni dónde residía. La casa de los Bradley, una de las más grandes del oeste de Cornualles, había sido blanco de los ladrones en numerosas ocasiones. El invierno anterior, les habían robado aparatos electrónicos, plata y joyas por valor de varios miles de libras. Peel había dado con los dos autores del robo —un par de zoquetes de Carbis Bay— e incluso había conseguido recuperar parte de lo robado. Bradley y su esposa se habían mostrado muy agradecidos.

Por eso Peel confiaba en que Leonard Bradley accediera a hablar con él si se presentaba en su casa sin previo aviso. Que estuviera dispuesto a hablar de su relación extramatrimonial con la difunta profesora Charlotte Blake era otra cuestión. La forma más fácil de conseguir que cooperara sería concertar una entrevista formal, pero para eso Peel tendría que desvelar sus hallazgos a sus superiores y, claro está, a los chicos de la Policía Metropolitana, que ahora estaban a cargo de la investigación del caso del Leñador. Si lo hacía, tendría que reconocer ciertas maniobras que, casi con toda seguridad, pondrían fin a su breve carrera en la policía.

De ahí que, a las dos y media de esa misma tarde, el sargento Timothy Peel se encontrara al volante de su Vauxhall Insignia sin distintivos policiales, siguiendo a un precioso Bentley Continental que avanzaba velozmente en dirección oeste por la A30. Al cabo de un rato, el Bentley se detuvo en el aparcamiento de Land's End y la pasajera, una atractiva danesa de unos treinta y cinco años, entró en el parque de atracciones. El conductor se reunió con Peel en el Vauxhall. El sargento se dirigió entonces hacia Porthcurno, el pueblecito donde había sido hallado el cadáver de la profesora Blake.

—¿Y está completamente seguro de que Bradley y ella mantenían una relación sentimental?

—¿Quieres leer los mensajes de texto?

—Mejor no. Pero seguro que Bradley va a negarlo.

—No estoy aquí para juzgarle. Solo quiero saber si Charlotte Blake le dijo que había encontrado el Picasso.

—¿Qué le hace pensar que lo encontró?

—¿No te enseñaron nada en la escuela de detectives, Timothy?

Peel tomó una estrecha pista que llevaba hacia la costa.

—¿Y si se lo dijo?

—Me gustaría saber la razón. Y, si es relevante para nuestra investigación, seguiré con el asunto.

—¿Nuestra investigación?

—Tú eres quien me metió en esto.

—Pero mis superiores no lo saben.

—Ni lo sabrán nunca.

—A no ser que yo haga alguna estupidez.

—¿Como cuál?

Peel condujo el Vauxhall a través de un portón abierto y se detuvo ante una mansión señorial con fachada de piedra, situada en lo alto de los acantilados.

—Como esto —dijo antes de apearse.

# 45

## Penberth Cove

Fue Cordelia Bradley quien salió a abrir. Era una mujer de unos cincuenta años, alta y de tez pálida, con el pelo rojizo alborotado y los ojos del color del cielo de Cornualles cuando estaba despejado. Se acordaba de Peel por la investigación del robo y lo saludó cordialmente. A Gabriel lo miró con asombro.

—Perdóneme, señor Allon, pero es usted la última persona que esperaba ver en mi puerta.

Los invitó a pasar y cerró la puerta. Peel, todavía de pie en el recibidor, le preguntó si su marido estaba en casa y si podían hablar con él un momento.

—Sí, claro. Pero ¿de qué se trata?

—El señor Allon está terminando un proyecto de investigación en el que estaba trabajando la profesora Blake cuando la asesinaron. Confía en que el señor Bradley pueda ayudarlo.

—¿Leonard? ¿Por qué?

Fue Gabriel quien contestó, faltando a la verdad.

—Encontré su nombre y su número de teléfono en las notas de la profesora.

—Qué raro.

—¿Por qué?

—Porque Leonard y Charlotte estuvieron juntos en Oxford y hablaban por teléfono con frecuencia. No sé por qué iba a anotar su número de teléfono. Lo tenía guardado en sus contactos. —Hizo una pausa y añadió—: Igual que el mío.

Los llevó por un pasillo central, hasta unas puertas cristaleras con vistas al mar. Cerca del borde del acantilado había una casita independiente con paredes de cristal.

—El despacho de mi marido —les informó Cordelia Bradley. Luego se sacó un teléfono del bolsillo y sonrió sin separar los labios—. Voy a avisarle de que van para allá.


Se llegaba a la casa de campo por un sendero de grava bien cuidado. Leonard Bradley, alerta ante el peligro, los aguardaba en la puerta. Era un hombre delgado, de facciones delicadas y cabello oscuro. Su ropa era informal pero cara. Su sonrisa, artificial.

—Me pillan en medio de un asunto bastante complejo, caballeros, pero pasen, por favor.

Gabriel y Peel le siguieron al interior de la casita. Su despacho era una pequeña joya arquitectónica, el reino de un alquimista que, por arte de magia, hacía dinero usando dinero. Se acomodó detrás de su gran escritorio de cristal e invitó a Gabriel y a Peel a sentarse en las dos modernas sillas de enfrente. Ellos prefirieron quedarse de pie.

Siguió un silencio incómodo. Finalmente, Bradley miró a Gabriel y preguntó:

—¿Por qué ha venido, señor Allon?

Gabriel cruzó una larga mirada con Peel antes de contestar.

—Por Charlotte Blake.

—Ya me lo imaginaba.

—Eran ustedes amigos íntimos. —Gabriel bajó la voz—: Extremadamente íntimos.

—¿Qué está insinuando?

—Vamos a saltarnos esta parte, si no le importa. He leído sus mensajes de texto.

Bradley palideció.

—Maldito mojigato...

—No soy nada de eso, se lo aseguro. —Gabriel miró con énfasis el espléndido despacho de Bradley—. Además, ya sabe lo que se dice de la gente que vive en casas de cristal.

Su comentario hizo bajar la temperatura de la habitación, pero solo ligeramente. Leonard Bradley dirigió su siguiente pregunta a Peel:

—¿Soy sospechoso del asesinato de Charlotte?

—No.

—¿Esto es una actuación oficial?

—No.

—En ese caso, sargento, ¿qué hace aquí?

—Me voy, si quiere —respondió Peel, y se dirigió hacia la puerta.

—Quédese —dijo Bradley. Luego miró a Gabriel y añadió—: ¿Quiere hacer el favor de sentarse, señor Allon? Está haciendo que me sienta terriblemente incómodo.

Gabriel se acomodó en una de las sillas. Peel se sentó a su lado. Bradley fijó la mirada en la pantalla del ordenador y dejó la mano suspendida sobre el teclado.

—¿Quería preguntarme algo, señor Allon?

—En el momento de su asesinato, la profesora Blake estaba llevando a cabo una delicada investigación sobre la procedencia de un cuadro.

—Sí, lo sé. —Bradley posó fugazmente la mirada en él—. Un retrato de mujer sin título de Pablo Picasso.

—¿Cuándo se lo contó?

—Unos días después de que consiguiera una copia de los registros de ventas de Christie's. Los documentos revelaban que el cuadro estaba en manos de una sociedad fantasma llamada OOC Group, Limited. Charlotte quería saber si yo podía averiguar quién era el verdadero propietario de OOC.

—¿Y qué le…?

Bradley levantó una mano pidiendo silencio y luego tocó una sola tecla del ordenador.

—Acabo de ganar tres millones de libras para mis inversores en una jugada multidivisas. A eso me dedico, señor Allon. Apuesto a las pequeñas fluctuaciones de los mercados y apalanco las operaciones con grandes sumas de dinero prestado. A veces conservo los títulos solo uno o dos minutos. Charlotte opinaba que era una forma totalmente ridícula de ganarse la vida. —Hizo una pausa—. Igual que ustedes, imagino.

—Casas de cristal —repitió Gabriel.

Su comentario hizo aflorar una breve sonrisa a la cara de Leonard Bradley.

—Charlotte y yo fuimos juntos a Oxford. Ella era de Yorkshire, de clase trabajadora por los cuatro costados. Tenía un acento atroz por aquel entonces. Los adinerados eran muy crueles con ella.

—¿Y usted no?

—No —contestó Bradley—. Siempre me gustó Charlotte, a pesar de que a mí se me consideraba bastante rico. Y cuando me encontré con ella una tarde mientras daba un paseo por el sendero de la costa… —Se quedó callado un momento—. Bueno, fue como si estuviéramos otra vez en la universidad.

—¿Y cuando ella le pidió ayuda?

—Hice unas averiguaciones rutinarias sobre la empresa conocida como OOC Group, Limited. Y como no encontré nada útil, puse a Charlotte en contacto con una vieja amiga que conoce mejor que yo el mundo de los servicios financieros *offshore*. Me temo que le fue aún menos útil que yo, pero aun así hablaron largo y tendido. Charlotte no paraba de hablar de ella después, estaba entusiasmada.

—¿Puede decirme su nombre?

—Sí, claro. Era Lucinda Graves.

—¿La esposa del futuro primer ministro británico? —preguntó Gabriel.

—Eso dicen. —Bradley salió de detrás del escritorio y les indicó la puerta.

Se detuvieron un momento al borde del acantilado, admirando las vistas de Penberth Cove.

—¿Es la primera vez que visita Cornualles, señor Allon?

—Sí —mintió—. Pero seguro que no será la última.

Bradley miró hacia el oeste, hacia la playa de Porthchapel.

—¿De verdad ha leído los mensajes de Charlotte?

—Me temo que sí.

—¿Qué hacía en el sendero de la costa después de que anocheciera, un lunes por la tarde? ¿Por qué no estaba en su coche, camino de Oxford?

Gabriel no respondió.

—Ya imaginaba que esa sería su respuesta —dijo Leonard Bradley, y regresó a su casa de cristal.


Durante el trayecto de vuelta a Land's End, Timothy Peel se lanzó a una diatriba acerca del inminente final de su otrora prometedora carrera como agente de la Policía de Devon y Cornualles. Gabriel esperó a que acabara su invectiva para asegurarle al joven sargento que sus temores eran infundados.

—Estoy seguro de que no va a pasar nada, Timothy.

—¿De verdad?

—Estoy razonablemente seguro —respondió Gabriel, matizando su afirmación anterior—. Después de todo, Lucinda Graves es la esposa del futuro primer ministro.

—¿Su nombre aparece en los archivos que le robó a Harris Weber?

—«Robar» es una palabra muy fea.

—¿Que cogió prestados?

—No. El nombre de Lucinda Graves no aparece en los documentos. Pero eso solo significa que no es clienta del bufete.

—¿Es que podría ser otra cosa?

—Harris Weber consigue la mayoría de sus clientes a través de gestores de patrimonio de grandes bancos o de empresas más pequeñas, como la de Lucinda. Es del todo posible que haga negocios con el bufete.

Peel maldijo en voz baja.

—Tengo que contarle a mi jefe todo lo que sabemos, a ser posible antes de que se entere por Leonard Bradley.

—Leonard no va a decirle nada a nadie. Y tú tampoco.

Peel se desvió hacia el aparcamiento de Land's End. Ingrid estaba sentada en el capó del Bentley, con la espalda apoyada contra el parabrisas.

—¿De dónde ha sacado ese coche?

—Me lo han prestado —dijo Gabriel.

—¿Y la chica?

—Es robada.

—Supongo que está casada.

—No.

—¿Tiene pareja?

—No sabría decirte.

—¿Cree usted que podría interesarle tomar una copa con un guapo policía rural cuando acabe este asunto?

—Seguramente, no.

Peel abrió las puertas del Vauxhall.

—¿Y ahora qué?

—Voy a averiguar si la mujer del futuro primer ministro es una delincuente.

—¿Y si lo es?

Gabriel se bajó del coche sin decir nada más y se puso al volante del Bentley. Ingrid, tras bajar del capó, ocupó el asiento del copiloto. Peel los siguió hacia el este, hasta Exeter, luego se detuvo en el arcén y dio las luces una vez. Gabriel las encendió dos veces y se alejó.


Leonard Bradley tenía por costumbre, al acabar la jornada en la bolsa, calzarse un par de botas de goma y dar un paseo a solas por los acantilados. Pasar un rato lejos de su mesa y de los ordenadores —les decía a Cordelia y a sus hijos— era una parte esencial de su trabajo. Le permitía despejar la cabeza de cosas accesorias, reflexionar sobre sus éxitos y consolarse por sus ocasionales tropiezos bursátiles, ver las cosas con otra perspectiva, mirar —literalmente— más allá del horizonte.

Hasta hacía poco, sus caminatas por los acantilados también le habían brindado la oportunidad de pasar un rato con Charlotte, una o dos veces por semana. Fingían encontrarse por casualidad cerca de la playa de Porthchapel y, si no había nadie a la vista, se escabullían al espeso bosque, en los alrededores de la vieja iglesia de St. Levan. Esos encuentros apresurados, con sus besos apasionados y sus ansias de arrancarse la ropa, no hacían sino avivar el deseo de ambos. Sí, su aventura había sido larga, pero rara vez habían llegado a culminar el acto sexual. El suyo era un problema de índole logística. Bradley vivía y trabajaba en la apartada mansión que compartía con su mujer y sus hijos, y Charlotte repartía su tiempo entre Oxford y Gunwalloe, un pueblecito de la península de Lizard lleno de chismosos. Le tenía prohibido que fuera a visitarla allí porque sus vecinas, decía, la vigilaban como halcones.

«Sobre todo Vera Hobbs y Dottie Cox. Si alguna vez nos ven juntos, seremos la comidilla de todo Cornualles...».

Durante algún tiempo tras el asesinato de Charlotte, Bradley solo se había aventurado a ir hacia el este, vagando a menudo hasta el pueblo pesquero de Mousehole. Ahora, en cambio, se dirigió hacia el oeste en medio del resplandor del sol poniente, hasta llegar a Logan Rock y el mirador de Porthcurno. Cruzó a continuación el aparcamiento del teatro Minack y llegó a los acantilados de la playa de Porthchapel. Casi esperaba ver a Charlotte esperándolo allí con una sonrisa traviesa. «¿No nos hemos visto antes en alguna parte?», solía decir. Y él contestaba: «Pues sí, creo que coincidimos en Oxford». Bradley era rico y Charlotte era del norte y pobre. Los niños bien como él no se casaban con chicas pobres del norte. Se casaban con chicas como Cordelia Chamberlain.

Dirigió la mirada hacia la espesura del bosque, cerca de la iglesia de St. Levan, y trató de imaginar los pavorosos últimos segundos de la vida de Charlotte. Saltaba a la vista que Gabriel Allon y el joven policía no creían que la hubiera matado el asesino en serie al que llamaban el Leñador. La habían asesinado por culpa de sus pesquisas sobre el Picasso, y él, de un modo u otro, había propiciado su muerte. Y ahora, por si eso fuera poco, también había conseguido enredar en el asunto a la esposa del próximo primer ministro. Después de sopesar cuidadosamente sus alternativas, llegó a la conclusión de que no tenía más remedio que avisar a Lucinda de que pronto tendría noticias de Gabriel Allon, nada menos.

La llamó mientras estaba de pie en el acantilado azotado por el viento, sobre la playa de Porthchapel, a unos doscientos metros del lugar donde Charlotte había sido asesinada. Para su sorpresa, la esposa del próximo primer ministro contestó de inmediato.

—Oye, Lucinda —dijo en un tono de falsa indiferencia—, ya sé que estarás muy liada ahora mismo, pero ¿a que no sabes quién ha venido a verme?

# 46

# Old Burlington Street

Cuando llegaron a Taunton, a Gabriel le pesaban los párpados de cansancio. Bristol era el lugar más obvio para pasar la noche, pero Ingrid siempre había querido visitar la antigua ciudad romana de Bath, que quedaba cerca de allí, a unos pocos kilómetros. Estuvieron paseando por el casco antiguo, con su meloso resplandor, hasta que anocheció. Luego se dirigieron al hotel balneario Gainsborough, en Beau Street, donde tenían habitaciones contiguas. Ingrid conectó su ordenador a Internet a través del móvil, comprobó la velocidad de descarga y se puso manos a la obra.

Esta vez su objetivo era el BVI Bank, una entidad financiera notoriamente corrupta cuya sede se hallaba enfrente del bar Watering Hole, en Road Town. Debido a la diferencia horaria, los empleados del BVI estaban aún en sus puestos cuando Ingrid inició su ataque. Uno de ellos, el vicepresidente Fellowes, le dio acceso sin pretenderlo a los datos más confidenciales del banco, entre ellos una cuenta vinculada a LMR Overseas, la empresa fantasma propiedad de lord Michael Radcliff.

—Dios mío —dijo Ingrid.

—¿Qué pasa? —preguntó Gabriel desde la habitación contigua.

—Lord Radcliff recibió un pago de diez millones de libras cuarenta y ocho horas después de dimitir como tesorero del Partido Conservador.

—¿De quién?

—No te lo vas a creer.

—A estas alturas, no me sorprendería en absoluto que el dinero procediera del mismísimo Winston Churchill.

—Es todavía mejor.

—Imposible.

—Ven a verlo.

Gabriel se levantó de la cama y cruzó la puerta que comunicaba las habitaciones. Ingrid estaba sentada delante del escritorio, con la cara iluminada por el fulgor del portátil. Cuando Gabriel miró por encima de su hombro, le señaló el nombre de la empresa que había pagado diez millones de libras a lord Michael Radcliff.

Era Driftwood Holdings.

—¿Valentin Federov? —preguntó Gabriel.

Ingrid sonrió.

—¿Sabes lo que significa esto?

—Significa que el cargo del Partido Conservador que aceptó la donación de un millón de libras por la que tuvo que dimitir la primera ministra Hillary Edwards recibió diez veces esa cantidad del mismo empresario ruso.

—¿Te parece una coincidencia?

—No —contestó Gabriel—. Me parece una conspiración para echar a Hillary Edwards del número diez de Downing Street.

—A mí también. Pero ¿por qué?

Ingrid guardó la información de la cuenta de lord Radcliff en su disco duro externo y copió a continuación los datos en el dispositivo de Gabriel. Consiguieron dormir unas horas y a las ocho de la mañana ya iban rumbo al este por la M4. Al acercarse a Heathrow, Gabriel llamó al número principal de Lambeth Wealth Management y pidió hablar con la directora ejecutiva de la empresa, Lucinda Graves. Le pasaron con su asistente, que le interrogó minuciosamente acerca del propósito de su llamada. Al acabar el interrogatorio, anotó sus datos de contacto, pero no le dio muchas esperanzas de que la señora Graves le devolviera la llamada en breve. La elección del nuevo líder del

Partido Conservador comenzaría a las dos de la tarde y, si todo iba conforme a lo previsto, el marido de la señora Graves pronto sería primer ministro.

Gabriel colgó y miró a Ingrid.

—Ha ido todo lo bien que cabía esperar.

Sin embargo, cuando iban por el barrio de Chiswick, a las afueras de Londres, sonó su teléfono.

—Disculpe a mi asistente —dijo Lucinda Graves—. Como seguramente podrá imaginar, de repente soy la consultora financiera más solicitada de Londres.

—Si le digo la verdad, me alegró que no pareciera reconocer mi nombre.

Lucinda Graves se rio.

—Lamento que no tuviéramos ocasión de hablar en la Galería Courtauld la otra noche. Mi marido se va a morir de envidia.

—¿Por qué?

—Se llevó un chasco cuando rechazó usted su invitación a pasarse por el ministerio. Estoy deseando contarle que, al final, ha venido a verme a mí.

—¿Eso es una invitación?

—Me viene bien en cualquier momento antes de las dos.

—Puedo estar allí a las once.

—Da la impresión de que va conduciendo.

—Estoy en la M4.

—¿Sabe dónde está mi despacho?

—En Old Burlington, en Mayfair.

—Qué pregunta más tonta para hacérsela a un espía —comentó ella.

—Ahora soy restaurador de arte, señora Graves.

—Hay un *parking* justo enfrente de nuestra oficina. Mi asistente le reservará plaza.

Y, sin más, colgó.

—Bueno —dijo Ingrid—, ha ido mejor de lo que esperábamos.

—Sí —coincidió Gabriel—. Imagínate.

Dejó a Ingrid en una cafetería de Piccadilly y a las once menos cinco de la mañana enfiló con el Bentley la estrecha rampa del Q-Park. El bloque de oficinas del otro lado de Old Burlington Street tenía seis plantas y era de color gris pálido y diseño contemporáneo. Una mujer de cerca de treinta años recibió a Gabriel en el vestíbulo y lo acompañó arriba. Lucinda Graves estaba al teléfono cuando entraron en su despacho. Colgó enseguida y, levantándose, le tendió la mano.

—Señor Allon, encantada de verle otra vez.

La asistente se retiró y Lucinda condujo a Gabriel hasta una zona de asientos donde, sobre una mesa baja y elegante, se había dispuesto un servicio de café. Era todo muy formal y ensayado. Gabriel tuvo la incómoda sensación de que le estaban cortejando.

Lucinda se sentó y llenó dos tazas.

—¿Ha visto las colas delante de Somerset House? Gracias a usted, la Galería Courtauld es ahora el museo más visitado de Londres.

—Me encantaría atribuirme ese mérito, pero el Van Gogh estaba en muy buen estado cuando llegó a mis manos.

—¿De verdad no intervino en su recuperación?

—Me encargué de autentificarlo para la Brigada de Arte italiana. Pero esa fue toda mi participación en el asunto.

—¿Y ahora está investigando el asesinato de esa historiadora del arte de Oxford?

Gabriel consiguió disimular su sorpresa.

—¿Cómo lo sabe?

—El profesional es usted. Dígamelo.

—O bien el Gobierno británico tiene pinchado mi teléfono o bien Leonard Bradley la llamó después de que me fuera de su casa. Apuesto a que fue Leonard.

Ella sonrió con considerable encanto. Sin sus escoltas ni su telegénico marido, era más menuda de lo que Gabriel recordaba y tenía un físico de lo más corriente. Su mayor atractivo era su velada voz de contralto. Resultaba fácil imaginar a Lucinda Graves cantando baladas tristes en un cabaré en penumbra.

Ella echó un vistazo al televisor montado en la pared. Su marido estaba compareciendo ante un grupo de periodistas, frente al palacio de Westminster.

—¿Se atreve a hacer una predicción? —preguntó.

—Me temo que sé muy poco sobre los entresijos de la política británica.

—Bueno, eso no es del todo cierto, ¿verdad? A fin de cuentas, vivió en este país muchos años después del atentado en Viena, y mi marido me ha dicho que es usted muy amigo de Jonathan Lancaster. Por eso tenía tanto interés en conocerle.

—¿Qué más le ha contado su marido? —preguntó Gabriel.

—Que era usted el agente de inteligencia extranjero que presuntamente ayudó a Lancaster cuando tuvo problemas con esa espía rusa que trabajaba en la sede del partido. Ahora no recuerdo su nombre.

—Madeline Hart.

—El peor escándalo político en Gran Bretaña desde el caso Profumo —comentó Lucinda—. Y, sin embargo, Lancaster consiguió sobrevivir gracias a usted. —Volvió a fijar la mirada en el televisor—. Continúe, por favor, señor Allon.

—El ministro de Hacienda no sobrevivirá a la votación de hoy.

—Una predicción poco audaz. Pero ¿quién conseguirá más votos?

—El ministro del Interior, Hugh Graves.

—¿Cuántos tendrá?

—No los suficientes para forzar al ministro de Exteriores Frasier a retirar su candidatura.

—Ayudaría a unificar el partido que Stephen se retirara elegantemente.

—La única manera de que Frasier abandone es que su marido le permita permanecer al frente del Ministerio de Exteriores.

—Imposible. Hugh tiene intención de renovar por completo el gabinete.

—Entonces, tendrá que ofrecerle a Frasier una salida airosa.

—¿Cuál, por ejemplo?

—Invitarle públicamente a seguir como ministro de Exteriores. Frasier, por supuesto, declinará la oferta. Y mañana por la mañana su marido entrará en el número diez por primera vez como primer ministro.

—No está mal, señor Allon. Creo que se lo sugeriré a Hugh.

—Le agradecería que no mencionara mi nombre.

—No se preocupe, esto queda entre nosotros.

Gabriel bebió un poco de café.

—¿Y qué me dice de usted? —preguntó—. ¿Qué pasará si su marido sale triunfador?

—No tendré más remedio que abandonar Lambeth Wealth Management hasta que Hugh deje el cargo. Ojalá su mandato sea tan largo como el de su amigo Jonathan Lancaster. Sigue en los Comunes, como sabe. —Hizo una pausa y luego añadió—: Su respaldo catapultaría a Hugh.

Era una invitación apenas disimulada para que Gabriel convenciera a Jonathan Lancaster de que apoyara la candidatura de su marido. Gabriel, que no tenía ningún deseo de inmiscuirse, ni siquiera mínimamente, en la elección del próximo primer ministro británico, recondujo la conversación hacia el asunto que los ocupaba.

—Sí —dijo Lucinda—. De hecho, hablé con la profesora Blake sobre el Picasso.

—¿Por casualidad recuerda cuándo?

—¿Es importante?

—Podría serlo.

Lucinda apuntó con el mando a distancia hacia el televisor y su marido desapareció.

—Fue antes de las fiestas, si no me falla la memoria. Me llamó aquí, al despacho, y me dijo que estaba buscando un Picasso que una empresa fantasma anónima había comprado en Christie's.

—¿OOC Group, Limited?

Ella asintió.

—Me preguntó si estaría dispuesta a servirme de mis contactos en el mundo financiero londinense para averiguar qué era OOC o a quién pertenecía. Le dije que no sería ético.

—¿Puedo preguntar por qué?

—Porque muchos de mis principales clientes hacen negocios usando empresas fantasma. De hecho, es bastante difícil encontrar una persona rica en Londres que no lo haga.

—Entonces, ¿no llegó a reunirse con ella?

—No tuve tiempo. En diciembre siempre tenemos mucho trabajo.

—¿Y no se lo comentó a nadie?

—Si le soy sincera, hice todo lo posible por olvidarme de que había oído hablar de una empresa llamada OOC Group, Limited. —Lucinda se levantó y su asistente apareció como por arte de magia en la puerta—. Siento no haber podido serle de más ayuda, señor Allon, pero es estupendo haberle conocido por fin. Puede estar seguro de que tendrá un buen amigo en Downing Street si Hugh resulta elegido.

—No dudo de que así será —contestó Gabriel, y se dirigió hacia la puerta.

—¿Ha averiguado qué es? —preguntó Lucinda de repente.

Gabriel se detuvo y se dio la vuelta.

—¿Perdón?

—OOC Group.

—No —mintió—. Todavía no.

Eran las once y veintisiete de la mañana cuando el llamativo Bentley conducido por el legendario agente de inteligencia y restaurador de cuadros Gabriel Allon salió del *parking* de Old Burlington Street, en Mayfair. Lucinda Graves lo sabía porque estaba en la ventana de su despacho y miró la hora en su teléfono móvil. Dejó pasar cinco minutos antes de marcar un número grabado en su lista de llamadas recientes. El hombre que contestó la informó de los últimos movimientos de Allon.

—Acaba de recoger a una mujer en Regent Street. En estos momentos se dirigen al sur por Haymarket.

—¿Adónde van?

—Ya la llamaré.

Lucinda colgó de mala gana. Pasaron otros diez minutos antes de que su teléfono volviera a sonar.

—¿Y bien?

—Acaban de entrar en la Galería Courtauld.

—Lo sabe —dijo Lucinda, y cortó la llamada.

# 47

# Galería Courtauld

—Lo que me pide es inaudito —dijo el doctor Geoffrey Holland—. Francamente, no creo que pueda ayudarle.

El director de la Galería Courtauld estaba sentado detrás de la mesa de su despacho, con el dedo índice apretado contra los finos labios. De pie ante él, Gabriel parecía un abogado defendiendo su caso. Ingrid se hallaba abajo. Vagaba por las salas de exposiciones tramando quizá algún futuro robo.

—No se lo pediría si no fuera importante, doctor Holland.

—En cualquier caso, tenemos directrices muy estrictas sobre estos temas.

—Y es lógico que las tengan. Pero, en este caso, creo que hay una razón de peso para que haga una excepción.

—¿Se refiere a que no nos cobró nada por restaurar el Van Gogh?

Gabriel sonrió.

—No se me ocurriría recurrir a una táctica tan rastrera.

—Por supuesto que sí. —El índice de Holland golpeaba ahora el tablero de la mesa con ritmo entrecortado—. ¿Y está seguro de que la profesora Blake estuvo aquí el día en cuestión?

—Llegó a las cuatro y doce minutos y se marchó poco antes de que cerrara el museo. Tengo la impresión de que pasó todo ese tiempo en la cafetería.

—Eso no es nada raro. Muchos de nuestros visitantes habituales opinan que la cafetería es un lugar estupendo para pasar la tarde.

—Pero Charlotte Blake no era una visitante cualquiera. Era una investigadora de renombre mundial que buscaba un Picasso valorado en más de cien millones de libras.

—¿De verdad cree que el vídeo le ayudará a encontrarlo?

—No estaría aquí si no lo creyera.

Holland sopesó detenidamente la respuesta de Gabriel.

—Muy bien, voy a hacer una excepción. Pero a cambio de algo.

—¿De qué?

—Mi Florigerio necesita una buena limpieza.

—¿*La Virgen y el Niño con san Juan infante*? ¿Quién recurre ahora a tácticas rastreras, Geoffrey?

—¿Quiere ver el vídeo o no?

—Me encantaría.

Holland levantó el teléfono y marcó un número interno.

—Hola, Simon. Soy Geoffrey. Busca el vídeo de las cuatro de la tarde del quince de diciembre. Necesito ver una cosa enseguida.


—¿Dijo a las cuatro y doce?

—Exactamente.

—¿Le importa que le pregunte cómo sabe eso, señor Allon?

—Pues sí, me importa.

Simon Eastwood, un exinspector de la Policía Metropolitana que ahora ejercía como jefe de seguridad de la Galería Courtauld, tocó algunas teclas del ordenador de su despacho y en la pantalla apareció una imagen fija del vestíbulo del museo.

—¿La ve?

—Todavía no.

Eastwood puso la escena en movimiento con un clic del ratón. Cuando el cronómetro de la esquina inferior derecha de la pantalla marcaba las 16:12:38, Gabriel pidió al jefe de seguridad que pausara la grabación. Luego señaló a la mujer que en ese momento entraba por la puerta del museo, envuelta en un abrigo Burberry y una bufanda para protegerse del frío de diciembre.

—Ahí está.

Eastwood volvió a pulsar el *play*. Tal y como había predicho Gabriel, la profesora Charlotte Blake iba directamente a la cafetería del museo y pedía algo en el mostrador de color carmesí. La mesa que eligió estaba en un rincón apartado de la sala. Tras quitarse el abrigo, sacó un libro del bolso y se puso a leer.

Eran las 16:25.

—Ya ve —dijo Geoffrey Holland—. Solo entró en la cafetería a tomar un té y un bollo.

—La misma tarde que usted se reunió con el patronato del museo.

—No veo qué tiene eso que ver.

—¿Recuerda a qué hora terminó la reunión?

—Si no me falla la memoria, se alargó hasta casi las cinco.

Gabriel le pidió a Simon Eastwood que adelantara la grabación hasta las 16:55 y aumentara la velocidad de reproducción. Charlotte Blake aparecía sentada, quieta como una figura de un cuadro, mientras clientes y empleados bullían como insectos a su alrededor.

—Párelo —dijo Gabriel cuando la marca de tiempo llegó a las 17:04:12. Señaló entonces a otra figura del cuadro—. ¿La reconoce?

—Sí, por supuesto —respondió Geoffrey Holland.

Era Lucinda Graves.

Gabriel pidió a Simon Eastwood que reanudara la reproducción a velocidad normal. Eastwood miró a Geoffrey Holland pidiéndole autorización y Holland, tras dudar un momento, asintió solemnemente. A continuación, observaron en silencio cómo la esposa del hombre que pronto presidiría el Gobierno se sentaba frente a una mujer que un mes después estaría muerta. La conversación transcurrió, aparentemente, con cordialidad. Concluyó a las 17:47. Fueron las últimas clientas en abandonar la cafetería.

—¿Pueden darme una copia de este vídeo? —preguntó Gabriel.

Eastwood miró a Geoffrey Holland, que contestó de inmediato:

—No, señor Allon. No podemos.

—Es posible que no se acordara —dijo Ingrid sin convicción.

—No, qué va. Me invitó a su despacho para sonsacarme información y luego me mintió a la cara. Bastante bien, por cierto. Lucinda Graves es el vínculo entre Charlotte Blake y Trevor Robinson. Es el motivo por el que Charlotte fue asesinada.

Iban caminando en dirección oeste por el Strand, hacia Trafalgar Square.

—Pensándolo bien —comentó Ingrid—, eso explicaría muchas cosas.

—Para empezar, el escándalo Federov —repuso Gabriel—. Lo orquestaron Lucinda y sus amigos de Harris Weber para obligar a Hillary Edwards a dimitir. Fue un golpe de Estado dirigido contra la primera ministra británica.

—Pero no podemos probar nada de eso.

—Salvo un detalle importante.

—¿Los diez millones de libras que Valentin Federov pagó a lord Radcliff?

—Exacto.

Doblaron la esquina de Bedford Street y se encaminaron hacia Covent Garden. Ingrid preguntó:

—¿Qué sabe Radcliff de esta trama?

—Yo diría que todo.

—Lo que significa que su señoría es un hombre muy peligroso.

—Yo también lo soy —respondió Gabriel.

—¿Qué piensas hacer?

Se sacó el teléfono del bolsillo, redactó un mensaje y pulsó ENVIAR. La respuesta fue instantánea.

*Te llamo dentro de cinco minutos.*

El amado Bentley de Christopher estaba encajado en un espacio muy estrecho, en el nivel inferior de un aparcamiento de Garrick Street. Gabriel, convencido de que el vehículo no habría sobrevivido intacto a semejante prueba, bajó a toda prisa por la escalera interior, con Ingrid pisándole los talones. La luz del descansillo de abajo, que una hora antes estaba encendida, había dejado de funcionar. De ahí que no viera el objeto —un puño humano o puede que una bala de calibre grande— que impactó en el lado izquierdo de su cráneo. Fue consciente de que se le doblaban las piernas y caía de bruces contra el cemento. Después, solo quedó una oscuridad cálida y húmeda y el sonido enloquecedor de su teléfono, al que no pudo contestar.

# 48

# Westminster

El teléfono desde el que se hizo la llamada pertenecía a Samantha Cooke, redactora de la sección política del *Telegraph*. Como es lógico, se quedó perpleja al no poder contactar con su viejo amigo. Gabriel siempre había sido una fuente fidedigna, especialmente durante el asunto Madeline Hart, gracias al cual ella se había labrado su reputación. Además, era él quien se había puesto en contacto con ella. El mensaje que le había enviado daba a entender que había descubierto información vital relacionada con la elección del líder del Partido Conservador, un proceso que la propia Samantha había puesto en marcha al publicar su explosivo reportaje sobre la donación de Valentin Federov. Le había prometido a Gabriel llamarle cinco minutos después y había cumplido su palabra. Y ahora, inexplicablemente, él no contestaba.

Volvió a marcar y, haciendo caso omiso de la invitación automática a dejar un mensaje en el buzón de voz, escribió rápidamente un mensaje de texto expresando su deseo de hablar con él urgentemente. El mensaje incluía una referencia al lugar donde se hallaba en ese momento: el Members Lobby, el vestíbulo de parlamentarios del palacio de Westminster. A pesar de la tensión que se respiraba en el ambiente, había pocas dudas sobre cómo se desarrollaría la primera ronda de votaciones. De hecho, Samantha ya había escrito su artículo, dejando en blanco únicamente el número final de votos. En él informaba de que la candidatura del ministro de Economía Nigel Cunningham había fracasado y de que una abrumadora mayoría de los conservadores había puesto de manifiesto su deseo de que el ministro del Interior, Hugh Graves, encabezara el partido en las siguientes elecciones generales. El ministro de Asuntos Exteriores, Stephen Frasier, no había cumplido sus expectativas. Aun así, tenía intención de defender su candidatura ante las bases del partido.

Estaba todo clarísimo de antemano, pensaba Samantha, y era aburrido a más no poder. Por eso, entre otras cosas, tenía tantas ganas de hablar con su fuente fidedigna.

«Soy Gabriel Allon —le había dicho él la primera vez que se vieron—. Todo lo hago a lo grande».

Pero ¿por qué no respondía a sus llamadas? Le envió otro mensaje y, al no recibir respuesta, maldijo en voz baja.

—Seguro que no es para tanto —dijo a su lado una voz de hombre muy conocida.

Levantó la vista del teléfono y vio la cara de facciones regulares de Hugh Graves. Consiguió recuperar la compostura rápidamente.

—Es mi editor —gruñó.

—Si tuviera un poco de sentido común, le pagaría el doble.

—Me conformo con seguir teniendo trabajo, señor Graves. Corren tiempos difíciles para el negocio periodístico.

—Y para otros sectores de la economía británica también, pero le aseguro que el futuro del país no tiene límites.

Parecía estar ensayando el discurso que daría dentro de poco ante la puerta del número 10 de Downing Street, pero Samantha no iba a dejarse convencer tan fácilmente.

—Las últimas previsiones económicas —señaló— pintan un panorama mucho más sombrío.

—Creo que le sorprenderá gratamente lo que nos depara el año próximo.

—¿Con usted al frente del Gobierno?

Él sonrió, pero no dijo nada.

—¿Y qué hay de la señora Graves? —insistió ella—. ¿Será una de sus consejeras?

—Mi esposa es una economista brillante. Sería una tontería por mi parte no pedirle consejo. Pero no, Lucinda no tendrá ningún cargo oficial en mi Gobierno, si es que eso llega a pasar.

—¿Puedo citar sus palabras?

—Lo siento, Samantha. Reglas del Lobby.

Las restricciones del ecosistema periodístico del Parlamento británico exigían que Samantha acatara la voluntad del ministro.

—¿No puede al menos concederme alguna declaración, señor Graves? A fin de cuentas, si no fuera por mí...

No hizo falta que acabara la frase. De no ser por ella, Hugh Graves no luciría la sonrisa confiada de quien sabía que pronto presidiría el Gobierno del país.

—Espero con impaciencia la votación de esta tarde —dijo—. Y confío en que mis compañeros tomen la decisión correcta sobre quién ha de dirigir el partido y el país.

Qué aburrimiento, pensó Samantha. Pero tendría que conformarse con eso.

—¿Cuántos votos tendrá?

—Pronto lo sabremos —contestó él, y se alejó por el vestíbulo.

Samantha mandó una transcripción de su cita a la redacción del periódico e intentó de nuevo ponerse en contacto con Gabriel. Su llamada no obtuvo respuesta. Molesta, le envió otro mensaje de texto.

Tampoco esta vez contestó.


La votación comenzó cuando el Big Ben dio las dos. El escenario, como de costumbre, fue la sala de comisiones número 14 de la Cámara de los Comunes, la más grande del palacio de Westminster. Durante la anterior elección del líder del grupo parlamentario, había habido tal desbarajuste que ahora los parlamentarios estaban obligados a mostrar su identificación al entrar y tenían prohibido llevar encima sus teléfonos móviles. La votación se llevó a cabo con la formalidad de un cónclave de la Iglesia, si bien usando una caja de metal negra, no un enorme cáliz de oro, para que los diputados depositaran sus papeletas.

A las cuatro y media ya se habían contabilizado los votos y los trescientos veinticinco miembros del grupo parlamentario conservador se agolpaban en la sala 14 para oír el resultado. *Sir* Stewart Archer, presidente del Comité 1922, lo dio a conocer con el dramatismo de un pronóstico meteorológico de fin de semana. Samantha Cooke siguió el procedimiento en directo a través de su teléfono, introdujo a continuación los resultados en el texto de su artículo y lo envío directamente a la página web del *Telegraph*. No había habido sorpresas. Nigel Cunningham se quedaba fuera, Hugh Graves iba en cabeza y Stephen Frasier, a pesar de sus resultados sorprendentemente malos, prometía seguir en la brega.

Pero ¿dónde narices se había metido Gabriel Allon?

# 49

# New Forest

Pasaron otros cuarenta y cinco minutos antes de que Gabriel pudiera afirmar con cierta seguridad que no estaba muerto. Llegó a esta conclusión en el New Forest de Hampshire, aunque esto también habría sido una revelación para él. Encapuchado, amordazado y con los miembros inmovilizados con cinta adhesiva, se hallaba en gran medida aislado de su entorno. Era consciente de que se desplazaba en un vehículo motorizado —oía el zumbido del motor y el roce de los neumáticos en el asfalto mojado— y percibía la cálida presencia de un cuerpo tendido a su lado. De su tenue aroma femenino dedujo que se trataba de Ingrid.

Seguía siendo un misterio para él cómo habían llegado a esa situación. Recordaba una reunión en un elegante despacho de Mayfair y una visita a un museo londinense, aunque no sabía a cuál. La herida de la cabeza se la había hecho en una escalera maloliente; de eso, al menos, estaba seguro. Le habían golpeado con un objeto contundente detrás de la oreja izquierda, pero no tenía ni idea de quién empuñaba el arma. Por la sensación pegajosa que notaba en el cuello, sabía que el golpe tenía que haberle ocasionado una hemorragia considerable. Y su incapacidad para retener hasta el pensamiento más simple era, sin duda, síntoma de una conmoción cerebral severa.

Siempre se había preciado de su sentido del tiempo. Era una de las muchas singularidades que había desarrollado de niño: la capacidad de calcular con la precisión de un cronómetro cuándo había pasado un minuto, o sesenta. Ahora, en cambio, el tiempo se le escurría entre los dedos como agua y cualquier intento de medir su avance le producía un intenso dolor de cabeza. Intentó recordar el motivo de su visita al despacho de Mayfair. Se había reunido allí con una mujer de voz agradable. Lucinda, se llamaba. Lucinda Graves. Su marido era alguien importante. Un político. Sí, eso era. El próximo primer ministro, o eso decían.

Pero ¿por qué había ido a ver precisamente a Lucinda Graves? ¿Y qué lo había impulsado a visitar un museo después? Esas eran las preguntas que sentía bullir entre el repentino desorden de su mente cuando el vehículo en el que iba —una furgoneta de transporte, suponía— torció a la derecha por una pista sin asfaltar. Pasado cierto tiempo —unos minutos, tal vez, o quizá una hora o más—, el vehículo se detuvo en un lecho de grava. Entonces se apagó el motor y se abrieron las puertas. Gabriel, con la cabeza dolorida, contó las pisadas de al menos cuatro hombres.

Dos pares de manos lo agarraron, uno por los hombros y otro por las piernas, y lo sacaron de la trasera de la furgoneta. Sus porteadores no pronunciaron palabra mientras lo llevaban por el camino de grava hasta una especie de refugio. El suelo sobre el que lo tumbaron era de cemento y estaba frío como la superficie de un estanque helado.

«¿Dónde está Ingrid?», intentó gritar a través de la mordaza, pero una puerta corredera de madera se cerró con estrépito y la argolla de un candado de gran tamaño encajó en su lugar.

En ese instante encajó también en su sitio un fragmento de sus recuerdos. Había ido al elegante despacho de Mayfair —recordó con un destello de repentina lucidez— para preguntarle a Lucinda Graves sobre su conversación con Charlotte Blake. Y acto seguido había visitado la Galería Courtauld para demostrar que Lucinda le había mentido. Ella era la razón por la que la profesora Blake había sido asesinada y por la que él yacía ahora en un frío suelo de cemento, atado y encapuchado. Su marido sería pronto primer ministro y él pronto estaría muerto. De eso, al menos, estaba seguro.

***

A las seis de la tarde, todo Whitehall estaba de acuerdo en que era el desenlace inevitable. La única duda que quedaba por despejar —pensaban— era cómo se produciría. La victoria de Graves en el Comité 1922 había sido mucho más holgada de lo que pronosticaban los expertos y los corredores de apuestas, de lo que se infería que los diputados *tories* estaban ansiosos por demostrar su lealtad al hombre que pronto controlaría su destino político. Tras la votación, acudieron en tropel a su despacho para felicitarle y postularse como candidatos para ocupar un puesto en el nuevo gabinete. Y a continuación buscaron al periodista más cercano y declararon —extraoficialmente y por lo bajo— que había llegado el momento de que Stephen Frasier tirara la toalla.

El ministro de Asuntos Exteriores tuvo que afrontar estas declaraciones durante una entrevista, beligerante por momentos, que le hicieron en el programa *Six O'Clock News*. No ayudó en nada que el presentador de la BBC se refiriera por error a su rival como «el primer ministro Graves». Su cada vez más reducido grupo de seguidores lo instó a llegar hasta el final, pero a las siete de la tarde, en el transcurso de una reunión con sus asesores políticos más cercanos —cuyos detalles se filtraron de algún modo a la prensa—, Frasier comprendió sin lugar a dudas que lo tenía todo en contra. Graves, partidario del Brexit y de aplicar la mano dura con la inmigración, contaba con el apoyo de las bases, cada vez más populistas, del partido, mientras que a él, converso tardío al euroescepticismo, se le miraba con recelo. Como mucho, le dijeron sus asesores, podía esperar una derrota ajustada. El resultado más probable, sin embargo, era un batacazo que dañaría su carrera. Lo más sensato era declarar un alto el fuego por el bien del partido y pedir la paz.

Fue así como, a las 20:07, el ministro de Asuntos Exteriores Stephen Frasier dio el primer paso vacilante para retirarse dignamente del campo de batalla. Lo hizo mediante una llamada telefónica a su rival, de móvil personal a móvil personal. Graves propuso que se reunieran en su casa palaciega de Holland Park. Frasier, un funcionario de toda la vida cuyos medios eran mucho más modestos, insistió en que la reunión tuviera lugar en la sede del partido.

—¿Cuándo? —preguntó Graves.

—¿Qué tal a las nueve?

—Hasta entonces.

—Y nada de filtraciones —añadió Frasier con énfasis.

—Te doy mi palabra.

Aun así, a las ocho y media la noticia de la capitulación inminente de Stephen Frasier era ya la comidilla de todo Whitehall. Samantha Cooke se enteró mientras hincaba el diente a un *panini* de queso *brie* con beicon en el Caffè Nero de Bridge Street. Devoró el resto del bocadillo mientras corría hacia la sede de los conservadores. Cuando llegó, Hugh Graves estaba apeándose de su coche oficial con el empaque de un primer ministro. El ministro de Exteriores apareció cinco minutos después.

—¿Ya ha terminado? —gritó Samantha.

Frasier sonrió con valentía y contestó:

—En realidad, no ha hecho más que empezar.

Lo que no era en absoluto cierto, como descubrió enseguida Samantha mediante una rápida serie de llamadas telefónicas a sus informantes de confianza. Frasier había acudido al cuartel general del partido para deponer su espada en señal de rendición. Graves, a cambio, pensaba ofrecerle una rama de olivo: una invitación absolutamente hipócrita para que siguiera ejerciendo como ministro de Asuntos Exteriores en el nuevo gabinete. Frasier, por supuesto, declinaría educadamente su proposición y volvería a la bancada trasera. Todo acabaría a tiempo para las noticias de las diez. Y a la mañana siguiente, tras la preceptiva invitación del monarca a formar un nuevo Gobierno, Hugh Graves cruzaría la puerta más famosa del mundo en calidad de primer ministro.

Samantha redactó una actualización de la noticia y a las nueve y media su artículo encabezaba la página web del *Telegraph*. Envío el enlace al número de Gabriel Allon, pero de nuevo no recibió respuesta. De pronto le preocupaba que le hubiera ocurrido alguna desgracia. Un accidente o quizá algo peor. Por suerte, uno de sus mejores amigos y colaboradores había llegado ya a la misma conclusión y a las diez menos cuarto de aquella noche, mientras el resto del Londres oficial esperaba ver salir la fumata blanca de la sede del Partido Conservador, iba montado en un taxi con destino a Garrick Street, la última ubicación conocida de su Bentley.

# 50

# Garrick Street

La tecnología que permitió a Christopher Keller dar con el paradero de su automóvil no era más sofisticada ni más secreta que la aplicación de Bentley que tenía descargada en su móvil, el mismo *software* que había utilizado para monitorizar los movimientos de Gabriel e Ingrid durante su visita a Cornualles. Sabía, por ejemplo, que habían comido en el Blue Ball Inn de Clyst Road, en Exeter, sin duda con el sargento Timothy Peel, de la Policía de Devon y Cornualles. Sabía también que habían pernoctado en Bath, con toda probabilidad en el hotel balneario Gainsborough de Beau Street. A las once de la mañana, el Bentley se hallaba en Old Burlington Street, en Mayfair, y poco antes del mediodía se había trasladado a Garrick Street, en Covent Garden. Christopher ignoraba el porqué, ya que todos sus intentos de localizar a Gabriel aquella tarde resultaron infructuosos. Y lo que era aún más inquietante, su teléfono parecía hallarse fuera de cobertura.

El taxi depositó a Christopher delante de una librería Waterstones. Cruzó Garrick Street con el móvil en una mano y el mando de repuesto del coche en la otra y bajó por la rampa circular del *parking*. Encontró el coche encajado en una plaza que hacía esquina, en el nivel inferior, sin el seguro echado. Dentro no había equipaje ni bolsas de ordenador, ni discos duros externos que contuvieran documentos confidenciales del bufete Harris Weber and Company.

Se acercó a la puerta metálica que daba a la escalera interior. En el suelo había gotas oscuras que parecían sangre seca. Encontró más gotas en la escalera misma, aunque para verlas tuvo que usar el teléfono: alguien había desenroscado la bombilla del techo. Allí era donde habían atacado, pensó. Eran profesionales, hombres como él. Pero como aquello era Londres, donde las cámaras de vigilancia nunca parpadeaban, todo estaría grabado en vídeo.

Volvió corriendo al Bentley y se puso al volante. Cinco minutos más tarde, tras pagar la exorbitante tarifa por una estancia de diez horas, iba a toda velocidad por Whitehall hacia Parliament Square. El drama político que en ese momento se desarrollaba en la sede del Partido Conservador había paralizado Westminster. Se abrió paso con esfuerzo por Broad Sanctuary hasta Victoria Street y continuó hacia el oeste hasta Eaton Square, en Belgravia, donde a las diez y cuarto llegó a casa de Graham Seymour, director general del Servicio Secreto de Inteligencia.

Helen, la excéntrica esposa de Seymour, le abrió la puerta envuelta en un vaporoso caftán de seda. Graham estaba arriba, en su despacho, viendo las noticias en la televisión. Señaló la pantalla inclinando su vaso tallado de *whisky* de malta. Hugh Graves y Stephen Frasier aparecían hombro con hombro en la acera iluminada por los focos, frente a la sede del partido. Graves era todo sonrisas. Frasier tenía un aire de estoicismo en la derrota.

—Parece que tenemos nuevo primer ministro —comentó Graham.

—Me temo que tenemos un problema mucho más grave que ese —replicó Christopher.

Graham silenció el televisor.

—¿Qué pasa ahora?

Christopher tomó fuerzas bebiendo un trago de *whisky* antes de intentar explicarle la situación.

—¿Qué demonios hacía en Covent Garden?

—La verdad es que no tengo ni idea.

Graham frunció el ceño, echó mano de su teléfono seguro y llamó a Amanda Wallace, su homóloga del MI5.

—Lamento llamar tan tarde, pero tenemos una pequeña crisis entre manos. Parece que a nuestro amigo Gabriel Allon le ha pasado algo… Sí, ya lo sé. ¿Por qué tenía que ser precisamente esta noche?

Más adelante se determinaría que Amanda Wallace llamó a la sala de operaciones de la sede del MI5 en Millbank a las 22:19 para informar al oficial de guardia de que Gabriel Allon estaba desaparecido y de que se trataba de un secuestro. Acto seguido le dio la última ubicación conocida de Allon, un aparcamiento público en Garrick Street, adonde había llegado a mediodía en un Bentley prestado. No hacía falta que el MI5 se esforzara por identificar al propietario del vehículo, puesto que se trataba de un agente secreto del servicio rival enclavado en Vauxhall Cross, en la orilla opuesta del Támesis.

El oficial de guardia y su equipo, que tenían a su disposición todo un arsenal de herramientas de vigilancia invasiva, no tardaron en averiguar que el Bentley prestado había entrado en el aparcamiento a las 12:03 del mediodía. Allon salió cuatro minutos después, acompañado de una atractiva mujer de unos treinta y cinco años. Se dirigieron a pie a la cercana Galería Courtauld, donde permanecieron cuarenta y dos minutos. Al salir, mantuvieron una animada conversación mientras caminaban por el Strand. Cuando torcieron hacia Bedford Street, Allon pareció redactar y enviar un único mensaje de texto.

Volvieron al aparcamiento de Garrick Street a las 13:15 y no se los volvió a ver. El siguiente vehículo en abandonar el *parking*, a las 13:20, era una furgoneta de transporte Mercedes-Benz Sprinter de color azul oscuro, conducida por un hombre corpulento, vestido con mono oscuro y gorro de lana. Cruzó el puente de Waterloo hacia Southbank y a las tres de la tarde se estaba aproximando a la ciudad catedralicia de Canterbury. La última ubicación conocida de la furgoneta era Kent Downs, un parque natural de ochenta y cinco mil hectáreas en el que escaseaban las cámaras de seguridad. El oficial de guardia del MI5 y su personal suponían que los secuestradores habían trasladado a Allon y a la mujer a un segundo vehículo y que no se encontraban ya en el sureste de Inglaterra.

Pero ¿qué hacía Gabriel Allon en Londres? ¿Y adónde había ido antes de su visita a la Galería Courtauld? La segunda pregunta, al menos, fue fácil de responder. Allon había dejado a la mujer en Piccadilly a las 10:55 de la mañana y había ido en coche a Old Burlington Street, donde había entrado en un moderno bloque de oficinas de seis plantas. Curiosamente, entre los inquilinos del edificio destacaba la empresa de gestión de patrimonio que dirigía Lucinda Graves, la esposa del nuevo primer ministro británico.

Amanda Wallace, directora general del MI5, comunicó esta inquietante noticia por teléfono a su homólogo del Servicio Secreto de Inteligencia a las 23:10 de la noche.

—La cuestión, Graham, es qué estaba haciendo allí.

—Lucinda forma parte del patronato de la Galería Courtauld, si no recuerdo mal.

—Así es.

—Puede que fuera por algún asunto relacionado con el arte —sugirió Graham.

—Tal vez —respondió Amanda.

—Imagino que no le has comentado nada de esto al ministro del Interior. Después de todo, es tu ministro.

—No quería estropearle la velada. Evidentemente, debe de haber mucho jaleo en Holland Park ahora mismo.

—En tal caso, creo que no deberíamos decir nada por ahora.

—No podría estar más de acuerdo.

Graham colgó y miró a Christopher.

—¿Tienes alguna idea de por qué tu amigo Gabriel Allon fue a ver a la esposa del nuevo primer ministro británico esta mañana?

—¿A Lucinda Graves? —Christopher se sirvió otro vaso de *whisky* antes de responder—. Me temo que sí la tengo.

# 51

# Blackdown Hills

Eran las once y diecisiete de la noche cuando la puerta de madera del refugio se abrió por fin con un chirrido y entraron dos hombres en la celda improvisada que ocupaba Gabriel. Atado y encapuchado, ignoraba qué hora era, pero no le costó deducir cuántos eran sus visitantes por el roce de sus zapatos sobre el suelo de cemento. Lo agarraron por los hombros y lo pusieron en pie. Al instante, la oscuridad en la que estaba sumido comenzó a girar sin control.

Le quitaron la cinta adhesiva de los tobillos y le dieron un empujón para que echase a andar, pero las piernas no le respondían y temió estar a punto de vomitar. Cuando por fin remitió el mareo, pudo poner un pie delante del otro, vacilante como un paciente recorriendo los pasillos de un hospital. Avanzó al principio por el suelo de cemento del refugio; luego, por la grava del camino. Caía una suave llovizna y el aire olía a tierra recién removida. No se oía otro sonido que el crujido de las pisadas. Las suyas eran arrítmicas e inseguras, el paso de un hombre herido.

«¿Dónde está ella?», intentó preguntar a través de la mordaza de cinta adhesiva, pero los dos hombres se limitaron a reír. Después de haber residido en el Reino Unido varios años, le pareció que era la risa de dos ingleses de clase obrera, de entre treinta y treinta y cinco años, quizá. Ambos eran varios centímetros más altos que él, y las manos que lo sostenían eran grandes y recias. Se preguntó si alguno de ellos sería el responsable de la abolladura que tenía en el lado izquierdo del cráneo. Esperaba tener la oportunidad de devolverle el favor.

Al cabo de un rato, la grava suelta dio paso al suelo más firme de un camino pavimentado. Después, tras subir afanosamente un tramo de escaleras, sintió que tenía un techo sobre la cabeza y una alfombra bajo los pies. Los dos hombres lo ayudaron sentarse en una silla de respaldo recto y le quitaron la capucha. Gabriel cerró los ojos. La herida en la cabeza le había provocado fotofobia y la intensidad de la luz le hacía daño.

Abrió poco a poco un ojo y luego el otro y observó la habitación en la que se hallaba. Tardó un momento en asimilar su magnitud: tenía el tamaño de una pista de tenis. Los mullidos sillones y los sofás estaban forrados de seda, cretona y brocado, y un penetrante olor a nuevo impregnaba el aire. Los libros encuadernados en piel de las estanterías parecían intactos, como si nadie los hubiera leído, y los cuadros de Maestros Antiguos con marco dorado parecían haberse pintado esa misma noche.

Los dos hombres que lo habían llevado hasta allí permanecían de pie junto a él como columnas. Otros dos estaban sentados en un par de sillones a juego. Trevor Robinson, con traje oscuro y corbata, se estaba sirviendo un *whisky* en el carrito de las bebidas.

Miró a Gabriel levantando la botella de cristal.

—¿Quieres, Allon?

Gabriel, con la boca tapada con cinta aislante, no hizo intento de responder. Robinson sonrió, dejó la botella en el carrito y se acercó con su vaso a un aparador ornamentado. Dispersos encima del aparador se veían los restos de dos ordenadores portátiles, dos discos duros externos de ocho *terabytes* y un teléfono móvil. Parecía el dispositivo Android de Ingrid. Gabriel llevaba su teléfono Solaris en el bolsillo de la chaqueta al entrar en el aparcamiento de Garrick Street. Dedujo que ahora se hallaba en la funda Faraday de bloqueo de señales que Robinson llevaba en la mano libre.

Señaló a Gabriel con la cabeza y uno de los hombres le arrancó la cinta de la boca. Le dolió como si le diera una bofetada en la cara, pero de momento, al menos, el dolor hizo que se olvidara del martilleo incesante que notaba en la cabeza.

—¿Quieres ahora ese trago? —preguntó Robinson—. Tienes cara de que te vendría bien.

Gabriel echó un vistazo a la sala.

—Te han ido bien las cosas, Trevor. Está claro que acertaste al prejubilarte del MI5.

—Esta finca es propiedad de un cliente de la empresa. Nos la presta para ocasiones especiales.

—¿Como esta?

—Desde luego. —Robinson arrojó la funda Faraday sobre una enorme mesa de centro. Cayó con un ruido sordo—. A fin de cuentas, pocas veces recibe uno la visita de una leyenda.

—Tu hospitalidad deja mucho que desear.

—¿Lo dices por lo del chichón en la cabeza? Lo siento, Allon, pero no nos quedó más remedio. —Robinson señaló a uno de los hombres que estaban sentados en los sillones, en silencio—. Fue Sam, por si te interesa saberlo. A veces no controla su fuerza.

—¿Por qué no me quitas la cinta de las muñecas para que pueda agradecérselo como es debido?

—Yo que tú no lo haría. Sam es un veterano del Regimiento, igual que los dos hombres que están a tu lado. Ahora trabajan para una empresa de seguridad privada con sede en Londres. Los clientes del bufete son extremadamente ricos y exigen lo mejor de lo mejor.

Gabriel miró al cuarto hombre.

—¿Y él?

—Tercer Batallón de Paracaidistas. Pasó mucho tiempo en Afganistán.

—Queda Ingrid —dijo Gabriel.

—La señorita Johansen está descansando en este momento y no se la puede molestar.

—No habrás hecho ninguna estupidez, ¿verdad, Trevor?

—Yo, no —respondió Robinson—. Pero me temo que Sam se vio obligado a presionarla un poco para que aflojara la lengua. Después estuvo más que dispuesta a cooperar. De hecho, con su ayuda pude recuperar los documentos que robasteis de nuestra oficina de Mónaco y del BVI Bank de Road Town. Ya no tienes pruebas que respalden ninguna acusación de mala praxis financiera por parte de Harris Weber & Company o sus clientes.

—¿Cómo lo sabías? —preguntó Gabriel.

—¿Que nos habíais robado los archivos confidenciales? No lo sabía —reconoció Robinson—, pero lo supuse después de hablar con uno de mis colaboradores a sueldo del Gobierno suizo. Me reuní con él en Berna a la mañana siguiente de vuestro pequeño robo.

—Por eso sacaste dinero en efectivo de la caja fuerte esa noche.

—Al final, fue dinero bien invertido. Mi fuente me contó que fuiste tú quien descubrió el cadáver de Edmond Ricard en la galería del puerto franco. También me dijo que estabas colaborando con la inteligencia suiza para localizar al asesino de Ricard y recuperar el Picasso. La noticia, como es lógico, me alarmó, igual que alarmó a los socios fundadores del bufete. Eres un oponente de temer.

—Me siento halagado.

—Pues no lo estés, Allon. De hecho, te encuentras en una situación muy comprometida. Por suerte para ti y tu socia, me han autorizado a ofrecerte un acuerdo. Y como tu representante en este asunto, te aconsejo encarecidamente que lo aceptes.

—¿Y las condiciones?

—Recibirás diez millones de libras, pagaderos a una sociedad instrumental de responsabilidad limitada que Harris Weber and Company creará en tu nombre. A cambio, firmarás un acuerdo de confidencialidad que te impedirá hablar de este asunto mientras vivas. La señora Johansen recibirá otros diez millones. Y luego, claro, está el asuntillo del Picasso, que OOC Group devolverá a los herederos de Bernard Lévy en una fecha aún por determinar. Sin admisión de delito, debo añadir.

—Resulta tentador —dijo Gabriel—. Pero yo también tengo algunas condiciones, empezando por los términos económicos del acuerdo. En lugar de pagarnos a mi socia y a mí veinte millones de libras, Harris Weber and Company donará mil millones a las organizaciones benéficas británicas que nosotros elijamos a fin de reparar parte del daño que ha causado al ayudar a los ricos a evadir impuestos. Y luego, claro, está el asuntillo de Hugh Graves, que debe abandonar su candidatura para que Stephen Frasier sea el nuevo primer ministro. —Gabriel consiguió esbozar una sonrisa—. Sin admisión de delito, debo añadir.

Trevor Robinson sonrió a su vez.

—¿No has oído las noticias, Allon? El ministro de Asuntos Exteriores ha tirado la toalla esta misma tarde. Hugh Graves tiene previsto reunirse con el rey en el palacio de Buckingham mañana por la mañana. En cuanto su majestad le encomiende la formación de Gobierno…

—Harris Weber tendrá en su poder al primer ministro —le interrumpió Gabriel—. Por eso Lucinda Graves te llamó minutos después de reunirse con Charlotte Blake en la Galería Courtauld. Le preocupaba, lógicamente, que sus vínculos con tu bufete se hicieran públicos en caso de que hubiera algún litigio por el Picasso. Así pues, el bufete decidió tomar las medidas necesarias para proteger su inversión multimillonaria en el futuro político de su marido.

—Los grandes planes de ratones y hombres… —repuso Robinson—. Estuvieron a punto de desbaratarse porque una historiadora del arte de Oxford encontró un recibo de venta en Christie's.

—Me alegro de que lo hayamos aclarado.

—Descuida, hay muchas cosas de este asunto que no sabes.

—Empezando por vuestras motivaciones. ¿Qué esperaba ganar Harris Weber convirtiendo a Hugh Graves en primer ministro?

—Seguro que no eres tan ingenuo, Allon. —Robinson se acercó lentamente al carrito y volvió a llenar su vaso—. Tu implacable sentido del bien y del mal es digno de alabanza, pero me temo que está bastante anticuado. La verdad es que ya no existen el bien y el mal. Solo existen el poder y el dinero. Y la mayoría de las veces, uno engendra al otro. —Miró a Gabriel por encima del hombro—. ¿Seguro que no quieres nada?

—Unos auriculares con cancelación de ruido, si puede ser.

—Harías bien en escuchar lo que digo. El viejo orden se está desmoronando, Allon, y uno nuevo está surgiendo en su lugar. En

Harris Weber lo llamamos Kleptopia. En Kleptopia no hay leyes, al menos no para los que disponen de recursos ilimitados, y nadie se preocupa por las necesidades de esa gran masa de humanidad a la que no ha sonreído la fortuna. Lo único que importa es el poder y el dinero. Los que no lo tienen quieren adquirirlo. Y los que lo tienen se aferran a él a toda costa. Te estoy ofreciendo la oportunidad de formar parte de ese mundo. Súbete al carro mientras todavía puedes. Si no tienes dinero en un paraíso fiscal, no eres nadie.

—Prefiero mi mundo al tuyo, Trevor. Además, diez míseros millones no sirven de mucho en Kleptopia.

—Tu mundo ha desaparecido, ¿no te das cuenta? Y si no firmas el acuerdo, tú y esa danesa tan guapa también desapareceréis.

—Ya te he dicho mis condiciones —contestó Gabriel.

—¿Hugh Graves? Se acabó, Allon. Eso ya nada puede impedirlo.

Gabriel fijó la vista en la funda Faraday.

—Quizá deberías echar un vistazo a mi teléfono. A lo mejor cambias de idea.

—La señorita Johansen dijo no conocer la contraseña.

—Son catorce dígitos. A veces hasta a mí me cuesta recordarla.

Robinson abrió la funda y sacó el teléfono.

—Pesa bastante, ¿no?

—Pero es muy seguro.

Robinson sostuvo el teléfono a unos centímetros de la cara de Gabriel.

—¿No tiene reconocimiento facial?

—¿Lo dices en serio?

—Dime la contraseña.

—Enséñame a Ingrid.

Robinson suspiró y luego hundió el puño en el abdomen de Gabriel, dejándolo sin habla durante casi dos minutos. Gabriel dejó pasar un minuto más antes de recitar los catorce dígitos.

—Tres, dos, uno, seis, cinco, nueve, tres, cinco, uno, cuatro, cinco, cuatro, siete, seis.

Robinson los marcó y frunció el ceño.

—No ha funcionado.

Gabriel tuvo una arcada antes de contestar.

—Está claro que has marcado mal.

—Repítelo.

—Tres, dos, uno, seis, cinco, nueve, cinco, tres, uno, cuatro, cinco, cuatro, siete, seis.

De nuevo, el teléfono rechazó la contraseña marcada. Esta vez fue uno de los exagentes del SAS quien golpeó a Gabriel. La fuerza del puñetazo casi le paró el corazón.

—¡Dame la puta contraseña, Allon! —le gritó Robinson a la cara—. ¡La contraseña correcta!

—Presta atención esta vez, idiota. Solo te quedan tres intentos antes de que el teléfono se autodestruya.

—Despacio —le advirtió Robinson.

—Tres, dos, uno, seis, cinco, nueve, tres, cinco, uno, cuatro, cinco, nueve, siete, seis.

El siguiente puñetazo impactó en el pómulo y estuvo a punto de dejarlo inconsciente.

—Última oportunidad —dijo Robinson.

Gabriel escupió un chorro de sangre sobre la lujosa alfombra. Después, recitó los catorce dígitos en la secuencia correcta. Robinson, con la mano temblando de rabia, consiguió introducirlos correctamente. El teléfono vibró mientras miraba la pantalla.

—¿Es mi mujer, por casualidad?

—Samantha Cooke, del *Telegraph*.

El teléfono dejó de vibrar y unos segundos después recibió un mensaje de texto.

—¿Qué dice?

—Dice que tienes una hora para aceptar la generosa oferta de Harris Weber and Company. —Robinson metió el teléfono en la funda Faraday y cerró la solapa de velcro—. Si no, tú y esa danesa tan guapa moriréis.

Volvieron a ponerle la capucha y, tras un paseo bajo la lluvia por adoquines y grava, lo arrojaron al suelo de cemento de su celda y cerraron la puerta. Enseguida se dio cuenta de que esta vez no estaba solo; había alguien tumbado a su lado. Comprendió, por su tenue aroma a mujer y a miedo, que era Ingrid.

—¿Te han pegado? —preguntó ella.

—No me acuerdo. ¿Y a ti?

—Una o dos veces. Luego hice un trato con ellos.

—Bien hecho. ¿Cuáles eran las condiciones?

—Prometí contárselo todo si accedían a dejar que te examinara un médico.

—Por si te lo estabas preguntando, no han cumplido su parte del trato. De hecho, acaban de darme una buena paliza ahí dentro.

—¿La contraseña de tu teléfono?

—Sí.

—Ya me lo imaginaba.

—¿De verdad no la sabes?

Ella suspiró y a continuación recitó la contraseña con exactitud.

—Me habría venido bien tu ayuda hace un rato —dijo Gabriel—. Me las vi negras, hasta que me he acordado.

—¿Cuánto tiempo ha estado el teléfono fuera de la funda Faraday?

—El suficiente.

# 52

# Petton Cross

En el límite occidental de la ciudad de Cheltenham, en Gloucestershire, se alza una enorme estructura circular que semeja una nave extraterrestre varada. El edificio, conocido por quienes trabajan en él como el Dónut, es la sede del Cuartel General de Comunicaciones del Gobierno, o GCHQ, el servicio de telecomunicaciones del espionaje británico. Veinticuatro horas al día, siete días por semana, sus agentes escuchan furtivamente comunicaciones confidenciales procedentes de todo el mundo. De vez en cuando, no obstante, se les asignan tareas más prosaicas, como localizar la ubicación aproximada de un teléfono móvil, cosa que pueden hacer con bastante facilidad, siempre y cuando el dispositivo esté encendido y transmita una señal.

Esa noche, tres agentes veteranos del GCHQ estaban llevando a cabo una búsqueda de ese tipo. Conocían bien el teléfono en cuestión. Era el dispositivo de seguridad que portaba el exjefe del espionaje israelí, un hombre que durante años había colaborado estrechamente con sus homólogos de Millbank y Vauxhall Cross. Por supuesto, y a pesar de que se afirmase lo contrario, el GCHQ hacía un seguimiento del dispositivo cada vez que aparecía en una de las redes británicas, aunque todos los intentos de traspasar sus formidables barreras defensivas habían resultado infructuosos.

Los agentes tardaron poco en determinar que el teléfono había regresado al Reino Unido dos días antes; que había llegado hasta

Land's End, en Cornualles; que había pasado una noche en la antigua ciudad romana de Bath y que había desaparecido del mapa las 13:37 de esa misma tarde en las cercanías de Greenwich Park, al sureste de Londres. Finalmente, sin embargo, a las 23:47 de la noche, despertó de su prolongado letargo y volvió a conectarse a la red. Fue un breve paréntesis, algo menos de cinco minutos, pero bastó para que los tres agentes localizaran la antena de telefonía móvil más cercana.

A las 23:54, el oficial que hacía la guardia nocturna en Cheltenham informó personalmente de este dato nimio pero crucial a Graham Seymour, director del SIS. Graham, que seguía en su casa de Belgravia, comunicó a su vez la noticia a Amanda Wallace, del MI5. Ambos cerebros del espionaje estuvieron de acuerdo en que, al menos por el momento, debían seguir ocultándole la información tanto a la primera ministra como al hombre que pronto la sucedería, el ministro del Interior Hugh Graves.

Coincidieron también en que se trataba de un asunto de inteligencia y no de algo que pudiera dejarse exclusivamente en manos de la policía. No podían, sin embargo, organizar una operación de rescate sin poner sobre aviso al jefe de la policía regional. Fue Graham Seymour quien, poco después de la medianoche, hizo la llamada, despertando al comisario jefe de un sueño profundo. La conversación duró dos minutos, fue hosca de tono y se caracterizó por la falta de franqueza por parte de Graham, que se negó a revelar el más mínimo detalle sobre el carácter de la emergencia e insistió en reservarse el control total de las actuaciones. Según dijo, no necesitaba más ayuda que un coche sin distintivos y un conductor. Para sorpresa del comisario jefe, solicitó a un agente en concreto para esa tarea.

—Pero es un detective novato, sin ninguna experiencia en estas cosas.

—Para que lo sepa, comisario, hace tiempo que le tenemos echado el ojo.

Y así fue como, hora y media más tarde, el sargento Timothy Peel estaba sentado al volante de un Vauxhall Insignia sin distintivos, observando cómo un helicóptero Sea King de la Royal Navy se acercaba a Exeter por el este. El aparato se posó en el helipuerto del cuartel general de la Policía de Devon y Cornualles a la 01:47 de la madrugada y una sola figura enfundada en negro descendió de la cabina, con una mochila de nailon colgada del robusto hombro. Agachando la cabeza, cruzó rápidamente la pista y se dejó caer en el asiento del copiloto del Vauxhall.

—Timothy —dijo con una sonrisa—, me alegro de conocerte por fin.


Le indicó a Peel que se dirigiera a la M5, en dirección norte. A las dos de la madrugada de un miércoles lluvioso no había tráfico en la autovía. Peel iba a ciento cuarenta, sin la sirena puesta. Su acompañante no parecía impresionado.

—¿Este cacharro no puede ir más rápido? —preguntó.

Peel subió a ciento ochenta.

—¿Te importaría decirme adónde vamos?

—A Petton Cross.

Era un pueblecito de nada, cerca del límite del vecino condado de Somerset.

—¿Por alguna razón en particular?

—Te lo explicaré cuando lleguemos —contestó su pasajero, y encendió un Marlboro con un mechero Dunhill dorado.

—¿Eso es necesario? —preguntó Peel.

Él sonrió.

—Sí, lo es.

Peel bajó la ventanilla unos centímetros para ventilar el humo.

—Acabo de caer en que no sé tu nombre.

—Normal.

—¿Cómo debo llamarte?

—¿Qué tal David?

—¿David? —Peel negó con la cabeza—. No te pega.

—Entonces, llámame Christopher.

—Mucho mejor. —Peel echó un vistazo a la mochila—. ¿Qué llevas ahí, Christopher?

311

—Unos prismáticos Zeiss de visión nocturna, dos pistolas Glock, varios cargadores de repuesto con munición de nueve milímetros, un par de teléfonos seguros y un paquete de galletas McVitie's.

—¿De chocolate negro?

—Por supuesto.

—Ahora mismo mataría por comerme una.

Christopher sacó el paquete de galletas de la mochila y le dio una.

—Eres de Cornualles, ¿no? —preguntó.

—Por los cuatro costados.

—¿De qué parte?

—De Lizard.

—¿De Port Navas, por casualidad?

Peel giró la cabeza hacia la izquierda.

—¿Cómo lo has sabido?

—Un amigo mío vivía allí. En la antigua casita del capataz, la que da al muelle. Era restaurador de arte de profesión. Y espía en sus ratos libres.

Peel volvió a fijar los ojos en la carretera.

—Mi madre y yo vivíamos en la casa de la entrada de la ría. Éramos vecinos.

—Sí, lo sé. Me lo contó una noche que estábamos encerrados en un escondite y la tele no funcionaba.

—¿Dónde estaba el escondite?

—No me acuerdo, pero sí recuerdo el cariño con el que hablaba del niño que le hacía señales con una linterna desde la ventana de su cuarto cada vez que regresaba a Port Navas. Significabas mucho para él, Timothy. Más de lo que crees.

—Gracias a él me convertí en la persona que soy.

—Eso es algo que tenemos en común, tú y yo. —Christopher bajó la voz—: Por eso he venido esta noche.

—¿Qué hay en Petton Cross? —preguntó Peel.

—Un repetidor de telefonía móvil que detectó la presencia del teléfono de Gabriel hace unas dos horas. Espero de todo corazón que su amiga Ingrid y él estén en algún lugar cercano.

—¿Qué ha pasado?

—Los secuestraron en Londres esta tarde. Un aparcamiento en Garrick Street, todo muy profesional. Más o menos una hora antes, Gabriel fue a ver a Lucinda Graves a su despacho en Mayfair. Me preguntaba si tú sabías por qué.

—Por la profesora Charlotte Blake.

Christopher señaló la salida de la A38.

—Más vale que frenes, Timothy, o te pasarás el desvío.


Era más pequeño, incluso, que el minúsculo Gunwalloe: apenas un puñado de casas de campo y granjas agrupadas en torno al cruce de cuatro carreteras comarcales. Una de ellas llevaba al norte. Peel la siguió por espacio de unos centenares de metros y tomó a continuación un estrecho camino que los condujo cuesta arriba por la falda de una colina. A su derecha, visible apenas por encima del espeso seto, una luz roja brillaba en lo alto de una torre de telefonía móvil.

Como no había arcén ni desvío alguno a la vista, Peel detuvo el Vauxhall en medio del camino. El seto estaba tan pegado al coche que tuvo que ponerse de costado para salir. Llevaba en el maletero un par de botas de goma, imprescindibles para el trabajo policial en la Inglaterra rural. Se las puso y alumbró el seto con una linterna. Era tan espeso que no dejaba pasar la luz.

—Tiene que haber un hueco en alguna parte —dijo Christopher.

—En este camino, no.

—Entonces supongo que tendremos que atravesarlo, ¿no?

Christopher se colgó la mochila al hombro y pasó a través del seto como si fuera una puerta abierta. Cuando Peel consiguió atravesarlo, el hombre del SIS estaba ya en mitad del prado del otro lado. Peel corrió torpemente tras él con las botas de goma y por fin llegó jadeando a la cima de la colina. Christopher respiraba con normalidad, a pesar del Marlboro recién encendido que colgaba de la comisura de sus labios.

Sacó los prismáticos de visión nocturna de la mochila y, girando lentamente al pie de la antena, escudriñó el terreno en todas direcciones. Había algunas luces encendidas aquí y allá, pero por lo demás aquel rincón de Devon seguía durmiendo a pierna suelta.

Por fin bajó los prismáticos y señaló al noreste.

—Hay una finca bastante grande a unos tres kilómetros en esa dirección. ¿Por casualidad no sabrás de quién es?

—Eso es Somerset, señor.

—¿Y?

—Que no es mi jurisdicción.

—Ahora sí lo es.

Peel extendió la mano.

—¿Te importa que eche un vistazo?

Christopher le entregó los prismáticos y Peel observó la finca en cuestión. Parecía tener unas cuarenta hectáreas. Su imponente casona georgiana de ladrillo rojo parecía en perfecto estado de conservación. Había luces encendidas en la planta baja y un Range Rover aparcado a la entrada. Detrás de la casona había varias edificaciones de uso agrícola. También había otro vehículo: una furgoneta Mercedes-Benz Sprinter. A Peel le pareció que había alguien sentado al volante.

Bajó los prismáticos.

—Con una búsqueda sencilla en el Registro de la Propiedad sabremos el nombre del propietario.

—¿Y a qué esperas?

Peel llamó a Exeter y le hizo al agente de guardia una descripción general de la parcela y una dirección aproximada: un poco al norte de la antigua iglesia de St. Michael de Raddington, en el lado oeste de Hill Lane.

—Eso es Somerset —contestó el agente.

—No me digas.

—Te lo mando enseguida.

—Date prisa —ordenó Peel, y cortó la conexión.

Christopher estaba mirando otra vez por los prismáticos.

—Espero que no le diga nada al comisario.

—Es un chaval de Cornualles, como yo.

—¿Eso es un sí o un no?

Antes de que Peel pudiera responder, su teléfono tintineó suavemente al recibir un mensaje.

—¿Y el ganador es…? —preguntó Christopher.

—La finca es de una sociedad limitada registrada en las Islas Vírgenes Británicas.

—¿Tiene nombre esa sociedad?

—Driftwood Holdings.

Christopher bajó los prismáticos y clavó la mirada en Peel.

—¿Vas armado, Timothy?

—No.

—¿Sabes usar un arma?

—Bastante bien, la verdad.

—¿Alguna vez has disparado a alguien?

—Nunca.

Christopher guardó los prismáticos en la mochila.

—Bien, Timothy Peel, puede que esta noche estés de suerte.

# 53

## Somerset

Timothy Peel se adentró oficialmente en territorio de la Policía de Avon y Somerset a las tres y dos minutos de la madrugada, cuando su Vauxhall Insignia sin distintivos cruzó el puentecillo curvo del río Batherm. Para colmo de males, su pasajero iba haciéndole un rápido tutorial sobre el funcionamiento básico de una pistola Glock 19. Peel, que no estaba autorizado a llevar ni a disparar armas de fuego en ningún condado, ni siquiera tendría que haber llevado una pistola en el coche.

—El cargador tiene quince proyectiles. —Christopher señaló la parte de abajo de la empuñadura—. Se inserta aquí.

—Sé cargar una puñetera pistola.

—No hables, solo presta atención. —Christopher introdujo el cargador en la empuñadura—. Cuando estés listo para disparar, carga el primer cartucho deslizando la corredera. Las Glock tienen un mecanismo de seguridad interno que se desactiva automáticamente cuando aprietas el gatillo. Si por la razón que sea sientes la necesidad de apretarlo quince veces seguidas, la corredera se bloqueará en la posición de apertura. Expulsas el cargador vacío apretando el botón del lado izquierdo de la empuñadura e insertas otro. Y vuelves a empezar. —Le entregó el arma cargada—. Y procura no dispararme a mí, Timothy. Eso aumentará mucho tus posibilidades de sobrevivir en los próximos minutos.

—No sabía que los agentes del SIS llevaran armas.

—Yo no soy un agente normal del SIS.

—Ya me lo imaginaba. —Peel señaló la silueta de un campanario que se elevaba sobre el prado, a su izquierda—. Ahí está la iglesia de Saint Michael.

—No me digas.

—Solo intentaba orientarte.

—Puede que esto te sorprenda, pero he hecho cosas como esta una o dos veces.

—¿En algún sitio en particular?

—En el oeste de Belfast, en South Armagh y en algunos otros rincones de la provincia de Irlanda del Norte. —Encendió otro cigarrillo—. Allí fue donde adquirí este vicio repugnante. Bueno, entre otros.

Peel giró a la izquierda en Churchill Lane y se dirigió al norte.

—Apaga las luces —ordenó Christopher.

Peel obedeció.

—Las de posición también.

—No voy a ver nada.

—No hables, solo presta atención.

Peel apagó las luces y redujo la velocidad. Las nubes ocultaban la luna y las estrellas, y aún faltaban tres horas para que amaneciera. Era como conducir con los ojos cerrados.

—Acelera un poco, Timothy. Me gustaría llegar antes de que los maten.

Peel pisó el acelerador y un seto arañó el lado izquierdo del Vauxhall.

—Intenta que este cacharro no se salga de la carretera, ¿vale?

—¿Qué carretera?

Christopher miró su teléfono.

—Nos estamos acercando a Hill Lane.

Peel se las arregló para torcer a la derecha sin causarle más desperfectos al Vauxhall y empezó a subir la pendiente de la colina que daba nombre a la carretera. Cuando se acercaban a la cima, Christopher le indicó que buscase un sitio para dejar el coche. Se metió por la cerca abierta de un prado y paró allí. Un rebaño de ovejas, invisible en medio de la densa oscuridad, baló en señal de protesta.

Christopher salió del coche, se colgó la mochila, atravesó otro seto y empezó a cruzar un pastizal. Peel lo siguió, con su Glock 19 en la mano derecha. La hierba les llegaba hasta las rodillas y el suelo estaba saturado de agua y desnivelado. Las botas de goma de Peel chapoteaban al pisar. Christopher, en cambio, atravesó el prado sin hacer ningún ruido.

Atravesaron otro seto y cruzaron otro prado, poblado de vacas. Una espesa arboleda lo delimitaba por el norte. Christopher se volvió hacia Peel en la oscuridad y dijo en voz baja:

—Haga el favor de cargar su arma, sargento.

Peel deslizó la corredera y cargó la primera bala.

—Mantén el dedo a un lado del guardamonte y el cañón apuntando hacia el suelo. Y no digas ni una palabra a no ser que yo te hable primero.

Christopher dio media vuelta y desapareció entre los árboles. Peel lo siguió un paso por detrás, agarrando la Glock con las dos manos, con el cañón apuntando cuidadosamente hacia abajo. La oscuridad era absoluta. Lo único que alcanzaba a ver era la tenue silueta de los poderosos hombros de Christopher.

De pronto, el hombre del SIS se detuvo y levantó la mano derecha. Detrás de él, Peel se quedó quieto como una estatua, sin saber qué había provocado su reacción. No se veía nada y el único sonido que oía Peel era el redoble de su propio corazón.

Christopher bajó la mano y reanudó su metódico avance. La segunda vez que se detuvo, se despojó de la mochila y sacó los prismáticos Zeiss. Estuvo un rato observando la oscuridad; luego se los pasó a Peel. Los prismáticos le mostraron la finca que había visto minutos antes, al pie de la antena de telefonía. Las luces de la planta baja de la casona georgiana seguían encendidas y la furgoneta Mercedes continuaba aparcada frente a los edificios anexos. No parecía haber nadie al volante.

Christopher volvió a guardar los prismáticos, se colgó la mochila a la espalda y condujo a Peel fuera del bosque, hasta los terrenos de la finca. Allí no había ganado que pudiera advertir su presencia, como ocurría en los pastos circundantes. Un cuidado camino de grava se extendía desde la mansión hasta los edificios de la parte de atrás de la finca. Christopher caminaba silenciosamente por el borde del camino, con la Glock a la altura de los ojos y el dedo índice en el gatillo. El arma de Peel seguía apuntando al suelo.

Había tres anexos en total, también de ladrillo rojo y estilo georgiano, dispuestos alrededor de un patio central rodeado por un muro. Para llegar a la entrada había que recorrer unos veinte metros cruzando la grava. Christopher prefirió la velocidad al sigilo y cruzó el patio a la carrera, sosteniendo la Glock con el brazo extendido. Peel se preparó para oír disparos, pero solo hubo silencio. Avanzó por el patio y encontró a Christopher entrando con cautela por la puerta abierta de uno de los tres anexos. Salió poco después con dos capuchas negras, una de ellas manchada de sangre seca.

Peel hizo una foto de la matrícula de la furgoneta y abrió el portón trasero. La luz del techo iluminó la zona de carga. Christopher miró las manchas de sangre y cerró la furgoneta sin hacer ruido. Un momento después avanzaba agazapado por un prado a oscuras, hacia la casona georgiana, sujetando la Glock con las manos extendidas. Timothy Peel iba un paso detrás de él.

La mesa era circular, de madera de palisandro. Sobre ella había un montón de documentos, una pluma Montblanc, una funda Faraday, un teléfono móvil y una pistola SIG Sauer P320. Gabriel e Ingrid estaban sentados hombro con hombro en sendas sillas conmemorativas de la coronación de Jorge VI. Sin la capucha, pudieron mirarse por primera vez. Ingrid tenía un enorme hematoma en el lado derecho de la cara y el ojo enrojecido por una hemorragia subconjuntival. Gabriel sabía que él estaba mucho peor. Hasta Trevor Robinson parecía avergonzado por su aspecto.

Se acercó a una mesita con alas abatibles y sacó un cigarrillo de una caja antigua de plata.

—Confío en que hayas entrado en razón, Allon.

—No quiero tu dinero, Trevor.

—¿Y el Picasso?

—Lo recuperaré de un modo u otro.

—No, si estás muerto. —Robinson encendió el cigarrillo y se sentó a la mesa—. Además, Allon, ¿de verdad quieres dejar a tu mujer viuda por un cuadro que era de un judío cualquiera que murió en las cámaras de gas?

—¿Intentas congraciarte conmigo, Trevor?

—Ni se me ocurriría, pero me interesa ayudarte a tomar la decisión más conveniente para todas las partes implicadas. —Puso un documento delante de Gabriel y colocó encima la pluma estilográfica—. Esto otorga a Harris Weber plenos poderes para gestionar tus asuntos en relación con este tema, entre ellos la creación de una sociedad limitada registrada en las Islas Vírgenes Británicas. Por favor, firma donde se indica.

—Eso sería bastante difícil, dado que tengo las manos atadas a la espalda.

Robinson hizo un gesto con la cabeza a uno de sus hombres.

—No te molestes —dijo Gabriel—. No tengo intención de firmar.

—Quizá esto te haga cambiar de opinión. —Robinson agarró la pistola y apuntó a Ingrid a la cabeza—. No voy a hacerlo aquí, por supuesto. Se pondría todo perdido. Pero la verás morir si no firmas esos documentos.

—Baja la pistola, Trevor.

—Sabia decisión, Allon.

Robinson dejó el arma sobre la mesa y uno de los hombres cortó la cinta adhesiva que sujetaba las muñecas de Gabriel. Tenía los hombros agarrotados, como si sufriera de *rigor mortis*, y le costó agarrar la elegante estilográfica con los dedos de la mano derecha. Era la pistola lo que quería, la SIG Sauer P320, pero en su estado no estaba en absoluto seguro de poder cogerla antes que Robinson. Además, ahora que tenía las manos libres, los cuatro exmilitares de élite también habían desenfundado sus SIG. Cualquier intento por su parte de apoderarse del arma, aunque tuviera éxito, daría como resultado un baño de sangre.

Robinson señaló la marca adhesiva roja pegada en la parte inferior de la página.

—Firma aquí, por favor.

—Me gustaría leerlo primero, si no te importa.

Gabriel fijó los ojos en la primera línea del documento. Oyó entonces algo parecido al chasquido de la rama de un árbol. Pensó por un instante que era solo un espejismo provocado por la conmoción cerebral, pero al ver que los cuatros guardias se sobresaltaban comprendió que no era así.

El que se llamaba Sam fue el primero en levantar el arma. En la enorme sala, el restallido del disparo fue ensordecedor. Siguieron tres disparos de réplica, y tres balas se incrustaron, estrechamente agrupadas, en el pecho de Sam, abriendo en él un gran agujero. Los dos hombres siguientes cayeron como blancos en la caseta de tiro de una feria, pero el cuarto consiguió efectuar varios disparos a ciegas antes de que una parte de su cabeza desapareciera y le fallaran las piernas.

Solo entonces echó mano Trevor Robinson de la SIG Sauer y encañonó de nuevo a Ingrid. Gabriel se lanzó delante de ella en el instante en que sonaban varias detonaciones. Un momento después, vio una cara conocida cerniéndose sobre él: la cara del niño que vivía en la casa de la entrada de la ría de Port Navas. Pero ¿qué hacía allí? ¿Y por qué empuñaba una Glock 19? Seguramente era una visión ilusoria, se dijo: su mente trastornada, que otra vez le estaba jugando una mala pasada.

# 54

# Vauxhall Cross

Casi dos kilómetros y medio separaban la opulenta mansión georgiana del prado donde Peel había dejado el Vauxhall. Con las botas de goma, tardó poco más de diez minutos en recorrer esa distancia, deteniéndose dos veces para vomitar violentamente. Regresó a la finca en el coche, con los faros apagados, y encontró a Christopher en el salón salpicado de sangre, fotografiando la cara de los cadáveres. Peel había matado a dos, incluido el hombre canoso con traje y corbata que se disponía a disparar a Gabriel e Ingrid.

Miró la cara del muerto.

—¿Quién es?

—Trevor Robinson. Bueno, era. —Christopher sacó una foto del hombre y, tras mirarla detenidamente, sacó otra—. Es el que organizó el asesinato de la profesora Blake. Cosa que no puedes contarle a tus superiores. Total, ¿cómo ibas a poder? No has estado aquí esta noche.

—He matado a dos personas.

—Nada de eso.

Peel levantó la mano derecha.

—¿Y si la Policía de Avon y Somerset me hace pruebas y encuentran residuos de pólvora?

—Estoy seguro de que no te las harán.

—¿Por qué?

—Porque tampoco vamos a contarles nada de esto.

Peel se quedó mirando los cinco cadáveres.

—No podemos dejarlos aquí así, sin más.

—Claro que podemos.

—¿Cuánto tiempo?

—Hasta que alguien los encuentre, supongo.

Gabriel estaba guardando documentos en una bolsa de viaje negra. Tenía un lado del cuello cubierto de sangre seca y la mejilla muy hinchada. Ingrid, que parecía haber salido de aquel suplicio con una sola contusión, estaba recogiendo los ordenadores y los discos duros destrozados que había encima de un aparador, ajena a la carnicería que la rodeaba.

—¿Y ellos? —preguntó Peel—. ¿Han estado aquí esta noche?

—No digas tonterías —respondió Christopher.

—Hay sangre de Gabriel en uno de los edificios de fuera y en la parte de atrás de la furgoneta.

—No te preocupes, tiene mucha más.

Peel se volvió hacia Gabriel y preguntó:

—¿Ha tocado algo?

Gabriel levantó la pluma Montblanc y luego la metió en la bolsa de nailon.

Peel señaló el teléfono móvil que descansaba sobre la mesa circular.

—¿Y eso?

—Pertenecía al difunto Trevor Robinson. Los restos de mi móvil están en esa funda Faraday. —Gabriel guardó ambas cosas en la bolsa de viaje.

—¿Y el pasaporte y la cartera? —preguntó Peel.

Gabriel se dio unos golpecitos en la pechera de la chaqueta.

—Ingrid también tiene los suyos. No hay nada que demuestre que hemos estado aquí.

—Excepto el vídeo del sistema de seguridad.

—Esta finca es de un millonario ruso corrupto. —Gabriel cerró la cremallera de la bolsa—. No hay ningún vídeo.

Apagaron las luces y salieron, cerrando tras de sí la puerta destrozada. Gabriel e Ingrid guardaron sus bolsas en el maletero y montaron en el asiento de atrás. Christopher se sentó delante, con Peel, que enfiló el camino con los faros apagados y se detuvo al llegar a Hill Lane.

—¿Adónde vamos?

—A la base aérea de la Royal Navy en Yeovilton. He conseguido que un Sea King nos lleve de vuelta a Londres.

—¿A todos?

—No pensarás que vamos a dejarte aquí solo, ¿verdad?

Peel giró en Hill Lane y al instante chocó contra un seto.

—Solicito permiso para encender los dichosos faros.

—Permiso concedido —respondió Gabriel.

Peel lo miró por el retrovisor.

—¿Va a contarme alguna vez qué ha pasado esta noche?

—Que nos has salvado la vida. Y por eso te estamos ambos muy agradecidos.

—¿Qué querían esos hombres?

—Los documentos que sustrajimos de Harris Weber and Company en Mónaco.

—Por eso destrozaron los ordenadores y los teléfonos.

—Y los dos discos duros externos —añadió Gabriel.

—Lástima que no tengáis una copia en la nube.

—Sí —dijo Ingrid con una sonrisa—. Lástima.

Eran casi las cinco de la mañana cuando Peel condujo el Vauxhall más allá de la garita de guardia de la base aeronaval. El Sea King los esperaba en la pista, con los motores turboeje Rolls-Royce Gnome encendidos. El aparato los trasladó al este, al helipuerto de Battersea, donde subieron a una furgoneta gris oscura con las ventanillas ahumadas. Veinte minutos más tarde, tras recorrer penosamente Battersea Park Road, la furgoneta entró en el aparcamiento del cuartel general del SIS en Albert Embankment.

Peel e Ingrid fueron conducidos de inmediato a una sala de espera subterránea. A Gabriel, en cambio, por haber sido un visitante habitual del edificio en su vida anterior, se le permitió acompañar a

Christopher arriba, al espléndido despacho con vistas al Támesis de Graham Seymour. El jefe del SIS estaba sentado detrás de su escritorio de caoba, el mismo escritorio que habían usado todos sus predecesores en el cargo. Cerca de él había un majestuoso reloj de pie construido por *sir* Mansfield Smith-Cumming, el primer director del Servicio Secreto de Inteligencia. Las manecillas marcaban las seis y media.

Graham se levantó sin prisa y miró a Gabriel detenidamente.

—¿Quién te ha hecho eso?

—Un tipo llamado Trevor Robinson y cuatro matones a sueldo.

—Yo conocí a un tal Trevor Robinson cuando aún estaba en el MI5. Trabajaba en la División D. Lo último que supe de él es que vivía en Mónaco y ganaba millones trabajando para un bufete de abogados especializado en servicios financieros *offshore*.

—Es el mismo Trevor —respondió Gabriel.

—¿Dónde está ahora?

—En Somerset, en una preciosa mansión georgiana propiedad de Valentin Federov, el oligarca ruso cuya contribución al Partido Conservador hizo caer a la primera ministra Edwards. Le había prestado la casa.

—Supongo que no sigue vivo.

—Me temo que no.

Seymour fijó los ojos en Christopher.

—Por favor, dime que no has matado a un exagente del MI5.

—¿Qué quieres que te diga, entonces?

—¿Y sus cuatro socios?

—Échale imaginación, Graham.

Seymour miró a Gabriel.

—¿Debo entender que Lucinda Graves está mezclada de algún modo en este embrollo?

—Sin lugar a dudas. Y su marido también.

—¿Quién lo dice?

—El difunto Trevor Robinson.

—Bien —dijo Graham—. Eso nos plantea un problema, ¿no?

\* \* \*

Entre las muchas instalaciones que albergaba la sede del Servicio Secreto de Inteligencia a orillas del río, había pistas de *squash,* un gimnasio, un bar restaurante bastante bueno y una clínica que abría todo el día. El médico de guardia, tras un breve examen, dictaminó que su paciente había sufrido con toda probabilidad una conmoción cerebral entre moderada y grave. Aun así, el paciente fue capaz de referirle con todo detalle al jefe del SIS, Graham Seymour, la inaudita serie de acontecimientos que le habían llevado a ese estado. Solo omitió un hecho relevante: el pequeño papel que había desempeñado Christopher en el robo de una serie de documentos confidenciales de la oficina monegasca de un bufete de abogados británico. Graham lo dedujo, aun así, del hecho de que Gabriel hubiera usado el Bentley de Christopher para ir a Cornualles. Estaba, además, razonablemente seguro de que Sarah, la esposa de Christopher, también estaba metida hasta las cejas en aquel asunto. Eran los tres uña y carne.

—¿Qué posibilidades hay de que la Galería Courtauld tenga aún una copia de ese vídeo?

—Por cómo reaccionó el director del museo —respondió Gabriel—, yo diría que son casi nulas.

—Así pues, no tienes ni una sola prueba que vincule a Lucinda Graves con el asesinato de esa profesora de Oxford. Ni tampoco puedes vincularla con una conspiración para instalar a su marido en Downing Street. De hecho, no puedes probar que tal conspiración haya existido.

—El hecho de que Valentin Federov pagara diez millones de libras al tesorero del Partido Conservador sugiere que, en efecto, existió.

—«Sugiere», esa es la palabra clave —repuso Graham—. Pero ¿por qué querrían derribar a Hillary Edwards? ¿Qué hizo para merecer ese destino?

—Trevor Robinson no quiso responder a esa pregunta. —Gabriel hizo una pausa—. Pero quizá tú puedas hacerlo.

Graham se acercó a la ventana. El cielo sobre Londres empezaba a clarear. El Támesis era del color del plomo fundido.

—Poco después de la invasión de Ucrania —dijo al cabo de un momento—, a Amanda Wallace y a mí nos quedó muy claro que la incapacidad de Gran Bretaña para sanear su sector financiero no era solo un problema interno, sino que se había convertido en una amenaza para la seguridad mundial. Somos, sencillamente, la capital mundial del blanqueo de dinero. Por nuestros bancos y nuestras empresas de inversión pasan cada año miles y miles de millones de dinero sucio y dinero robado, en gran parte procedentes de Rusia. Ese dinero ha hecho enormemente ricos a muchos londinenses, pero también ha causado un daño inmenso a nuestra sociedad. Y ha podrido nuestra vida política hasta la raíz.

—Si no me falla la memoria —dijo Gabriel—, tú y yo tuvimos una vez una encendida discusión sobre ese tema.

—Fue una pelea en toda regla, que yo recuerde. Y como solía ocurrir, tú tenías razón. —Graham se acercó a su escritorio y sacó una carpeta de color marrón del cajón de arriba—. Esto es una copia de un informe confidencial que Amanda y yo le presentamos a Hillary Edwards el otoño pasado. En él recomendábamos que se adoptaran medidas legislativas estrictas contra el blanqueo de capitales y otras reformas a fin de limpiar de dinero sucio nuestro sistema financiero y nuestro mercado inmobiliario, así como nuestra vida política. La primera ministra, después de leer el informe, quiso ir aún más lejos. Igual que el ministro de Economía y el de Asuntos Exteriores.

—¿Y Hugh Graves?

—Al ministro del Interior le preocupaba que la legislación que proponíamos debilitase un sector clave de la economía británica e hiciera enfadar innecesariamente a los peces gordos de la City que respaldaban al partido. La primera ministra no estuvo de acuerdo e informó al Gobierno de que tenía intención de presentar un proyecto de ley lo antes posible. Luego apareció esa historia en el *Telegraph* y se acabó.

—Quizá tú puedas convencerla de que se replantee su dimisión.

—Imposible. —Graham miró la esfera del reloj de pie. Pasaban unos minutos de las siete—. Dentro de unas cuatro horas,

Hillary Edwards presentará su dimisión al rey en el palacio de Buckingham. Su majestad invitará entonces a Hugh Graves a formar Gobierno en su nombre, y Graves se convertirá en primer ministro. Ya no hay nada que pueda impedirlo.

—¿Y si su majestad rehusara reunirse con él?

—Nuestro sistema político se sumiría en el caos.

—Quizá tú puedas intervenir.

—Eso sería aún peor. —Graham le tendió la carpeta marrón—. Tú, en cambio, estás en una posición única para ayudarnos a salir de este atolladero.

Gabriel aceptó el documento.

—Quedan los cinco cadáveres de la finca de Valentin Federov en Somerset.

—Qué cosa tan lamentable —comentó Graham—. ¿Quién crees que fue?

Gabriel sonrió.

—Los rusos, seguro.

—Sí —convino Graham—. Esos cabrones no tienen piedad, ¿verdad que no?

# 55

# Queen's Gate Terrace

Samantha Cooke, que la víspera se había quedado trabajando hasta las dos de la madrugada, aspiraba a dormir al menos hasta las ocho y media, lo que le dejaría el tiempo justo para llegar a Downing Street a fin de asistir a la salida de un primer ministro y la llegada de otro. El teléfono, sin embargo, la despertó a las siete y cuarto. No reconoció el número, pero aun así aceptó la llamada.

—¿Se puede saber qué quieres?

—¿Así se le habla a un viejo amigo?

El viejo amigo era Gabriel Allon.

—Te llamé mil veces anoche. ¿Dónde te metiste?

—Lo siento, Samantha, pero estaba atado y no podía contestar el teléfono.

—¿Te importaría explicarme eso?

—Me encantaría. Un coche aparecerá delante de tu puerta dentro de unos minutos. Por favor, sube a él.

—No puedo, lo siento. Tengo que ir a Downing Street a cubrir el cambio de guardia.

—No va a haber cambio de guardia. Por lo menos, si de mí depende.

—¿En serio? ¿Y cómo vas a conseguirlo?

—Cuento contigo para ello —dijo, y la llamada se cortó.

\* \* \*

329

El coche era un Mini Cooper eléctrico de color azul neón. El hombre sentado al volante tenía el aire bonachón de un párroco rural, pero conducía como un demonio.

—¿No nos hemos visto antes en algún sitio? —preguntó Samantha mientras circulaban a toda velocidad por Westway.

—No he tenido el placer —respondió él.

—Se llama Davies, ¿no? Me llevó a ese escondite de Highgate hace un par de años.

—Ese debió de ser mi doble. Yo me llamo Baker.

—Encantada de conocerlo, señor Baker. Yo soy Victoria Beckham.

Atravesaron Bayswater a la velocidad del rayo, pasaron luego por Kensington y llegaron a Queen's Gate Terrace, donde se detuvieron frente a una gran casa georgiana de color crema. El conductor indicó a Samantha que usara la entrada inferior.

—Por cierto —añadió—, ha sido un placer volver a verla, señora Cooke.

Ella salió del coche y bajó los escalones que conducían a la entrada de abajo. Un hombre guapo y de aspecto curtido, con los ojos azules claros y una hendidura en el centro de la barbilla cuadrada, la estaba esperando.

—Pase, por favor, señora Cooke. Me temo que no tenemos mucho tiempo.

Samantha lo siguió hasta una espaciosa cocina. Una mujer atractiva, de unos treinta y cinco años, a todas luces escandinava, estaba sirviéndose una taza de café. Gabriel estaba sentado en un taburete junto a la encimera de granito de la isla de la cocina, mirando fijamente un teléfono móvil conectado a un ordenador portátil. Junto a este había un fajo de documentos.

—¿Qué te ha pasado? —preguntó Samantha.

—Resbalé y me caí en un aparcamiento de Garrick Street.

—¿Cuántas veces?

Él apartó la vista del teléfono y señaló el taburete que tenía al lado.

—Siéntate, por favor.

Samantha se quitó el abrigo y se sentó. Gabriel le entregó una copia impresa de un artículo del *Telegraph*. Era su exclusiva sobre la contribución de Valentin Federov al Partido Conservador.

—Enhorabuena, Samantha. Hay pocos periodistas que puedan decir que han hecho caer a un primer ministro. Pero, por desgracia, la historia no acababa ahí. —Deslizó un extracto bancario sobre la encimera. Era del BVI Bank de las Islas Vírgenes Británicas. La cuenta estaba a nombre de LMR Overseas—. ¿Reconoces esas iniciales?

—Creo que no.

—LMR Overseas es una empresa fantasma anónima propiedad de lord Michael Radcliff. Si revisas los movimientos de la cuenta, verás que LMR Overseas recibió un pago de diez millones de libras de una empresa llamada Driftwood Holdings apenas cuarenta y ocho horas después de que Radcliff cayera en desgracia y dimitiera.

—¿El momento tiene alguna importancia?

—Yo diría que sí. Verás, Samantha, el propietario de Driftwood Holdings no es otro que Valentin Federov.

—No puede ser —susurró ella.

—Tienes la prueba en la mano.

Ella miró el documento detenidamente.

—Pero ¿cómo puedes estar seguro de que lord Michael Radcliff es el verdadero propietario de LMR Overseas? ¿O de que Federov controla Driftwood Holdings?

Gabriel empujó varios documentos sobre la encimera.

—Son del bufete de abogados que creó esas dos empresas fantasma y que las administra. Demuestran que los propietarios en la sombra son lord Radcliff y Valentin Federov.

Samantha miró el membrete del primer documento.

—¿Harris Weber and Company?

—El bufete también está registrado en las Islas Vírgenes Británicas, pero esos documentos proceden de su oficina en Mónaco. —Gabriel le entregó un disco duro externo—. Y estos también. Vas a necesitar un equipo de reporteros de investigación con experiencia para revisar todo el material.

—¿Cuánto hay?

—Tres coma dos *terabytes*.

—¡Madre mía! ¿Quién es la fuente?

—Nos ayudó alguien cercano a la empresa. Es lo único que puedo decirte.

—¿«Nos»?

Gabriel miró a la mujer con aspecto de escandinava.

—A mi socia y a mí.

—¿Cómo se llama tu socia?

—Eso no es relevante para el caso que nos ocupa.

Samantha señaló al hombre de los ojos azules claros.

—¿Y él?

—Se llama Marlowe.

—¿A qué se dedica?

—Es consultor empresarial. Su esposa dirige una galería de arte en St. James's.

—No me digas. —Samantha echó un vistazo a los documentos que tenía delante—. A ver si lo he entendido bien. Lord Michael Radcliff, tesorero del Partido Conservador, acepta una contribución de un millón de libras de un empresario ruso afín al Kremlin, lo que desencadena su propia dimisión y la de la primera ministra Hillary Edwards. ¿Y a continuación lord Radcliff recibe un pago de diez millones de libras del mismo empresario ruso?

—Exacto.

—¿Por qué?

—Por ayudar a que Hugh Graves se convirtiera en primer ministro. —Gabriel logró sonreír—. ¿Por qué iba a ser?

—¿Me manipularon para que publicara esa historia? ¿Es eso lo que me estás diciendo?

—Por supuesto que sí.

—¿Por qué razón?

Otro documento se deslizó por la encimera. Era un informe de los directores del Servicio Secreto de Inteligencia y del MI5, dirigido a la primera ministra Edwards.

—Oí rumores de esto —dijo Samantha—. Pero no pude probar su existencia.

—Te sugiero que llames al ministro de Asuntos Exteriores. Evidentemente, él estaba muy interesado en la propuesta. Igual que el ministro de Economía.

—¿Y Graves?

—¿Qué crees tú?

—Creo que a Hugh y a su encantadora esposa Lucinda debió de parecerles una pésima idea.

—Graves se opuso a que se adoptaran nuevas medidas, eso está claro. En cuanto a su encantadora esposa...

—¿Está metida en esto de alguna manera?

—Eso seguramente deberías preguntárselo a la persona que te informó de lo de la contribución de Federov.

—No sé quién era la fuente.

—Claro que lo sabes, Samantha. Lo tienes delante de los ojos.

Ella fijó la mirada en los documentos.

—¿Dónde?

Gabriel señaló el segundo párrafo de su artículo.

—Será cabrón.


Samantha llamó inmediatamente a Clive Randolph, redactor jefe de la sección de política del *Telegraph,* y en un alarde de habilidad periodística le dictó ocho párrafos impecables, aunque alarmantes. Randolph, que había desempeñado un papel secundario en la caída de la primera ministra británica, no estaba de humor para derribar a su sucesor electo antes incluso de que pudiera instalarse en Downing Street.

—Con tan poca base, no —dijo.

—Tengo pruebas concretas, Clive.

—¿Dónde he oído eso antes?

—Me la jugaron. Son cosas que pasan.

—¿Cómo sabes que no te la están jugando otra vez?

—Los documentos son irrefutables.

—Mándamelos enseguida. Pero quiero citas, Samantha. Una confesión total, con pelos y señales. De lo contrario, tendremos que esperar.

—Si esperamos…

La conexión se cortó antes de que pudiera terminar la frase.

Samantha fotografió rápidamente los extractos del BVI Bank y los documentos de Harris Weber y, conforme a sus instrucciones, se los envió a Randolph por correo electrónico. Luego releyó el informe que Graham Seymour y Amanda Wallace habían preparado para la primera ministra Edwards. Con una llamada al ministro de Exteriores, Stephen Frasier, confirmó que Edwards tenía intención de seguir adelante con las reformas, con total apoyo de Frasier.

—¿Y Hugh Graves? —preguntó.

—¿De verdad tengo que responder a eso? —contestó Frasier.

—Se opuso, imagino.

—Rotundamente. Pero no me cites. Solo te estoy dando contexto. Ahora, si me disculpas, Samantha, mi coche se está parando delante del Número Diez. La última reunión del Gabinete, seguida de la tradicional fotografía de despedida. No me apetece nada, como comprenderás.

Samantha colgó y le devolvió el informe a Gabriel.

—¿Recuerdas nuestras reglas de partida? —preguntó él.

—Solo puedo parafrasear el documento. Nada de citas literales.

Metió los documentos y la memoria externa en el bolso y se puso el abrigo. Gabriel volvió a fijar la mirada en el teléfono, que se había puesto a vibrar al recibir una llamada.

—¿No deberías contestar?

—No es importante. —Puso el teléfono bocabajo sobre la encimera y se bajó del taburete. Saltaba a la vista que estaba muy dolorido.

—¿Qué es lo que no me has contado, Gabriel Allon?

—Muchas cosas.

—¿Te das cuenta de que están en juego mi carrera y mi reputación?

—Puedes fiarte de mí, Samantha.

—¿Puedo hacerte una pregunta más?

—Por supuesto.

Ella miró el teléfono que estaba sobre la encimera.

—¿Quién te ha llamado?

—Lucinda Graves.

—¿Y por qué te ha llamado precisamente a ti?

—No me ha llamado.

# 56

# Número Diez

El ambiente en Downing Street se asemejaba al de una ejecución pública inminente. El cadalso, un atril de madera, se alzaba a pocos pasos de la famosa puerta negra del Número Diez. Los espectadores sedientos de sangre —en este caso, los periodistas asignados a Whitehall y sus colegas de todo el mundo— se apiñaban al otro lado de la calle. El *flash* de sus cámaras deslumbró a Stephen Frasier cuando se apeó del coche oficial. Paladeó aquel instante; era la última vez que llegaba a la sede del poder británico como ministro de Asuntos Exteriores. En parte, estaba deseando volver a ser un simple diputado. Al menos, ese era el cuento de hadas que se contaba a sí mismo desde que se había retirado de la contienda por el liderazgo del partido. La noche anterior no había dormido ni un minuto. Esperaba que no se le notase.

La prensa pedía a gritos alguna declaración. Frasier denigró a su rival con tibios elogios antes de pasar junto al atril y acercarse a la puerta del Número Diez. Como de costumbre, se abrió automáticamente. El suelo de damero blanco y negro del recibidor estaba cubierto por alfombras rectangulares rojas. Varios miembros del Gabinete pululaban por allí como extraños en un funeral.

La llegada de Frasier fue recibida con algunos aplausos de cortesía. Al parecer, su decisión de ahorrarle al partido una larga pugna por el liderazgo había sido del agrado de sus compañeros. Varios le aseguraron en voz baja con aroma a café que él era su candidato preferido. Estaba seguro de que le habían dicho lo mismo al ministro de Economía y de que pronto rivalizarían por decirle a Hugh Graves que le habían apoyado desde el principio en secreto. Eran las reglas del juego. Y Frasier jugaba tan bien como cualquiera de ellos.

Hillary Edwards se estaba riendo de algo que acababa de decirle la ministra de Sanidad. Frasier tuvo la impresión de que se alegraba de que aquello concluyera por fin. Su mandato terminaría en cuanto le presentara su dimisión al rey, pero ella conservaría varias prebendas; entre ellas, su coche con chófer y su escolta de seguridad. Frasier, por su parte, iría pronto al Parlamento en metro, sin más protección que su ingenio y un maletín. Pero eso también le apetecía, o eso se decía a sí mismo.

Se acercó a la primera ministra y besó la mejilla que ella le ofrecía.

—Te merecías algo mejor, Hillary.

—Tú también, Stephen. —Bajó la voz—: Si alguna vez repites esto, lo negaré y te demandaré por mentiroso, pero ojalá hubieras sido tú.

—Te agradezco mucho que digas eso.

—¿Podemos hablar en privado? —Lo condujo a la Sala del Gabinete y cerró la puerta—. Tienes muy mala cara, Stephen.

—No he pegado ojo.

—Ya somos dos. —La primera ministra se acercó a la silla del centro de la mesa, la única de la sala que tenía brazos, y pasó una mano por el cuero marrón—. Voy a echarlo de menos, ¿sabes? Lo único que lamento es no haber estado a la altura de algunos de mis predecesores. Y si alguna vez repites eso, Stephen Frasier, también lo negaré.

—Siempre te he sido leal, Hillary. Hasta en los momentos más difíciles. Me hiciste ministro de Asuntos Exteriores. Eso nunca lo olvidaré.

—¿Has oído algún rumor sobre quién va a sucederte?

—Se barajan los nombres habituales, pero no hay nada definitivo aún.

—Estoy preocupada, Stephen.

—¿Por?

—Por la política exterior que pretende seguir Hugh como primer ministro. Por citar a Margaret, no es momento de hacer tonterías. Hugh decía lo que tenía que decir sobre la guerra en Ucrania, pero la verdad es que siempre he dudado de su sinceridad.

—Yo también. Pero, si intenta reducir nuestra ayuda a Ucrania, el grupo parlamentario se rebelará, conmigo a la cabeza.

—Y yo a tu lado. —La primera ministra miró la hora—. Deberíamos invitar a los demás a entrar.

—¿Tienes un momento para un cotilleo jugoso?

Ella sonrió.

—Para eso, siempre.

—Hace unos minutos recibí una llamada muy interesante.

—¿De quién?

—De Samantha Cooke, del *Telegraph*.

—Mi periodista favorita —dijo la primera ministra en tono helado—. ¿Qué quería?

—Me ha preguntado si habíamos hecho planes para imponer estrictas normas de transparencia al sector financiero. Pero me ha dado la sensación de que ya sabía la respuesta.

—¿Y qué le has dicho?

—He reconocido que el proyecto de ley existía, en efecto, y que contaba con todo mi apoyo. Y puede que también haya mencionado de pasada que Hugh se oponía al plan.

—Pero ¿por qué le interesa esa historia precisamente ahora? ¿Y por qué no está ahí fuera, delante de la puerta, con el resto de la chusma?

—Ya veremos —dijo Frasier, y se dirigió a la puerta.

—¿Stephen?

Se detuvo.

—No es que importe ya, pero yo no tuve nada que ver con esa contribución de Valentin Federov.

—Siempre has sido muy clara al respecto.

—Pero tú me crees, ¿verdad, Stephen?

—Por supuesto, Hillary. ¿Por qué no iba a hacerlo?

—Porque nadie más me cree. Puede que haya sido un fracaso como primera ministra, pero no soy una persona corrupta. Yo no autoricé esa donación.

—¿Puedo citar tus palabras?

Hillary Edwards se acomodó en su silla por última vez.

—Sí, por favor.


El conductor con pinta de párroco del Mini Cooper azul neón recorrió los cuatro kilómetros que había entre Queen's Gate Terrace y Warwick Square en poco menos de diez minutos. Lord Michael Radcliff vivía en una de las espléndidas casas de estilo Regencia del flanco norte de la plaza. Una doncella vestida con uniforme tradicional acudió a abrir la puerta. Samantha afirmó que lord Radcliff estaba esperándola y la criada, tras un momento de indecisión, la invitó a pasar.

Su señoría estaba de pie en el majestuoso salón central, con una mano apoyada en la amplia cadera. En la otra sostenía un teléfono móvil pegado a la oreja. Bajó el dispositivo y miró a Samantha con recelo.

—No sabía que tuviéramos una cita, señora Cooke.

—No la tenemos, pero solo será un momento.

Radcliff le dijo a la persona del otro lado de la línea que había surgido una pequeña emergencia y colgó. Luego miró a Samantha y preguntó:

—¿No ha hecho ya bastante daño?

—Quien ha hecho el daño es usted, lord Radcliff, no yo.

—¿De qué demonios está hablando?

—Fue usted quien filtró los documentos relativos a la donación de Federov. Usted es el responsable de que Hillary Edwards esté a punto de dar su discurso de despedida ante la puerta del Número Diez.

—Señora Cooke, parece usted olvidar que yo también tuve que dimitir como consecuencia del escándalo Federov.

—Sin embargo, obtuvo pingües beneficios a cambio, ¿no? Diez

millones de libras, concretamente. No está mal por unos minutos de trabajo.

Radcliff le dedicó una sonrisa desdeñosa.

—¿Es que se ha vuelto loca?

Ella le alargó el extracto del BVI Bank. Radcliff se puso unas gafas de media luna y le echó un vistazo.

—Esto no prueba nada, señora Cooke. Que esta sociedad *off-shore* tenga mis iniciales es pura coincidencia.

—Eso no es cierto, señoría. —Samantha le entregó los documentos de Harris Weber—. Estos papeles demuestran sin lugar a dudas que usted es el titular de LMR Overseas.

Él hojeó los documentos en silencio y luego preguntó:

—¿De dónde ha sacado esto?

—Me los ha dado una fuente digna de toda confianza. Que, a diferencia de usted, tuvo la decencia de entregármelos en mano.

—Son documentos confidenciales que les fueron sustraídos a mis abogados, no hay duda. Si los publica, la llevaré a los tribunales, la demandaré hasta hundirla.

Ella le arrebató los documentos.

—Pues vaya llamando a su abogado para que prepare la demanda, porque tengo intención de publicar que recibió una transferencia de Federov por valor de diez millones de libras. Mi artículo dará a entender, además, que todo ello formaba parte de un complot de Harris Weber y sus acaudalados clientes para asegurarse de que la llamada «lavandería londinense» seguía abierta.

—Los diez millones de libras fueron en pago por mi trabajo como consultor empresarial e inversor, no tenían nada que ver con mi cargo en el partido. Eran honorarios por servicios prestados, nada más.

—¿A pagar en una cuenta en un paraíso fiscal, a nombre de su empresa fantasma?

—Este tipo de acuerdos son bastante corrientes y perfectamente legales. Mis abogados y yo estaremos encantados de explicarle el papeleo. —Otra sonrisa—. ¿Qué le parece la semana que viene?

—Si todo era perfectamente legal y bastante corriente, ¿por qué me ha mentido sobre LMR Overseas?

—Porque las personas adineradas como yo utilizamos sociedades instrumentales *offshore* por motivos muy concretos. Reconocer la titularidad de una sociedad de ese tipo sería más bien contraproducente, ¿no le parece?

—En parte, utilizan sociedades instrumentales para ocultar este tipo de manejos a la mirada indiscreta de la prensa. Por suerte, dispongo de los medios para hacerlo público. Algo me dice que sus conciudadanos no verán con buenos ojos su asociación con Federov. De hecho, estoy segura de que su reputación quedará arruinada cuando publique mi reportaje.

—Por eso le aconsejo que se ande con pies de plomo. Si no, tendrá noticias de mis abogados. —Pasó junto a ella y abrió la puerta—. Haga el favor de irse, señora Cooke. No tengo nada más que decir.

—¿No quiere hacer ninguna declaración?

—Escriba lo que se le antoje, pero no olvide que tendrá profundas consecuencias.

—Eso espero, desde luego —le espetó Samantha, y salió de la casa con paso decidido.

—Un momento, señora Cooke.

Se detuvo al pie de la escalera.

—Su artículo será erróneo también por otro motivo.

—¿Por cuál?

—Quizá deberíamos acordar primero ciertas reglas básicas —dijo Radcliff.

—Usted dirá.

—No puede citarme como fuente.

—Proceda, señoría.

—En la conspiración para derribar a Hillary Edwards no intervino solo ese bufete de abogados. La cosa iba mucho más lejos.

—¿Cómo de lejos?

—Le contaré todo lo que necesita saber. —Radcliff hizo una pausa y luego añadió—: Con una condición.

—¿Cuál?

—Que no mencione en su reportaje los diez millones de libras que recibí de Valentin Federov.

—No hay trato.

—Si publica los detalles de ese pago, vamos a pasar los próximos años despellejándonos mutuamente en los tribunales. Ninguno de los dos saldrá con su reputación intacta. Le estoy ofreciendo una salida. Eso por no hablar de una primicia única. ¿Qué prefiere, señora Cooke? A la de una. A la de dos...

# 57

# Buckingham Palace

El Mini Cooper esperaba junto a la acera cuando Samantha salió de casa de lord Radcliff. Su teléfono sonó en cuanto se sentó en el asiento del copiloto.

—¿Y bien? —preguntó Gabriel.

—Hemos tenido una conversación bastante acalorada, por decirlo suavemente.

—¿Lo ha negado todo?

—Por supuesto. Y, después de amenazar con demandarme hasta la muerte, me ha dicho la verdad.

—¿Y eso por qué?

—Porque resulta que su señoría es un actor secundario en una trama mucho más amplia para derrocar al Gobierno de Edwards. Y no quería cargar él solo con las culpas.

—¿Te ha dado nombres?

—Unos cuantos. Pero seguro que no adivinas quién era el cabecilla.

—Tranquilo, corazón mío…

—El mío va a mil por hora.

—¿Tienes pruebas documentales?

—De hecho, tengo una grabación. Y ahora, si me disculpas —dijo antes de colgar—, debo escribir un artículo.

\* \* \*

La primera ministra Hillary Edwards salió del Número Diez puntualmente, a las diez y cuarto, y se acercó al atril para dar su discurso de despedida. Había preparado el texto sin ayuda de sus redactores de discursos y lo había memorizado durante su última noche de insomnio en el apartamento privado del Número Diez. No mencionó el escándalo que había hecho caer a su Gobierno ni habló de su sucesor. Tampoco hizo intento alguno de defender su turbulento mandato: eso lo dejaba en manos de los historiadores y la prensa. Sabía que el veredicto sería cruel y se había resignado a ello.

Al concluir el discurso, subió a su Range Rover Sentinel oficial y salió por última vez de Downing Street como primera ministra. Algunos turistas la miraron con pasmo durante el corto trayecto hasta el palacio de Buckingham, pero no hubo manifestaciones de apoyo. El caballerizo del rey, ataviado con su falda escocesa y sus condecoraciones, la recibió en el patio central y la acompañó al Salón 1844, donde aguardaba su majestad. La conversación fue breve, solo algunas frases de cortesía y una o dos preguntas sobre los hijos de la exmandataria y sus planes. Luego, ella le presentó su dimisión y así concluyó todo. Tuvo la clara impresión de que el monarca no lamentaba su marcha.

El caballerizo la acompañó de nuevo abajo, al patio, y la ayudó a subir al Range Rover. En el asiento trasero, su teléfono vibraba sin cesar, inundado de mensajes de texto. Supuso que serían muestras de apoyo de sus compañeros de partido, esos mismos compañeros que la habían echado sin contemplaciones del Número Diez. Se concedería a sí misma unas horas de tregua antes de responder: el tiempo justo, se dijo, para que el escozor de su defenestración pública empezara a remitir. Aún no había cumplido los cincuenta y no tenía intención de retirarse de los Comunes y caer en el anonimato. El recuerdo del caso Federov no tardaría en disiparse y ella volvería a optar a presidir el partido. No ganaría nada dejándose llevar por un revanchismo mezquino.

Pero mientras el Range Rover recorría Birdcage Walk, el torrente de mensajes se convirtió de pronto en aluvión. De mala gana, cogió el teléfono y leyó el mensaje que aparecía en la parte superior de la pantalla. Era de la diputada por Waveney, una amiga y aliada incondicional.

*Hay que detenerle...*

No había ninguna indicación de a quién se refería ni de por qué había que detener a esa persona, pero los mensajes siguientes desvelaron rápidamente el misterio. Varios de ellos contenían un enlace a una noticia de última hora que había aparecido mientras Hillary despachaba con el rey. El artículo, escrito por Samantha Cooke, afirmaba que el *Telegraph* tenía en su poder una grabación en la que aparecía la destacada financiera londinense Lucinda Graves conspirando con el extesorero del Partido Conservador, lord Michael Radcliff, para derrocar al Gobierno de Edwards. La pieza central de la trama era la donación de un millón de libras de Federov, que, según una fuente del partido, se había orquestado con la intención expresa de derribar a la primera ministra.

Una primera ministra, pensó Hillary Edwards, que acababa de presentar su dimisión al rey.

Llamó a Stephen Frasier.

—Ya veremos, en efecto —dijo él—. Tenía la corazonada de que se trataba de algo muy gordo.

—Ahora ya sabemos por qué te preguntó Samantha por el paquete de reformas financieras. Ojalá hubiera publicado ese artículo unos minutos antes. Me lo habría pensado dos veces antes de dimitir.

—Si lo hubieras hecho, el partido se habría sumido en el caos, Hillary.

—A juzgar por los mensajes que he recibido, ya está sumido en el caos. Alguien tiene que convencer a Hugh de que cancele su reunión con el rey. No está en situación de aceptar la invitación a formar Gobierno.

—Ni su majestad debería extendérsela.

—Hablando de caos... —comentó Hillary.

—Quizá deberías llamarle.

—¿A su majestad? —bromeó ella.

—A Hugh Graves. Si habla con alguien, será contigo.

—Qué magnífica idea.

La primera vez que llamó a Graves, saltó directamente el buzón de voz. Después de dos intentos más con el mismo resultado, llamó de nuevo a Stephen Frasier.

—Para gran sorpresa mía, Hugh no contesta —dijo en tono sombrío.

—Seguramente porque va camino de palacio.

—Alguien tiene que decirle que se dé la vuelta.

—De acuerdo —contestó Frasier—. Pero ¿quién?


—Que conste que me parece una idea verdaderamente atroz —dijo Christopher mientras conducía el Bentley por South Carriage Drive.

—Esa es mi especialidad —replicó Gabriel desde el asiento trasero.

—Y la mía —añadió Ingrid.

Christopher miró al joven sargento que iba encorvado en el asiento del copiloto con aire taciturno.

—¿Y tú qué dices, Timothy? ¿No tienes opinión?

—Yo no estoy aquí, ¿recuerdas?

—Bien dicho, muchacho. Está claro que tienes un gran futuro por delante.

—Lo tenía. Ahora no tengo futuro.

—Podría ser peor —repuso Christopher—. Y si no, que se lo pregunten a Hugh Graves.

Según Radio 4, el futuro primer ministro iba en ese momento camino del palacio de Buckingham, ajeno, al parecer, a la explosiva noticia que había publicado el *Telegraph* sobre la implicación de su mujer en el escándalo Federov. Los presentadores de la BBC se estaban quedando sin adjetivos para describir la crisis sin precedentes que acababa de abrirse en la política británica. Gabriel, por su parte, disfrutaba inmensamente del espectáculo.

—Gira a la izquierda en Park Lane —dijo.

—Conozco el camino —replicó Christopher.

—Temía que intentaras aprovecharte de que tengo un poco mermadas mis capacidades intelectuales.

—Tu cerebro parece funcionar perfectamente. —Christopher echó una mirada al retrovisor—. Pero a tu cara le vendría bien un retoque.

—Pues de momento tendrá que seguir así.

—¿Cómo piensas explicarles ese moratón tan feo a tu mujer y tus hijos?

—Fue una pelea a muerte entre la cabra y tú. Yo salí en tu defensa.

Christopher giró en Stanhope Gate y se dirigió hacia el este atravesando Mayfair.

—Muy bien hecho —comentó Gabriel.

—¿Quieres que te haga otro moratón?

Ingrid se rio en voz baja.

—No le animes —dijo Gabriel.

—Lo siento, pero sois muy graciosos.

—Tenemos nuestros altibajos, puedes creerme.

Samantha Cooke se había unido por teléfono a la tertulia de la BBC desde la redacción del *Telegraph*. Asediada a preguntas por los presentadores, se negó a revelar de dónde había sacado la grabación de Lucinda Graves y lord Michael Radcliff y a continuación expresó su pesar por haber publicado el primer artículo sobre la donación de Federov. La habían engañado, dijo; la habían manipulado como parte de la trama para derrocar a la primera ministra Edwards.

Su sucesor electo llegó a las puertas del palacio de Buckingham mientras Christopher bordeaba Berkeley Square. Dos minutos después, tras atravesar a toda prisa Savile Row, se detuvo ante un moderno bloque de oficinas de seis plantas en Old Burlington Street. Un Range Rover Sentinel gris esperaba junto a la acera, vigilado por dos agentes del Servicio de Protección de la Policía Metropolitana. La prensa se había congregado al otro lado de la calle y las cámaras enfocaban la entrada del edificio.

—Que conste… —dijo Christopher.

—Ya te he oído antes —respondió Gabriel, y bajó del coche.


Los empleados de Lambeth Wealth Management se dieron cuenta de que pasaba algo raro en cuanto Lucinda llegó a la oficina. Pero su mal humor era comprensible, pensaron. Su marido estaba a punto de convertirse en primer ministro, lo que la obligaría a dejar en suspenso su carrera. Ya había elegido a un director ejecutivo en funciones y había transferido su cuantiosa fortuna personal a un fideicomiso ciego. Lo único que le restaba por hacer era despedirse de sus tropas con un discurso. Conociendo a Lucinda, sería tan cálido como el mar del Norte en invierno. Lucinda reservaba su encanto seductor para los adinerados clientes de la empresa. Sus empleados solían ser, en cambio, blanco de su mal genio. Tenía algunos admiradores más bien remisos dentro de la empresa, pero ningún amigo íntimo. La temían, más que quererla, y ella lo prefería así.

Con todo, el personal organizó un cóctel para celebrar la ocasión. Fue abajo, en la cuarta planta, la sala de máquinas, como la llamaban los empleados de la empresa. Los televisores de pantalla plana, sintonizados normalmente en los canales financieros, estaban emitiendo las noticias de la BBC. Les quitaron el volumen para que Lucinda hablara, casualmente en el mismo instante en que Hillary Edwards pronunciaba su discurso de despedida delante del Número Diez. El discurso de Lucinda duró más. Después, fue recorriendo la sala y saludando a los presentes con una copa de champán intacta en la mano. Su sonrisa era forzada. Parecía ansiosa por marcharse.

A las once menos cuarto en punto, mientras Hillary Edwards presentaba su renuncia al rey, se hizo el silencio en la sala y los empleados de la empresa, atónitos, se volvieron hacia los televisores. Nadie se atrevió a subir el volumen, pero tampoco hacía falta: bastaba con el titular de la parte inferior de la pantalla. Lucinda fue la última en verlo. Su tensa sonrisa se desvaneció, pero la mano que sostenía la copa de champán permaneció firme.

—Que alguien suba el volumen, por favor —dijo al cabo de un momento, y alguien obedeció.

La voz que oyeron era la suya: ese timbre gutural de contralto resultaba inconfundible. Era la grabación de una conversación que había mantenido unos meses antes con lord Michael Radcliff, extesorero del Partido Conservador y cliente de Lambeth desde hacía mucho tiempo. Estaban debatiendo un plan para propiciar la caída del Gobierno de Edwards. Los presentadores y los analistas políticos de la BBC, prescindiendo de cualquier atisbo de objetividad, se mostraban indignados.

—¿Me disculpáis? —dijo Lucinda, y subió por la escalera interior que conducía al quinto piso.

Las persianas interiores de su despacho estaban bajadas, aunque las había dejado subidas al bajar al cóctel. El culpable estaba de pie ante la ventana que daba a Old Burlington Street, con una mano en la barbilla y la cabeza ligeramente ladeada. Lucinda consiguió ahogar un grito cuando se volvió hacia ella.

—Usted —dijo con voz ahogada.

—Sí —respondió él con una sonrisa—. Yo.

# 58

# Old Burlington Street

—¿Cómo ha entrado aquí?

—La puerta estaba abierta.

—Váyase —dijo Lucinda entre dientes—. O haré que lo detengan.

Gabriel sonrió.

—Adelante.

Ella se acercó a la mesa y levantó el auricular del teléfono.

—Déjalo, Lucinda. Luego me lo agradecerás.

Ella vaciló y colgó el teléfono.

—Mucho mejor así, es lo más sensato —comentó Gabriel.

Lucinda señaló la televisión.

—Supongo que esto es obra suya.

—La noticia la ha dado el *Telegraph*. Lo pone en la parte inferior de la pantalla.

—¿De dónde ha sacado Samantha Cooke esa grabación?

—Dado que solo había dos personas en la sala en ese momento, yo apostaría a que ha sido lord Radcliff. Es cliente de tu empresa, si no me equivoco. Y cuando necesitó crear empresas fantasma en el extranjero para ocultar sus negocios turbios, tú le remitiste a Harris Weber and Company. Llevas años mandándoles clientes ricos. Y, de paso, te has embolsado cientos de millones en comisiones y mordidas. Formas parte del equipo, eres un miembro más de la familia.

—Voy a contarle un pequeño secreto, señor Allon. Todos formamos parte del equipo. No hay ni un solo banco ni una sola empresa de inversión en Londres que no colabore con Harris Weber. Y lo mejor es que es todo perfectamente legal.

—Pero Hillary Edwards se había propuesto cerrar la lavandería londinense, por eso había que apartarla del Gobierno. Tus colegas te pidieron que te encargaras del trabajo sucio. Al fin y al cabo, tu marido y tú erais quienes más teníais que ganar. —Gabriel miró la televisión—. Y también que perder, según parece.

—No es ilegal conspirar contra los rivales políticos, señor Allon. En este bendito país llevamos más de mil años haciéndolo.

—Dudo que la Fiscalía de la Corona esté de acuerdo. Por suerte para ti, le tengo mucho cariño a este país y no quiero ver su sistema político sumido en el caos. Sobre todo teniendo en cuenta que la democracia se halla sometida a asedio en todo el mundo. De modo que estoy dispuesto a ser razonable. —Hizo una pausa y luego añadió—: Que es más de lo que te mereces.

Lucinda cerró la puerta del despacho y se sentó decorosamente en el sofá. Gabriel no pudo menos que admirar su aplomo. Pensó que estaba desperdiciando su talento dedicándose al blanqueo de capitales. Habría sido una espía excelente.

—¿Café? —preguntó ella.

—No, gracias.

Lucinda se sirvió una taza y se volvió hacia la televisión. El Range Rover de su marido estaba parado en el patio central del palacio de Buckingham. Un escolta aguardaba junto a la puerta trasera, que permanecía cerrada. De momento no había ni rastro del caballerizo del rey.

—¿Se atreve a hacer una predicción? —preguntó Lucinda.

—Prefiero oír la tuya.

—El caballerizo aparecerá dentro de un momento y acompañará a Hugh al Salón 1844, donde su majestad le encargará la formación de Gobierno. Dentro de unos días este pequeño escándalo se habrá disipado, gracias, sobre todo, a que los diputados del partido están encantados de que la pobre Hillary Edwards se haya marchado. Además, llegarán a la conclusión de que otra contienda por el liderazgo sería más perjudicial que beneficiosa.

—Qué bonita estampa, ¿no? —replicó Gabriel.

—Muy bien, señor Allon. Veamos cuál es su predicción.

—El mandato de tu marido como primer ministro, si llega a darse, se medirá en días, puede que incluso en horas. El partido elegirá un nuevo líder en poco tiempo y a ti te procesarán por evasión fiscal y blanqueo de capitales. Además, es probable que te acusen de complicidad en el asesinato de Charlotte Blake.

—Yo no tuve nada que ver con su muerte.

—Pero sin duda avisaste a tus socios de Harris Weber de que estaba haciendo averiguaciones sobre el Picasso. Lo hiciste porque muchos de tus clientes más destacados estaban utilizando la estrategia artística para llevarse su riqueza a paraísos fiscales. Y Trevor Robinson, el jefe de seguridad del bufete, se encargó de resolver el problema.

—No conozco a nadie que se llame así.

—Trevor se encargó también de que a mi amiga y a mí nos secuestraran ayer. Con tu ayuda, desde luego. Me invitaste a venir aquí para averiguar qué sabía. Y cuando quedó claro que sabía más de la cuenta, Trevor y sus matones nos secuestraron en un aparcamiento de Garrick Street. Seguro que pensabas que estaba muerto. Por eso te has puesto blanca como una sábana cuando me has visto hace un momento.

—Tiene usted mucha imaginación, señor Allon.

Gabriel se sacó el móvil de Trevor Robinson del bolsillo de la chaqueta y marcó un número. El teléfono de Lucinda comenzó a vibrar un instante después.

—Quizá deberías contestar.

Ella miró el número que aparecía en la pantalla y rechazó la llamada. Luego volvió a fijar la mirada en la televisión. En el palacio, todo seguía igual.

—¿Cuáles son sus condiciones? —dijo ella en voz baja.

—Llama a tu marido. Dile que abandone el palacio y que dimita como líder del partido.

—¿Y si lo hago?

—Me aseguraré de que no se te vincule con el asesinato de la profesora Blake.

Lucinda puso cara de incredulidad.

—¿Y cómo piensa hacer eso, señor Allon?

—Tengo algunos amigos influyentes en Londres. —Gabriel sonrió—. Por lo menos, eso se rumorea.

Lucinda cogió de mala gana su teléfono y tecleó un mensaje. Luego lo dejó bocabajo sobre la mesa baja. Observaron la imagen que mostraba la televisión: un Range Rover gris inmóvil en medio de un patio con suelo de color rojizo.

—Quizá deberías enviarle otro mensaje —dijo Gabriel.

—Dele un minuto. No es fácil renunciar al Número Diez. Es lo que siempre ha deseado.

—Podría haberlo conseguido, de no ser por ti.

—De no ser por mí —replicó ella—, el guapo de Hugh nunca habría sido diputado. Yo hice de él lo que es.

Una vergüenza para el mundo entero, pensó Gabriel.

Por fin, el escolta se retiró de la puerta y el Range Rover gris arrancó. Lucinda subió el volumen. Los presentadores y los analistas políticos de la BBC se esforzaban por descifrar el drama que se desarrollaba ante sus ojos.

—No olvidará nuestro acuerdo, ¿verdad, señor Allon?

—Para bien o para mal, Lucinda, soy un hombre de palabra.

Ella se puso en pie. De pronto parecía agotada.

—¿Puedo hacerle una pregunta antes de que se vaya?

—¿Quieres saber por qué tengo el teléfono de Trevor Robinson?

Lucinda tenía una mirada inexpresiva.

—Lo siento, pero no conozco a nadie con ese nombre.

—Ya somos dos —contestó Gabriel, y salió.


El Bentley estaba aparcado en una zona de carga y descarga, en el extremo sur de Old Burlington Street. Gabriel subió al asiento trasero, donde estaba ya Ingrid, y el coche se alejó de la acera. El equipo de Radio 4 parecía haberse quedado sin palabras quizá por primera vez en la historia de la radiodifusión británica.

—Supongo que has tenido algo que ver con esto —dijo Christopher.

—Ha sido idea de Lucinda. Yo solo la he ayudado a tomar la decisión más sensata por el bien del país.

—¿Cómo?

—Prometiéndole que no la incriminarán por el asesinato de Charlotte Blake.

Christopher miró a Peel.

—¿Crees que será factible, Timothy?

—Eso depende de si todavía tengo trabajo o no.

—No te preocupes, yo se lo explicaré todo a tu comisario.

—¿Todo?

—Bueno, puede que el cinco por ciento de todo. —Christopher torció hacia Piccadilly y miró a Gabriel por el retrovisor—. ¿Ya has terminado?

—Eso espero. Estoy agotado.

—¿Qué planes tienes?

—El vuelo de las dos de British Airways a Venecia. Si sale a su hora, estaré en casa a tiempo para la cena.

—Te dejo en Heathrow de camino a Exeter. Pero ¿y tu compañera de armas?

—Se viene conmigo.

Ingrid lo miró con sorpresa.

—¿Yo?

—Cuando se hagan públicos los documentos de Harris Weber, varios cientos de personas extremadamente ricas van a enfadarse mucho, incluyendo varios rusos. Creo que es buena idea que te quedes en Venecia hasta que pase el temporal. Si te portas bien, claro.

Ingrid frunció el ceño y sacó su teléfono.

—Siempre me ha gustado el Cipriani.

Gabriel se rio.

—Quizá deberías quedarte en casa, con nosotros.

# CUARTA PARTE

# LA CASA DE CAMPO

# 59

# Londres

El Comité 1922 de los conservadores se reunió en la sala 14 del palacio de Westminster a las dos de la tarde y eligió por unanimidad al ex primer ministro Jonathan Lancaster como nuevo líder del partido. Una hora después, Lancaster se reunió con el rey en el palacio de Buckingham y a las cuatro se dirigió a sus conmocionados conciudadanos desde la puerta del número 10 de Downing Street. Prometió eficacia, estabilidad y regeneración. La prensa de Whitehall, que acababa de vivir el día más turbulento de la moderna historia política británica, tenía lógicamente sus dudas al respecto.

Dentro del Número Diez, Lancaster presidió por primera vez su gabinete, formado a toda prisa. Stephen Frasier conservó la cartera de Exteriores y Nigel Cunningham, que había ejercido brillantemente como abogado antes de meterse en política, fue nombrado ministro del Interior. Su sucesora al frente del Ministerio de Economía y Hacienda no fue otra que Hillary Edwards. Los efectos personales de su familia, que habían salido del Número Diez esa misma mañana, fueron trasladados a su nueva residencia oficial en la puerta de al lado.

La prensa calificó de golpe maestro aquella maniobra de Lancaster, y un destacado columnista del *Telegraph* llegó a afirmar que, en definitiva, podía volverse a la normalidad. Tuvo que retractarse, sin embargo, horas después, cuando su colega Samantha Cooke publicó otro artículo incendiario en el que detallaba la magnitud y el alcance de la trama contra Hillary Edwards. El epicentro de la conspiración era Harris Weber and Company, un oscuro bufete de abogados especializado en servicios financieros *offshore*. Entre los implicados había, además, diversos ejecutivos de los principales bancos y empresas de inversión del Reino Unido; entre estas últimas, Lambeth Wealth Management. El móvil era el deseo de mantener abierta la llamada «lavandería londinense», un interés que compartía Valentin Federov. Según el *Telegraph*, el oligarca ruso había tomado parte en el complot a instancias de su presidente, que se servía de la lavandería londinense para ocultar decenas de miles de millones de dólares en Occidente.

A la mañana siguiente se produjo un nuevo vuelco en los acontecimientos. Esta vez, el encargado de dar la noticia fue el comisario jefe de la Policía de Avon y Somerset. Se trataba del hallazgo de cinco cadáveres en una finca situada en los alrededores de la localidad de Raddington. Las pruebas balísticas preliminares indicaban que se habían empleado dos armas de nueve milímetros para asesinar a las víctimas. Cuatro de los fallecidos eran exmilitares que trabajaban como contratistas de seguridad privada —una categoría en la que cabían todo tipo de desmanes— y el quinto era un antiguo agente de contrainteligencia del MI5 que trabajaba para Harris Weber and Company. Más sospechoso aún resultaba el hecho de que el titular nominal de la finca donde había tenido lugar el suceso fuera Driftwood Holdings, una empresa fantasma controlada por Valentin Federov. El primer ministro Lancaster, en una breve comparecencia ante los medios frente al Número Diez, informó de que las pruebas recabadas hasta el momento apuntaban hacia los rusos. Salvo el mendaz portavoz del Kremlin, nadie puso en duda sus declaraciones.

Las llamadas a la oficina monegasca de Harris Weber and Company no obtuvieron respuesta. Tampoco la obtuvo un correo electrónico enviado tres días después en el que se invitaba a los socios fundadores del bufete a explicar su postura, como parte de un artículo que aparecería muy pronto en la página web del *Telegraph*.

Escrito por Samantha Cooke y otros cuatro periodistas de investigación con dilatada experiencia, el reportaje detallaba cómo el hermético bufete ayudaba a algunas de las personas más ricas del mundo a ocultar sus riquezas y evadir impuestos sirviéndose de sociedades ficticias registradas en paraísos fiscales. El reportaje, fundamentado en millones de documentos confidenciales facilitados por una fuente anónima, desvelaba capa por capa los entresijos de la operación e identificaba a los verdaderos propietarios de aquellas sociedades fantasma de nombre impreciso. Magnates y monarcas, cleptócratas y delincuentes. Los más ricos de entre los ricos, la hez de la hez.

A las pocas horas de su publicación, las calles de capitales de todo el mundo se llenaron de manifestantes que exigían salarios más altos para los trabajadores, subidas de impuestos para los ultramillonarios y mano dura contra los autócratas que se enriquecían a costa de su pueblo. La mayor protesta tuvo lugar en Trafalgar Square, Londres, e incluyó un tenso enfrentamiento con la policía a las puertas de Downing Street. El primer ministro Lancaster, que también era rico, prometió una profunda reforma del sector financiero y el mercado inmobiliario británicos. Sus declaraciones provocaron una caída brusca pero pasajera del índice FTSE de la bolsa londinense. Los hombres de negocios de la City, temerosos de que cambiaran las tornas, chasquearon la lengua consternados.

Casi a diario aparecían nuevas noticias relacionadas con el caso. Una de ellas explicaba con detalle cómo había ayudado Harris Weber and Company a un potentado de Oriente Medio a adquirir en secreto propiedades inmobiliarias por más de mil millones de dólares en Gran Bretaña y los Estados Unidos. Otra exponía la llamada «estrategia artística», la artimaña que utilizaba el bufete para mover el dinero de sus clientes desde sus países de origen hasta paraísos fiscales internacionales. Uno de los principales implicados en el fraude era Edmond Ricard, el marchante asesinado cuya galería se hallaba dentro del recinto del puerto franco de Ginebra. Sirviéndose de un documento interno cuya fuente nunca se reveló, el artículo identificaba a más de una docena de coleccionistas milmillonarios que almacenaban cuadros en las instalaciones del puerto franco. El acaudalado presidente de un conglomerado francés de artículos de lujo, indignado por estas revelaciones, anunció que pensaba trasladar su enorme colección a Delaware. Y cuando las autoridades francesas comenzaron a inspeccionar sus últimas declaraciones fiscales, amenazó con fijar su residencia en Bélgica, donde los impuestos eran más bajos. Para consternación de sus compatriotas, los belgas le animaron a quedarse en casa.

Un artículo posterior desveló el vínculo hasta entonces desconocido entre Harris Weber y un retrato de mujer sin título, óleo sobre lienzo, de noventa y cuatro centímetros por sesenta y seis, obra de Pablo Picasso. Esta vez, el equipo de reporteros del *Telegraph* sí reveló su fuente: se trataba de Charlotte Blake, profesora de Oxford y experta en la investigación de la procedencia de obras de arte que había muerto cerca de Land's End, en Cornualles, presuntamente a manos del asesino en serie conocido como el Leñador. La profesora Blake había llegado a la conclusión de que el legítimo propietario del cuadro era Emanuel Cohen, un médico parisino fallecido al caer por las escaleras de la Rue Chappe de Montmartre. El hecho de que su muerte se hubiera producido apenas tres días después del asesinato de la profesora Blake hacía sospechar una posible conexión de índole delictiva entre ambos sucesos. El cuadro que buscaba el doctor Cohen sirvió, al menos, para dar por fin nombre al escándalo. A partir de ese momento, la prensa empezó a denominarlo «los Papeles de Picasso».

La policía francesa abrió de inmediato una investigación sobre la muerte del doctor Cohen, y sus homólogos de Cornualles rebajaron discretamente de seis a cinco el número de asesinatos atribuidos al Leñador. La Sûreté de Mónaco, que durante mucho tiempo había tolerado la evasión de impuestos y otros chanchullos financieros, se comprometió públicamente —cosa rara— a cooperar, pero al poco tiempo tuvo que volcarse en la investigación del primer caso reciente de homicidio en el principado. La víctima era Ian Harris, socio fundador del bufete de abogados corrupto que llevaba su nombre. Harris murió en la acera del Boulevard des Moulins tras recibir no menos de doce balazos. Más adelante se dio por sentado, aunque nunca llegó a demostrarse de forma concluyente, que los ejecutores del asesinato fueron dos sicarios enviados por un cliente descontento.

El resto de los abogados del bufete tuvieron la precaución de destruir todos sus archivos y esconderse. Konrad Weber regresó a su Zúrich natal, donde al poco tiempo fue objeto de una extensa investigación dirigida por la FINMA, la autoridad suiza de regulación financiera. Weber acabó sus días en Bahnhofstrasse al caer bajo las ruedas del tranvía número 11. Una mano se apoyó en su espalda y él se fue abajo. Nadie vio al hombre que lo empujó.

Los Graves quedaron casi olvidados bajo el aluvión cotidiano de revelaciones. Hugh intentó aferrarse brevemente a su escaño en la Cámara de los Comunes, pero le advirtieron que le expulsarían del partido si no renunciaba a él, cosa que hizo mediante un comunicado escrito, evitando así un desagradable careo con la prensa de Whitehall. En las elecciones parciales que se celebraron seis semanas después, los conservadores perdieron un escaño que habían ocupado durante más de una generación. Aun así, los laboristas ganaron por un margen lo bastante estrecho como para que la directiva del Partido Conservador mantuviera la esperanza de que las siguientes elecciones se saldarían con una derrota honrosa, no con una aniquilación total y absoluta.

A Lucinda no le fue mucho mejor. Volver a Lambeth Wealth Management estaba descartado, pues la empresa tuvo que cerrar, abandonada por sus clientes. Buscó trabajo en otras empresas de inversión —varias de las cuales habían participado en la trama para colocar a su marido en Downing Street—, pero ni siquiera la división de gestión de patrimonios del Deutsche Bank quiso aceptarla en su seno. Decidida a salvar su reputación, Lucinda contrató a la mejor empresa de gestión de crisis de Londres, la cual dictaminó que lo mejor que podían hacer su marido y ella era desaparecer. A sus carísimos abogados penalistas les pareció buena idea.

Vendieron sus mansiones de Holland Park y Surrey —a empresas fantasma anónimas, cómo no— y desaparecieron tan bruscamente que casi parecía que nunca hubieran existido. Nadie conocía su paradero. Se informó de presuntos avistamientos en los lugares de costumbre (Mustique, las islas Fiyi y otros sitios parecidos), pero no había ninguna prueba documental que lo demostrara. Circulaba la teoría, totalmente infundada, de que Lucinda había corrido la misma suerte que Ian Harris y Konrad Weber. Según afirmaba otro rumor, tenía más de mil millones de libras escondidos en las islas Caimán. Algo de verdad había en ello, como pronto descubrió el *Telegraph*, aunque en realidad su patrimonio oculto en paraísos fiscales se acercaba más a los quinientos millones de libras, todos ellos a nombre de sociedades ficticias.

Cuando los Graves reaparecieron, fue en Malta, uno de los puertos de refugio favoritos de canallas y defraudadores fiscales de todo el mundo. El primer ministro, cliente de Harris Weber and Company, les expidió pasaportes malteses en tiempo récord y visitaba con frecuencia la lujosa villa de la pareja junto al mar. Lucinda encontró trabajo como asesora en uno de los bancos más corruptos de Malta. Hugh, a falta de algo mejor que hacer, se puso a escribir una novela, un tórrido *thriller* sobre un político británico que buscaba el poder a toda costa y perdía su alma. Una editorial británica antaño prestigiosa compró los derechos del libro por cuatro millones de libras sin haberlo visto siquiera.

La reinvención de Hugh Graves como figura literaria —por no hablar de la escandalosa cuantía de su anticipo— generó una tormenta de críticas en la prensa británica, pero ese pequeño escándalo quedó eclipsado muy pronto por el brutal asesinato de una mujer de veintitrés años en el pueblo de Leedstown, en Cornualles. Al parecer, era una nueva víctima del Leñador. Dado que la Policía Metropolitana se hallaba todavía al mando de la investigación, el sargento Timothy Peel, que se había reincorporado a su puesto tras una breve excedencia, tuvo las manos libres para ocuparse de un asunto particular. Al parecer, alguien le había robado su velero.

# 60

# Sennen Cove

La casa estaba al final de Maria's Lane, en el pueblecito de Sennen Cove. Tenía cuatro habitaciones, una cocina moderna y un cuarto de estar espacioso que Gabriel, tras sopesar minuciosamente las alternativas, reclamó como su estudio. La buena prensa que había cosechado su reciente aparición en la Galería Courtauld se había traducido en una avalancha de lucrativas ofertas de trabajo. Por desgracia, primero tenía que dedicar su atención a un compromiso mucho menos ventajoso que había contraído previamente bajo coacción durante una comida en Claridge's regada con abundante vino.

La obra en cuestión, *La Virgen con el Niño*, óleo sobre lienzo de noventa y cuatro centímetros por setenta y seis, obra de Orazio Gentileschi, llegó a la casita de campo en la trasera de una furgoneta Mercedes. Gabriel sacó el cuadro de su embalaje y lo sujetó a un gran caballete. La fresca brisa marina que entraba por las ventanas abiertas ventilaba los vapores tóxicos de los disolventes. Aun así, ante el empeño de Chiara, transigió y se puso una mascarilla protectora por primera vez en su larga carrera.

Se levantaba al amanecer y trabajaba sin descanso hasta el mediodía. Los niños, después de probar valerosamente la comida del *pub* del pueblo, habían conseguido convencer a su madre de que les preparara comida veneciana como es debido.

Después, Gabriel salía a dar un paseo por la Senda de la Costa Suroeste, hasta el diminuto puerto de Mousehole, donde guardaba su velero. Las peligrosas corrientes de resaca y las rápidas mareas de la costa de Cornualles suponían un delicioso reto para su pericia como marinero. Las largas caminatas de vuelta a la casa de Sennen Cove le hicieron perder dos kilos de sus ya magras carnes.

Una tarde, al volver a casa, le sorprendió ver a Nicholas Lovegrove sentado en la terraza con Chiara, con una copa de vino en la mano. Había venido hasta Cornualles, dijo, para ver cómo progresaba el Gentileschi. El verdadero propósito de su visita, sin embargo, era interrogar a Gabriel sobre el escándalo de los Papeles de Picasso. Gabriel le contó todo lo que pudo; o sea, casi nada.

—Venga ya, Allon. Afloja un poco la lengua.

—Baste decir, Nicky, que jugaste un papel pequeño pero crucial para impedir que Hugh Graves fuera primer ministro.

—Eso ya lo sé. Pero ¿cómo?

—Una cosa llevó a otra. Es lo único que puedo decirte.

—¿Y el Picasso?

—De los datos de navegación del avión privado de Harris Weber se deduce que el cuadro está en las Islas Vírgenes Británicas. Las autoridades locales lo están buscando.

—Tirando abajo puertas, supongo.

—No creo.

—Es una pena que el cuadro se nos haya escapado de las manos —se lamentó Lovegrove—. Pero aun así tengo que reconocer que disfruté bastante de nuestra aventurilla. Sobre todo, del tiempo que pasé con Anna Rolfe. —Se volvió hacia Chiara—: Es una mujer realmente extraordinaria, ¿no crees?

Gabriel intervino antes de que su esposa pudiera contestar:

—Creo que es mejor que hablemos del Gentileschi.

—¿Cuándo lo tendrás listo?

—A no ser que pueda meterlo en mi equipaje de mano, tendrá que estar terminado antes de que volvamos a Venecia.

—Cuanto antes, mejor.

—¿A qué vienen tantas prisas, Nicky?

—Isherwood Fine Arts.

—¿Cómo dices?

—Parece ser que tu querida amiga Sarah Bancroft ha encontrado un comprador. Todo muy discreto. Una empresa fantasma. Esas cosas.

—¿Cuánto ha conseguido por el cuadro?

—Ocho cifras.

—Más la comisión de los intermediarios, supongo.

—Por supuesto.

—Así que mi querida amiga Sarah Bancroft y tú vais a ganar más de un millón de libras cada uno por la venta —dijo Gabriel—. Y a mí me vais a pagar cincuenta mil míseras libras.

—No estarás intentando incumplir nuestro acuerdo, ¿verdad?

—Un trato es un trato, Nicky.

Lovegrove sonrió.

—Qué novedad tan refrescante.


La geografía de la costa oeste de Cornualles era tal que Gabriel pasaba dos veces cada tarde por el escenario de un crimen. El aparcamiento de Land's End donde Charlotte Blake había dejado su Vauxhall Astra. El frondoso seto donde había sido hallado su cuerpo. La casona de piedra donde su amante, Leonard Bradley, vivía con su mujer y sus tres hijos. Era inevitable, pues, que Gabriel y Bradley se encontraran en algún momento. Sucedió una tarde cerca del faro de Tater-du. Gabriel regresaba a casa después de dejar el velero en el puerto de Mousehole. Bradley, por su parte, iba reflexionando acerca de una jornada bursátil especialmente provechosa.

—¡Allon! —exclamó—. Esperaba encontrarme con usted.

El comentario pilló a Gabriel desprevenido.

—¿Cómo sabía que estaba por aquí? —preguntó.

—Se lo oí decir a alguien en el *fish and chips* de Sennen Cove.

—Le agradecería que no lo divulgara.

—Me temo que ya es demasiado tarde para eso. Por lo visto, es la comidilla de todo Cornualles. —Echaron a andar por el sendero de la costa. Bradley caminaba con las manos entrelazadas a la espalda, con paso y gesto meditabundos. Por fin dijo—: La tarde que vino a mi casa con ese policía, me engañó.

—¿Ah, sí?

—Dijo que era la primera vez que visitaba Cornualles, pero sé de buena tinta que su esposa y usted vivieron una temporada en Gunwalloe. También me engañó sobre el carácter de su investigación. Cuando vino a verme, ya sabía la verdad sobre OOC Group.

—Sabía casi toda la verdad —reconoció Gabriel—, pero no toda. Usted me proporcionó la última pieza del rompecabezas.

—¿Lucinda?

Gabriel asintió con un gesto.

—¿Es culpable de la muerte de Charlotte? —preguntó Bradley.

—No desempeñó ningún papel en su asesinato. Pero, sí, Lucinda es responsable de lo que pasó.

—Lo que significa que yo también lo soy.

Gabriel se quedó callado.

—Tengo derecho a saberlo, Allon.

—Mandó a Charlotte a ver a Lucinda Graves con la mejor intención. No debe culparse por su asesinato. Fue solo…

—¿Mala suerte?

—Sí.

Bradley aflojó el paso hasta detenerse en Boscawen Cliff.

—Mágico, ¿verdad?

—Siempre me lo ha parecido.

—Hay una casa preciosa en venta, cerca de Gwennap Head. Piden dos millones por ella, pero estoy seguro de que se puede conseguir por uno y medio.

—No me interesa comprar ahora mismo, pero gracias por acordarse de mí.

—¿Vendrá al menos a cenar alguna noche con su familia? Cordelia cocina de maravilla.

—Podría ser un poco incómodo, ¿no cree?

—Somos británicos, Allon. Las cenas incómodas son nuestra especialidad.

—En tal caso, iremos encantados.

—¿Qué tal el sábado por la noche?

—Hasta el sábado, entonces —dijo Gabriel, y echó de nuevo a andar por el sendero.

Cuando llegó a casa media hora después descubrió que Irene se había encerrado en su cuarto y se negaba a salir. Por lo visto, había oído en Radio Cornwall una noticia sobre el último asesinato y había sacado sus conclusiones. La madre de la niña, que ya no podía más, parecía alegrarse de su decisión y estaba fuera, en la terraza, leyendo un ejemplar andrajoso de *El hombre delgado*. Gabriel le habló de su encuentro con Leonard Bradley y de la invitación a cenar. Su mujer le informó de que tenían otros planes.

—No —contestó él—. No, no, no y no.

—Lo siento, cariño, pero ya está todo preparado. Además, es lo menos que puedes hacer. —Chiara sacudió lentamente la cabeza con aire de reproche—. Fuiste muy antipático con ellos.

Y así fue como, una tarde cálida y ventosa, Gabriel se encontró al volante de un Volkswagen alquilado, circulando en dirección sudoeste por la península de Lizard. Irene, convencida de que en cualquier momento se toparían con un loco armado con un hacha ensangrentada, estaba al borde de un ataque de nervios. Raphael, con la nariz pegada a un libro de matemáticas avanzadas, hacía oídos sordos a sus desvaríos. Su madre, en el asiento del copiloto, estaba guapísima y conservaba la calma.

—Vas a portarte bien, ¿verdad? —preguntó.

—Prometo ser tan encantador como de costumbre.

—Eso es lo que temo.

Al llegar a Gunwalloe encontraron el Lamb and Flag inundado de luz. Gabriel metió el coche en el último hueco libre que quedaba en el aparcamiento y apagó el motor.

—Por lo menos esta vez no hay fotógrafos.

—Yo no estaría tan segura —repuso Chiara, y salió rápidamente del coche.

Flanqueado por sus hijos, Gabriel la siguió al interior del *pub*, donde la mayoría de los doscientos vecinos de Gunwalloe lo recibieron con vítores. Como era de esperar, fue la organizadora de la fiesta, la irrefrenable Vera Hobbs, quien primero le salió al paso.

—Lo supe desde el momento en que lo vi —dijo con un guiño pícaro—. Sabía que ocultaba algo. Estaba más claro que el agua.

Dottie Cox, la dueña del supermercado, fue la siguiente.

—Fueron esos preciosos ojos verdes los que lo delataron. Siempre en movimiento, como un par de reflectores.

Duncan Reynolds no perdió tiempo en cumplidos.

—Posiblemente, el hombre más antipático que he conocido.

—No era yo, Duncan. Era solo el papel que estaba representando en ese momento.

El viejo ferroviario bebió un sorbo de su cerveza.

—Supongo que se habrá enterado de lo de la pobre profesora Blake.

—Lo leí en la prensa.

—¿La conocía?

—No, la verdad.

—Una mujer estupenda. Y bastante guapa, en mi opinión. Me recordaba a una de esas mujeres…

Vera Hobbs le cortó.

—Ya vale, Duncan, querido. Si no, el señor Allon no volverá nunca más.

Gabriel consintió en dar un pequeño discurso que remató con una disculpa sincera pero tronchante por su conducta anterior. Después, degustaron platos típicos de Cornualles, incluidas empanadas recién salidas del horno de Vera. A medianoche, cuando terminó la fiesta, varios hombres insistieron en acompañar a la familia Allon hasta su coche por el peligro que suponía el Leñador, lo que provocó otro paroxismo de pánico en Irene. Para Gabriel fue un alivio que se olvidara por un rato de su habitual preocupación por el deshielo de los casquetes polares y las ciudades sumergidas.

—¿Son imaginaciones mías o te lo has pasado en grande? —preguntó Chiara cuando los niños se quedaron dormidos.

—Tengo que reconocer que sí.

—A Irene y Raphael les encanta esto, ¿sabes?

—¿Cómo no iba a encantarles? Es muy especial.

—Es el sitio perfecto para pasar el verano, ¿no crees?

—Siempre podemos alquilar una casita un par de semanas.

—Pero ¿no preferiríais tener algo nuestro?

—No podemos permitírnoslo.

Chiara no se molestó en contestar.

—Hay una casa de campo monísima cerca de Gwennap Head que acaba de salir a la venta.

—Leonard Bradley dice que la pueden dejar en un millón y medio.

—La verdad es que los he convencido de que la bajen a un millón cuatrocientas mil.

—Chiara…

—Es una maravilla y hay un edificio separado donde puedes montar tu estudio.

—Y matarme a trabajar para pagarlo todo.

—Por favor, di que sí, Gabriel.

Él miró hacia atrás, hacia su hija.

—¿Y el Leñador?

—Ya se te ocurrirá algo —contestó Chiara—. Como siempre.

# 61

# Port Navas

Pasó otra semana antes de que Gabriel terminara la restauración del Gentileschi. Envió el cuadro a Isherwood Fine Arts, que se lo vendió a algo llamado Quantum International Ltd. por la espléndida suma de diez millones de libras. Sarah Bancroft filtró los detalles de la venta a Amelia March, de *ARTnews,* junto con el nombre del famoso restaurador que se había encargado de poner el lienzo a punto. Sarah accedió, además, a cederle al famoso restaurador una parte de su sustanciosa comisión. Él transfirió parte de esos fondos a un ladrón afincado en Marsella e invirtió el resto en una casa de campo de cinco habitaciones cerca de Gwennap Head, en un rincón de la región oeste de Cornualles.

Tomaron oficialmente posesión de la finca un miércoles por la tarde de finales de agosto. Chiara pasó el resto de las vacaciones planeando una reforma a fondo que haría que el coste final de la casa superara con creces su precio original. Gabriel, por su parte, consiguió varios encargos privados que mantendrían a flote la economía de la familia Allon.

Cada tarde recorría a pie la Senda de la Costa Suroeste hasta el minúsculo puerto de Mousehole y salía a navegar en su viejo velero de madera por las traicioneras aguas de la costa de Cornualles. Durante una de esas salidas, se desencadenó de pronto un violento temporal y tuvo suerte de que el velero no se estrellara contra Logan Rock y se hiciera pedazos. Esa noche, la familia cenó en casa de Cordelia y Leonard Bradley. La velada quedó empañada por la noticia de otro

370

asesinato, acaecido esta vez en Port Isaac. La pobre Irene pasó la noche en vela, aterrorizada, en la cama de sus padres. La Beretta que Gabriel había introducido en el país con permiso del jefe del SIS, Graham Seymour, descansaba sobre la mesilla de noche.

Pasaron la mañana siguiente, la última en Cornualles, haciendo las maletas y preparando la casa de Gwennap Head para el invierno. Gabriel dejó allí el caballete y el material que había comprado para restaurar el Gentileschi y se fue a Mousehole dando un paseo. Su conciencia le exigía que devolviera el velero al lugar de donde lo había sustraído. Chiara y los niños irían a recogerle al muelle de Port Navas, siempre y cuando convencieran a Irene de que saliera de su cuarto, claro. Desde allí se irían al hotel Hilton de la terminal 5 de Heathrow. Tenía billetes reservados para el primer vuelo a Venecia, al día siguiente.

La volubilidad de los vientos y las mareas de Cornualles, sin embargo, dio al traste con su planificación horaria. Gabriel cruzó Mount's Bay en poco menos de tres horas, pero las condiciones desfavorables ralentizaron su travesía al rodear Lizard Point y estaba empezando a ponerse el sol cuando por fin llegó a la desembocadura del Helford. Llamó a Chiara para informarle de su posición y su hora estimada de llegada. Con ayuda de Raphael, ella metió a Irene en el coche y emprendió el viaje hacia el este.

La marea, que bajaba bruscamente, frenó aún más el avance de Gabriel. Arrió las velas en Padgagarrack Cove y siguió río arriba a motor. La ensenada de Port Navas, lisa y serena al anochecer, lo recibió como a un amigo de confianza. Dirigió la proa hacia el muelle de piedra más cercano a la antigua casa del capataz y, deseoso de prolongar el viaje un poco más, redujo la velocidad al mínimo. Vio entonces el resplandor de una linterna. Sonriendo, encendió dos veces las luces de navegación.


—Permiso para subir a bordo.

Gabriel puso mala cara al ver los zapatos negros de policía de Peel.

—Con eso puesto, no.

Peel dejó los zapatos en el muelle y pasó por encima de la barandilla.

—¿Hay algo de beber en este barco?

—¿Lo pregunta a título oficial, sargento?

—Es solo que me vendría bien una cerveza.

—Puede que haya alguna Carlsberg en la nevera.

Peel se metió en la cabina y salió con dos botellas húmedas y un abridor. Le quitó la chapa a una y se la dio a Gabriel.

—No lo ha encallado ni ha chocado contra nada, ¿verdad?

—He estado a punto un par de veces, pero conseguí evitar el desastre por los pelos.

—Lo mismo que yo hace poco. Un asunto bastante desagradable aquí al lado, en Somerset. —Peel abrió la otra Carlsberg—. Pero gracias a su amigo Christopher salí sin un rasguño.

—¿Y cuando se publicó lo de Charlotte Blake y el Picasso?

—Me hice el tonto.

—¿Salió a relucir mi nombre?

—En la sede de la Policía de Devon y Cornualles, no. Y mis compañeros de Avon y Somerset no tienen ni idea de que Ingrid y usted hayan estado en esa casa. Es como si nunca hubiera ocurrido.

—¿De verdad, Timothy?

Peel bebió un sorbo de cerveza, pero no contestó.

—¿Podrás perdonarme alguna vez? —preguntó Gabriel.

—¿Por qué?

—Por colocarte en una situación en la que te viste obligado a quitar la vida a dos personas.

—No fue culpa suya, señor Allon. Fue cosa de su amigo Christopher. Además, los hombres a los que maté no eran precisamente un dechado de virtudes, ¿verdad?

—Tampoco lo eran los hombres a los que he matado yo y aun así pagué un precio terrible por ello. Matar me destrozó la vida, Timothy. Si destrozara también la tuya, no me lo perdonaría nunca.

—¿Qué sabe Chiara de lo que pasó?

—Lo básico.

—¿Sabe que se puso delante de Ingrid?

Gabriel negó con la cabeza.

—Es la cosa más valiente que he visto nunca.

—Pero no se lo digas, ¿vale? Bastantes problemas tengo ya.

—No se preocupe, señor Allon, queda entre nosotros. —Peel miró hacia la antigua casa del capataz—. Igual que cuando era niño. Usted me cuidó entonces. Y ahora yo le cuido a usted.

—No sabía que necesitaba que me cuidaran.

Peel esbozó una sonrisa sagaz.

—¿Ha comprado o no ha comprado una casa bastante grande en Gwennap Head?

—¿Quién te ha dicho eso?

—El otro día me pasé por la pastelería Cornish a comprar una empanada y Vera Hobbs me lo contó todo. Ojalá hubiera podido ir a la fiesta en el Lamb and Flag.

—Me habría venido bien tu ayuda. Me dieron una buena paliza.

—Seguramente conviene que mantengamos las distancias un tiempo. Aunque pienso visitar con frecuencia su finca de Gwennap Head.

—Es una casa de campo, Timothy.

—Una casa de campo muy grande. Con una de las mejores vistas del mundo.

Gabriel contempló las aguas negras y plateadas de la ría.

—Esta tampoco está mal.

Peel no respondió. Estaba mirando su teléfono.

—Otra vez, no —dijo Gabriel.

Peel negó con la cabeza.

—Una pequeña incoherencia en un caso en el que estoy trabajando. Una banda de ladrones que opera desde Plymouth. Detuvimos a uno de sus miembros ayer por la mañana y enseguida delató al resto de la banda.

—¿Y cuál es la incoherencia?

—El número exacto de golpes que han dado. Han confesado veintitrés robos distintos, pero solo nos consta que se hayan denunciado veintidós.

—¿Cuál no se ha denunciado?

—Uno en una casa de Tresawle Road, en Falmouth.

—¿Qué robaron?

—Una colección de monedas raras. Por lo visto, les dieron dos mil libras por ellas.

—¿Has hablado con el ocupante de la casa en Tresawle Road en Falmouth?

—No me ha devuelto las llamadas.

—No me sorprende. —Gabriel dio un trago a la cerveza y luego sacudió la cabeza lentamente—. ¿No te enseñaron nada en la academia de policía, Timothy?

# 62

## Tresawle Road

—Se llama Miles Lennox.

—Suena a asesino en serie.

—Es un nombre normal y corriente.

—Normal y corriente para un asesino armado con un hacha —repuso Gabriel.

—Un hacha de mano, señor Allon. El Leñador usa un hacha de mano. —Peel torció hacia Hillhead Road y enfiló hacia Falmouth por entre campos de cultivo sumidos en la oscuridad—. Además, estoy seguro de que hay una explicación perfectamente razonable para que no nos llamara cuando le robaron esas monedas.

—Claro que la hay. No os llamó porque no quería que descubrierais su colección de hachas ensangrentadas.

—Reconozco que tiene sentido hasta cierto punto. Además, encaja con el perfil: edad, altura y peso, estado civil y profesión.

—¿Coleccionista de monedas raras?

—Camionero. Trabaja para una distribuidora de bebidas.

—Así que tiene la excusa perfecta para recorrer Cornualles y Devon buscando chicas a las que matar.

—Todavía no hemos llegado a ese punto.

—Llegaremos dentro de cinco minutos, aproximadamente.

—Tres, más bien —dijo Peel cuando llegaron a las afueras de Falmouth.

Se dirigió hacia el este, atravesando el pueblo, y se detuvo frente a una casa adosada de Tresawle Road. Tenía dos plantas y fachada de tirolesa gris. Había luz detrás de las cortinas de encaje de la ventana del salón.

Peel apagó el motor.

—Seguramente debería llamar a los chicos de la Metropolitana. El caso es suyo, a fin de cuentas.

—Seguramente. Pero, si lo detienes tú, será todo un espaldarazo para tu carrera.

—Necesito refuerzos.

—Para la investigación rutinaria de un robo, no. Además, tienes refuerzos.

—¿Usted? —Peel sacudió la cabeza—. Ni hablar, señor Allon.

Gabriel le ofreció la Beretta.

—Por lo menos llévate esto.

—Guarde ese chisme.

Gabriel volvió a guardarse la pistola a la espalda.

—Ponle las esposas mientras te presentas. Y no le des la espalda bajo ningún concepto.

Peel salió del coche y echó a andar por el caminito del jardín. La puerta, al abrirse, le mostró la efigie misma de la muerte. Peel enseñó su placa y, tras un momento de vacilación, recibió permiso para entrar en la casa. Gabriel no oyó nada que indicase que dentro se había desencadenado una pelea.

Por fin sonó su teléfono.

—Más vale que se vaya, señor Allon. Va a haber mucho jaleo por aquí.

Gabriel salió del coche y echó a andar por la calle a oscuras. Oyó las primeras sirenas al doblar la esquina de Old Hill. Chiara lo llamó un momento después.

—¿Te importaría decirme dónde estás? —preguntó.

—En Falmouth.

—¿Por alguna razón en concreto?

—Cambio de planes. Y dile a nuestra hija que deje de preocuparse. Ya me he encargado de ese problemita.

# Nota del autor

*Muerte en Cornualles* es una obra de entretenimiento y como tal ha de leerse. Los nombres, personajes, lugares y sucesos que componen la historia son fruto de la imaginación del autor o se han utilizado con fines literarios. Cualquier parecido con negocios, empresas, acontecimientos, lugares o personas reales, vivas o muertas, es pura coincidencia.

Hay, en efecto, una parroquia civil llamada Gunwalloe en la costa oeste de la península de Lizard, pero se parece muy poco al lugar que aparece en *Muerte en Cornualles* y en tres novelas anteriores de Gabriel Allon. Lamentablemente, no existen la pastelería Cornish, el súper de la esquina ni el *pub* Lamb and Flag. El resto de esa preciosa región está, en general, fielmente representado en la novela. Pido disculpas de todo corazón a la Policía de Devon y Cornualles por la deplorable conducta del sargento Timothy Peel, pero necesitaba un mecanismo literario para introducir a un destacado restaurador de arte de Venecia en la investigación de un asesinato en suelo británico.

El restaurador en cuestión no habría podido dejar un Bentley en un aparcamiento de Garrick Street porque dicho aparcamiento no existe. Sí hay, en cambio, una galería de arte en la esquina noreste de Mason's Yard, pero es propiedad de Patrick Matthiesen, uno de los marchantes de arte especializados en Maestros Antiguos más prósperos y respetados del mundo. Me alegra poder decir que el robo y la posterior recuperación de *Autorretrato con la oreja vendada* de Vincent van Gogh, una de las posesiones más preciadas de la Galería Courtauld, solo han sucedido en el universo habitado por Gabriel Allon y sus compañeros. El emblemático cuadro fue robado en el audaz asalto que se describe en las primeras páginas de *The Rembrandt Affair*. Aunque nunca se ha identificado a los autores, sospecho que uno de ellos era René Monjean.

El retrato surrealista de Picasso del que se habla en *Muerte en Cornualles* es ficticio, al igual que su procedencia. Por tanto, no podría haberse vendido en Christie's de Londres por cincuenta y dos millones de libras. En 2018, la venerable casa de subastas fue objeto de una demanda por la venta de *Primer día de primavera en Moret*, de Alfred Sisley. El marchante Alain Dreyfus pagó 338 500 dólares por el cuadro en 2008 y posteriormente descubrió que este había pertenecido al coleccionista judío francés Alfred Lindon. Antes de huir de París en agosto de 1940, Lindon guardó toda su colección en una cámara acorazada del Chase Manhattan Bank de la Rue Cambon. Pasado un tiempo, los cuadros acabaron en manos del Reichsmarschall Hermann Göring, asiduo visitante de París durante la Ocupación. El codicioso nazi entregó dieciocho cuadros de Lindon, entre ellos el paisaje de Sisley, a un marchante corrupto a cambio de una sola obra de Tiziano.

Es cierto que el museo del Louvre ha contratado a una reputada experta en el mercado francés del arte durante el periodo de la Segunda Guerra Mundial para que depure su colección de cuadros expoliados, pero no me cabe duda de que dicha experta no habría aceptado la propuesta de Gabriel de crear seis informes de procedencia falsos para seis falsificaciones. Hay, en efecto, galerías de arte en el puerto franco de Ginebra, pero ninguna se llama Galerie Edmond Ricard SA. Me he tomado ciertas licencias en lo que respecta a algunas de las normas y reglamentos más arcanos del puerto franco, pero en los asuntos de importancia me he ceñido a la verdad. Se calcula que el puerto franco de Ginebra alberga 1,2 millones de cuadros, entre ellos más de mil obras de Picasso. Casi todos los clientes del puerto franco alquilan sus cámaras acorazadas sirviéndose de sociedades pantalla para ocultar su identidad. Un coleccionista puede comprar un cuadro en una subasta en Nueva York y eludir el pago de impuestos mediante el simple expediente de enviar la obra al puerto franco. Y si decide venderlo dentro del puerto franco, no incurre en ninguna obligación fiscal. Por lo general, el dinero cambia de manos en paraísos fiscales, entre empresas fantasma, lo que hace que las transacciones sean prácticamente invisibles para las autoridades fiscales y las fuerzas policiales. Después, solo hay que trasladar el cuadro a otra cámara acorazada.

Muchos de los clientes superricos del puerto franco residen sin duda en Mónaco, considerado por muchos Gobiernos europeos un refugio de evasores fiscales y blanqueadores de capitales. Quienes visiten el pequeño principado pueden cenar en Le Louis XV o jugar a la ruleta inglesa en el famoso casino de Montecarlo, pero buscarán en vano un bufete de abogados llamado Harris Weber and Company, porque no existe tal entidad. Hay, sin embargo, innumerables bufetes parecidos, como, por ejemplo, Mossack Fonseca and Company, la extinta empresa de servicios *offshore* que en 2016 protagonizó el escándalo de los Papeles de Panamá.

Al igual que mi bufete de ficción, Mossack Fonseca creó y administró miles de sociedades pantalla para ayudar a sus clientes a evadir impuestos y ocultar su riqueza y sus posesiones. Lo hacía en muchos casos a instancias de bancos, más de quinientos en total. Entre ellos, Credit Suisse, Société Générale y HSBC, que, según el periodista de investigación Jake Bernstein, ganador del Premio Pulitzer, compraron a Mossack Fonseca gran cantidad de sociedades fantasma inactivas. Debido a la vinculación previa de dichos bancos con el bufete, me he sentido con libertad para mencionar sus nombres en relación con Harris Weber, mi bufete ficticio. Además, ninguna de esas tres entidades es precisamente un pilar de la comunidad financiera internacional. En 2012, los reguladores estadounidenses impusieron al HSBC una multa récord de 1900 millones de dólares por blanquear más de 881 millones de dólares para los cárteles de la droga mexicanos y colombianos. Société Générale, por su parte, llegó a un acuerdo de 860 millones de dólares con el

Departamento de Justicia estadounidense en 2018 por sobornar a funcionarios libios y manipular la tasa de interés LIBOR de préstamos interbancarios. Y en cuanto al Credit Suisse... En fin, ¿es necesario decir algo más?

Cinco años después del escándalo de los Papeles de Panamá, el mismo grupo de periodistas —el célebre Consorcio Internacional de Periodistas de Investigación— publicó un corpus de documentos aún mayor al que dieron en llamar los Papeles de Pandora. Los documentos, procedentes de catorce proveedores de servicios *offshore,* revelaban que ciento treinta personas consideradas milmillonarias por la revista *Forbes* tenían cuentas en paraísos fiscales, al igual que trescientos treinta altos funcionarios y jefes de Estado. Entre ellos figuraba el rey Abdalá de Jordania, que se había servido de un extenso entramado de sociedades pantalla y cuentas bancarias para adquirir en secreto propiedades inmobiliarias de lujo en Malibú y Georgetown por valor de ochenta millones de dólares. Estas adquisiciones se sumaron a una cartera inmobiliaria internacional que incluía ya numerosas propiedades en el Reino Unido. Poco importa que, según una encuesta regional reciente, el pueblo de su majestad sea uno de los más depauperados del mundo árabe.

Los Papeles de Pandora suscitaron asimismo incómodas preguntas acerca del origen de varias donaciones importantes recibidas por el Partido Conservador británico. No era la primera vez que la captación de fondos de los *tories* era objeto de escrutinio público. Como informaba el *New York Times* en mayo de 2022, *no es ningún secreto que acaudalados industriales rusos han hecho cuantiosas donaciones al Partido Conservador a lo largo de los años.* Tampoco es un secreto que los políticos de los dos grandes partidos británicos acogieron con los brazos abiertos el aluvión de dinero ruso de origen dudoso que inundó Londres tras la caída de la Unión Soviética. Para banqueros, gestores de patrimonio, abogados, contables y agentes inmobiliarios, el dinero ruso también fue motivo de alborozo. ¿Y cómo iba a ser de otro modo? Muchos se enriquecieron enormemente gracias a él.

Hace poco tiempo que el Gobierno británico ha reconocido que fue una imprudencia abrir las puertas de Londres a los delincuentes organizados y los barones del latrocinio de un petro-Estado corrupto gobernado por sujetos como Vladimir Putin. En un pasmoso informe publicado en julio de 2020, el Comité de Inteligencia y Seguridad del Parlamento concluyó que Rusia había llevado a cabo una larga y sofisticada campaña para socavar la democracia británica y corroer sus instituciones. El arma elegida por el Kremlin fue, naturalmente, el dinero. Entre los hallazgos más alarmantes del informe estaba el hecho de que varios miembros de la Cámara de los Lores tenían negocios con oligarcas rusos cercanos al Kremlin. El nombre de dichos lores se omitió en la versión pública del informe, al igual que el de los políticos británicos que aceptaron donaciones procedentes de Rusia.

El informe utilizaba el poco halagüeño término «lavandería» para referirse al sector de servicios financieros de Londres, ciudad que desde hace mucho tiempo es considerada la capital mundial del blanqueo de capitales. La propia Agencia Nacional contra el Crimen (NCA) declaró recientemente: «Aunque no hay cifras exactas, es probable que las operaciones de blanqueo de capitales que se efectúan anualmente en el Reino Unido asciendan a cientos de miles de millones de libras». La NCA llegó a la conclusión de que el problema está tan extendido que «puede suponer un peligro para la seguridad nacional, la prosperidad y la reputación internacional del Reino Unido». En su libro de 2018 *The Finance Curse,* el periodista financiero Nicholas Shaxson describía así la reputación del Reino Unido: «Gran Bretaña es el país predilecto de los cleptócratas y los dictadores de todo el mundo». Pero la llamada «lavandería londinense» no podría funcionar, como documenta Shaxson con minuciosidad, sin el archipiélago de paraísos fiscales surgidos de los restos del Imperio británico: pequeños territorios insulares con muy escasa regulación financiera que actúan a modo de aspiradora del dinero negro del resto del globo. Los Papeles de Pandora vinculaban a 956 empresas *offshore* con cargos de la Administración pública, y dos tercios de esas entidades estaban registradas en un mismo paraíso fiscal, las Islas Vírgenes Británicas.

En febrero de 2022, días después de la invasión rusa de Ucrania, el primer ministro Boris Johnson presentó una ley para imponer medidas de transparencia al opaco mercado inmobiliario británico, declarando: «No hay sitio para el dinero sucio en el Reino Unido». El periodista especializado en corrupción Misha Glenny afirmó que las reformas propuestas eran como «acordarse de cerrar la puerta de la cuadra cuando el caballo ya se ha escapado». Seis meses después, mientras la lavandería londinense seguía abierta, Johnson anunció su dimisión, poniendo así fin a un turbulento mandato plagado de escándalos personales y económicos. Su sucesora, Liz Truss, sobrevivió cuarenta y cuatro días antes de verse obligada a abandonar Downing Street como consecuencia de una revuelta que un ministro del Gabinete comparó con un golpe de Estado. En total, ha habido cinco primeros ministros conservadores desde que los laboristas perdieron el poder en mayo de 2010. Durante el anterior periodo de predominio *tory,* que duró nada menos que dieciocho años, hubo solo dos: Margaret Thatcher y John Major.

En el transcurso de un áspero careo con un ejecutivo de la ficticia Harris Weber and Company, Gabriel Allon sugiere con sorna que la empresa done mil millones de libras a organizaciones benéficas británicas para expiar su responsabilidad por ayudar a que los ricos dejen de pagar los impuestos que les corresponden. Por desgracia, esa cifra, aunque sustancial, representaría poco más que un error de redondeo del total aproximado de impuestos que han dejado de recaudarse en todo el mundo. La verdad es que nadie sabe realmente cuánto dinero circula a través del opaco mundo de los paraísos fiscales, ni cuánto dinero se desvía de forma poco ética o directamente delictiva de las arcas nacionales.

Con todo, la creciente desigualdad entre ricos y pobres es evidente. El uno por ciento más rico controla ahora más de la mitad de la riqueza privada mundial, que en 2024 se calculaba en 454,4 billones de dólares. El Banco Mundial calcula que el 9,2 por ciento de los habitantes del planeta, es decir, 719 millones de seres humanos, viven con solo dos dólares al día, la medida de la pobreza extrema. En los Estados Unidos, el país más rico del mundo, el 11,6 por ciento de la población, es decir, 38 millones de personas, son pobres. En el Reino Unido, el porcentaje asciende a un escandaloso 20 por ciento.

Pero ¿cómo se explica que un superrico milmillonario contrate a un bufete como Mossack Fonseca para recortar unos pocos millones de su declaración fiscal? ¿O que un matón cleptócrata esconda su dinero en una cuenta bancaria de un paraíso fiscal o en un lujoso inmueble londinense mientras sus conciudadanos empobrecidos luchan por alimentar a sus hijos? «Puede que lo que los mueve a todos ellos —escribía el periodista de investigación británico Tom Burgis en su libro *Dinero sucio* (2020)— sea el miedo: el miedo a que pronto no haya suficiente para repartir; a que, en un planeta en ebullición, se acerque el momento de que quienes han arramblado con todo lo que podían para sí mismos se liberen de la multitud, de los otros. Si se quiere evitar la destrucción, solo se puede estar en un bando, el suyo. O estás con los moradores de Kleptopia o estás contra ellos. La Tierra no puede mantenernos a todos».

Pero el planeta, que hace unos años hervía a fuego lento, ahora arde, y millones de personas desesperadas se desplazan en busca de una vida mejor. En los países desarrollados, tensan los recursos y agudizan la crispación política. Sin embargo, muchas empresas les dan la bienvenida porque constituyen una fuente de mano de obra barata y explotable (capital humano, en el léxico de los extractores de riqueza, dispuesto a realizar trabajos penosos y peligrosos que los ciudadanos nativos rechazan). Recogen fruta y verdura bajo un sol abrasador, se afanan en mataderos bañados en sangre y en plantas de envasado de carne, friegan platos y limpian habitaciones en hoteles de lujo, cuidan de los enfermos y los moribundos.

En muchos casos, los migrantes huyen de un país gobernado por un cleptócrata que tiene cuentas bancarias en paraísos fiscales facilitadas por la lavandería londinense, la misma maquinaria que ha ayudado a numerosos milmillonarios, los más ricos de entre los ricos, a ocultar su inmensa riqueza y evadir impuestos. Escondidos tras entramados financieros y sociedades pantalla, estos miembros de una plutocracia mundial cada vez más poderosa habitan en un universo paralelo al que solo unos pocos elegidos tienen acceso. El arte les confiere una pátina instantánea de sofisticación y respetabilidad, aunque no tengan ni lo uno ni lo otro, lo que quizá explique por qué tantos de su calaña optan por esconder sus cuadros multimillonarios en el puerto franco de Ginebra. De ese modo pueden hurtarles a las autoridades fiscales lo que tendrían que pagar por derecho. ¿Qué más hay que decir?

# Agradecimientos

Siempre le estaré agradecido a mi mujer, Jamie Gangel, por escucharme pacientemente mientras elaboraba el argumento de *Muerte en Cornualles* y por editar con esmero mi primer borrador. Mi deuda para con ella es inconmensurable, igual que mi amor.

David Bull, cuyo nombre aparece en el tercer capítulo de la novela, fue de nuevo una fuente inestimable de información sobre todo lo relacionado con el arte y la restauración. Maxwell L. Anderson, que ha dirigido cinco museos de arte norteamericanos, entre ellos el Whitney Museum of American Art de Nueva York, me abrió una ventana que me permitió vislumbrar algunos de los aspectos más desagradables del negocio del arte.

Mi superabogado de Los Ángeles, Michael Gendler, ha sido, como siempre, una fuente de sabios consejos. Mi querido amigo Louis Toscano introdujo innumerables mejoras en el manuscrito, igual que mi correctora particular, Kathy Crosby. Cualquier error tipográfico que haya escapado a su ojo de lince es responsabilidad mía, no de ellos.

Jonathan Burnham, presidente y director editorial de Harper, que tiene la desgracia de ser también mi editor, aportó una serie de notas perspicaces y eruditas sobre temas tan variados como la música clásica y la cocina veneciana. Mi más sincero agradecimiento al resto del extraordinario equipo de HarperCollins y en especial a Brian Murray, Leah Wasielewski, Doug Jones, Leslie Cohen, David Koral y Jackie Quaranto.

Yo, como el ficticio Gabriel Allon, soy padre de gemelos. Los míos se llaman Lily y Nicholas y, como siempre, han sido una fuente de afecto e inspiración durante el año de trabajo literario. Tienen mucho en común con Irene y Raphael; sobre todo, su inteligencia, su bondad innata y su sentido del humor. Sin embargo, en el momento de escribir estas líneas, ninguno de los dos había adoptado un animal del Fondo Mundial para la Naturaleza ni había caído en la desesperación ante la perspectiva de que haya ciudades que queden sumergidas por el deshielo de los casquetes polares. En la familia Silva, esas características recaen en la figura del hombre ya entrado en años que se afana tras una puerta cerrada, fastidiando a quienes le rodean con la música que escucha.